HEYNE
BÜCHER

Von Karen Robards sind
als Heyne-Taschenbücher erschienen:

Feuer der Sehnsucht · Band 04/1
Die Augen der Katze · Band 04/13
Das Mädchen vom Mississippi · Band 04/25
Sklavin der Liebe · Band 04/41
Piraten der Liebe · Band 04/52
Freibeuter des Herzens · Band 04/68
Tropische Nächte · Band 04/82

KAREN ROBARTS

FEUER FÜR DIE HEXE

Roman

Deutsche Erstausgabe

WILHELM HEYNE VERLAG
MÜNCHEN

HEYNE ROMANE FÜR SIE
Nr. 04/94

Titel der Originalausgabe
THIS SIDE OF HEAVEN
Aus dem Amerikanischen übersetzt
von Mischa Lentz

Printed in Germany 1992
Umschlagillustration: John Ennis/Schlück
Umschlaggestaltung: Atelier Ingrid Schütz, München
Gesamtherstellung: Elsnerdruck, Berlin

ISBN: 3-453-06002-4

1

Die Fässer mit Zucker und Melasse schrammten über die Deckplanken, als der Bug des Beibootes versehentlich einen der hölzernen Pfähle rammte.

Geistesgegenwärtig umklammerte Caroline den großen mit einem Deckel versehenen Korb, der durch den unerwarteten Aufprall und die plötzliche Schräglage des Bootes von ihrem Schoß zu rutschen drohte. Mit aller Kraft stemmte sie ihre Füße gegen die vor ihr stehende Truhe, um nicht aus dem Gleichgewicht zu geraten.

Kapitän Rowse ließ sich durch den Vorfall nicht aus der Ruhe bringen. Mit barscher Stimme bellte er seine knappen Befehle. Die Männer an Bord gehorchten schweigend.

Carolines Augen verrieten weder ihre Nervosität, obwohl ihr Magen revoltierte, noch ihre Enttäuschung, als sie die Küste dieses unbekannten Landes betrachtete, in dem sie von nun an zuhause sein würde. Hinter den häßlichen Hafenanlagen erkannte sie eine Art Lichtung, die in den blaugrünen Wald geschlagen worden war. Darauf standen wenige Reihen winziger Hütten.

War das wirklich Saybrook?

Der Ort, den ihre Halbschwester Elisabeth in ihren Briefen in so schillernden Farben geschildert hatte?

Das Paradies, von dem sie geträumt hatte, und in dem sie nun hoffte, Zuflucht zu finden?

Mit jedem Ruderschlag rückte die erbarmungslose Realität dieses klaren Märztages 1684 näher. Die kühle Morgenluft roch nach Salz und Fisch, und Caroline fröstelte, obwohl die Sonne schien. Sie dachte an den heimatlichen Nebel und daran, daß sie England wahrscheinlich nie wiedersehen würde. Denn Elisabeth, die einzige Verwandte, die sie noch besaß, lebte hier in Connecticut.

»Ahoi! Daniel Mathieson!«

Die Stimme des Kapitäns riß sie aus ihren Gedanken. Er winkte einem Mann mit einem breitkrempigen schwarzen Hut zu. Caroline biß die Zähne zusammen. Sie war am Ziel ihrer Reise angekommen.

»Homer, du hilfst Miss Wetherby an Land«, befahl Kapitän Rowse einem seiner Männer.

Caroline stand langsam auf. Am Pier warteten trist gekleidete Menschen auf Angehörige oder Bekannte. Sie schwatzten und gestikulierten, während ein Beiboot nach dem anderen anlegte. Ihren Korb fest an sich gepreßt verließ sie das Boot.

»Vorsicht, Miss! Sie sind es nicht mehr gewöhnt, festen Boden unter den Füßen zu haben.«

Homers starker Arm fing sie auf, als sie stolperte. Unwillig machte Caroline sich frei. Kopfschüttelnd ließ der Mann sie stehen.

»Na, wie war die Reise?« fragte Daniel Mathieson, als der Kapitän der ›Dove‹ ihm zur Begrüßung freundschaftlich auf die Schulter klopfte.

»Wie immer. Abgesehen von...« Er unterbrach sich und sah zu Caroline hinüber. »Ist Matt auch hier?«

»Warum sollte er? Du kennst ihn ja. Er läßt doch seine Arbeit nicht im Stich, nur weil ein Schiff ankommt.«

Der Kapitän lachte. »Der gute Matt, das sieht ihm ähnlich. Die Sache ist nur die, ich habe da was für ihn. Um es präzise auszudrücken – die junge Dame dort.«

»Was sagst du?« Daniels blaue Augen weiteten sich ungläubig.

Neugierig betrachtete er Caroline, deren große, mandelförmige goldbraune Augen ihn kühl fixierten. Die Kapuze ihres weitgeschnittenen Samtmantels umrahmte das blasse Gesicht, das durch die streng nach hinten gekämmten schwarzen Haare noch zarter wirkte.

»Wenn ich es dir doch sage! Sie ist seine Schwägerin. Das behauptet sie jedenfalls.«

»Und es stimmt«, mischte sich Caroline ungeduldig in das Gespräch der beiden Männer. »Ich heiße Caroline Wetherby, und Ephraim Mathieson ist der Mann meiner Schwester Elisabeth. Dem Namen nach gehören Sie ebenfalls zur Familie. Ich wäre Ihnen daher dankbar, wenn Sie mich zu ihr bringen.«

»Also, das ist doch...« murmelte Daniel und warf einen Blick des Mißfallens auf ihren leuchtend roten Mantel.

Tatsächlich wirkte sie zwischen den in Grau, Braun oder Schwarz gekleideten Menschen am Pier wie ein seltsamer exotischer Vogel. Caroline hatte die verstohlenen Blicke, mit denen sie gemustert wurde, längst bemerkt und konnte sich ausrechnen, daß sie Gegenstand des heftigen Getuschels und Geklatsches war.

»Aber das Schlimmste weißt du ja noch nicht«, meinte der Kapitän. »Miss Wetherby schuldet mir das Geld für die Überfahrt. Allerdings hat sie mir mehr als einmal versichert, ihr Schwager käme dafür auf.«

»Matt?«

»Ich hätte sie ja nicht mitgenommen, aber ... nun ja, sie kam ziemlich spät an Bord, und mein erster Maat, dieser Esel ... Statt Bares drückte sie ihm ein Schmuckstück in die Hand. Das wäre ja normalerweise auch kein Problem, man verkauft das Ding, und kommt eben so an sein Geld. Ihr Unglück war es, daß wir zufällig einen Juwelier an Bord hatten. Die Steine sind falsch!«

»Ich habe Ihnen hundertmal gesagt, daß ich das nicht wußte. Die Brosche gehörte meiner Mutter. Ich hielt sie für echt«, verteidigte sich Caroline.

»Ich glaube eher, sie hat das Ganze von Anfang an geplant«, sagte Kapitän Rowse.

»Wieviel schuldet sie dir?« fragte Daniel grimmig.

Er pfiff leise durch die Zähne, als ihm der Kapitän die Summe nannte.

»Da wird Matt aber nicht sehr begeistert sein.«

»Anzunehmen! Aber was soll ich machen? Ich kann sie natürlich vor den Richter schleppen.«

»Nein!« Daniel schüttelte den Kopf. »Wenn sie wirklich eine Verwandte von Matt ist...«

Caroline folgte dem Gespräch teils unwillig, teils ängstlich.

»Würden Sie mich jetzt freundlicherweise zu meiner Schwester bringen? Sie zumindest wird sich über meine Ankunft freuen, dessen bin ich mir sicher.«

Daniel sah ratlos zum Kapitän. Der zuckte mit den Achseln.

»Am besten überläßt du es Matt, die Sache in Ordnung zu bringen.«

»Du hast recht«, nickte Daniel. Er griff nach Carolines Korb. »Am besten kommen Sie mit mir, Miss. Ich bin ein Bruder von Matt – von Ephraim, meine ich. Er hat nicht sehr viel übrig für diesen Namen.«

»Ich trage den Korb selbst, danke. Wenn Sie sich bitte um meine Kisten kümmern würden.«

»Kisten?«

»Drei Stück!« grinste der Kapitän. »Ich bin ja mal gespannt, was dein Bruder sagen wird.«

Daniel hob eine der Kisten auf seine Schulter.

»Seine Begeisterung wird sich in Grenzen halten, das steht fest.«

2

Trotz des erheblichen Gewichtes der Kisten schritten die beiden Männer zügig aus. Caroline folgte ihnen auf der schmutzigen Straße, die mitten durch den Ort führte. Erstaunt und auch enttäuscht betrachtete sie die winzigen mit Schindeln verkleideten Häuser. Aus den Kaminen kringelten sich Rauchwolken, die sich mit der kühlen Märzluft vermischten. Mehrere kleine Kinder erstarrten in ihrem Spiel, als sie sie sahen und liefen dann kichernd weg. Auf einer Veranda stand eine schlicht gekleidete Frau, ihre Haare säuberlich unter einer weißen Leinenhaube versteckt, und schaukelte ihr Baby im Arm. Konsterniert winkte sie den Männern zu.

»Guten Morgen, Mary«, rief Daniel im Vorbeigehen.

»Guten Morgen, Hausfrau Mathieson.« Kapitän Rowse tippte an seinen Hut.

Noch jemand, der zur Familie gehört, dachte Caroline, als sie den mit Gras bewachsenen Dorfplatz überquerten, der offensichtlich das Zentrum von Saybrook war. An die Kirche mit dem viereckigen Turm grenzte ein kleiner Friedhof. Auf der obersten Stufe vor dem Eingang stand ein schwarzgekleideter Geistlicher mit einer weißen Perücke. Ohne die Andeutung eines Lächelns hob er die Hand zum Gruß.

»Hochwürden Miller scheint äußerst schlecht gelaunt zu sein«, bemerkte Kapitän Rowse.

»Matt und er hatten einen Streit«, brummte Daniel. »Seither hat er für unsere Familie nicht allzu viel übrig. Er hält Matt für gottlos.«

»Hat er sich etwa getraut, das Matt offen ins Gesicht zu sagen?«

»Natürlich nicht! So verrückt ist er nun auch wieder nicht. Trotz seiner Antipathie taucht er sicher spätestens übermorgen bei uns auf, um herauszufinden, wer *sie* ist.«

Ärmliche Stoppelfelder säumten jetzt die Straße. Dahinter erhob sich wie eine Mauer der dunkle Wald. Wehmütig dachte Caroline an die herrlich grünen, saftigen Wiesen, die in England zu jedem Bauernhaus gehörten und ordentlich von niedrigen Steinmauern oder gestutztem Buschwerk umgeben waren. Sie fragte sich, ob ihre Entscheidung richtig war, die zivilisierte Heimat zu verlassen, um hier in diesem wilden und primitiven Land zu leben. Durch ihren Vater war sie das Leben in der Stadt gewöhnt, denn nur dort hatte er als Spieler eine wirkliche Chance, ihren Lebensunterhalt zu verdienen. Sehr luxuriös war ihr Leben dank der Würfel und Karten nicht gewesen. Deswegen stand sie nach dem Tod ihres Vaters völlig mittellos da, schlimmer noch, ohne einen einzigen Menschen, an den sie sich hätte wenden können. Ob ihre Entscheidung also richtig oder falsch war, spielte im Grunde keine Rolle. Denn sie hatte gar keine andere Wahl, als Elisabeth zu bitten, sie bei sich aufzunehmen.

Sie begegneten einem Mann im Lederwams, der sein hinkendes Pferd zum Dorf zurückführte. Kopfschüttelnd blieb er stehen. Caroline war versucht, sich die Kapuze tiefer ins Gesicht zu ziehen, aber das ließ ihr Stolz nicht zu. Mit energisch vorgestrecktem Kinn preßte sie ihren Korb an sich, als sie von der Straße abbogen. Der schmale Pfad, der zum Wald führte, zwang sie hintereinander zu gehen.

Das dichte Blattwerk der riesigen Bäume wölbte sich wie ein Dach hoch über ihren Köpfen. Kein Sonnenstrahl störte das schattige Dunkel, Vogelgezwitscher und seltsame Geräusche erfüllten die Luft. Ängstlich versuchte Caroline mit den Männern vor ihr Schritt zu halten. Ab und zu zerkratzte ihr ein Ast der niedrigen Büsche zu beiden Seiten des Weges das Gesicht. Sie war sicher, von hungrigen Bären und Wölfen beobachtet zu werden, die nur darauf warteten, daß sie stürzte. Kurzentschlossen raffte sie ihre Röcke hoch, um schneller voranzukommen.

Am Rand einer Lichtung blieb Daniel stehen. Mit sichtbarer Erleichterung stellte er die Kisten ab.

»Die lassen wir am besten hier, bis Matt entschieden hat, was nun geschehen soll.«

»Das ist gewiß das beste«, meinte Kapitän Rowse zustimmend und hievte die dritte Kiste von seiner Schulter.

Der Grund der Lustlosigkeit der beiden Männer, ihre schwere Bürde weiterzutragen, war für Caroline offensichtlich. Zweifellos fürchteten sie, daß Elisabeths Schwester nicht willkommen sein würde. Bei dieser Vorstellung krampfte sich ihr Magen zusammen. Rasch brachte sie ihre Kleidung in Ordnung und trat unter den Bäumen hervor.

Vor ihr lag ein großes Blockhaus mit hohen, schmalen bleiverglasten Fenstern. Die mächtige Eingangstür und die ebenerdigen Räume lagen im Schutz des vorgezogenen oberen Stockwerks. Zu beiden Seiten des Hauses waren zwei Kamine aus Steinen hochgezogen worden. Ein kleiner Junge war dabei, die Hühner in der Einfriedung vor der riesigen Scheune zu füttern. Dahinter arbeiteten zwei Männer auf einem der Felder. Neben dem Haus rührte ein Jugendlicher in einem dampfenden Kessel, der über dem Feuer hing. Zu seinen Füßen lag ein schwarzweißer Hund, der freudig bellend aufsprang, als er sie entdeckte.

»Auf dem Feld da drüben, das ist Matt«, brummte Daniel.

»Wirst du dich wohl anständig aufführen, Raleigh«, drohte er dem Hund, der sich knurrend näherte und nach dem Bein des Kapitäns schnappte.

Mit einem Fußtritt entledigte sich dieser ungerührt des lästigen Vierbeiners, der die Größe eines kleinen Ponys hatte. Mit einem wütenden Zähnefletschen und fürchterlichem Gebell fixierte das Biest nun Caroline, die ängstlich ihren Korb an sich preßte.

»Ich hoffe, Sie haben keine Angst vor Hunden«, meinte Daniel sichtlich amüsiert.

»Ach ja?« Caroline wirbelte herum, als der Hund nach ihrem Mantel schnappte. Ihre Stimme, sonst von melodiöser Sanftheit, klang schrill.

Kapitän Rowse grinste ebenfalls. Keiner der beiden Männer machte Anstalten ihr zu helfen. In aller Ruhe schienen sie abzuwarten, daß das Biest sie zerfleischte. Mit zusammengebissenen Zähnen versuchte sie dem Monster ihren Mantel zu entreißen. Doch der Hund gab nicht nach. Der Deckel ihres Korbes sprang auf, und bevor sie etwas tun konnte, sprang fauchend eine schwarze Katze heraus und suchte schnellstens das Weite.

Caroline erstarrte. Der Hund verlor auf der Stelle jegliches Interesse an ihrem Mantel. Mit wütendem Gebell verfolgte er die Katze. Die Hühner gackerten erschrocken und flatterten aufgeregt herum. Der Junge ließ die Schale mit Körnern fallen, als die Katze zwischen seinen Beinen hindurchjagte.

»Meine arme Katze! Millicent! Warum ruft niemand diesen verdammten Köter zurück!« schrie Caroline außer sich.

Millicent hatte inzwischen die hinter der Scheune liegende Wiese erreicht. Mit fliegenden Röcken rannte Caroline ihr nach.

»Vorsicht, der Stier!« schrie der kleine Junge.

Caroline blieb stehen. Nur wenige Meter entfernt graste

ein schwarzer Stier von kolossaler Größe. Mit gesenktem Kopf und erbostem Blick starrte er sie an.

»Schnell! Laufen Sie weg!« rief der Junge vom Zaun her.

Caroline drehte sich um. Schreiend rannte sie zum rettenden Zaun zurück. Schnaufend galoppierte der Stier hinter ihr her.

»Der Mantel. Lassen Sie Ihren Mantel fallen.«

Mit fliegenden Fingern nestelte sie am Verschluß des verhängnisvollen Kleidungsstückes. Der rote Mantel fiel zu Boden. Nur noch wenige Meter bis zum Zaun. Daniels Arme streckten sich ihr entgegen, er hob sie hoch und schwang sie durch die Luft. Doch ihr Rock verfing sich in einem rostigen Nagel des Zauns. Daniel verlor das Gleichgewicht und ließ sie los.

Mit einem schmerzvollen Sturz landete sie bäuchlings mitten im Hühnerdreck. Millicent, dem Hund entflohen und auf geheimnisvolle Weise zurückgekehrt, rieb ihren weichen Kopf an ihrem schmutzigen Gesicht und schnurrte laut.

3

Bewegungslos, mit schmerzenden Gliedern, blieb Caroline liegen. Ihre Situation war absurd, geradezu lächerlich. Aus Angst vor den herzlosen Blicken der Männer, wagte sie nicht die Augen zu öffnen. Die Rückkehr von Millicent, die ihren warmen Körper schnurrend an sie preßte, war das einzige, was sie in ihrer bedauernswerten Lage tröstete.

Bewußt jede brüske Bewegung vermeidend setzte sie sich auf. Von dem Hund war glücklicherweise weit und breit nichts zu sehen.

»Sie lebt«, rief der kleine Junge, der die Hühner gefüttert hatte.

Sein schwarzes Haar, das ihm tief über die blauen Augen fiel, gehörte geschnitten, seine am Knie zerrissenen Hosen verstärkten den verwahrlosten Eindruck.

Hinter dem Knirps lehnten fünf erwachsene Männer am Zaun, deren Augen sich nun auf sie richteten. In einiger Entfernung scharrte der Stier mit seinen Hufen, als er mit seinen Hörnern in die Luft warf, was von ihrem Mantel übriggeblieben war.

Der älteste der Männer war ohne Zweifel Ephraim Mathieson. Er war größer als Daniel, breitschultrig und von muskulösem Körperbau. Er trug ein langärmliges, weißes kragenloses Hemd, das in schwarzen, unter dem Knie endenden Hosen steckte. Graue Woll-Kniestrümpfe und einfache Lederschuhe vervollständigten seine Kleidung. Sein schwarzes, in der Sonne glänzendes Haar war, den puritanischen Regeln entsprechend, kurz geschnitten.

Als er nun auf sie zukam, sah sie, daß er mit dem linken Bein hinkte. Mit gerunzelter Stirn, die Hände auf den Hüften, blieb er vor ihr stehen. Ihr Aussehen erregte unübersehbar sein Mißfallen. Das einst sehr hübsche Kleid war nicht nur schmutzig und zerrissen, es hing wie ein formloser Sack an ihrem spindeldürren Körper. Der seelische Stress der vergangenen Monate, die körperliche Anstrengung ihrer unerfreulichen Reise waren eine unfreiwillige Diät gewesen. Der beim Sturz hochgerutschte Unterrock entblößte ihre Beine bis fast zum Knie. Die dicken schwarzen Haare fielen ihr offen über die Schultern, weil der sonst so ordentliche Dutt den Strapazen nicht standgehalten hatte.

Caroline preßte Millicent an sich und stand langsam auf. Mißtrauisch beäugte die Katze den vor ihr stehenden Mann.

»Ephraim Mathieson?« erkundigte sie sich kühl.

Er nickte bestätigend. »Ihr Glück, daß meinem Stier nichts passiert ist.«

Caroline hielt die Luft an, um nicht völlig die Selbstbeherrschung zu verlieren.

»Das Biest hätte mich fast zu Tode getrampelt, und Sie wagen es …« Ihre Augen funkelten zornig. »Zur Hölle soll er fahren, Ihr verdammter Stier!«

»Halten Sie Ihre böse Zunge im Zaum, Weib!«

Caroline wirbelte herum, die zitternde Katze an sich

drückend. Nur wenige Schritte entfernt stand, mit hochrotem Kopf und wutverzerrtem Gesicht, der protestantische Geistliche. Ihre unbedachten Worte erschreckten sie fast ebenso wie den Mann mit der weißen Perücke.

»Sie sind nicht nur eine Diebin und Gotteslästerin, sondern auch eine Lügnerin und Dirne!« Die Stimme des Geistlichen überschlug sich. »Ephraim Mathieson, ich befehle Ihnen, dieses schamlose Weibsbild öffentlich zurückzuweisen. Ich bin so schnell wie möglich herbeigeeilt, um Sie vor ihr zu warnen, kaum hatte mir jemand von ihrem schändlichen Benehmen an Bord erzählt. Aber eine Warnung ist wohl nicht mehr nötig. Mit ihren Worten hat die Dirne sich selbst verdammt!«

In Carolines Augen blitzte es. Eine warme Hand drückte warnend ihren Arm, als sie sich wütend verteidigen wollte.

»Auch ich wünsche Ihnen einen Guten Tag, Mr. Miller«, begrüßte Matt mit beißender Ironie den Vertreter Gottes.

Er machte kein Hehl aus seiner Abneigung, sein Gesichtsausdruck war alles andere als freundlich. Merkwürdigerweise beeinträchtigte das sein gutes Aussehen in keiner Weise: Das dunkle Gesicht wie gemeißelt; die gerade Nase; die dicken schwarzen Brauen ein wunderbarer Kontrast zu seinen stahlblauen Augen. Die Narbe, die von seinem linken Auge quer über die Wange bis zum Mund verlief, war vielleicht das einzige, was die Harmonie dieses klassischen Gesichtes störte.

»Ich bestehe darauf, daß Sie dieses sündige Weib nicht in Ihrem Haushalt aufnehmen, Ephraim Mathieson!« verkündete der Pastor.

»Es ist nicht Ihre Aufgabe, mir vorzuschreiben, wie ich die Angelegenheiten regle, die meinen Haushalt betreffen, Joachim Miller. Und es spricht auch nicht für Sie, eine Fremde zu verdammen, ohne Beweise für ihre Schuld zu haben.«

»Beweise?« sagte der Pastor ärgerlich. »Mit meinem eigenen Ohren habe ich gehört, wie sie geflucht hat. Was ihre Lügen und den Betrug betrifft, ihre Reisegefährten haben mir alles erzählt. Fragen Sie doch Tobias. Ich bin sicher, er bestätigt die Geschichte. Den Beweis, daß sie eine Dirne ist, sehen Sie vor sich. Keine anständige Frau würde sich in einem solchen schamlosen Kleid präsentieren. Man sollte sie in Stockeisen gefangen halten, bis sie wieder zurückgeschickt werden kann in das Sodom und Gomorrah, wo sie hingehört!«

»Ich glaube, ich kann meine Probleme selbst lösen. Ohne Ihre Intervention.«

»Sie wagen es, sich gegen Gottes Wort aufzulehnen?«

»Gottes Wort ist mir heilig, aber Ihr dummes Geschwätz geht mir auf die Nerven. Ich gebe Ihnen den guten Rat zu verschwinden, Mr. Miller, so lange Sie es noch können.«

»Sie drohen einem Mann der Kirche? Dafür werden Sie sich verantworten müssen. Diesen Tag werden Sie noch bereuen, Ephraim Mathieson, das verspreche ich Ihnen.« Mit fliegenden Gewändern hastete er dem Wald zu.

»Du solltest dir den Pastor nicht noch mehr zum Feind machen«, meinte Daniel.

»Daniel hat recht«, bekräftigte ein Mann mit sandfarbenem Haar, und Kapitän Rowse wackelte zustimmend mit seinem Kopf.

Matt zuckte mit den Schultern. Seine blauen Augen sahen Caroline an.

»Bereiten Sie immer solche Unannehmlichkeiten?«

Carolines Kinn schob sich vor. Ephraim Mathiesons Manieren waren genauso unzivilisiert wie das Land, in dem er lebte.

»Normalerweise bereite ich niemanden irgendwelche Unannehmlichkeiten, außer ... außer ich werde von monströsen Hunden, wilden Stieren oder unerzogenen Männern angegriffen.«

»Von meinem Bruder und Tobias habe ich erfahren, daß Sie heute morgen aus England angekommen sind und behaupten, eine nahe Verwandte unserer Familie zu sein. Nachdem Sie uns alle von unserer Arbeit abgehalten haben und für genügend Aufregung gesorgt haben, bitte ich Sie mir zu erklären, was es damit auf sich hat.«

Caroline war versucht, ihm eine rüde Antwort zu geben, doch sie sah ein, daß dies äußerst undiplomatisch wäre. Den

Mann ihrer Schwester zu verärgern, konnte sie sich in ihrer gegenwärtigen Situation nicht leisten. Ihr Hierbleiben hing sicher nicht nur von Elisabeth, sondern auch von seiner Entscheidung ab.

»Ich bin Elisabeths Schwester«, erklärte sie deswegen so höflich wie möglich. »Ich heiße Caroline Wetherby.«

»Sie sehen ihr aber in keinster Weise ähnlich«, meinte Matt, nachdem sein Blick prüfend über ihr Gesicht gewandert war.

»Glauben Sie mir, ich bin die, die ich behaupte zu sein. Ich habe Papiere bei mir, die meine Identität beweisen. Davon abgesehen, Elisabeth erkennt mich sicher.«

»Wann haben Sie Ihre Schwester denn zuletzt gesehen?«

»Das wissen Sie genau. Vor etwa fünfzehn Jahren. Kurz, bevor sie mit Ihnen durchgebrannt ist.«

»Ja, ich erinnere mich, sie sprach von Ihnen.«

Caroline atmete erleichtert auf. Dann stutzte sie.

»Sie *sprach* von mir?« fragte sie vorsichtig. »Tut sie es denn nicht mehr?«

»Dann haben Sie meinen Brief nicht bekommen?«

»Nein.«

»Letztes Jahr habe ich Ihnen und Ihrem Vater geschrieben. Ist er denn nicht mit Ihnen gekommen?«

»Er ist vor zwei Monaten gestorben.«

»Oh, das tut mir leid.«

Die Anwesenden verharrten in dumpfem Schweigen. Matt zögerte, als wisse er nicht, wie er seinen nächsten Satz formulieren sollte.

»Elisabeth ist tot, nicht wahr?« flüsterte Caroline.

»Ja.«

Caroline schloß die Augen. »Oh, nein!« murmelte sie. »Oh, nein.« Nur mit Mühe kontrollierte sie die Übelkeit, die sich langsam vom Magen nach oben arbeitete. Schnell machte sie die Augen wieder auf. »An was ist sie gestorben?«

»Sie ist ertrunken. Im Mai ist es zwei Jahre her.«

»Oh, nein«, sagte sie wieder.

Alles umsonst. Das Verlassen der Heimat – umsonst. Die

weite Reise – umsonst. Sie spürte, wie es sie zu würgen begann. Millicent landete in den Armen ihres überraschten Schwagers. Mit der Hand vor dem Mund rannte sie zur Scheune hinüber. Dort fiel sie auf die Knie und übergab sich. Noch nie hatte sie sich so schlecht gefühlt, körperlich wie geistig. Erschöpft lehnte sie sich an das rauhe Holz.

Elisabeth war tot. Ihre einzige Verwandte, ihre letzte Hoffnung – tot. Nun war sie ganz allein. Allein, in einem fremden Land. Nach England zurückkehren konnte sie auch nicht, denn die Reise konnte sie nicht bezahlen. Sie war auf Gedeih und Verderben ihrem Schwager ausgeliefert. Einem Mann, dem ihre Anwesenheit höchst unwillkommen war.

In dem Augenblick sah sie Matt auf sich zukommen. Vage realisierte sie, wie verhaßt ihm sein steifes Bein sein mußte.

»Wo ist meine Katze? Was haben Sie mit ihr gemacht?«

»Daniel hat sie. Bei ihm ist sie sicher aufgehoben«, beruhigte er sie. Dann hielt er ihr ein Taschentuch hin. »Reiben Sie sich das Gesicht ab.«

Ohne zu zögern tat sie das, was er verlangte.

»Ich erinnere mich noch gut an Ihren Vater. Sie sehen ihm ähnlich. Und vielleicht *sind* Sie ihm ähnlich. Aber ich lasse mich gern vom Gegenteil überzeugen. Von Tobias höre ich, daß Sie gedenken, bei uns zu wohnen. Und offensichtlich schulde ich ihm das Geld für Ihre Überfahrt. Er hat mir da eine Geschichte erzählt ... ich mag weder Diebe noch Betrüger. Aber ich will Ihnen die Chance geben, sich zu verteidigen. Ich werde Ihnen zuhören, Miss Wetherby. Mehr kann ich Ihnen nicht versprechen.«

4

»Ich dulde nicht, daß Sie so despektierlich von meinem Vater sprechen!« verteidigte Caroline vehement die Ehre des Verstorbenen, den sie trotz seiner vielen Fehler heiß und innig geliebt hatte.

»Aber es ist die Wahrheit. Der Sinn unserer Unterhaltung sollte allerdings nicht sein, die Verfehlungen des Marcellus Wetherby zu diskutieren.«

»Richtig. Denn ich lasse mir das Andenken meines Vaters nicht in den Schmutz ziehen. Er war ein freundlicher und guter Mann.«

Caroline stand auf, die kleinen Hände unwillkürlich zu Fäusten geballt.

»Er war ein Mann ohne jegliches Verantwortungsgefühl; ein Mann von liederlichem Lebenswandel; der Getreue eines wollüstigen Königs, um nur einige seiner Charakterschwächen zu nennen.«

»Und was sind Sie? Der Sprößling einer Familie, die an der Verurteilung Karls I. beteiligt war, der Nachkomme von Königsmördern! Aus Ihnen spricht die Verbitterung, weil der König Ihre Besitztümer konfiszierte, was mir eine gerechte Strafe für den Verrat erscheint.«

Von ihrem Vater wußte Caroline, daß die Mathiesons nach dem Tod Cromwells und der Restauration des Monarchen alles verloren hatten. In den darauf folgenden Jahren war die Familie gezwungen gewesen, einen Bauernhof zu bewirtschaften. Der alte Mathieson blieb bis zu seinem Tod ein unerschütterlicher Puritaner. Ephraim, nunmehr das Oberhaupt der Familie, beschloß zu emigrieren. Mit ihm verließen unzählige Verwandte England, und auch ihre Schwester Elisabeth, die zu jener Zeit zwanzig Jahre alt war.

Den Mann, auf dessen Hilfe sie im Augenblick dringend angewiesen war, an diese Dinge zu erinnern, war alles andere als diplomatisch, aber Caroline sah sich außerstande, ihre Zunge zu beherrschen.

»Ich weigere mich entschieden mit einer unreifen Person über Politik zu diskutieren. Zu der damaligen Zeit waren Sie noch nicht mal auf der Welt. Sagen Sie mir lieber, was Sie veranlaßte, nach Connecticut Colony zu kommen. Hatten Sie denn keine Verwandten in England, an die Sie sich nach dem Tod Ihres Vaters hätten wenden können?«

»Nein.«

»Eine so attraktive, junge Frau wie Sie hatte doch bestimmt Verehrer. Sie hätten heiraten können.«

»Ich wollte aber nicht heiraten.«

»Sie zogen es vor, die Heimat zu verlassen und eine gefährliche Reise anzutreten, um in einem wilden, unbekannten Land bei einer wildfremden Familie Unterschlupf zu suchen?« Seine Augenbrauen rutschten skeptisch nach oben.

»Elisabeth ist … war meine einzige Verwandte. Deswegen bin ich hergekommen. Hätte ich gewußt, daß sie tot ist, wäre ich sicherlich nicht hier.«

»Und damit kommen wir zum Kern der ganzen Angelegenheit. Sie waren also fest entschlossen hierherzukommen. Ihre Überfahrt bezahlten Sie mit wertlosem Glitter. Was mich nun daran interessiert, ist folgendes … wußten Sie, daß das Schmuckstück nicht echt ist?«

»Nein.«

»Raus mit der Wahrheit. Lügner sind mir verhaßt.«

»Ich bin keine Lügnerin!«

Matt betrachtete sie nachdenklich.

»Tobias hat mir die Brosche gezeigt. Ein ausgefallenes, hübsches Stück. In der Tat ist das Schmuckstück so originell, daß ich mich sofort dran erinnerte, was Elisabeth mir vor Jahren erzählt hat. Genau die gleiche Brosche, in der Form eines Pfaus, pflegte Ihr Vater bei seinen Glücksspielen einzusetzen, wenn er kein Geld mehr hatte. Glücklicherweise gewann er meistens, erklärte Elisabeth mir, denn die Steine waren falsch. Hätte man es herausgefunden, wäre er gehängt worden. Ist es nicht ein merkwürdiger Zufall, daß es zwei identische Broschen geben soll?«

Sein Blick war auf sie gerichtet.

»Also gut. Ich wußte es«, gab sie zu.

»Aha!«

»Was wollen Sie damit sagen?«

»Damit will ich sagen, daß es besser ist, Sie erzählen mir die ganze Geschichte. Ich habe nicht vor, die Verantwortung für eine Lügnerin oder Diebin zu übernehmen.«

Um Carolines Mund erschien ein bitterer Zug.

»Sie wollen die Geschichte hören? Gut, ich werde Sie Ihnen erzählen. Zwei Jahre vor seinem Tod wurde mein Vater sehr krank. Er war außerstande, unseren Lebensunterhalt zu bestreiten. Obwohl ich mich als Näherin verdingte, reichte der spärliche Verdienst nicht aus. Weder um die Miete zu bezahlen, noch um uns zu ernähren. Wir waren gezwungen, alles zu verkaufen, was irgendwelchen Wert besaß. Trotzdem reichte das Geld nicht. Unser Vermieter hatte ein Auge auf mich geworfen und verzichtete deswegen in den letzten Monaten auf sein Geld. Nach dem Tod meines Vaters allerdings bestand er darauf, daß die Schulden beglichen werden. In Naturalien, sozusagen ...«

Nur mit Mühe drängte Caroline die Tränen zurück, als sie an die erniedrigenden Ereignisse zurückdachte. Simon Denkers Hände, die ihren Körper begrapschten, sein nasser, widerwärtiger Mund, der sich auf den ihren preßte. Allein die Erinnerung daran verursachte ihr Übelkeit.

»Sehen Sie mich nicht so an! Was hätten Sie an meiner Stelle getan? Diesem ekelhaften Menschen Vaters Glücksbringer zu geben schien mir weniger verwerflich, als ... als *mich* zu verkaufen.«

Matt nickte. »Sie haben das kleinere Übel gewählt. Das rechtfertigt jedoch nicht Ihre Lüge.«

Wie anmaßend, über sie zu richten! Aber es war leicht, den Moralapostel zu spielen, wenn man sich nicht selbst in einer hoffnungslosen Lage befand.

»Ist Ihre Scheinheiligkeit angeboren, Mr. Mathieson, oder mußten Sie sie erst erlernen?«

»Ich an Ihrer Stelle wäre etwas vorsichtiger in der Wahl meiner Worte«, sagte Matt leicht amüsiert. »Und sparen Sie sich die Mühe, in Ohnmacht zu fallen! Falls es das ist, was Sie vorhaben, um meine Sympathie zu gewinnen. Ich habe mich bereits entschlossen, Tobias das Geld zu geben.«

»Wie außerordentlich freundlich von Ihnen«, erwiderte Caroline kühl. »Aber unnötig. Ich werde Ihre Hilfe nicht in Anspruch nehmen.«

»Wenn ich Tobias das Geld nicht gebe, bringt er Sie vor Gericht und verkauft Sie als Magd.«

Caroline war alles andere als dumm, wenngleich ihr Stolz ihr manchmal einen Streich spielte.

»Ich kann nicht glauben, daß das legal ist.«

»Absolut legal. Glauben Sie mir.«

»Was für ein grausames Land! Welche Greuel praktizieren die Menschen hier noch? Abgesehen vom Sklavenhandel, meine ich.«

Seine Augen verengten sich.

»Ich gebe Ihnen einen Rat, mein Mädchen. Unterlassen Sie Ihr königstreues Geschwafel. Derart loses Mundwerk wird hier hart bestraft.«

»Das bedeutet wohl, daß ich mich vor Ihrem Pastor, diesem Griesgram, fürchten muß?«

»Schluß jetzt! Meine Toleranz hat Grenzen. Ich warne Sie. Als Mitglied meines Haushalts werden Sie sich, entsprechend den hiesigen Gepflogenheiten, anständig aufführen. Das bedeutet: keine Lügen, keine Blasphemie, keine königstreuen Ansprachen! Das ist doch wirklich nicht zu viel verlangt.«

Caroline war zu erschöpft, um den Schalk in seinen Augen zu bemerken.

»Es wird Sie überraschen zu erfahren, daß ich nach allem, was passiert ist, nicht den leisesten Wunsch hege, ein Mitglied Ihres Haushalts zu werden.«

»Sie bevorzugen also, als Magd verkauft zu werden, wenn ich das richtig verstehe?«

»Nein, ich werde mir eine Stelle suchen. Ich kann kochen und nähen, ich bin in der Lage, einen Haushalt zu führen. Auf diese Weise kann ich Ihnen das Geld, das ich Ihnen schulde, zurückzahlen.«

»Sie glauben doch nicht im Ernst, daß Sie eine Stelle finden werden? Niemand hier bei uns stellt ein so impertinentes, unerzogenes, sich schamlos kleidendes und politisch irregeleitetes Weibsbild ein.«

»Es mangelt Ihnen ausgesprochen an Höflichkeit, Mr. Mathieson.«

»Dann passen wir ja gut zusammen. Ich biete Ihnen ein Dach über dem Kopf, weil Sie die Schwester meiner verstorbenen Frau und damit die Tante meiner Kinder sind, und weil wir jemanden brauchen können, der unseren Männer-Haushalt in Ordnung hält. Sie werden Ihre Schulden bei mir abarbeiten. Ich bestehe allerdings darauf, daß Sie uns keine Scherereien machen. So ein idiotisches Spektakel, wie Sie es uns heute morgen geboten haben, darf sich nicht wiederholen.«

»Idiotisches Spektakel?« wiederholte Caroline fassungslos.

Wildes Gekläffe hinderte sie, in ihrer Rede fortzufahren. Um die Ecke der Scheune schoß mit hochaufgerichtetem Schwanz die schwarze Katze Millicent hervor und sprang ihr mit einem verzweifelten Satz auf die Schulter.

»Raleigh!«

Der riesige Köter sprang an Caroline hoch, in der Hoffnung sein Opfer doch noch zu erwischen. Carolines Gleichgewicht hielt dem schweren Hundekörper nicht stand. Zum zweiten Mal an diesem Morgen lag sie am Boden. Raleigh jaulte auf, als sich Millicents scharfe Krallen an seinem Ohr verfingen. Die Katze nutzte die allgemeine Verwirrung und entfloh auf das Dach der Scheune.

Die herbeigeeilten Männer fingen den hysterisch bellenden Hund ein. Dabei lachten sie aus vollem Hals.

5

»Platz!«

Matt versetzte dem Hund einen Fußtritt.

Vom Dach der Scheune sah Millicent befriedigt zu, wie ihr Feind bestraft wurde. Scheinbar völlig desinteressiert begann sie sich zu putzen.

Caroline setzte sich auf und rieb sich das durch den Fall in Mitleidenschaft gezogene Hinterteil.

»Diese verdammte Katze! Ich hätte sie doch ins Meer

werfen sollen.« Kapitän Rowse half ihr auf die Beine. »Kaum war das Vieh an Bord, begannen die Schwierigkeiten.«

»An denen meine Katze keine Schuld hatte.«

»So? Ist es nicht eine Tatsache, daß wir vier Tage lang keinen Wind hatten und rudern mußten? Ist es etwa nicht wahr, daß das Mehl feucht wurde und somit ungenießbar? Hat sich einer meiner Leute nicht ins Bein geschnitten, obwohl er doch nur ein Tau abschneiden wollte? Ist es nicht so, Missy?«

»Meine Katze trifft keine Schuld.«

»Eine Katze an Bord bringt Unglück. Jeder weiß das. Und eine schwarze Katze erst recht. So viel Pech hatte ich noch bei keiner meiner Reisen. Natürlich lag es an der Katze.«

»Das ist doch vollkommener Blödsinn.«

»Ich glaube, es lag eher an ihrer Herrin«, murmelte Matt, der inzwischen einen Strick um den Hals des Hundes gebunden hatte. »Du bindest Raleigh hinterm Haus fest«, sagte er zu dem älteren seiner beiden Söhne. Caroline schätze ihn auf etwa zehn Jahre.

»Aber Pa ...«

»Nur bis hier wieder die gewohnte Ruhe eingekehrt ist. Raleigh wird es überleben. Also mach schon.«

»Ich geh' ja schon«, maulte sein Sohn, aber er gehorchte.

Als das Tier endlich aus ihrer Sicht entschwunden war, atmete Caroline erleichtert auf.

»Sie wollen doch nicht mir die Schuld in die Schuhe schieben, oder?« erkundigte sich Caroline indigniert. »Ihr unerzogener Hund hat das Durcheinander angerichtet, das wissen Sie genau.«

»Sie sollten wirklich ernsthaft versuchen, sich Ihre Angst vor Hunden abzugewöhnen«, grinste Daniel.

»Ich? Ich habe doch keine Angst vor einem wildgewordenen, bissigen Hund. Warum sollte ich?«

»Raleigh beißt nicht. Sie sind ein Feigling, das ist alles«, kreischte der kleine Junge.

Caroline hätte ihm liebend gern eine Kopfnuß verabreicht,

aber es war schließlich nicht ihre Aufgabe, den höchstens Fünfjährigen zu erziehen.

»David Mathieson! Wenn du zu deiner Tante nicht höflicher bist, versohle ich dir den Hintern«, wies Matt ihn zurecht.

»Ist sie wirklich meine Tante?« fragte David erstaunt.

»In der Tat, das ist sie. Tante Caroline wird bei uns wohnen. Für gewisse Zeit zumindest.«

»Ich will nicht, daß irgendeine Tante bei uns lebt«, rief David erschrocken. »Wir brauchen sie nicht. Wir kommen doch auch gut allein zurecht.«

»Du hältst jetzt dein vorlautes Mundwerk!« sagte Matt mit einer Stimme, die keinen Widerspruch duldete. »Tante Caroline kann für uns kochen, backen und nähen. Davon abgesehen gehört sie zur Familie. Sie bleibt bei uns, und damit basta. Mehr gibt es dazu nicht zu sagen.«

Caroline wußte, daß ihre Anwesenheit im Grunde keinem recht war. Doch damit würde sie leben müssen.

Matt überbrückte das unangenehme Schweigen, das sich ausgebreitet hatte, indem er sie mit den Bewohnern der Farm bekannt machte.

»Daniel kennen Sie ja bereits. Links neben ihm steht unser Bruder Thomas, zu seiner Rechten sehen Sie Robert. Die beiden leben ebenfalls hier, sie helfen mir beim Bewirtschaften der Farm. John ist mein älterer Sohn, und der vorlaute Knirps ist David, der jüngste unserer Familie.«

Sein Blick wanderte zu Kapitän Rowse hinüber.

»Na, Tobias, wie wäre es mit einem schönen Ale? Was mich betrifft, ich komme um vor Durst. Außerdem haben wir ja etwas Geschäftliches miteinander zu regeln. Das tun wir am besten im Haus.«

Der Kapitän grinste. »Eine ausgezeichnete Idee.«

»Und Sie, Caroline, kommen am besten gleich mit. Je früher Sie unseren Haushalt kennenlernen, desto besser. Alle anderen gehen zurück an die Arbeit. Wir haben eine Menge Zeit verloren.«

Sein vorwurfsvoller Blick ruhte kurz auf Caroline.

»Auf dich warten unsere verhungerten Hühner, Davey.«

»Was soll mit den Kisten geschehen?« erkundigte sich Daniel.

Matt runzelte die Stirn. »Mit was für Kisten denn?«

»Die sie mitgebracht hat. Schwere Dinger, das kann ich dir sagen. Drei Stück.«

»Bring sie ins Haus. Drei Kisten!« Fassungslos schüttelte er den Kopf. »Kommst du, Tobias?«

Sobald Caroline allein war, sah sie zu Millicent hinauf, die hoch oben auf dem Dach der Scheune saß.

»Millicent, komm. Komm herunter.«

Die gelben Augen der Katze betrachteten sie interessiert.

»Nun komm schon runter.«

Millicent stand langsam auf, streckte sich und gähnte. Offenbar hatte sie nicht vor, ihren sicheren Platz da oben zu verlassen.

»Caroline! Wo bleiben Sie denn?« rief Matt ärgerlich.

»Ich komme sofort.«

Ungeduldig beobachtete sie ihre Katze, die in aller Seelenruhe auf dem Dachfirst entlang spazierte, als ginge sie das alles nichts an.

»Millicent, komm endlich her.«

»Wenn es ihr langweilig wird, kommt sie schon von alleine herunter«, meinte Matt direkt hinter ihr. »Ich bin es nicht gewöhnt zu warten. Außerdem haben wir heute schon genug Zeit verloren. Ich kann keine Rücksicht nehmen auf die Launen einer eigensinnigen Katze.«

»Aber der Hund wird sie zerfleischen.«

»Der Hund ist angebunden. Und selbst, wenn er es nicht wäre … er tut Katzen nichts. Unsere Katzen haben ihn jedenfalls bisher überlebt, auch wenn er ab und zu hinter ihnen herjagt.«

»Sie wird sich verirren. Millicent ist das Einzige, was ich noch habe, sie ist von klein bei mir und …« Unwillkürlich hatte sie sich aufs Bitten verlegt.

Matt sah sie ungeduldig an, dann seufzte er.

»Also gut. Ich hole Ihnen Ihre Katze herunter. Aber nur

unter der Bedingung, daß Sie mir versprechen, den Rest des Tages keinen weiteren Blödsinn mehr anzustellen.«

Sein Angebot überraschte sie. In letzter Minute verkniff sie sich ein dankbares Lächeln.

»Ich verspreche es.«

Inzwischen war auch Kapitän Rowse wieder aufgetaucht, um herauszufinden, warum Matt ihn so lange warten ließ.

Matt verschwand in der Scheune, erschien nach kurzem wieder mit einer Leiter, die er an das Gebäude lehnte. Langsam kletterte er nach oben. Mit seinem steifen Bein bereitete es ihm offensichtlich Mühe. Millicent beobachtete ihn mißtrauisch. Als er sie gerade einfangen wollte, fauchte sie wütend, rutschte, weil sie das Gleichgewicht verlor, das steile Dach herunter und landete neben Caroline, die sie erleichtert in die Arme schloß.

Kapitän Rowse beobachtete die Szene sichtlich amüsiert. Seine Schultern zuckten, als er stumm in sich hinein lachte.

Bis zum Äußersten gereizt sah Matt auf sie herunter, bevor er sich an den mühsamen Abstieg machte. Als er die Leiter wieder in die Scheune zurückgebracht hatte, bedachte er Caroline mit einem strengen Blick.

»Habe ich es Ihnen nicht gesagt, daß das verflixte Vieh von alleine herunterkommt?«

Mit großen Schritten marschierte er zum Haus, gefolgt vom Kapitän, der wieder seinen normalen Gesichtsausdruck zur Schau trug.

Caroline drückte die schwarze Katze an ihre Brust, als auch sie sich auf den Weg machte. Fast gut gelaunt streichelte sie das weiche Fell von Millicent.

Matt Mathieson hatte sich immerhin bemüht, freundlich zu ihr zu sein. Die vage Hoffnung, daß das Leben in dieser Familie vielleicht doch nicht so schrecklich sein würde, wie anfangs vermutet, beflügelte ihren Schritt.

6

Matt verschwand durch die unverschlossene Eingangstür im Inneren des Hauses. Hatte Caroline wirklich erwartet, daß er ihr den Vortritt lassen würde? Nach den Ereignissen heute morgen verwunderte sie sein rüpelhaftes Benehmen kaum. Die Siedler hierzulande schienen von gutem Benehmen nicht viel zu halten. Weder der griesgrämige Pastor, noch Matt selbst, ganz zu schweigen von seinem jüngstem Sohn, dem sie noch am ehesten zu verzeihen geneigt war.

»Jetzt kriegst du endlich dein Bier, Tobias. Wenn du inzwischen verdurstet bist, meine Schuld ist das nicht. Und was das Geld angeht ... wieviel schuldet dir das junge Ding denn?«

»Ein ganz schönes Sümmchen.«

»Das fürchte ich.«

Matt verschwand durch einen Türstock auf der gegenüberliegenden Seite des Raums.

»Also raus mit der Sprache, wieviel?«

Der Kapitän folgte ihm auf den Fersen, seine Antwort konnte Caroline, die noch auf der Schwelle stand, nicht hören, wohl aber den erschrockenen Seufzer, der einwandfrei von Matt kam.

Carolines Augen gewöhnten sich rasch an das Halbdunkel, das sie im Haus empfing. Fassungslos ließ sie ihre Blicke durch den großen Raum wandern. Noch nie im Leben hatte sie so etwas gesehen.

Unordnung war ein zu mildes Wort für den verheerenden Zustand, in dem sich das Zimmer befand. Wäsche- und Kleidungsstücke häuften sich auf den wenigen Möbeln; Hüte, Stiefel, Sattelzeug und Werkzeug lagen da, wo es achtlos hingeworfen worden war. Ein großer Holzklotz ließ andeutungsweise erraten, daß daraus ein Stuhl geschnitzt werden sollte; getrocknete, zum Teil verschmierte Erdklumpen bildeten eine Kruste auf den breiten Fußbodenplanken; links von der Tür führte eine steile Treppe in das obere Stockwerk; auf jedem Treppenabsatz häuften sich Gegenstände, die, mangels Platzmangel, dort abgestellt worden waren; alles war mit einer dicken Staubschicht bedeckt, die zum Teil für den schlechten Geruch im Haus verantwortlich war; kombiniert mit dem Duft kalter, verbrannter Zwiebeln ergab das einen Gestank, der jeden normalen Geruchssinn beleidigen mußte.

Mit gerunzelter Nase trat Caroline einen Schritt vor, wobei sie an die Ecke einer offenen Seekiste stieß, aus der Bettzeug quoll. Wie konnte man eine Behausung derart verkommen lassen!

Im Nebenzimmer hörte man die leisen Stimmen der beiden Männer. Ohne Zweifel war sie der Gegenstand ihrer Unterhaltung. Caroline mochte es absolut nicht, wenn man in ihrer Anwesenheit über sie sprach. Vorsichtig, um nicht über irgend etwas Liegengelassenes zu fallen, ging sie zu dem angrenzenden Raum.

Der Zustand der Küche war so, wie sie es nach den eben gemachten Erfahrungen erwartet hatte. In dem riesigen Kamin, der fast die Hälfte einer Zimmerwand einnahm, brannte ein lächerlich kleines Feuer. Der in der Luft hängende Rauch wie auch die vom Ruß geschwärzten Steine ließen vermuten, daß der Kamin ebenfalls einer gründlichen Reinigung bedurfte. Über dem Herd, dessen Asche seit langem nicht geleert worden war, hingen eine Anzahl schmutziger Töpfe. Benutzte Holzteller und Tassen stapelten sich neben der Tür und warteten darauf, abgewaschen zu werden.

Der Kapitän saß auf einer Holzbank, auf dem großen Tisch vor ihm stand ein Becher Ale. Matts Arme lagen auf der Lehne eines Stuhls, als Caroline erschien. Die Männer sahen ihr schweigend entgegen. Kapitän Rowse nahm einen großen Schluck aus seinem Becher, dessen Inhalt ihm offenbar schmeckte, denn er leckte sich genußvoll die Lippen.

»Ich bin froh, daß diese unangenehme Angelegenheit nun geregelt ist«, sagte er, Caroline freundlich zunickend. »Matt hat die Kosten für Ihre Überfahrt bezahlt, Miss Wetherby. Ich hoffe, Sie hegen keinen Groll mehr gegen mich.«

»Absolut nicht«, erwiderte Caroline kühl.

In Wahrheit würde sie die Art, wie er sie an Bord der ›Dove‹ behandelt hatte, nicht so schnell vergessen. Seine offen zur Schau getragene Geringschätzung ihrer Person war für ihre Mitreisenden und die Besatzung Grund genug, sie wie eine Aussätzige zu schneiden. Im Augenblick wirkte er wie ein herzensguter Mensch, unfähig jemandem Böses zu tun, und doch war sie sicher, daß er sie ohne Skrupel vor den Richter geschleppt hätte. Dankbar betrachtete sie ihren Schwager, der sie vor diesem Mißgeschick bewahrt hatte. Bevor dieser es bemerken konnte, wandte sie sich ab, Gefühlsregungen dieser Art zu zeigen war gefährlich. Es machte verwundbar, und das war etwas, was sie nie wieder sein wollte.

»Darüber bin ich froh«, sagte Kapitän Rowse eine Spur zu herzlich.

Innerlich erleichtert sah sie ihn an, ohne zu lächeln. Endlich war sie frei, die Ängstlichkeit, die ihr auf der sechswöchigen Reise das Herz abgeschnürt hatte, vorbei. Befreit auch von der Unsicherheit, nicht zu wissen, was sie am Ende der Reise erwartete.

Aus seinem Lederbeutel kramte der Kapitän ihre Brosche. »Daß ich es nicht vergesse, die gehört ja Ihnen, da Sie alles geregelt haben.«

Mit einem schnellen Blick auf Matt, der zustimmend nickte, nahm sie das Schmuckstück in Empfang. Mochte es für jeden anderen wertlos sein, für sie war es das letzte Andenken an ihren Vater.

Millicent, die bis jetzt ruhig geblieben war, miaute fordernd. Caroline setzte sie ab und steckte die Brosche ein, die sie, sobald sie eine Chance dazu hatte, in einer ihrer Kisten verstecken würde. Nicht etwa aus Angst vor einem Diebstahl, sondern weil es etwas war, was sie an die Vergangenheit erinnerte. Sie war fest gewillt, ein neues Leben zu beginnen. Was voraussetzte, daß sie England und alles, was dort passiert war, so schnell wie möglich vergaß.

Millicent erkundschaftete neugierig ihr neues Heim.

»Tiere gehören nicht ins Haus«, meinte Matt, der sie ärgerlich dabei beobachtete.

Caroline lachte. »Was soll meine arme Katze hier schon anrichten? Sie glauben doch nicht etwa ...? Millicent ist von Natur aus sauber. Viel sauberer, als die Bewohner dieses Hauses«, sagte Caroline mit einem Blick, der deutlich machte, wie erschreckend schmutzig sie es hier fand.

Kapitän Rowse hüstelte verlegen. »Ich denke, ich mache mich besser auf die Socken.«

Matt nickte und begleitete den Kapitän nach draußen.

Caroline begutachtete inzwischen die Küche, registrierte angeekelt Spinnweben und Mäusedreck, für den sich besonders Millicent zu interessieren schien, Töpfe mit verkohlten Speiseresten und zerrissene Wäsche, die zu einem unförmigen Haufen zusammengeknüllt in einer Ecke lag.

Als Matt zurückkam, saß Millicent auf einer hölzernen Kiste, von der er sie ungeduldig herunterscheuchte.

»Hier drin ist das Mehl«, erklärte er und ließ sie einen kurzen Blick hineinwerfen, bevor er den Deckel wieder schloß. »Fleisch und Talg befinden sie in der Räucherkammer, hinter dem Haus. Butter, Käse, Äpfel und Kartoffeln sind in der Vorratskammer.«

Sein Fuß verfing sich in den Riemen eines Zaumzeugs und es wurde dann ungeduldig beiseite geschubst. An die Möglichkeit sich etwa zu bücken und den Gegenstand vom Küchenboden, wo er ohnehin nichts verloren hatte, aufzuheben, dachte er offensichtlich nicht.

»Da wir so viel Zeit verloren haben, lassen wir das Mittagessen heute ausfallen. Bei Sonnenuntergang erwarte ich eine Mahlzeit vorzufinden. Wir sind sechs und außer Davey mit einem gesunden Appetit gesegnet. Ich hoffe nur, Sie haben die Wahrheit gesagt, eine gute Köchin zu sein.«

Ohne eine Antwort zu erwarten, wandte er sich zum Gehen.

7

Caroline bebte vor Zorn. »Sie lassen mich allein? Allein in diesem Schweinestall? Sie erwarten doch nicht im Ernst, daß ich hier eine Mahlzeit zubereite?«

Sie sah, wie sich sein Rücken bei ihren Worten versteifte, bevor er sich umdrehte und sie mit einem kalten Blick musterte.

»Wenn der gnädigen Frau der Zustand der Räumlichkeiten nicht paßt, muß sie sie eben saubermachen.«

Caroline lachte. »Saubermachen? Das würden nicht einmal sechs Frauen schaffen, auch wenn sie eine Woche – Tag und Nacht – arbeiten würden! In den schmutzigen Töpfen kann man nicht kochen und in der vor Dreck stehenden Küche etwas zu servieren, weigere ich mich entschieden. Um sie einigermaßen in Ordnung zu bringen, brauche ich Stunden. Wenn Sie heute noch etwas Warmes zu essen haben wollen, dann brauche ich eine Hilfe!«

»Ich hätte mir denken können, daß Sie faul sind.«

»Ich bin nicht faul!« zischte Caroline.

Die Haustür öffnete sich, etwas Schweres fiel krachend zu Boden. Anstatt ihr zu antworten, ging Matt nachsehen, was es mit dem Lärm auf sich hatte. Daniel hievte gerade die letzte von Carolines Kisten herein.

»Der Kälberstall ist doch fast fertig«, fragte er seinen Bruder. »Das hast du jedenfalls behauptet, bevor du nach Saybrook aufgebrochen bist.«

»Richtig. Was ist damit?«

»Gut. Da es im Augenblick nichts Wichtiges für dich zu tun gibt, wirst du unserer Hoheit hier zur Hand gehen. Sie braucht jemanden, der ihr beim Saubermachen hilft, weil es hier wie in einem Schweinestall aussieht. So hat sie es jedenfalls ausgedrückt.«

Daniel sah seinen Bruder völlig entsetzt an.

»Ich soll das Haus saubermachen? Aber ...«

»Tu, was ich dir sage«, kam der kurze Bescheid.

Daniel starrte seinem Bruder nach, dann drehte er sich um

und fixierte Caroline. Sein Gesichtsausdruck war derart ungläubig, daß Caroline versucht war, laut herauszulachen.

»Von Weiber-Arbeit habe ich keine Ahnung«, stammelte er.

»Keiner von euch scheint eine Ahnung davon zu haben. Das Ergebnis sieht man!«

»Normalerweise sieht es nicht so schlimm aus, aber wir sind alle damit beschäftigt, die jungen Pflanzen in den Boden zu kriegen«, meinte Daniel entschuldigend.

»So? Also meiner Meinung nach ist der Fußboden hier seit mindestens sechs Monaten nicht geschrubbt worden. Wie dem auch sei, würden Sie als erstes meine Kisten dahin tragen, wo ich schlafe. Gleich danach fangen wir an. Ich denke, wir nehmen uns zuerst die Küche vor.«

»Die Sache ist die, ich habe keine Ahnung, wo Sie schlafen werden. Im ersten Stock hat es vier Zimmer. Davey und John schlafen in dem einen, Thomas und Robert in dem anderen. Im dritten ich und im vierten Matt.«

»Matt und Sie werden sich von heute an ein Zimmer teilen müssen, so einfach ist das!«

»Oh, das wird nicht gehen. Es steht ja nur ein Bett drin. Matt schläft nicht mit mir in einem Bett. Das hat er einmal getan und geschworen, es nie wieder zu tun.«

»Nun gut, wir klären das, wenn Matt zurückkommt. Trotzdem müssen die Kisten nach oben. Hier stehen sie uns nur im Weg.«

Während Daniel sich abmühte, die schweren Kisten nach oben zu transportieren, entdeckte Caroline neben der Küche einen kleinen Vorratsraum, in dem sich zu ihrer Freude auch eine Waschgelegenheit befand. Auf dem Tischchen standen eine Schüssel und ein gefüllter Wasserkrug. In dem winzigen Spiegel sah sie, wie sehr ihr Aussehen, dank der Ereignisse des Vormittags, gelitten hatte. Die Begegnung mit den verschiedenen wilden Bestien, wie auch der unfreiwillige Kontakt mit dem schmutzigen Boden des Hühnerhofs, hatten deutliche Spuren hinterlassen. Eilig brachte sie ihr Haar in Ordnung und wusch sich das Gesicht und die Hände. Entsetzt betrachtete sie ihr einst so elegantes, jetzt zerrissenes und ebenfalls schmutziges Kleid. Doch daran ließ sich im Augenblick nichts ändern, zum Umziehen war jetzt keine Zeit.

Sie bat Daniel, die Asche aus dem Herd zu räumen und hinauszutragen. Danach machten sie sich gemeinsam auf den Weg, um im eiskalten Wasser des Flusses die Berge schmutzigen Geschirrs zu säubern. Während sie die Töpfe mit Sand ausschrubbte und ihre Hände dabei immer röter wurden, drängten sich ihr Erinnerungen an ihr früheres Leben auf.

Caroline Wetherby, die Attraktion zahlreicher verrauchter Spielhöllen, angebetet und begehrt von allen Männern, der glitzernde Lockvogel ihres Vaters, den die Opfer mit gierigen Blicken anstarrten, statt auf die Karten zu achten. Erst, wenn sie alles verspielt hatten, realisierten sie, daß Caroline nicht der Trostpreis für ihre Verluste war. Denn ihr Vater war zwar ein Schurke, aber nicht Schurke genug, um die Ehre seiner Tochter aufs Spiel zu setzen.

»Ist das sauber genug?«

Daniels Frage brachte sie in die Gegenwart zurück. Caroline nickte. Daniel stellte sich nicht so dumm an, wie sie gefürchtet hatte.

Die Arbeit ging ihnen gut von der Hand. Daniel trug die im ganzen Haus verstreuten Dinge, die eigentlich in die Scheune gehörten, dorthin zurück, während sie die Wäsche aussortierte. Die Kleidung von sechs Männern in Ordnung zu halten, würde viel Zeit in Anspruch nehmen. Da mußte gewaschen, geflickt und gebügelt werden.

Doch davor hatte Caroline keine Angst. Schon in ihrer Kindheit hatte ihre Mutter ihr diese Dinge wie auch das Kochen beigebracht. Zu jener Zeit wohnten sie in einem bescheidenen Häuschen in Bishop's Lynn. Da Marcellus ständig auf Reisen war, mußte ihre Mutter sie alleine erziehen. Sie war knapp zwölf Jahre alt, als ihre Mutter starb. Marcellus, gutaussehend, modisch gekleidet und mit ausgezeichneten Manieren, gefiel ihr auf Anhieb, als er sie holen kam. Freudig war sie bereit, sein abenteuerliches Leben mit ihm zu teilen. Während sie kreuz und quer durch England reisten, machte er aus ihr dieses verführerische Wesen, das die Männer anzog wie das Licht die Motten. In den letzten Jahren hatte sie sich immer mehr nach einem richtigen Zuhause gesehnt, dies jedoch niemals ausgesprochen, aus Angst ihren geliebten Vater zu verletzen.

Nun endlich war ihr damaliger Wunsch in Erfüllung gegangen. Dankbar und mit fröhlicher Energie widmete sie sich ihren neuen hausfraulichen Pflichten. Schon wenige Stunden später waren Wohnzimmer wie Küche sauber. Selbst Daniel, der Gemüse putzte, war überrascht über die Veränderung.

»Ich gebe zu, im Haus haben wir immer nur das Nötigste getan. Meistens sind wir ja draußen auf den Feldern, oft hatten wir nicht einmal Zeit, uns etwas zu kochen.«

Caroline stand am Herd und bereitete das Abendessen zu. Im Topf vor ihr brutzelte das kleingeschnittene Kaninchenfleisch, das zusammen mit dem Gemüse einen köstlichen Eintopf ergeben würde. An einem warmen Platz stand der Brotteig, um aufzugehen.

»Nun, ich kann schon verstehen, daß der Haushalt nach Elisabeths Tod etwas verlottert ist«, meinte sie freundlich.

Daniel war ein liebenswerter Mann, mit dem man gut auskam. Er hatte sogar gegen Millicent nichts einzuwenden, die neben ihm saß und ihm bei seiner Arbeit zusah. Im Gegenteil, er kraulte sie sogar ab und zu unter ihrem Kinn, was sie besonders gern hatte und mit lautem Schnurren belohnte.

»Elisabeth war keine gute Hausfrau. Sie ...« Daniel ließ den angefangenen Satz in der Luft hängen.

»Sie ...?« Neugierig sah Caroline ihn an.

»Ach nichts.«

Daniel konzentrierte sich auffällig auf die Karotte, die vor ihm lag.

Caroline betrachtete ihn nachdenklich.

»Warum war Elisabeth keine gute Hausfrau? Sagen Sie es mir, bitte, Daniel.«

»Sie war sehr krank«, murmelte er. »Seit Daveys Geburt.

Meistens blieb sie im Bett. Ich bin oft mit Matt aneinandergeraten, weil er fand, ich sei zu laut. Er wollte nicht, daß man sie stört. Sie hat gesagt, sie kann nicht schlafen, wenn Matt bei ihr liegt.«

»Sie war also sehr lange krank. Ihr Bruder hat mir gesagt, daß sie ertrunken ist. Wie konnte das passieren? Wenn sie ihr Bett so selten verließ ...«

»An dem Tag hat sie es getan. Sie ist aufgestanden und zur Quelle hinübergegangen. Und dann ist sie ertrunken. Mehr weiß ich nicht, ich war gar nicht da. Als ich heimkam, hatte man sie bereits beerdigt.«

»Sie mochten sie nicht, nicht wahr?«

»Sie war Matts Frau. Ob ich sie mochte oder nicht, spielt keine Rolle.«

Caroline gab das Gemüse zu dem angebratenen Fleisch dazu.

»Wer hat denn nun für Sie alle gekocht?«

Daniel war erleichtert, daß sie das Thema gewechselt hatte. Er drehte sich auf seinem Stuhl um.

»Rob kann ganz gut kochen, wenn er will. Manchmal hat uns Mary zu sich eingeladen. Mary ist die Frau von unserem Bruder James. Die beiden leben in Saybrook. Die Witwe Forrester hat ein Auge auf Matt geworfen, von ihr bekommen wir Brot und Kuchen. Patience Smith ist, glaube ich, in Rob verliebt. Sie kocht sehr gute Suppen. Und dann gibt es eine ganze Anzahl von Mädchen, die Thom hinterherlaufen. Um ihn zu kriegen, verwöhnen sie ihn, und damit gezwungenermaßen auch uns, mit ihren Kochkünsten. Ansonsten haben wir uns selbst versorgt. Wie man sieht, ist dabei keiner von uns verhungert.«

Aus Buttermilch und Mehl rührte Caroline einen Pfannkuchenteig an.

»Erstaunlich, daß keine der erwähnten Damen den Haushalt hier übernommen hat. Liebe geht doch durch den Magen, heißt es so schön. Es ist vielleicht nicht der einzige Weg, das Herz eines Mannes zu gewinnen, aber immerhin eine Möglichkeit.«

»Matt mag keine Frauen um sich herum, und das hat er ihnen gesagt.«

»Das ist höchst seltsam«, meinte Caroline. »Da es erst in einer Stunde Abendessen gibt, werden wir uns die Zimmer im ersten Stock vornehmen.«

Daniel sah sie entsetzt an, aber er wagte es nicht, ihr zu widersprechen.

8

Caroline stand vor dem Regal in der Vorratskammer. Sie suchte einen Topf mit eingemachten Obst, das sie zu den Buttermilchküchlein servieren wollte. Endlich fand sie ein irdenes Gefäß mit süßen Beeren, wahrscheinlich ein Geschenk einer der Verehrerinnen, von denen Daniel ihr erzählt hatte. Sie nahm sich fest vor, im Sommer ihre eigene Marmelade zu kochen. Der Gedanke daran bereitete ihr mehr Freude, als es vielleicht angebracht war. Wer weiß, ob sie dann noch hier sein würde. Keiner der Mathiesons schien über ihre Anwesenheit sehr glücklich zu sein. Vielleicht entschloß sie sich selbst, woanders hinzugehen.

»Ich esse nicht, was sie gekocht hat«, hörte sie Davey eben sagen.

»Wirst du wohl ruhig sein, sie kann dich doch hören«, wisperte John.

Natürlich konnte es auch passieren, daß man sie hinauswarf, dachte Caroline und streckte sich. Ihr taten alle Glieder weh, und sie war hundemüde. Das einzige, wonach sie sich im Augenblick sehnte, war ein Bett. Dabei fiel ihr ein, daß sie noch gar nicht wußte, wo sie heute nacht schlafen würde.

»Du ißt, was auf den Tisch kommt!« Matt wies seinen Sohn mit lauter Stimme zurecht.

Als Caroline in die Küche zurückkam, wäre sie am liebsten auf der Stelle wieder umgekehrt, so feindselig waren die Blicke, die sie erwarteten.

»Wenn sich alle gewaschen haben, gibt es zu essen.«

Ihre Bemerkung schien Entsetzen auszulösen. Stumm sahen sich die Männer an. Nur Davey konnte nicht an sich halten.

»Wir sollen uns waschen?« Seine Stimme überschlug sich fast.

»Nur wer sein Gesicht und seine Hände gewaschen hat, bekommt etwas zu essen«, sagte Caroline kurzangebunden und goß neuen Teig in die Pfanne. »Und ich meine, was ich sage!«

»Eure Tante hat recht.« Matt stand auf.

»Aber Pa ...«

»Keine Widerrede! Marsch zur Pumpe!«

Caroline wischte sich erleichtert über die Stirn. Diese Runde hatte sie einwandfrei gewonnen. Im Grunde war sie zu erschöpft, um sich Respekt zu verschaffen. Doch je eher sie sich daran gewöhnten, umso besser.

Zehn Minuten später saßen alle wieder bei Tisch, Matt in einem Stuhl am Kopfende, Daniel ihm gegenüber. Die anderen saßen jeweils zu zweit auf den Holzbänken. Caroline stellte die Schüssel mit den dampfenden, gutriechenden Pfannkuchen in die Mitte des Tisches.

»In diesem Haus wird vor dem Essen gebetet«, sagte Matt.

Caroline überging, was ganz offensichtlich als Provokation gemeint war.

»Sehr gut«, sagte sie und faltete ihre Hände.

Die Männer standen auf und sprachen mit gesenkten Köpfen ein Gebet. Als sie alle wieder saßen, ging Caroline zum Herd. Sie füllte die Holzteller mit dem würzig duftenden Eintopf. Schweigend begannen alle zu essen.

Caroline nahm sich als letzte und näherte sich dem Tisch. Keiner nahm Notiz von ihr.

»Wenn die Herren nichts dagegen haben ... ich würde mich auch gerne hinsetzen.«

»Davey, rutsch beiseite«, befahl Matt.

»Ich will nicht, daß sie neben mir sitzt.«

»Tu, was ich sage, und zwar schnell!«

Widerwillig machte Davey Platz für sie. So weit er konnte, rutschte er zu Thomas hinüber.

»Setzen Sie sich«, meinte Matt, ohne von seinem Teller aufzusehen.

Mit zusammengepreßten Lippen kam Caroline der Aufforderung nach.

Noch bevor sie den ersten Bissen in den Mund gesteckt hatte, waren die meisten Teller bereits leer.

»Hat's noch?«

Thomas sah sich um, als erwarte er, daß eine unbekannte Kraft ihm eine zweite Portion auf den Teller zauberte.

»Es schmeckt gut«, meinte Daniel

Caroline hatte das Gefühl, mit einer Meute hungriger Wölfe am Tisch zu sitzen.

»Ich möchte noch was, bitte«, sagte Thomas und hielt ihr seinen Teller hin.

Einer nach dem anderen verlangte eine zweite Portion. Caroline atmete auf, als der Topf am Herd leer war.

»Ich will auch noch«, krähte Davey, der langsamste Esser von allen.

»Tut mir leid, aber es ist nichts mehr da.«

»Nichts mehr da?« In Daveys Gesicht zuckte es, er schien dem Weinen nahe.

Ungläubigkeit schlich sich in die Gesichter der anderen.

»Nichts mehr da?« wiederholte Matt mit tiefer Stimme.

»Nein.«

»Aber ich habe Ihnen doch gesagt …«

»Bis auf Davey hatten alle *drei* Portionen!«

»Na und? Wir haben den ganzen Tag hart gearbeitet. Da ist man eben hungrig. Ich hoffe, daß Sie in Zukunft darauf Rücksicht nehmen und größere Mengen kochen.«

Caroline stand wütend auf.

»Gewiß! In Zukunft werde ich einen ganzen Schweinetrog voll kochen, den …«

Matt unterbrach sie. »Kein Grund, so ärgerlich zu werden. Es ist Ihr erster Tag bei uns. Deswegen sind wir gewillt,

Nachsicht zu üben. Wir werden uns an den Pfannkuchen satt essen. Es hat doch noch welche?«

»Nein, es hat keine mehr. Ich habe keine Ahnung, wo die zwei Dutzend geblieben sind, die ich gebacken habe!« Sie stand kurz vor einem hysterischen Anfall.

»Keine Pfannkuchen mehr?« Davey begann laut zu schluchzen.

Caroline hätte am liebsten gleich mitgeweint. Sie war müde und außerdem hungrig, sie wußte nicht, wo sie schlafen würde ... und das Geschirr mußte auch noch gewaschen werden und ... sie war am Ende ihrer Kräfte.

Hastig strebte sie durch die Küche zur Vorratskammer, und von dort durch die Hintertür nach draußen.

Inzwischen war es fast dunkel, vereinzelt tauchten Sterne auf. Insekten tschirpten, Frösche quakten und in der Entfernung erscholl ein grauenvolles Heulen. Noch nie hatte sie so etwas gehört. Sie ging zitternd vor Kälte in ihrem dünnen Kleid zum Zaun der Einfriedung hinüber.

Und dann weinte sie bitterlich.

9

Caroline spürte mit jeder Faser ihres Körpers, daß Matt sich ihr von hinten näherte, obwohl sie seine Schritte nicht gehört hatte.

Dankbar für die Dunkelheit, weil der Mond inzwischen hinter ein paar Wolken verschwunden war, wischte sie sich die Tränen von den Wangen. Auf keinen Fall wollte sie sein Mitleid erregen.

»Dem Himmel sei Dank, daß Sie zu schluchzen aufgehört haben. Es gibt nichts Schlimmeres für mich als weinende Frauen.«

Seine Bemerkung, bar jeden Gefühls, ließ sie erschauern. Trotzdem zwang sie sich, ihn anzusehen.

»Ich weine nicht! Ich weine *nie*!«

Sie erkannte die Umrisse seines muskulösen Körpers, das weiße Hemd, nicht aber seinen Gesichtsausdruck.

»Alle Frauen weinen, in der Hoffnung, damit Sympathie zu erwecken. Dergleichen dulde ich unter meinem Dach nicht.«

Caroline holte tief Luft.

»Ihnen mangelt es offenbar an Erfahrung, was Frauen betrifft«, sagte sie betont ruhig.

»Oh, ich war immerhin dreizehn Jahre verheiratet.«

»Soll das heißen, daß Elisabeth eine Heulsuse war? Verwundern würde es mich nicht, nachdem ich Sie nun alle kenne.«

»Nichts wissen Sie über mich oder meine Familie!«

»Es reicht. Mehr will ich auch gar nicht wissen. Morgen früh werde ich Ihr Haus verlassen. Bestimmt finde ich irgendeine Arbeit in Saybrook.«

»Sie bleiben hier.«

»Oh, nein. Ich bleibe nicht hier. Sie können mich nicht dazu zwingen. Jedes Mitglied dieser Familie, ohne Ausnahme, ist schmutzig, unerzogen und undankbar. Und das ist noch freundlich ausgedrückt. Ich arbeite lieber als … als was auch immer, bevor ich mich von Ihnen und Ihresgleichen zur Sklavin machen lasse.«

»Harte Worte. Aber ich fürchte, Sie haben keine andere Wahl.«

»Natürlich habe ich das. Was meinen Sie überhaupt damit?«

»Sie vergessen, daß ich Ihre Überfahrt bezahlt habe. Das bedeutet, Sie stehen in meiner Schuld. Ich habe Ihnen angeboten, diese Schuld abzuarbeiten. Aber wir können natürlich auch zum Richter gehen. Dann ist es offiziell. Mich stört das nicht. Ich bin sicher, Tobias wird meine Aussage bezeugen.«

»Das würden Sie wirklich tun?«

»Wenn ich muß.«

Darauf wußte Caroline nichts zu antworten. Niemals hätte sie ihn für so herzlos gehalten, obwohl sie ihm in dieser Beziehung einiges zutraute.

»Aber mir wäre lieber, Sie würden es nicht darauf ankommen lassen«, sagte er, und seine Stimme klang etwas freundlicher. »Es ist doch für uns alle am besten, wenn wir versuchen miteinander auszukommen. Ich war nicht sehr erfreut, als ich zum ersten Mal mit Ihnen und Ihren Schwierigkeiten konfrontiert wurde, das gebe ich zu. Aber meine Einstellung hat sich geändert. Wir sollten das Beste aus der gegebenen Situation machen. Sehen Sie, Sie brauchen ein Zuhause, und meine Kinder weibliche Fürsorge. Sie sind ihre Tante. Wer wäre besser als Sie für diese Aufgabe geeignet?«

»Warum heiraten Sie nicht einfach? Dann hätten Ihre Kinder wieder eine Mutter.« Ihre Stimme klang schärfer, als sie es beabsichtigte.

»Ich möchte mich nicht verheiraten. Nie wieder«, erklärte er mit einem strengen Unterton.

»Ich bin eine Diebin, eine Lügnerin ... das wissen Sie doch. Haben Sie keine Angst, daß ich Ihre unschuldigen Kinder verderbe?«

»Nein, davor habe ich keine Angst.« Caroline hatte sich noch nicht von dem Erstaunen über dieses Kompliment erholt, als er fortfuhr: »Meine Kinder haben eine sehr präzise Vorstellung von dem Begriff Moral, sie würden sich nicht verleiten lassen, etwas Unrechtes zu tun. Außerdem haben sie eine gesunde Furcht vor meinem Zorn. Was Ihre königstreuen Ausrutscher betrifft, so ist das eigentlich nicht Ihre Schuld. Ihr Vater hat Ihnen das beigebracht. Sie müssen eben umlernen.«

»Wohl kaum!«

»Es gibt so vieles im Leben, was man nicht erwartet, finde ich. Nehmen wir zum Beispiel Ihr unerwartetes Auftauchen hier auf unserer Farm. Ich habe den Großteil des Nachmittags damit verbracht, darüber nachzugrübeln. Schließlich bin ich zu dem Schluß gekommen, daß Sie uns vielleicht von Gott geschickt wurden. Er hat manchmal eine merkwürdige Art, sich bemerkbar zu machen.«

»Oh, vielen Dank«, meinte sie eisig.

»Seien Sie doch nicht so abweisend. Ich habe Sie doch nur

gefrozzelt. Es ist Ewigkeiten her, seit wir zum letzten Mal in einem sauberen Haus vor einer anständigen Mahlzeit saßen. Es war ein angenehmes Gefühl. Ihre Forderung, uns die Hände zu waschen, ändert daran auch nichts. Im Gegenteil, in dem Augenblick wurde mir klar, daß Sie etwas zu geben haben, was meine Jungs brauchen, und was ich ihnen nicht geben kann: die liebende Fürsorge einer Frau.«

Das von ihm heraufbeschworene Bild besänftigte sie. Sein Angebot war Balsam für ihre verwundete Seele. Er bot ihr ein Heim und eine Familie. War das nicht das, wonach sie sich immer gesehnt hatte?

»Ich bin gerne bereit für meine Neffen zu tun, was in meiner Macht steht, aber ich verlange, daß man mich mit Respekt behandelt und nicht wie eine Dienstmagd.«

»Ich verspreche es. Ich meinerseits erwarte, daß Sie nicht aus jedem falschen Wort oder unüberlegtem Tun eine Tragödie machen. Wir waren sehr lange allein, und es kann sein, daß unser Benehmen etwas ungehobelt ist. Nehmen Sie es sich nicht zu Herzen. Auch was heute abend gesagt wurde, sollte Sie nicht verletzen. Das Essen war gut. In der Tat war es eine köstliche Mahlzeit.«

»Ich koche gern.«

Mit seinen Worten hatte er erreicht, was er wollte. Sie war viel milder gestimmt als noch vor kurzem.

»Und wir essen gern. Ich bin sicher, der Himmel hat Sie uns geschickt.«

Er lächelte ihr zu. Sie konnte es deutlich sehen, denn die Wolken am Himmel waren verschwunden. Das Lächeln machte ihn um vieles jünger. Und er sah unheimlich gut aus.

»Wie alt sind Sie?«

Die Frage war ihr herausgerutscht. Sie errötete ihrer Dreistigkeit wegen. Sein Alter ging sie schließlich nichts an.

»Zweiunddreißig«, meinte er etwas distanziert.

»Dann ist … dann war …«

»Elisabeth war drei Jahre älter als ich.«

»Folglich waren Sie erst siebzehn, als Sie heirateten und England verließen!«

»Hat sie Ihnen das nicht geschrieben?«

»Um die Wahrheit zu sagen, sie hat Sie sehr selten erwähnt in ihren Briefen.«

»Noch die Jungs, wie ich annehme.« Es klang sehr bitter.

»Noch die Jungs.«

Es stimmte, Elisabeth hatte sich weder über ihren gutaussehenden Ehemann, noch über ihre Kinder ausgelassen. Jetzt, da sie die Familie kannte, kam Caroline das auch sehr seltsam vor. Die anfangs häufigen, aber mit den Jahren immer weniger werdenden Briefe handelten meist von der landschaftlichen Schönheit der Neuen Welt. Persönliche Informationen enthielten sie eigentlich gar nicht. Kein Wort über das steife Bein ihres Mannes, kein Wort über seine Brüder, die bei ihnen lebten, nichts Greifbares über ihre Lebensumstände. Gelegentlich vage Andeutungen über ihre Kinder, doch nichts Reelles über die munteren Gesellen.

In der Ferne hörte man wieder das Heulen des Tieres. Raleigh, der immer noch hinter dem Haus angebunden war, stimmte jaulend ein. Caroline fröstelte.

»Ach, ich muß ja noch den Hund losmachen. Kommen Sie mit. Je früher Raleigh und Sie Freunde werden, desto besser.«

»Nein, ich glaube, ich gehe ins Haus zurück. Was ist das?«

Immer mehr Tiere stimmten in das Heulen ein. Matt legte seine Hand beruhigend auf ihren Arm. Dann zog er sie einfach mit sich. Seine kräftigen Finger wärmten die Haut unter dem dünnen Stoff des Kleiderärmels.

Caroline wußte genau, was passieren würde. Verzweifelt kämpfte sie gegen dieses Gefühl an, das zu ihrer Vergangenheit gehörte und eine unüberwindbare Barriere geworden war. Unfähig etwas anderes zu tun, riß sie sich los. Zum Glück schien Matt es kaum zu bemerken.

»Das? Das sind Wölfe«, sagte er leichthin. »Sie sind nicht sehr nah.«

»Wölfe?«

Ihre Blicke wanderten ängstlich zum dunklen Wald hinüber.

»Aber Sie brauchen keine Angst zu haben«, beruhigte er sie. »Sie trauen sich selten in besiedelte Gegenden. Nur, wenn der Hunger sie dazu zwingt. Junge Frauen sind jedoch selten das Ziel ihres Angriffs. Eher haben sie es auf Jakob abgesehen, deswegen schließen wir ihn nachts in der Scheune ein.«

»Jakob?«

»Der Stier. Sie erinnern sich doch sicher an den Jakob in der Heiligen Schrift? Er war ein äußerst fruchtbarer Mann, und genau das erhoffen wir uns von seinem Namensvetter.«

Belustigt sah er sie von der Seite an. Natürlich spielte er auf den unerfreulichen Vorfall an, als der Stier sie verfolgt hatte. Nur ihre Angst vor den Wölfen hinderte sie daran, ihn einfach stehen zu lassen. Statt dessen warf sie ihm einen bösen Blick zu.

»Ich hoffe, die Wölfe erwischen Ihren verdammten Stier!«

Raleigh zerrte wild an seinem Strick und empfing sie mit freudigem Bellen. Spontan suchte Caroline hinter dem breiten Rücken ihres Begleiters Schutz. Matt schüttelte den Kopf.

»Sie haben Angst vor Hunden, Stieren und Wölfen. Wir können uns glücklich schätzen, daß Sie sich nicht vor Männern fürchten.«

Caroline eilte, bevor er den Hund losmachen konnte, ins Haus.

»Oder tun Sie das doch?« glaubte sie ihn murmeln zu hören, bevor sie durch die Tür hastete.

»Ganz ruhig, alter Junge! Ich mache dich ja schon los.«

Der Hund war außer sich vor Freude. Er sprang an Matt hoch und leckte dankbar die Wange seines Befreiers. Laut bellend hüpfte er um seinen Herrn herum, um ihn zum Spiel zu animieren.

Lächelnd sah Matt ihm zu. Raleigh war, obwohl zu diesem Zweck angeschafft, kein besonders guter Wachhund. Trotz seiner furchterregenden Größe war er so gutmütig wie ein Lamm. Seine Kinder waren ganz vernarrt in den Hund,

und er selbst hatte ihn im Lauf der Zeit liebgewonnen. Auch Caroline würde sich an das Monster gewöhnen, wenn sie erst einmal herausfand, wie harmlos es in Wirklichkeit war.

Belustigt dachte Matt an die Ereignisse des Vormittages. Möglicherweise hatte er einen großen Fehler gemacht, als er das junge Ding in seinem Haus aufnahm. Caroline Wetherby war alles andere als eine demütige Puritanerin. Sie war die Tochter eines Spielers, eine Königstreue, eine Diebin und Lügnerin. Gott allein mochte wissen, was für schlechte Eigenschaften sie außerdem besaß. Trotzdem hatte er sie gebeten, sich um seine Jungs zu kümmern. Warum?

Weil sie ihm leid tat? Weil sie hübsch war? Zweifelsohne war er ein Mensch, bei dem eine unglückliche Frau alle Chancen hatte. Und genau aus diesem Grund hatte er den größten Fehler seines Lebens gemacht, denn die Ehe mit Elisabeth war, wenn man von der Geburt der beiden Kinder absah, ein katastrophaler Irrtum.

Elisabeth war eine attraktive Frau gewesen, deren weibliche Rundungen ihren unwiderstehlichen Reiz ausmachten. Caroline war um vieles größer als ihre Halbschwester und spindeldürr, die Folge der harten Zeiten, die sie durchgemacht hatte. Ihre glatten Haare waren so schwarz wie seine eigenen, die Haut ihres blassen Gesichts so zart und samtweich, daß man versucht war, sie zu berühren, was er natürlich nicht tun würde. Er war schließlich ein erwachsener Mann, den das Leben gelehrt hatte, sein Temperament zu zügeln. Er hatte sich fest vorgenommen, niemals mehr seiner fleischlichen Lust zu erliegen, wenn nicht Liebe im Spiel war.

Noch heute litten er und seine Kinder unter dem Ergebnis seiner damaligen Schwäche, obwohl sie alle drei auf dem Weg der Besserung waren, und die entstandenen Wunden langsam verheilten.

Wichtig war es nun, daß seine Jungs begriffen, daß nicht alle Frauen so waren, wie sie ihre Mutter in Erinnerung hatten. Hauptsächlich aus diesem Grund wollte er, daß Caroline bei ihnen blieb. Seine Söhne hegten eine grenzenlose Abneigung gegen Frauen, woran Elisabeth die alleinige Schuld trug. Sie war keine gute Mutter gewesen, ihre Gegenwart war eher die Ursache für immer neue Ärgernisse und Schrecken. Carolines unerwartetes Auftauchen kam ihm nun wie ein Geschenk des Himmels vor.

Nicht ihre schwarzen Wimpern, ihre goldbraunen Augen und ihr voller sinnlicher Mund hatten seine Entscheidung beeinflußt. Er hatte aus rein väterlicher Fürsorge gehandelt, als er sie nicht von der Schwelle seines Hauses wies.

Zumindest redete er sich das ein. Andererseits fragte er sich, ob sie zu der Art Frauen gehörte, die leicht zu haben waren. Dagegen sprach allerdings ihre Reaktion, als er seine Hand auf ihren Arm gelegt hatte. Er kam zu dem Schluß, daß Caroline Wetherby zwar viele Fehler haben mochte, dieser aber nicht dazugehörte.

Diese Erkenntnis erleichterte ihn, denn er fühlte sich außerstande, ein zweites Mal in seinem Leben mit dergleichen konfrontiert zu werden.

Drei Lichter tief im Wald drüben erregten seine Aufmerksamkeit. Der Hund hatte sie ebenfalls entdeckt und bellte furchterregend. Die Lichter verschwanden. Sie wurden hastig ausgemacht von den Besitzern der Laternen.

Diese Jünger des Satans sollten zur Hölle fahren. Heimlich versammelten sie sich nachts im Wald und trieben dort ihr Unwesen. Auch Elisabeth war eine von ihnen gewesen.

In einem ihrer erbitterten Streitgespräche war alles herausgekommen. Ihre Religion nannten sie Wicca. Mit ihren Hexen-Riten beschworen sie die Geister, während sie um riesige Feuer herumtanzten, die aus Angst vor Entdeckung an immer neuen Plätzen entzündet und mit seltsamen Schriftzeichen gekennzeichnet wurden, um sie wiederzufinden. Elisabeth behauptete damals, den Teufel persönlich gesehen zu haben, als er aus dem Rauch des lodernden Feuers emporgestiegen war.

Sie selbst betrachtete sich als Hexe. Als er ihre nächtlichen Ausflüge entdeckte und die Wahrheit erkannte, war er angeekelt und erschreckt zugleich. Natürlich hatte er ihr den teuflischen Unsinn untersagt und sie dann jede Nacht in ihrem Schlafzimmer eingeschlossen, als sie ihm nicht gehorchte. Daraufhin hatte sie ihn vor seinen Brüdern und einem zufällig anwesenden Nachbarn verflucht. Im Nachthemd und mit wirrem Haar stand sie am Fenster und rief nach dem Satan, der sie rächen sollte. Kurz danach fing man im Ort an, über sie zu tuscheln und sie als Hexe zu verschreien. Als ihm die Gerüchte zu Ohren kamen, reagierte er mit einem lauten Lachen und spöttischen Bemerkungen, als handle es sich um ausgemachte Hirngespinste. In Wahrheit lebte er von diesem Tag an in der Furcht, daß man sie eines Tages verhaften und als Hexe aufhängen oder verbrennen würde. Ein solches Ende wünschte er ihr nicht, obwohl er sie zutiefst verachtete. Für seine Kinder wäre diese Lösung des Dramas etwas so Grauenvolles gewesen, an das sie sich ihr Leben lang erinnern würden. Als sie ertrank, war seine einzige Gefühlsregung die maßloser Erleichterung. Die näheren Umstände, die ihren Tod zur Folge hatten, wollte er nicht wissen. Wahrscheinlich hatten einige Leute aus Saybrook Elisabeths Kopf unter Wasser gedrückt, um herauszufinden, ob sie tatsächlich eine Hexe war. Er hatte lediglich dafür gesorgt, daß sie ein christliches Begräbnis bekam. Mehr konnte und wollte er nicht für sie tun.

Doch die Jünger Satans trieben weiter ihren Hexen-Sabbat. Ihre bloße Existenz war eine Beleidigung für jeden gottesfürchtigen Menschen. Nur er hatte mehr Grund als alle anderen, sie zu hassen und zu fürchten.

Kurz entschlossen griff er zu dem an der Hintertür hängenden Gewehr und schoß in die Richtung, in der er die Lichter gesehen hatte. Es war unwahrscheinlich, daß er den Hexen damit Angst einjagte, aber immerhin fühlte er sich danach besser.

Aus der Dunkelheit erschien Raleigh mit heraushängender Zunge und schlabberte gierig aus einem Wassernapf. Für ihn war die Angelegenheit offensichtlich erledigt.

Er selbst verspürte wenig Lust, sich in etwas einzumischen, was ihn nichts mehr anging, seitdem Elisabeth tot war.

10

Caroline fuhr aus dem Schlaf hoch. Irgendwo draußen krähte ein Hahn zur Begrüßung des neues Tages. Mißmutig zog sie die Decke über den Kopf. Ihretwegen konnte der dumme Hahn Lärm machen, so viel er wollte, deswegen würde sie doch nicht das wohlig warme Bett verlassen.

Das Krähen war jedoch nicht das einzige Geräusch, das ihr verschlafenes Ohr beleidigte. Ein Höllenspektakel brach im Haus los. Türen wurden aufgerissen und wieder zugeschlagen, und ein Mann sang aus voller Brust. Er sang sehr laut und sehr falsch. Caroline setzte sich auf und blinzelte träge in das Halbdunkel des Zimmers. Sie hatte das Gefühl, sich in einer dieser Kaschemmen zu befinden, in denen sie mit ihrem Vater zu nächtigen pflegte. Millicent, die am Fußende ihres Bettes lag, sprang auf und lauschte mit gesträubtem Fell, bevor sie sich unter das Bett rettete.

Aus den anderen Zimmern stöhnte und seufzte es. Rufe wurden laut, die den Sänger zum Schweigen bringen sollten.

»Um Himmelswillen, Matt, mußt du denn so verdammt laut sein?« beschwerte sich Thomas.

»Zeit zum Aufstehen! Aus den Betten, ihr faulen Lümmel.«

»Aber Pa! Wir müssen doch nicht gleich aufstehen?« schmeichelte John.

»Oh doch, das müßt ihr. Davey, los, raus aus den Federn. Ihr dürft nicht zu spät zur Schule kommen.«

»Warum dürfen wir nicht zuhause bleiben, Pa? Die meisten Jungs tun es. Sie helfen beim Pflanzen. Sollen wir dir denn nicht helfen? Gestern hast du noch gesagt, wie gut wir es machen.«

»Gestern hattet ihr frei, weil euer Lehrer geheiratet hat. Heute ist er wieder da, folglich geht ihr zur Schule. Keine Chance, daß ich es mir anders überlege. Wir werden die Arbeit auch ohne euch schaffen. Mir ist lieber, ihr lernt anständig lesen und schreiben.«

»Ist ja gut, wir stehen schon auf«, brummte Daniel. »Aber

nur, wenn du mit diesem fürchterlichen Gesang aufhörst. Kein Mensch kann so was aushalten!«

Nun klopfte es an Carolines Tür. Ob der Sadist aufgab, wenn sie ihn einfach ignorierte?

»Aufstehen, Madam! Schlafmützen werden hier nicht geduldet. Solche königlichen Angewohnheiten können wir uns hier nicht leisten. Höchste Zeit, das Frühstück vorzubereiten.«

Caroline war versucht, ihn zur Hölle zu schicken, aber dann überlegte sie es sich anders. Sie rechnete ihm hoch an, daß er ihr sein Bett überlassen hatte. Allerdings ließ er durchblicken, daß er nur so lange bei Daniel schlafen würde, bis eine andere Lösung gefunden war. Und sie war ihm dankbar dafür, daß sie hierbleiben durfte, auch wenn ihn egoistische Gründe zu dieser Großzügigkeit veranlaßt haben mochten. Sie war davon überzeugt, daß er sie persönlich aus dem Bett zerren würde – und das war der eigentliche Grund, warum sie schwieg. Es klopfte schon wieder an die Tür.

»Ich bin schon wach«, rief sie.

»Wird auch Zeit!«

Rücksichtslos weitersingend entfernte er sich. Caroline seufzte und stand auf.

Eine Viertelstunde später stand sie in der Küche und kochte Porridge. Ihre Kleidung ließ der Eile wegen, mit der sie sich angezogen hatte, zu wünschen übrig. Auch ihre Frisur war keineswegs so ordentlich, wie sich das gehörte. Immer wieder stolperte sie über ihre zu langen Röcke, die sie unbedingt hochnähen mußte. Die Frage war nur, wann sie das bewerkstelligen sollte.

Im Haus war es immer noch stockfinster. Angestrengt starrte sie in den Topf, dessen Inhalt nur von zwei spärlich brennenden Kerzen beleuchtet war. Daniel war draußen, um Butter und Milch hereinzuholen, die Kinder wuschen sich an der Pumpe. Matt, Thomas und Robert waren in der Vorratskammer und versuchten sich alle drei gleichzeitig vor dem winzigen Spiegel zu rasieren. Der Kessel, eben noch voll mit dampfendheißem Wasser, stand leer neben den Waschtisch. Caroline versuchte jeden Blick auf die nur halbbekleideten Männer zu vermeiden, als sie ihn holen ging. Sie begegnete Matts Blick. Seine blauen Augen betrachteten sie ungeniert und bewundernd.

Sie füllte den Kessel mit neuem Wasser und stellte ihn an seinen Platz zurück. Matts Blick hatte sie zugegebenermaßen verwirrt. Dazu kam, daß sich die drei Männer, trotz ihrer Nacktheit, nicht vor ihr zu schämen schienen. Sittsamkeit war nun mal keine Männer-Tugend.

»Wir werden keine Zeit haben, mittags heimzukommen«, erklärte Matt, während er sich das Gesicht abtrocknete. »Wir erwarten Sie mit dem Essen draußen auf dem Feld.«

Caroline hörte nur mit halbem Ohr hin. Auf seiner Brust kringelte sich schwarzes Haar, sein muskulöser Körper war tief gebräunt. Er griff nach seinem Hemd, das über der Stuhllehne hing und schlüpfte hinein. Mochte er noch so viele schlechte Angewohnheiten haben, sein gutes Aussehen war überwältigend. Zu einer früheren Zeit und unter anderen Umständen hätte ihr Herz bei seinem Anblick schneller geschlagen. Jetzt aber verteilte sie das Porridge, seine Gegenwart einfach ignorierend.

»Ich weiß nicht, was es ist, aber es riecht fabelhaft«, sagte Thomas.

Er war sehr viel magerer als Matt, dennoch muskulös. Robert wiederum war ähnlich gebaut wie Thomas. Alle drei sahen auf ihre Art gut aus. Kein Wunder, daß die Frauen hinter ihnen her waren.

»Ich hab' Hunger«, rief Davey, als er mit John die Küche betrat.

Unsicher sahen die beiden sie an. Die Kinder, wie auch Robert und Thomas, benahmen sich in ihrer Gegenwart sehr eigenartig. Sie erweckten den Eindruck, als hielten sie Frauen für höchst gefährliche Geschöpfe. Matt und Daniel gaben sich viel natürlicher. Sie waren natürlich auch älter und hatten mehr Erfahrung mit Frauen.

»Das Porridge ist fertig, wir warten nur noch auf deinen

Onkel mit der Milch.« Caroline lächelte Matts Söhnen freundlich zu.

»Ich will aber sofort essen!«

»Sei nicht so ungeduldig, du Knirps. Und etwas höflicher, wenn ich bitten darf.« Matts Stimme war laut.

»Reist sie heute wieder ab?«

»Ich habe dir doch erklärt, daß Tante Caroline bei uns bleibt.«

»Aber das will ich nicht. Sie soll weggehen!«

»Schluß jetzt!« rief Matt, mit seiner Geduld am Ende.

Davey biß wütend auf seiner Unterlippe herum. Caroline seufzte lautlos. Daveys Freundschaft zu gewinnen, würde eine Zeit dauern.

»Hast du deine Lektion auswendig gelernt?« erkundigte sich Matt.

Davey nickte.

»Dann laß mal hören.«

Der kleine Junge, eine Miniaturausgabe seines Vaters, schnatterte einen biblischen Vers herunter. Caroline betrachtete ihn fast liebevoll. Sie war von Herzen bereit, den beiden Kindern die fehlende Mutter zu ersetzen. Als erstes mußte sie ihre Wäsche waschen und ausbessern, denn ihre Hemden waren zerknittert, ihre Strümpfe hatten Löcher und die Hosen waren schmutzig. Zumindest waren sie frisch gewaschen und gekämmt.

Daniel erschien mit der Milch, und die Meute fiel über ihre Teller her. Fünf Minuten später war alles aufgegessen. Die Kinder rannten zur Tür.

»Was ist das?« fragte Caroline erstaunt, als sie auf dem Tisch ein kleines Holzbrett entdeckte, auf dem ein kostbares Stück Papier befestigt war. Die Oberfläche dieser neuartigen Erfindung bestand aus einem dünnen Blatt durchsichtigen Horns.

»Davey, du hast dein ABC-Buch vergessen«, rief Robert.

Er riß ihr das Ding aus der Hand und rannte hinter seinen Neffen her. Durch die offengelassene Tür krochen die ersten Sonnenstrahlen.

»Wir sind auf dem südlichen Feld«, sagte Matt, als er, Daniel und Thomas fertig zum Aufbruch waren. »Es ist nicht allzu weit von hier, Sie brauchen keine Angst zu haben auf dem Weg. Sie folgen einfach dem Fluß, dann können Sie sich nicht verlaufen. Sollten Probleme auftauchen, rufen Sie nach uns. Wir hören Sie. Ein bißchen kaltes Fleisch, Brot, ein paar Äpfel und ein Krug Ale ... mehr brauchen wir nicht zum Mittagessen. Umso größer ist unser Appetit heute abend, was eine Köchin immer freut, habe ich mir sagen lassen.«

Caroline war fassungslos, sie hatte die Arme voll schmutzigen Frühstücksgeschirr. Sie hatte sich so darauf gefreut, die Sachen der Kinder in Ordnung zu bringen. Matt schien der Ansicht zu sein, daß sie nichts Wichtigeres zu tun habe, als ihre Arbeit mittags zu unterbrechen, um ihm und seinen Brüdern das Essen zu bringen. Hatte er keine Augen im Kopf? Sah er nicht, was es im Haus alles zu tun gab? Oder wollte er es aus Egoismus nicht sehen?

»Haben Sie etwa Einwände? Paßt Ihnen nicht, was ich von Ihnen verlange? Nur heraus mit der Sprache. Ich habe weder die Zeit noch die Geduld, mich mit den Launen einer Frau auseinanderzusetzen.«

»Launen!«

Caroline entledigte sich des Geschirrs mit lautem Geschepper. Dann stützte sie die Hände in die Hüften.

»Nehmen Sie bitte zur Kenntnis, Mr. Mathieson, daß ich keine Launen habe. Was mich zur Raserei bringt, ist Ihr Mangel an Rücksicht!«

»Ah, ich verstehe. Es ist wohl zu viel von Ihnen verlangt, ein kaltes Mittagessen hinaus aufs Feld zu bringen, das wollten Sie doch damit andeuten, oder nicht? Gut, in dem Fall kommen wir heim, erwarten dann aber etwas Warmes vorgesetzt zu kriegen.«

Das saß. Natürlich hatte er letzten Endes recht. Kochen für diese hungrige Meute würde noch mehr Zeit in Anspruch nehmen. Sie mußte versuchen sich nicht immer über ihn zu ärgern. Aber mit seiner Art konnte er einen wirklich auf die Palme bringen.

»Es ist schon gut. Ich bringe Ihnen das Essen.«

Matt zuckte mit den Achseln. »Wie Sie meinen.«

Caroline visierte das Tischbein an, um ihm einen kräftigen Tritt zu versetzen, unterließ es aber dann, als sie realisierte, daß danach allenfalls ihre Zehen schmerzen würden.

Sie kratzte die Reste des Porridge aus dem Topf, denn bisher hatte sie natürlich noch keine Zeit gehabt, etwas zu essen. Bevor sie sich an den Tisch setzte, bekam Millicent ein Schälchen voll Milch.

Diese Familie war anstrengender, als Caroline es sich vorgestellt hatte. Einen solchen Männerhaushalt in Ordnung zu halten, setzte nicht nur ein geniales Organisationstalent voraus, es bedeutete auch, daß man von Sonnenaufgang bis Mitternacht auf den Beinen sein mußte. Trotzdem würde sie sich nicht beklagen. Seit dem Tod ihrer Mutter sehnte sie sich danach, ein Zuhause zu haben. Dank Matt war dieser Herzenswunsch endlich in Erfüllung gegangen. Und letztendlich lag es zum großen Teil auch an ihr, wie sie mit den Männern zurechtkam. Gewiß würden sich alle Beteiligten mit der Zeit an die neue Situation gewöhnen. Wichtig war einfach nur, sich in der Zwischenzeit nicht provozieren zu lassen.

Fröhlich machte sie sich an die Arbeit. Als es Zeit wurde, den Männern das Essen zu bringen, fing sie an, den Korb zu packen. Zwei Laibe frisch gebackenes Brot, ein Stück geräuchter Schinken, junge grüne Zwiebeln und ein paar Äpfel – das mußte reichen.

Mit einem Korb und einem Krug mit Ale machte sie sich auf den Weg. Ihr Haar war frisch gekämmt und ordentlich zum Knoten gesteckt. Weiße Musselin-Volants zierten den großen ovalen Ausschnitt und den Ärmelabschluß ihres rosaroten Leinenkleides. Es war von städtischer Eleganz wie ihre gesamte Garderobe, denn ihr Vater hatte Wert darauf gelegt, daß ihre jugendliche Schönheit vorteilhaft zur Geltung kam. Es bereitete ihm Vergnügen, sie bei Tageslicht zu einem Rundgang durch die Stadt mitzunehmen, denn dann konnte er gewiß sein, daß sich abends genügend Männer am

Spieltisch einfinden würden. Der durch den Gewichtsverlust zu lang gewordene braun-weiß-gestreifte Unterrock war mit Nadeln hochgesteckt, damit sie beim Gehen keine Schwierigkeiten haben würde. Statt der hochhackigen Schuhe, die eigentlich zu diesem Kleid gehörten, trug sie aus praktischen Erwägungen flache braune Schuhe aus weichem Leder.

Sie bedauerte ein wenig den Verlust ihres Mantels, denn die Luft war eisig, obwohl die Sonne schien. Bevor es wieder Winter wurde, mußte sie sich unbedingt einen neuen nähen. Vielleicht fand sie auch etwas Passendes in Elisabeths Schrank. Der Tod ihrer Schwester hatte sie erschüttert, auch wenn sie sie eigentlich nicht richtig kannte. Seltsamerweise schien sie die einzige zu sein, die manchmal an Elisabeth dachte.

Caroline folgte dem Fluß, wie Matt es ihr empfohlen hatte. Rechts und links davon erstreckte sich eine weite Ebene, deren seitliche Grenzen der dunkle Wald bildete, der ihr, selbst bei Sonnenschein, Angst einflößte. Die Bäume waren riesig, wie überhaupt alles in der Neuen Welt viel größer zu sein schien als in England.

Nervös zuckte sie bei jedem ungewohnten Geräusch zusammen. Das Gewicht des Korbes verursachte ihr Schmerzen in der Schulter. Auch der Bierkrug schien mit jedem Schritt schwerer zu werden.

Am Waldrand, im Schatten der hohen Bäume, glaubte sie eine Bewegung wahrzunehmen. Doch wenn sie stehenblieb und hinüberstarrte, konnte sie nichts bemerken. Spielte ihr ihre Einbildung einen Streich? Sie war sicher, daß dem nicht so war. Das Gefühl, beobachtet zu werden, verursachte ihr eine Gänsehaut.

Der Weg wurde etwas steiler. Caroline schwor sich, den Heimweg anzutreten, wenn sie die Männer von der Spitze der Kuppe aus nicht sehen würde. Doch kaum hatte sie den Gedanken zu Ende gedacht, realisierte sie wie dumm das war. Was immer ihr folgte, brauchte ja nur ebenfalls umzukehren.

Ungeachtet der Tatsache, daß sie bisher nichts Gefährliches entdeckt hatte, wuchs ihre Angst von Schritt zu Schritt. Ihre Handflächen wurden feucht, ihre Kehle immer trockener. Schließlich erreichte sie die Spitze des Hügels. Vorsichtig sah sie über die Schulter zurück. Zu ihrem Entsetzen erkannte sie, daß sie tatsächlich beobachtet und verfolgt worden war.

Im Schatten der Bäume stand ein dunkelhäutiger, bis auf einen kurzen Lendenschurz nackter Mann. Seine Brust war farbig bemalt, das tiefschwarze Haar hing ihm offen über die Schultern. Mit den eleganten Bewegungen eines Tänzers kam er leichtfüßig auf sie zu.

Caroline wich entsetzt zurück. Der Korb entglitt ihrer Hand und rollte den Hügel hinunter.

Der Eingeborene gestikulierte wie wild, ein seltsamer Schrei drang aus seinem Mund. Caroline gab ihrer Hysterie nach und stieß ihrerseits einen markerschütternden Schrei aus.

In der Nähe wurden Rufe laut. Raleigh rannte bellend an ihr vorbei und auf den Eingeborenen zu, der unentschlossen stehengeblieben war. Beim Anblick des riesigen schwarzweißen Hundes floh er zurück in den Wald.

»Was, zum Teufel, ist denn los?«

Trotz seines steifen Beines tauchte Matt als erster auf. Grenzenlos erleichtert und dankbar warf sie sich ihm an die Brust. Unfähig sich zu artikulieren, drückte sie ihr Gesicht an sein Hemd und spürte die Wärme seines Körpers. Sein muskulöser Oberkörper preßte sich gegen ihre Brüste, als er beschützend die Arme um sie legte.

Beschämt, zu was sie sich aus Angst hatte verleiten lassen, trat sie einen Schritt zurück. Mit geröteten Wangen sah sie ihn an. Seine stahlblauen Augen liebkosten für Sekunden ihr Gesicht. Kaum tauchten Robert, Thomas und Daniel auf, wurde sein Blick so kalt und abweisend, wie sie es gewohnt war.

»Was ist passiert?« fragte Daniel atemlos.

»Ein Eingeborener!« Mit einer hilflosen Geste deutete sie hinter sich. »Er kam aus dem Wald.«

»All die Aufregung wegen eines Indianers!« Robert schüttelte den Kopf.

»Unser Essen!« rief Thomas.

Raleigh hatte sich genüßlich auf den Inhalt des Korbes gestürzt. Der Schinken und ein Laib Brot waren seiner Gier bereits zum Opfer gefallen. Den zweiten Brotkanten nahm er gerade in Angriff.

»Raleigh! Aus! Wirst du wohl das Brot fallenlassen!«

Thomas und Robert rannten wütend zum Hund, der mit seiner Beute reißaus nahm und im Wald verschwand. Matt sammelte die Äpfel und Zwiebeln ein.

Caroline sah ihm schuldbewußt dabei zu, obwohl sie keinerlei Schuld traf.

»Es war wirklich ein Eingeborener«, rechtfertigte sie sich, als Matt zurückkam.

»Die Indianer, die in dieser Gegend leben, sind normalerweise gutartig. Von Zeit zu Zeit machen wir sogar Geschäfte mit ihnen. Es gab sicher keinen Grund, ihn mit Ihrem Geschrei in die Flucht zu treiben.«

Jetzt, nachdem alles vorbei war, kam Caroline ihr Verhalten selbst dumm vor. Ihre Angst vor dem Indianer ebenso wie ihre Zuflucht an seine starke Brust. Am schlimmsten aber empfand sie das Gefühl, das sie in seinen Augen erkannt zu haben glaubte: schieres männliches Interesse an ihrer Person.

»Ein Glück, wenigstens hat der verdammte Köter nicht das Ale ausgesoffen«, spottete Daniel.

»Welch ein Festessen! Äpfel, Zwiebeln und Ale!« meinte Thomas zynisch.

»Und nur, weil sie Angst von einem Indianer hatte!« sagte Robert zornig.

»Meine Schuld ist es nicht, wenn Ihr unerzogener Hund das Essen auffrißt, das eigentlich für Sie gedacht war!«

»Sie brauchen die Schuld gar nicht auf den Hund zu schieben. Wenn Sie den Korb nicht fallengelassen hätten ...«

»Der Köter kann froh sein, wenn er nicht in meinem Kochtopf landet.«

»Unterstehen Sie sich, dem Hund etwas zu tun!«

»Schluß mit dem dummen Gerede!« Matts Stimme klang wie Donnerhall. »Denkt daran, wie oft wir schon viel weniger zu beißen hatten. Es wäre nett von Ihnen, Caroline, wenn Sie bei der Zubereitung des Abendessens daran denken würden, daß wir heute sicher noch mehr Hunger haben, als sonst.«

»Oh, Sie können sicher sein, ich werde solche Mengen kochen, daß sogar die Streitmacht des Königs davon satt würde.«

»Oder Cromwells?« Matt lächelte ihr zu.

Caroline sah ihn erstaunt an. Ohne das einschneidende Erlebnis, das ihr Verhalten Männern gegenüber geprägt hatte und sie zu frostiger Zurückhaltung veranlaßte, wäre Matt ihr ernsthaft gefährlich geworden. Er war genau der Mann, den sie sich einmal gewünscht hatte.

»Also, bis zum Abendessen«, murmelte sie, bereit den Heimweg anzutreten.

»Genauso ist es!« meinte Thomas.

»Caroline!« Das war Daniel. »Wenn Sie sich fürchten, allein nachhause zu gehen, begleite ich Sie gern.«

Die Mienen seiner Brüder verrieten, daß er sich mit dieser Bemerkung eine Menge Spott einhandeln würde.

Sollte sie sein Angebot annehmen? Andererseits verspürte sie keine Lust, sich ihre Angst anmerken zu lassen. Matt hatte behauptet, der Indianer sei harmlos. Sie neigte dazu, ihm zu glauben.

»Ich bedanke mich für Ihr liebenswürdiges Angebot«, sagte sie deswegen. »Aber ich fürchte mich nicht.«

Sie nickte den Männern zum Abschied zu und entfernte sich hocherhobenen Hauptes.

»Caroline!«

Sie war noch keine zwölf Schritt gegangen, als sie ihren Namen hörte. Diesmal war es Matt, der sie rief.

Sie blieb stehen und wartete auf ihn. Ihre Augenbrauen schnellten fragend nach oben, als er vor ihr stand.

»Was noch?« fragte sie.

»Nachdem wir nun alle Ihre entblößten Fußknöchel ansehen durften, möchte ich Sie bitten, sich heute nachmittag ein anständiges Kleid zu nähen.« Er sprach leise, damit die anderen ihn nicht hören konnten. »Auch das Kleid, das Sie bei Ihrer Ankunft trugen, entsprach nicht den hiesigen Gepflogenheiten. Dafür sah man zu viel von Ihrem Busen.«

Die Impertinenz dieses Mannes war unglaublich. Sie kniff die Augen zusammen und blitzte ihn zornig an.

»Das andere Kleid ist mir zu groß geworden, und bei diesem hier habe ich lediglich den Unterrock hochgesteckt, damit ich besser gehen kann.«

»Mag sein – aber hier in Connecticut Colony sind wir es gewöhnt, daß sich unsere Frauen sittsam kleiden!«

Mit dieser Belehrung machte er auf dem Absatz kehrt und war hinter dem Hügel verschwunden, bevor sie ihm den Korb um die Ohren schlagen konnte.

11

Nach dem Abendessen wusch Caroline das Geschirr ab und räumte die Küche auf.

Während sie mit erstaunlicher Zufriedenheit ihre hausfraulichen Arbeiten verrichtete, machten die Jungs bei Kerzenlicht ihre Hausaufgaben. John grübelte über eine unendlich lange Zahlenreihe nach. Davey kritzelte zum x-tenmal das ABC. Daniel flickte ein zerrissenes Zaumzeug, Thomas schärfte Werkzeug und Robert hatte den Holzklotz wieder aus der Scheune geholt, der einmal ein Stuhl werden sollte, was im momentanen Stadium kaum zu erraten war. Matt hatte irgend etwas draußen zu tun. Es war sofort nach dem Essen aufgestanden, und seither hatte sie ihn nicht mehr gesehen.

Matt hatte nicht mit ihr gesprochen, noch hatte sie das Wort an ihn gerichtet. Sie trug immer noch das Kleid, das sein Mißfallen erregt hatte. Als Zeichen ihrer Unabhängigkeit wedelte sie provozierend mit den Röcken, während sie das Essen auftrug. Matt gab dazu keinen Kommentar. Sie war geradezu enttäuscht darüber, denn sie hatte sich auf einen Kampf vorbereitet.

Davey knabberte an seiner Unterlippe, während er sich mit den Buchstaben abmühte. Neben ihm stand eine umgedrehte Tasse, unter der sich seine neueste Errungenschaft befand, nämlich ein kleiner Frosch. Alle paar Sekunden strich er die in die Augen hängenden Haarfransen aus dem Gesicht.

Caroline hatte den Nachmittag damit verbracht, die Kleider der Kinder zu waschen, zu flicken und zu bügeln. Sie freute sich schon auf morgen früh, wenn die Jungs, ordentlich wie noch nie zur Schule gehen würden. Um diesen Eindruck noch zu vervollständigen, mußte sie ihnen nur noch die Haare schneiden.

»Uff!« seufzte Davey erleichtert und schob die Bank zurück.

»Du Depp! Wegen dir habe ich jetzt einen Fleck gemacht!« John starrte wütend über den Tisch.

»Fertig, Davey?« erkundigte sie sich freundlich. Natürlich gab er ihr keine Antwort. Statt dessen gesellte er sich zu Daniel vor den Kamin.

»Gut«, fuhr Caroline fort, »dann haben wir vor dem Zubettgehen gerade noch Zeit, deine Haare zu schneiden. Johns natürlich auch.«

Die Köpfe der beiden Jungs schnellten herum.

»Was?« fragte John und vergaß seinen Mund wieder zuzumachen.

Davey entdeckte die Schere und den Kamm und den vorbereiteten Stuhl.

»Ich will die Haare nicht geschnitten kriegen!« kreischte er und versteckte sich hinter Daniel.

»Du wirst danach viel hübscher aussehen«, sagte Caroline und ging auf ihn zu.

»Nein!«

»Nun sieh mal, Davey«, sagte Daniel ruhig.

»Was ist denn los?« Robert sah zur Tür herein.

»Es wäre wirklich besser, wenn Sie den Jungen in Ruhe ließen«, meinte Thomas feindselig.

Davey erkannte sofort den besseren Verbündeten. Er rannte zu Thomas hinüber.

»Thom, so machst du die Dinge nicht leichter«, wandte Daniel ein.

»Wenn der Junge sich nicht die Haare schneiden lassen will, dann ist das seine Sache. Das ist meine Meinung«, erwiderte Thomas.

Caroline biß die Zähne zusammen, fest gewillt, weiterhin freundlich zu bleiben.

»Ich kann mir nicht vorstellen, daß ein so mutiger Junge Angst davor hat, die Haare geschnitten zu kriegen. Es tut schließlich nicht weh.«

Davey klammerte sich an Thoms Bein.

»Onkel Thom! Sie darf mich nicht anfassen. Ich hasse sie!«

»David Mathieson!«

Matt war hereingekommen. Er schlüpfte aus seinem Mantel und blickte warnend auf seinen jüngeren Sohn.

»Wie oft muß ich dir noch sagen, daß du zu Tante Caroline höflich sein sollst?«

»Aber, Pa, sie will mir die Haare schneiden!« Mit großen Augen sah er flehentlich zu seinem Vater auf.

»Meine auch«, beeilte sich John zu sagen.

»So wie ihr ausseht, wird es dringend Zeit«, sagte Matt.

»Pa!« riefen die Jungs gleichzeitig, entsetzt über seinen Verrat.

»Tatsache ist, daß wir alle einen Haarschnitt nötig haben.« Matt sah zu Caroline hinüber. »Ich auch. Glauben Sie, Sie schaffen so viele Männerköpfe?«

»Oh – natürlich«, stammelte Caroline, überrascht von Matts Unterstützung.

»Also gut. Wer ist zuerst dran?«

»Wir können es ja auslosen«, schlug John vor.

»Das ist eine gute Idee.«

Matt verschwand in der Vorratskammer. Als er zurückkam, steckten sechs Strohhalme in seiner Faust.

»Wer den kürzesten zieht, ist der Erste!«

John zog einen Halm heraus.

»Und jetzt du, Davey.«

»Aber ich will mein Haar nicht geschnitten kriegen, Pa!«

»Davey!«

David gab schließlich nach und zog einen Halm.

»Rob!«

»Dan!«

»Thom!«

»Wenn ich's mir recht überlege, ich will auch nicht«, sagte Thom.

Matt sah ihn schweigend an, bis er schließlich doch einen Halm zog.

»Und wer hat nun den kürzesten gezogen?«

Alle hielten ihre Strohhalme hoch.

»Pa hat den kürzesten!« jubelte Davey.

Matt starrte ungläubig auf seinen Strohhalm.

Caroline beobachtete ihn. Was ihr bevorstand, machte sie sehr nervös.

»Na, dann setzen Sie sich mal auf den Stuhl«, sagte sie so gelassen wie möglich. »Es wird nicht lange dauern, und weh tut es auch nicht.«

»Das erleichtert mich ungemein«, brummte Matt und setzte sich auf dem Stuhl zurecht.

Die Vorstellung, daß er ihr und der Schere in ihrer Hand ausgeliefert war, belustigte sie. Ein falsches Wort, und er lief Gefahr als Glatzkopf zu enden.

Matt mußte ihre Gedanken erraten haben.

»Eine Locke zuviel, und Sie haben selbst keine Haare mehr auf dem Kopf«, drohte er, als sie ihm ein Tuch um den Hals legte.

»Trauen Sie mir vielleicht nicht?« fragte sie zuckersüß zurück und machte mit ihrer Schere ein gefährliches Geräusch.

Die restlichen fünf Mathiesons versammelten sich fasziniert um das erste Opfer Carolines.

Caroline nahm den Kamm und trat hinter den Stuhl. Matt streckte die Beine weit von sich und kreuzte die Arme vor seiner Brust. Caroline betrachtete seinen von der Sonne gebräunten Nacken, in dem sich das dicke blauschwarze Haar kringelte. Nur mit Mühe widerstand sie der Versuchung, seinen Hals zu berühren und zu streicheln. Der Gedanke war so erregend, daß sie fast den Kamm fallen ließ. Sie fühlte sich von ihren eigenen Gefühlen überrumpelt. Völlig verwirrt holte sie tief Luft, verdrängte die ungewohnten Empfindungen und fing an.

Der Kamm hinterließ so gut wie keine Spuren, weil die Locken und Wellen sofort an ihren gewohnten Platz zurückfielen. Caroline legte ihn beiseite und benutzte stattdessen ihre Finger. Sie kürzte das Haar erst an den Ohren, dann im Nacken. Als sie schließlich vor ihm stand, um das bisherige Resultat zu begutachten und um die in die Stirn fallenden Locken abzuschneiden, traf sie seinen seltsam irritierten Blick.

Er spürte, daß sich in ihrem Benehmen ihm gegenüber etwas verändert hatte. Aus einem ihm unbekannten Grund schien sie plötzlich keine Furcht mehr vor ihm zu haben. Vielleicht weil er ihr wie ein armes Schaf beim Scheren hilflos ausgeliefert war, und damit in der gegebenen Situation eindeutig im Vorteil war. Jedenfalls fühlte er sich nicht wohl in seiner Haut.

»Davey, du bist der Nächste«, meinte er und stand abrupt auf.

Caroline protestierte nicht, obwohl sie noch nicht ganz fertig war. Ihr war es mehr als recht, daß die intime Tätigkeit damit ein Ende fand.

Matt nahm das Tuch von seinen Schultern, schüttelte es aus, legte es Davey um und drückte ihn auf den Stuhl.

Als ihre Finger das Haar des Jungen berührten, versteifte er sich und sah sie über die Schulter haßerfüllt an. Sein Verhalten verletzte sie mehr, als sie sich eingestehen wollte. Sie hatte ihm nichts getan, nichts, was dieses seltsame Benehmen rechtfertigte. Das Beste war zweifellos, seine feindseligen Attitüden zu ignorieren. Eines Tages würde er seine Einstellung ihr gegenüber schon ändern.

Nacheinander setzten sie sich auf den Stuhl und ließen die Prozedur widerwillig über sich ergehen. Nach einer halben Stunde hatte sie es geschafft.

Matt befahl den Kindern, zu Bett zu gehen. Davey weigerte sich entschieden, obwohl ihm schon fast die Augen zufielen. Matt fixierte seinen ungehorsamen Sohn, Davey tat dasselbe mit seinem Vater. Doch statt wütend zu werden, wie Caroline es befürchtet hatte, griff Matt plötzlich nach seinem Jüngsten und warf ihn hoch in die Luft. Kichernd klammerte sich dieser an seinen Vater, die Ärmchen um seinen Hals, die Beinchen um seine Taille geschlungen. Ohne weiteren Protest ließ er sich in den ersten Stock tragen. John folgte den beiden lächelnd.

Caroline hatte die Szene gerührt beobachtet. Dann betrachtete sie mit Befriedigung und gewissem Stolz das Ergebnis ihrer Fingerfertigkeit, denn ihre Mannsbilder sahen nun noch besser aus als vorher.

Sie kehrte die heruntergefallenen Haare zusammen, knetete neuen Brotteig und stellte ihn zum Aufgehen neben den Herd. Höchst zufrieden mit sich und zum Umfallen müde, ging sie schließlich als letzte nach oben.

Sie entkleidete sich rasch und schlüpfte im Dunkeln ins Bett. Seit Stunden hatte sie sich auf diesen Augenblick gefreut. Endlich konnte sie ihre schmerzenden Glieder ausstrecken. Sie wollte sich gerade der Gemütlichkeit dieses entspannten Zustandes hingeben, als ihre Zehen plötzlich etwas Kaltes und Feuchtes berührten.

Mit einem Satz sprang sie aus dem Bett. Nur mit äußerster Anstrengung unterdrückte sie einen Schrei, wohl wissend, wie herzlos die Mathiesons darauf reagierten. Sie entzündete die auf dem Nachttisch stehende Kerze und schlug die Bettdecke zurück, auf das Schlimmste gefaßt.

Auf dem unteren Ende des Bettes saß ein kleiner Frosch, der nun mit einem erschreckten Satz zur Mitte sprang. Geschickt und ohne besondere Angst bugsierte sie ihn in einen irdenen Krug und legte schnell etwas darauf.

Inzwischen war ihr klar, wer der Urheber dieses Schabernacks war. Wahrscheinlich wollte er damit erreichen, daß sie schreiend das Haus verließ und nie mehr zurückkehrte. Die Vorstellung, daß er jetzt in seinem Bett lag und verzweifelt lauschte, ob seine Attacke gelungen war, belustigte sie.

Caroline lächelte. Der arme Kerl würde eine schlaflose Nacht verbringen, aber das geschah ihm recht. Und morgen würde sie es ihm heimzahlen.

Immer noch lächelnd kroch sie ins Bett zurück.

12

Caroline begrüßte den erstaunten Davey, als wenn nichts vorgefallen wäre. Verstört und ohne rechten Appetit setzte er sich zu den anderen, die hungrig ihr Porridge löffelten. Sichtlich nervös sah er ab und zu zu ihr hinüber.

Als die Männer aufstanden, und nur noch John die Reste vom Teller kratzte, schien Caroline der rechte Augenblick gekommen. Wie zufällig ließ sie den kleinen Frosch in Daveys Schoß fallen. Spontan schloß sich seine kleine Hand um das ängstlich quakende und hüpfende Tier. In der allgemeinen Aufbruchsstimmung blieb das jedoch unbemerkt.

Davey sah sie schuldbewußt an. Mit einem Lächeln beugte Caroline sich zu ihm hinunter.

»Wenn du ihn behalten möchtest, sorgst du besser dafür, daß er nicht mehr ins Haus kommt. Millicents Lieblingsspeise sind kleine Frösche. Ist das nicht furchtbar? Ich kann es ihr einfach nicht abgewöhnen«, flüsterte sie in sein Ohr.

Daveys Augen weiteten sich entsetzt. Caroline richtete sich auf. Matt hatte die Szene mit gerunzelten Augenbrauen beobachtet, ohne sich einen Reim darauf machen zu können.

»Ist was?« fragte er.

Seine Blicke wanderten zwischen Caroline und seinem Jüngsten hin und her.

»Aber nein«, antwortete Caroline fröhlich.

Davey rutschte erleichtert von der Bank, steckte den Frosch in seine Hosentasche und sah seinen Bruder an.

»Nun mach schon, John, wir kommen sonst zu spät zur Schule«, drängte er und rannte zur Tür.

»Du hast es aber heute eilig«, meinte John. »Was ist denn los mit dir?« Er rannte hinter seinem Bruder her.

»Nichts los, hm?« Matt sah sie scharf an.

Caroline schüttelte den Kopf. Matt sah sie immer noch mißtrauisch an, ließ die Sache jedoch auf sich beruhen.

»Wir arbeiten auf demselben Feld wie gestern«, kündigte er an. »Es wäre mir lieb, wenn der Hund das Mittagessen diesmal nicht erwischt!«

Die Männer brachen auf, und Caroline blieb allein zurück. Sie gab Millicent ihre Milch und begann den Tisch abzuräumen. Große Lust, zum Feld hinauszuwandern, verspürte sie nicht, wenn sie an die gestrigen Ereignisse dachte, aber es blieb ihr wohl nichts anderes übrig.

Immerhin war es ihr gelungen, Davey eine Abreibung zu verpassen. Vielleicht würde er ihr nach diesem Vorfall etwas mehr Respekt entgegenbringen.

Gegen Mittag machte sie sich auf den Weg. Statt des Schinkens packte sie kaltes, aufgeschnittenes Wildbret ein. Sie ging schneller als gestern, denn es windete stark und sie fror erbärmlich.

Ab und zu sah sie furchtsam zum Wald hinüber. Was sollte sie machen, wenn der Indianer wieder auftauchte? Diese herzlosen Männer würden sie auslachen, wenn sie sich wieder hinreißen ließe, einen Schrei auszustoßen.

Schneller als gestern näherte sie sich ihrem Ziel. Sie hörte bereits die singenden Männer und das rhythmische Schlagen einer Axt. Erleichtert atmete sie auf. Der Indianer hatte sich bisher nicht blicken lassen. Sie erklomm den kleinen Hügel und sah einen Augenblick den arbeitenden Männern zu.

In der Mitte des Feldes schob Daniel einen Pflug vor sich her. Robert ging hinter ihm, legte Saatkörner in die Furchen und schaufelte sie wieder zu. Am anderen Ende entdeckte sie Matt, der eine riesige Axt schwang und dabei fröhlich sang, während Thomas sich gegen den Stamm der riesigen Eiche drückte, die gefällt werden sollte, denn der hohe Baum und sein ausladendes Blattwerk überschattete den Großteil des Feldes.

Matt hatte sein Hemd ausgezogen, sein nackter Oberkörper glänzte vor Schweiß. Die kräftigen Rücken- und Armmuskeln bewegten sich bei jedem Axtschwung. Ihm zuzusehen war eine reine Freude.

Raleigh entdeckte sie als erster. Wild bellend kam er auf sie zugerannt. Erstaunt unterbrachen die Männer ihre Arbeit, um herauszufinden, warum der Hund so aus dem Häuschen war.

Caroline zwang sich ruhig stehenzubleiben, obwohl ihr das schwarz-weiße Monster immer noch unheimlich war. Sie konnte nichts dafür, aber sie hatte einfach Angst vor ihm.

»Hallo!« rief Daniel, der sie entdeckt hatte. »Unser Essen ist da!« machte er die anderen aufmerksam.

Robert und er kamen auf sie zugelaufen. Matt fuhr in seiner Arbeit fort, hörte allerdings zu singen auf. Aufgeregt wedelnd hüpfte der Hund um Caroline und den Essenskorb herum.

In diesem Augenblick hob ein Windstoß ihre Röcke hoch. Da sie die Hände nicht frei hatte, konnte sie nichts dagegen unternehmen. Weder Daniels noch Roberts Miene verriet, was sie beim Anblick ihrer bis zum Knie sichtbaren bestrumpften Beine dachten. Glücklicherweise war Matt zu weit entfernt, um den Vorfall zu bemerken. Eine neuerliche Belehrung über Sitte und Anstand war das, was sie im Augenblick am wenigsten brauchen konnte.

»Hör auf, Raleigh!« Daniels Worte blieben ohne sichtbaren Effekt.

Daniel nahm ihr schnell den Korb ab, während Robert schweigend nach dem Ale-Krug griff. Der Hund hörte zu bellen auf und schnüffelte aufgeregt, als die Männer den Inhalt des Korbes begutachteten.

»Frischgebackenes Brot!« rief Daniel erfreut. »Und Wildbret! Das riecht ja himmlisch. Da wird einem der Mund wäßrig, was, Rob?«

»Zumindest hat der Hund es diesmal nicht erwischt«, brummte Robert und streckte die Hand nach einem Stück Brot aus, das Daniel abgebrochen hatte.

Matt legte schließlich seine Axt nieder.

»He, eßt nicht alles auf. Laßt uns auch noch was übrig«, rief Thomas, der schon losmarschiert war. Matt folgte ihm ohne Eile.

»Wenn ihr noch was haben wollt, müßt ihr euch beeilen«, rief Robert grinsend. »Ihr habt ja keine Ahnung, was euch hier erwartet.«

Der Wind verwandelte sich in sturmartige Böen. Caroline legte beide Hände auf ihre Röcke, um sie unten zu halten. Ein lautes Krachen und Splittern drang an ihr Ohr. Der Wipfel der riesigen Eiche wackelte, der hohe Baum wankte und schwankte, senkte sich langsam mit majestätischer Würde zur Seite und fiel dann krachend zu Boden.

Daniel schrie erschrocken auf. Matt, der sich noch retten wollte, stolperte und landete bäuchlings im Feld. Er versuchte sich aufzurichten, aber sein steifes Bein hinderte ihn daran, es schnell genug zu tun.

Carolines Hände legten sich entsetzt vor ihren Mund. Daniel und Robert rannten, so schnell sie konnten, auf die Stelle zu, wo Matt unter dem krachenden, mächtigen Geäst verschwunden war.

13

Unter dem Blattwerk suchten Daniel, Thomas und Robert in höchster Aufregung nach Matt.

»Matt! Matt! Wo bist du?«

»Helft mir, die Äste aus dem Weg zu räumen!«

»Verdammt nochmal, wo ist er?«

»Hier! Wir müssen hier lang.«

»Kannst du ihn sehen? Ist er …?«

Daniel kroch auf Händen und Knien auf seinen Bruder zu.

»Ich habe ihn gefunden. Er lebt!«

Carolines Herz krampfte sich zusammen. So schnell sie konnte, folgte sie den Männern.

»Er ist unter einem dicken Ast eingeklemmt. Und er ist verletzt«, hörte sie Daniel rufen.

Dann drang ein schmerzerfülltes Stöhnen an ihr Ohr. Durch die Blätter konnte sie ihn sehen. Sein leichenblasses Gesicht, die geschlossenen Augen, die Lippen halbgeöffnet.

»Rob, geh du auf die andere Seite. Wir heben den Ast gleichzeitig hoch. Thom, du versuchst ihn herauszuziehen.« Ruhig gab Daniel seine Anweisungen. »Ich zähle bis drei.«

»Verstanden.«

»Eins, zwei, drei!«

Daniel und Robert packten zu. Mit aller Kraft versuchten sie, den Ast hochzustemmen. Er bewegte sich nur wenige Zentimeter, bevor er in seine vorherige Lage zurückfiel.

Matt schrie. Die Schmerzen mußten unerträglich sein, selbst für einen so kräftigen und hartgesottenen Mann wie ihn.

Lieber Gott, laß ihn nicht sterben, betete Caroline verzweifelt.

»Es war nicht hoch genug! Ich hatte nicht genügend Zeit, ihn unter dem Ding herauszuziehen. Gott, was muß er leiden«, rief Thomas.

Matt hatte aufgehört zu schreien. Er hatte das Bewußtsein verloren. Caroline hoffte zumindest, daß es so war. Die andere Möglichkeit wäre zu schrecklich.

»Lieber Gott, steh uns bei in unserer Not«, betete Daniel laut.

Wiederum beugten er und Robert die muskulösen Oberkörper, den Ast mit ihren kräftigen Händen umfassend.

»Warten Sie! Ich helfe Ihnen, Thomas«, rief Caroline.

Weder Thomas noch seine Brüder antworteten.

Caroline griff nach einem Arm des Bewegungslosen, Thomas nach dem anderen.

»Eins, zwei, drei«, zählte Daniel.

Mit vor Anstrengung dunkelroten Gesichtern packten Daniel und Robert erneut zu. Caroline und Thomas zerrten gemeinsam an dem schweren Mann. Der Ast fiel erst herunter, als Matt in Sicherheit war.

»Wir haben es geschafft! Mein Gott, wir haben es geschafft.«

Robert schob Caroline grob beiseite und nahm ihren Platz ein.

Die Männer zogen Matt unter dem Blattwerk und Geäst hervor. Raleigh schnüffelte unglücklich an Matts Haar, bis Daniel ihn ungeduldig wegscheuchte.

Matts Augen waren immer noch geschlossen. Die schwarzen Wimpern und die dunkelroten Blutflecken ließen sein Gesicht noch blasser erscheinen, als es ohnehin war. Tiefe Risse im Gesicht, am Hals und auf der rechten Seite seiner Brust bildeten sich Blutkrusten. Aus seinem rechten Hosenbein floß Blut. Sein rechtes Bein war unterhalb des Knies gebrochen. Ein weißer, zersplitterter Knochen ragte in die Luft.

»Ist er ...?« fragte Caroline, der zum Umfallen schlecht war.

»Er ist ohnmächtig«, antwortete Daniel.

Seine großen Hände tasteten erstaunlich sanft über Matts Genick, die Schultern und die Rippen.

»Keine Brüche. Nichts Ernsthaftes. Wirklich schlimm ist nur das Bein. Vielleicht hat er innere Verletzungen. Jedenfalls wird er entsetzliche Schmerzen haben, wenn er wieder zu Bewußtsein kommt. Am besten, wir bringen ihn schnell nachhause. Thomas, du holst Mr. Williams.«

»Ist das der Arzt?« erkundigte sich Caroline heiser.

Ihr Herz schmerzte. Stumm betete sie zu Gott, den Mann am Leben zu lassen.

»Es ist der Apotheker. Saybrook hat keinen Arzt. Lauf, Thomas, so schnell du kannst.«

Matts Augenlider zitterten. Er stöhnte.

»Ganz ruhig, Matt, ganz ruhig«, flüsterte Daniel.

Matt blieb bewegungslos liegen.

»Bevor wir ihn hochnehmen, müssen wir sein Bein schienen. Provisorisch wenigstens. Mit einem Ast. Rob ...«

Robert war bereits aufgestanden. Er brach einen Ast ab und hobelte ihn mit Hilfe eines Messers glatt.

»Hier.«

Daniel zögerte und sah unsicher zu Caroline.

»Wir müssen das Hosenbein aufschneiden. Ich glaube, Sie gehen am besten nachhause und bereiten dort alles vor.«

»Ja, ja natürlich.« Daniels Vorschlag leuchtete ihr ein.

Die Angst um Matt beschleunigte ihre Schritte. Er tat ihr so unendlich leid.

Als die Brüder den Verletzten hereinschleppten, kochte im Kessel das Wasser, Bandagen lagen bereit, die sie aus ihrem besten Unterrock geschnitten hatte, weil es das sauberste Leinen im ganzen Haus war. Sein Bett war auch vorbereitet. Aus einer ihrer Kisten hatte sie die Medizinen gekramt, mit denen sie ihren kranken Vater behandelt hatte, und auf das Tischchen neben sein Bett gestellt. Auf dem obersten Treppenabsatz erwartete sie die Männer.

Ohne von ihrer Gegenwart auch nur Kenntnis zu nehmen, machten sie sich an die schwierige Aufgabe, den Bruder in den ersten Stock hinaufzutragen. Robert stützte den schweren Körper Matts unter beiden Achselhöhlen, das gebrochene Bein, provisorisch geschient, lag auf Daniels Schulter. Langsam und vorsichtig, Stufe für Stufe, schleppten sie Matt herauf.

»Achtung, sein Bein!« rief Caroline, als Matts linkes Bein gegen die Mauer gedrückt wurde.

Matt gab keinen Laut von sich. Sein Kopf ruhte an Roberts Brust. Offensichtlich hatte er wieder das Bewußtsein verloren. Blut tropfte aus der riesigen Wunde des gebrochenen Beins. Sein Gesicht war aschfahl, die Lippen dunkelblau.

»Wir sind so vorsichtig, wie es geht!« sagte Robert unfreundlich.

Caroline zuckte zusammen. Gewiß, es war nicht ihr Bruder, sie war ja nicht einmal mit Matt blutsverwandt. Zweifellos erwarteten sie nicht, daß sie echtes Mitgefühl für den Verunglückten empfand. Wenn sie ehrlich war, war sie selbst überrascht, wie stark ihre Empfindungen waren. Doch es war nicht der Augenblick, sich darüber Gedanken zu machen. Sie wollte helfen. Und genau das würde sie tun.

Caroline tauchte einen Stoffstreifen in kochendes Wasser.

»Was haben Sie damit vor?« erkundigte sich Daniel leise.

Caroline betrachtete Matt, der nun auf dem Bett lag. Sein rechtes geschientes Bein war bis zur Hüfte nackt, am linken steckte sein Fuß immer noch in einem erdverschmierten Schuh.

»Ich werde das Blut abwaschen, damit wir das Ausmaß der Verletzungen beurteilen können«, meinte sie und wrang das Tuch aus.

Mit einer sanften Bewegung tupfte sie die Schweißtropfen von Matts Stirn, dann reinigte sie vorsichtig die Schürfwunden in seinem Gesicht. Manche Risse waren ziemlich tief. Es war fast sicher, daß sie Narben hinterlassen würden.

Als sie die Wunden an seinem Hals berührte, rollte Matts Kopf auf die Seite, als wolle er ihren Bemühungen entgehen. Aber Caroline fuhr in ihrer Arbeit fort. Zu ihrer Überraschung griff er plötzlich nach ihrem Handgelenk. Um ihm keine Schmerzen zu bereiten, hielt sie still. Obwohl ihr so intime Berührungen normalerweise unangenehm waren, machte sie keinen Versuch des Widerstands.

Matts Augen öffneten sich langsam.

»Wer ...?« stammelte er mühsam.

Es bereitete ihm Schwierigkeiten, die Augen offen zu halten. Dann endlich erkannte er sie.

»Caroline.«

Die Kraft, mit der er immer noch ihr Handgelenk umklammerte, ließ nach. Er entspannte sich und ließ sie los.

»Wagen Sie es nicht, ihm weh zu tun!« zischte Robert, als sie das Tuch zum drittenmal auswrang.

Erstaunt sah sie ihn an.

»Warum, um Himmelswillen, sollte ich ihm wehtun?« fragte sie.

Es war ihr ein Rätsel, was in Robert vorging. Auch Daniel beobachtete mißtrauisch jede ihrer Bewegungen.

»Natürlich tut sie ihm nicht weh!« sagte er trotzdem und bedachte Robert mit einem Blick, der offensichtlich eine Botschaft enthielt. »Mach dich nicht lächerlich, Rob.«

Das Benehmen der beiden war wirklich äußerst seltsam. Caroline konnte sich keinen Reim darauf machen. Es war ohnehin nicht der Zeitpunkt, sich darüber Gedanken zu machen.

Ungeachtet des mysteriösen Wortwechsels säuberte sie vorsichtig die Kratzer und Wunden, die die Äste auf Matts Brust hinterlassen hatten.

»Wo, zum Himmel, bleibt denn Williams? Er müßte doch schon längst hier sein!«

Daniel sprach mehr zu sich selbst. Seine Hände waren in hilfloser Wut zu Fäusten geballt.

Robert schien ihn gar nicht gehört zu haben. Ganz in Gedanken ging er unruhig auf und ab.

Matts rechtes Bein war inzwischen dreimal so dick wie im Normalzustand. Unter der Wunde am Bein bildete sich eine Blutlache.

Robert blieb plötzlich stehen.

»Glaubst du, daß an den Gerüchten etwas Wahres dran ist? Ich meine, was man in Saybrook über Hexen und dergleichen tuschelt? Vielleicht lastet auf Matt ein Fluch, und der Baum ist deswegen auf ihn gefallen?«

»Quatsch!« wies Daniel ihn barsch zurecht. »Wenn du nicht gleich den Mund hältst ...«

Robert preßte die Lippen aufeinander und schwieg.

Was für ein ausgemachter Unsinn über Hexen zu reden, dachte Caroline. Dann sah sie beide Männer böse an.

»Halten Sie es für richtig, sich im Zimmer eines Schwerverletzten zu streiten? Und solchen Blödsinn zu reden? Statt dessen wäre es angebrachter, Matt den schmutzigen Schuh auszuziehen!«

»Sie hat recht«, sagte Daniel. »Tu, was sie sagt, Rob. Du machst mich sowieso nervös mit deinem Hin-und-Her-Gelaufe.«

Caroline stand auf, nahm die Schüssel mit dem rotgefärbten Wasser und verließ den Raum.

14

Einige Minuten später kehrte Caroline zurück. Daniel und Robert hatten inzwischen den Schuh und den Strumpf ausgezogen. Um Matt nicht unnötig weh zu tun, hatten sie seine Hose am Bund zerschnitten und vorsichtig unter ihn hervorgezogen.

Matts brauner Oberkörper bildete einen auffälligen Kontrast zu dem weißen Laken, das sie über ihn gelegt hatten. Nur das kaputte Bein war freigelassen worden.

Unruhig wälzte sich Matt hin und her, als sie sich dem Bett näherte. Das Laken fiel herunter, und Caroline sah den nun völlig nackten Mann vor sich. Beim Anblick seines Geschlechts mußte sie sich zusammenreißen, um nicht einfach wegzulaufen. Sie bemühte sich nicht hinzusehen, und war ungemein erleichtert, als Daniel das Laken wieder an seinen Platz zurückgelegt hatte.

Matt stöhnte heiser, während sein Körper sich unkontrolliert hin und her bewegte. Robert und Daniel hielten ihn an beiden Armen fest, damit er sich nicht noch mehr verletzte.

»Wenn der Apotheker nicht bald erscheint, wird uns nichts anderes übrig bleiben, als selbst etwas zu unternehmen«, meinte Daniel. Der Gedanke daran schien ihn zu ängstigen. »Viel Ahnung haben wir ja nicht, aber ich fürchte ...«

Caroline unterbrach ihn. »Ich habe einige Erfahrung in der Pflege von Kranken.«

»Sie?« fragten beide ungläubig.

»Meine Mutter wußte sehr viel über heilende Kräuter und Medizinen.«

Während Caroline ihre Hand prüfend auf Matts Stirn legte, dachte sie an die langen Wochen, in denen sie ihren Vater gepflegt hatte. Und sie erinnerte sich wehmütig daran, wie schmerzlich sie unter seinem Tod gelitten hatte.

Matts Stirn war feucht und warm. Das Laken war wieder verrutscht und gab beide Beine frei. Die Narbe an seinem linken Knie erinnerte sie daran, daß er hinkte. Und plötzlich realisierte sie das wirklich Tragische an diesem Unfall. Es war sein gesundes Bein, was von dem mächtigen Baum zerschmettert worden war. Wenn der Bruch nicht richtig verheilen sollte, würde Matt nie wieder gehen können. Instinktiv wußte sie, daß ein Dasein als bettlägeriger oder an den Stuhl gefesselter Krüppel für ihn nicht in Frage kam. Ein Mann wie er war nicht bereit, ein solches Handicap zu ertragen.

»Ich werde versuchen, ihm zu helfen«, sagte sie.

Mit einem herzzerreißenden Stöhnen öffnete Matt die Augen.

»Wie schlimm ist es?« fragte er mit zusammengebissenen Zähnen.

Daniel beugte sich zu ihm. »Dein Bein hat ganz schön was abgekriegt. Thomas holt den Apotheker.«

»Williams ist ein Quacksalber. Paß auf mich auf, Dan.«

»Natürlich, Matt. Du brauchst dir keine Sorgen zu machen.«

Erschöpft schloß Matt wieder die Augen. Von unten waren Geräusche zu hören. Der Apotheker war endlich da. Daniel und Thomas waren spürbar erleichtert.

Mr. Williams betrat wichtigtuerisch das Zimmer des Kranken. Er war ein kleiner, rundlicher, alter Mann. Um die faustgroße gerötete Glatze flatterte ein Haarkranz bis zu den Schultern. Seine schwarze Kleidung war aus grobgewebtem Stoff und alles andere als sauber. Seine Hände waren ebenfalls schmutzig, und Caroline wurde erschreckend klar, warum Matt zu diesem Menschen kein Zutrauen hatte. Sauberkeit war das oberste Gebot für jeden, der einen Kranken heilen wollte.

Er nickte Caroline und Daniel zu und trat ans Bett.

»Ich brauche ein Messer.«

Daniel reichte es ihm. Ängstlich beobachteten sie, wie er den blutgetränkten Verband aufschnitt.

Als die Wunde freigelegt war, schüttelte er den Kopf und sagte: »Ganz schön scheußlich.«

Caroline konzentrierte ihre Aufmerksamkeit auf Matts Gesicht. Seine Haut war aschenfarben, von den Schläfen rann der Schweiß. Langsam öffnete er die Augen und sah sie an. Caroline lächelte ihm aufmunternd zu. Sie legte ihre Hand beruhigend auf die seine.

Sein Blick wanderte zu Mr. Williams, der die einzelnen Rippen abklopfte.

»Sie sind angeknackst, aber nicht gebrochen. Das heilt von alleine.«

Matts Gesicht wurde noch grauer, als der Apotheker auf das geschwollene Fleisch drückte, das um den herausstehenden Knochen lag.

»Das Bein dagegen ... das beste ist wohl, es sofort zu amputieren. Wenn es erst einmal fault ...«

»Renken Sie das Bein ein«, preßte Matt zwischen seinen Zähnen hervor.

Er klammerte sich an Carolines Hand und drückte so fest zu, daß es wehtat. Nur mit Mühe unterdrückte sie einen Schrei.

»Es besteht die Gefahr der Blutvergiftung.«

»Renken Sie es ein!«

»Also gut, wie Sie meinen!« Mr. Williams betrachtete den sturen Patienten beleidigt. »Aber ich sage Ihnen gleich, für die Konsequenzen bin ich nicht verantwortlich.« Sein Blick wanderte zu Daniel. »Sie und ihr Bruder halten ihn fest, Ihr anderer Bruder kann mir ziehen helfen.« Mit frostigen Augen sah er auf Caroline. »Und Sie verlassen besser das Zimmer, Miss!«

Sein Ton ließ erraten, daß die Bewohner von Saybrook kein gutes Haar an ihr gelassen hatten. Die für dumme Menschen so typische Voreingenommenheit bestimmte den Ton seiner Stimme. Seine Abneigung ihr gegenüber war offenkundig.

Doch Caroline schien es kaum zu bemerken. Sie machte sich entsetzliche Sorgen um Matt. Sie hatte sich geschworen, dieses Gefühl nie wieder von sich Besitz ergreifen zu lassen, denn unweigerlich war damit viel Leid verbunden.

Die letzten Jahre waren von diesem Leid geprägt gewesen. Sie hatte ihre Mutter, ihren Vater und schließlich ihre Schwester verloren, die Menschen, die sie aufrichtig liebte. Selbst die wenigen jungen Männer, die ihr gefallen hatten, hatten sie im Stich gelassen, als sie ihnen zu verstehen gab, daß sie ihr Bett nicht ohne offiziellen Segen teilen würde. Widerwillig hatte sie erkennen müssen, daß ihre bloße Gegenwart die Männer dazu verführte, sie als leichte Beute ihrer Lüste zu betrachten. Unschuldig wie eine Nonne hatte diese Erkenntnis sie tief verletzt. Aber sie hatte diesen Schmerz niemals offen gezeigt und ihre Sensibilität hinter einer Fassade der Gleichgültigkeit versteckt. Ihre letzten echten Gefühle hatte sie zusammen mit ihrem Vater begraben. Und nun war das Unfaßliche geschehen. Matt hatte etwas an sich, und nicht nur jetzt in seiner hilflosen Lage, was dieses Eis, in das sie ihr Herz gebettet, hatte, zum Schmelzen brachte. Die Deutlichkeit, mit der sie das empfand, machte ihr Angst. Es machte sie so unglaublich verletzlich, und das wollte sie nie mehr sein.

»Natürlich«, antwortete sie dem schmutzigen Mann, der versuchen wollte, Matts Bein einzurenken.

Vorsichtig löste sie Matts Hand aus der ihren, und er sah sie mit dunklen, gepeinigten Augen an. Instinktiv wußte sie, er wollte, daß sie blieb. Er schien nicht zu verstehen, warum sie ihn allein ließ. Aber sie hatte keine andere Wahl.

Auf seine Art war er freundlich zu ihr gewesen. Sie mußte etwas tun, um ihm zu helfen. Kurz entschlossen sah sie den Apotheker an.

»Ich habe etwas, was ihm die Schmerzen erleichtert, wenn Sie ihm das Bein einrenken.«

Sie griff nach einem braunen Fläschchen, das sie auf dem Nachttisch bereitgestellt hatte.

»Was ist das?« erkundigte sich Mr. Williams schrill.

Caroline fragte sich, vor was der Mann sich eigentlich fürchtete. Glaubte er etwa, sie würde Matt vergiften? Hatte der Klatsch sie nicht nur zur Diebin, sondern auch zur Mörderin gemacht?

»Eine Medizin. Er wird einschlafen und weniger von dem spüren, was Sie vorhaben.«

Die Anwesenden betrachteten sie mißtrauisch.

»Warten Sie!« Roberts Stimme klang alarmiert. »Das erlauben wir nicht.«

»Wenn es gegen die furchtbaren Schmerzen ist, will ich es haben«, flüsterte Matt und griff nach dem Glas in Carolines Hand.

Doch er war nicht in der Verfassung, es zu halten. Caroline half ihm, den Inhalt zu trinken. Dann fiel sein Kopf zurück auf das Kissen.

Lastendes Schweigen herrschte im Raum, während alle den Kranken beobachteten.

»Wenn er von dem Zeug krank wird, sind Sie schuld!« meinte Mr. Williams haßerfüllt.

»Er wird schlafen, das ist alles«, erwiderte Caroline ruhig, als sie das Glas auf den Nachttisch zurückstellte.

Sie stand auf und verließ würdevoll das Zimmer. Die Augen der Männer bohrten sich in ihren Rücken. Das Gefühl war mehr als unangenehm.

15

Matt brüllte vor Schmerzen, als ihm der Apotheker das Bein einrenkte. Der Schrei ging Caroline durch Mark und Bein. Bewegungslos lauschte sie nach oben. Mitleid und Panik schnürten ihr die Kehle zu. Verzweifelt wehrte sie sich gegen den Impuls, nach oben zu eilen. Aber ihre Gegenwart im Krankenzimmer war weder erwünscht noch erforderlich.

Verbissen konzentrierte sie sich auf den vor ihr liegenden Brotteig und knetete ihn mit einer Heftigkeit, als sei er schuld an dem Unglück. Dabei plante sie gedanklich bereits das Abendessen. Für Matt, wenn er überhaupt in der Lage sein würde, etwas zu sich zu nehmen, würde sie eine kräftigende Bouillon zubereiten. Doch seine Brüder mußten eine richtige Mahlzeit vorgesetzt bekommen. Der Imbiß, den sie zum Feld hinausgebracht hatte, war entweder dort vergessen oder inzwischen von Raleigh aufgefressen worden.

Während sie einen riesigen Berg Kartoffeln schälte, lauschte sie zur Treppe hin. Warum kam der Apotheker nicht endlich herunter? Sie setzte die Kartoffeln auf, holte aus der Räucherkammer ein Stück Wildbret, schnitt ein kleines Stück davon ab, um daraus die Suppe für den Kranken zu kochen. Den Rest steckte sie auf einen Spieß und befestigte diesen über dem offenen Feuer.

Mr. Williams befand sich nun schon mehr als eine Stunde bei seinem Patienten. Was veranlaßte ihn so lange oben zu bleiben? Schließlich entschloß sie sich, hinaufzugehen, um sich selbst davon zu überzeugen, daß alles in Ordnung war.

Der Apotheker hatte Matts entblößten Oberarm mit einer Binde umschnürt, bis die Vene stark genug angeschwollen war, um sie mit einem kleinen Schnitt zu öffnen. Thomas kniete neben dem Bett und hielt eine Tasse unter die Wunde, um das Blut aufzufangen. Daniel und Robert beobachteten mit bleichen Gesichtern, wie ihr Bruder zur Ader gelassen wurde.

»Aufhören«, schrie Caroline entsetzt. »Er hat ohnehin schon genug Blut verloren. Eine Phlebotomie ist unverantwortlich.«

Thomas, Robert und Daniel sahen sie überrascht an. Mr. Williams warf ihr einen überheblichen und haßerfüllten Blick zu.

»Der Aderlaß ist notwendig, um das Gift aus seinem Blutsystem zu entfernen«, belehrte er sie.

»Hundertfünfzig Kubikzentimeter sind mehr als genug! Wenn Sie ihn weiterbluten lassen, stirbt er Ihnen unter den Händen weg«, sagte Caroline selbstsicher.

»Wenn er stirbt, dann liegt das an der Medizin, die Sie

ihm eingeträufelt haben und nicht an meiner Methode, ihn zu behandeln!«

Die Lippen der Apothekers kräuselten sich ärgerlich. Abrupt wandte er ihr den Rücken zu. Matts Blut tropfte weiter in die Tasse.

»Daniel ...« wandte sich Caroline verzweifelt an denjenigen, der ihr noch am wohlsten gesonnen war. »Mr. Williams hat ihm schon weitaus mehr Blut abgezapft, als es erforderlich ist. Wenn wir ihm nicht sofort Einhalt gebieten, ist das Leben Ihres Bruders ernsthaft in Gefahr.«

»Was diese Person sich anmaßt, ist unglaublich«, schnappte der Apotheker. »Sie tut wahrhaftig so, als verfüge sie über medizinische Kenntnisse. Merkt sie nicht, wie lächerlich sie sich damit macht?«

Daniel sah unentschlossen von einem zum anderen. Eine Ewigkeit schien zu vergehen, bis er endlich vortrat und seine Hand auf den Arm des Apothekers legte.

»Wenn sich Gift in seinem Körper befunden hat, dann ist es wohl inzwischen herausgelaufen. Nicht wahr, Mr. Williams?«

»Sie vertrauen dieser ... dieser Frau mehr als mir? Ich bin ein gelehrter Mann, aber bitte, wie Sie wollen. Mit den Konsequenzen Ihres Entschlusses müssen Sie selbst zurechtkommen. Nach mir brauchen Sie nicht mehr zu schicken, sollte sich der Zustand des Patienten verschlechtern.«

Mr. William löste die Binde von Matts Oberarm und legte einen Verband an.

»Der Arm muß vierundzwanzig Stunden ruhig gehalten werden«, sagte er und schloß mit einer brüsken Bewegung die Tasche mit den Instrumenten.

»Der Aderlaß war sicher richtig und gut für ihn«, versuchte Daniel den Apotheker zu beruhigen. »Aber etwas Blut müssen wir Matt schon lassen, damit er sich wieder erholt.«

Doch Mr. Williams war nicht in der Laune, Daniels humorvolle Bemerkung zur Kenntnis zu nehmen.

»Wenn Sie mich jetzt bitte für meine Dienste bezahlen«, meinte er förmlich.

»Aber natürlich!« Daniel nickte.

Gemeinsam mit Mr. Williams verließ er das Zimmer.

»Williams mag ein ausgemachter Dummkopf sein, aber seine Frage war berechtigt. Woher verfügen Sie über medizinische Kenntnisse?« Roberts Augen waren kalt und unfreundlich.

Caroline fühlte nach Matts Puls.

»Meine Mutter war auf dem Gebiet der Heilkunde sehr bewandert. Ihr verdanke ich mein Wissen.«

Matts Pulsschläge waren schwach und langsam. Der enorme Blutverlust hatte ihn ernsthaft geschwächt.

»Ihre Schwester war auf diesem Gebiet völlig ahnungslos. Das ist doch sehr merkwürdig, oder nicht?«

Caroline sah Robert ruhig an, obwohl sein Mißtrauen sie sehr verletzte.

»Elisabeth war meine Halbschwester. Ihre Mutter war von nobler Herkunft, die meine dagegen eine Zigeunerin, die mein Vater auf einer seiner Reisen kennengelernt hatte. Meine Mutter wußte viel von heilenden Kräutern und Pflanzen. Ihre Erfahrungen hat sie an mich weitergegeben. Möchten Sie, daß ich versuche Ihren Bruder zu heilen, oder ziehen Sie es vor, ihn sterben zu lassen?«

Ruhig hielt sie Roberts Blick stand. Thomas näherte sich seinem Bruder und legte ihm die Hand auf die Schulter.

»Es bleibt uns nichts anderes übrig, als es Ihnen zu erlauben. Schon deswegen, weil Daniel den Apotheker so verärgert hat, daß der bestimmt nicht wieder hier auftaucht«, sagte Thomas scharf. »Aber ich warne Sie! Wir werden Sie nicht aus den Augen lassen. Sollte irgend etwas passieren ... dann stehe Ihnen Gott bei!«

»Ihr solltet euch schämen, ihr zwei«, sagte Daniel, der zurückgekommen war. »Sie hat euch keinen Grund gegeben, so schlecht von ihr zu denken.«

»... der die Sünden der Väter heimsucht an den Kindern ...« zitierte Robert aus der Bibel.

»Deine Bibelkenntnisse in Ehren, Rob. Wie dem auch sein, Caroline ist nicht Elisabeth.«

Caroline war es unerklärlich, aus welchen Gründen Matts Brüder ihre Schwester haßten. Eines Tages hoffte sie herauszufinden, womit Elisabeth diese Feindschaft verdient hatte.

»Wer von Ihnen bleibt bei Matt, während ich das Abendessen zubereite? Sobald er aufwacht oder sich sein Zustand verschlechtert, möchte ich gerufen werden.«

»Ich bleibe bei ihm«, sagte Daniel. »Ihr beiden geht am besten wieder zum Feld zurück. Wir haben keine Zeit zu verlieren, um so mehr da Matt nun bettlägrig ist.«

Robert und Thomas zögerten, den Ratschlag ihres Bruders zu befolgen.

»Du lieber Himmel, wenn sie mir derart mißtrauen, dann nehme ich an, daß Sie auch keinen Wert auf ein von mir gekochtes Essen legen«, sagte Caroline ungeduldig. »Es könnte ja vergiftet sein! Oder auf Hexenart verflucht! Und Sie verwandeln sich plötzlich in Esel. Obwohl sich ein Fluch dieser Art erübrigt!«

Mit hocherhobenem Kopf rauschte sie aus dem Zimmer.

16

Am darauffolgenden Tag, es war schon fast Mitternacht, kühlte Caroline mit feuchten Lappen Matts brennendheiße Stirn.

»Muß Pa sterben?«

Caroline sah auf und entdeckte John, der im Nachthemd und barfuß an der Tür stand und sie beobachtete. Mit ängstlich geweiteten Augen starrte er auf seinen Vater, der bewußtlos in dem großen Bett lag. Er wirkte so jung und hilflos, daß Caroline fast mütterliche Liebe für ihn empfand. Die Angst um einen geliebten Menschen kannte sie nur allzu gut.

»Nein, er wird nicht sterben.«

Sie gab sich weitaus sicherer, als ihr zumute war. Matt war durch den Blutverlust geschwächt, und im Laufe des Tages hatte das Fieber eingesetzt. Mit Mühe war es ihr gelungen, ihm einige Löffel Bouillon und etwas von ihrer Medizin einzuträufeln.

Sein Bein war zu einem riesigen Klumpen angeschwollen, das Fleisch um die Wunde herum entzündet. Da sie immer noch blutete, hatte sie schließlich Basilikumpulver daraufgestreut und den Verband erneuert. Stunden später war die Bandage immer noch weiß, was sie zu der Hoffnung bewog, daß die Blutung endlich aufgehört hatte. Aufmerksam betrachtete sie den Kranken, denn es bestand die Gefahr, daß Fieber und Wundbrand einsetzten. Beides war in seinem geschwächten Zustand lebensgefährlich.

Beruhigend lächelte sie dem kleinen Jungen zu. John reagierte nicht darauf.

»Ob er mich hören kann, wenn ich ihm Gute Nacht sage?«

»Oh, das glaube ich schon.«

Es war unwahrscheinlich, daß Matt seinen Sohn hören würde, aber das machte nichts. Die kleine Notlüge schien ihr in diesem Fall angebracht.

Vorsichtig kam John näher und blieb neben ihr stehen.

»Gute Nacht, Pa«, murmelte er kaum hörbar. Seine Finger berührten Matts Hand.

Nichts deutete darauf hin, daß Matt etwas wahrnahm. Bevor Caroline etwas Tröstliches sagen konnte, füllten sich die Augen des Jungen mit Tränen. Er schluchzte einmal tief auf, dann biß er sich verzweifelt auf die Unterlippe, um Haltung zu bewahren. Spontan legte Caroline die Arme um ihn. Doch John riß sich aus ihrer Umarmung, schubste sie grob beiseite und rannte aus dem Zimmer.

Caroline hörte ihn die Treppe hinunterlaufen. Wahrscheinlich war er nur deswegen nicht ins Schlafzimmer zurückgegangen, um David mit seinem Geschluchze nicht aufzuwecken. Das Kind brauchte jemanden, der es tröstete.

Entschlossen tastete sie sich durch den dunklen Flur zu Daniels Zimmer. Vor der Tür blieb sie einen Augenblick zögernd stehen. Sie trug nichts weiter am Leib als ihr Nachthemd und einen dünnen Morgenmantel. Konnte sie Daniel so gegenübertreten?

Nachdem die Männer sich zurückgezogen hatten, war sie endlich dazugekommen, sich des blutbespritzten Kleides zu entledigen und sich in der Vorratskammer gründlich zu waschen. Danach hatte sie sich nach etwas Sauberem und Legerem gesehnt und deswegen das Nachthemd angezogen.

Plötzlich riß Daniel seine Zimmertür auf. Gleichermaßen irritiert starrten sie einander an. Bis auf eine um die Hüften geschlungene Decke war Daniel nackt. Mit verschlafenen Augen blinzelte er sie an, als sei sie ihm völlig unbekannt, dann veränderte sich sein Gesichtsausdruck.

»Matt?« fragte er angstvoll.

Caroline schüttelte den Kopf.

»Es geht um John«, flüsterte sie, um die anderen nicht zu wecken. »Er ist unten und weint. Er war bei seinem Vater, und dann ist er aus dem Zimmer gerannt. Von mir will er sich nicht trösten lassen, aber so verzweifelt wie er ist, halte ich es für das beste, wenn Sie nach ihm sehen.«

»Natürlich«, sagte Daniel kurz und schloß die Tür vor ihrer Nase.

Caroline ging in Matts Zimmer zurück. Wenige Augenblicke später hörte sie Daniel die Treppe hinuntereilen. Sie war erleichtert, daß er sich um John kümmerte.

Matts Arme lagen ausgestreckt auf der Bettdecke. Die Handflächen seiner starken, abgearbeiteten Hände zeigten nach oben, die Finger zur halben Faust geballt.

Im Zimmer war es angenehm warm, da Caroline darauf bestanden hatte, im Kamin ein Feuer zu entzünden. Trotz seiner nackten Oberarme und der zum Teil unbedeckten Brust konnte er sich so nicht erkälten. Sie wußte, daß sein männlicher, muskulöser Körper unter der Decke ebenfalls nackt war. Der bloße Gedanke daran beunruhigte sie über alle Maßen. Wie konnte sie, unter diesen Umständen, da Matt hilflos ihrer Pflege anvertraut war, an dergleichen denken? Beschämt riß sie sich zusammen. Dankbarkeit war das einzige, was sie ihm gegenüber empfinden sollte. Schon deswegen mußte sie für ihn tun, was in ihrer Macht stand. Und weil seine Kinder ihn brauchten. Was sollte aus ihnen ohne ihren Vater werden?

Er mußte unbedingt am Leben bleiben. Wenn sich darüber hinaus auch noch sein Bein retten ließ, umso besser. Trotz ihres neu erwachten Optimismus, sah er nicht gut aus. Dunkle Bartstoppeln zierten seine Wangen und sein Kinn, seine Haut war von wachsartiger Blässe. Seine Stirn fühlte sich heiß und trocken an. Wenn sein Fieber nicht bald sank, mußten, trotz des damit verbundenen Risikos, drastischere Methoden angewandt werden.

Seit dem Einrenken des Beins hatten sich seine Augen nicht ein einziges Mal geöffnet. War er bewußtlos? Oder schlief er nur, weil sie ihm regelmäßig die Medizin verabreichte, um zu verhindern, daß er sich herumwälzte? Er atmete flach und stoßweise mit halbgeöffnetem Mund. Seine Lippen waren trocken und rissig.

Caroline befeuchtete ein Tuch mit frischem, kaltem Wasser und ließ die Flüssigkeit langsam in seinen Mund tropfen. Mehr konnte sie im Moment nicht für ihn tun. Alles hing davon ab, ob das Fieber stieg oder sank.

»Wie geht es ihm?« fragte Daniel leise von der Tür her.

»Unverändert«, flüsterte sie zurück.

Aus seinen Hosen schauten die nackten Füße, sein Hemd war nicht zugeknöpft. Seine Haare leuchteten kupfern im Schein der Kerze, und in seinen Augen entdeckte Caroline jenes unmißverständliche Glitzern, das Männern so eigen war. Erschrocken raffte sie ihren bis zur Taille offenstehenden Morgenmantel zusammen und zwang sich, ihn anzusehen.

»John ist in seinem Bett. Als ich nach unten kam, hatte er bereits zu weinen aufgehört.«

Daniel bemühte sich seinen Blick zu kontrollieren und nicht über ihre weiblichen Formen wandern zu lassen, was sie dankbar zur Kenntnis nahm.

»John ist ein tapferer, kleiner Kerl!«

»Er ist doch höchstens zehn Jahre alt«, meinte Caroline. »Kindern in diesem Alter sollte man eine gewisse Schwäche zugestehen.«

»Schwächlinge können in dieser Welt nicht überleben. Er ist übrigens erst neun.«

»Für sein Alter ist er recht groß. Aber zu dünn.«

»Ach was! Matt war als Junge genauso. Wir waren alle ziemlich dünn. Als ich Elisabeth kennenlernte, war ich ungefähr elf Jahre alt. Ich erinnere mich, wie sie sich lustig über mich gemacht hat. Ein Klappergestell nannte sie mich.«

»Ich habe das Gefühl, daß Sie Elisabeth nicht mochten. Stimmt das? Können Sie mir auch sagen, warum? Sie müssen wissen, ich kann mich kaum an sie erinnern.«

»Wenn Sie etwas über Elisabeth wissen wollen, müssen Sie schon Matt fragen. Wenn er wieder gesund ist, meine ich.«

»Ich habe das Thema bisher absichtlich vermieden, weil ich keine traurigen Erinnerungen in ihm wachrufen möchte. Er vermißt seine Frau sicher schrecklich.«

»Oh, da brauchen Sie keine Angst zu haben …«

»Wollen Sie damit andeuten, daß Matt den Tod seiner Frau nicht betrauert?«

»Ich deute nichts an. Wie ich schon sagte, fragen Sie Matt, wenn Sie etwas über Ihre Schwester wissen wollen.« Daniel wandte sich zum Gehen. »Wenn Sie etwas brauchen, dann rufen Sie einfach nach mir. Ich habe einen leichten Schlaf. Wie alle in dieser Familie.«

Caroline hörte, wie er seine Zimmertür schloß. Was ihre Schwester Elisabeth betraf – irgendwann würde ihr jemand Rede und Antwort stehen müssen.

In der Absicht, ihre Aufmerksamkeit wieder voll dem Kranken zu widmen, drehte sie sich um. Matt hatte sich etwas aufgerichtet, seine Augen standen weit offen und fixierten gepanikt einen Punkt hinter ihr.

»Matt …« sagte sie und versuchte herauszufinden, was ihn so ängstigte.

Ihr Herz drohte stehenzubleiben, als er plötzlich laut zu schreien begann.

17

Matt schlug wie wild um sich, strampelte mit seinem gesunden Bein und stieß dabei heisere Schreie des Entsetzens aus.

»Matt, hören Sie auf! Sie fallen sonst aus dem Bett! Sie tun sich doch nur unnötig weh!« Mit all ihrer Kraft versuchte Caroline ihn festzuhalten. »Daniel! Hilfe! Daniel!«

Matt wehrte sich verzweifelt gegen sie. Caroline klammerte sich an seinen Hals und versuchte den harten Schlägen zu entgehen, die sie gelegentlich trafen. Das Gewicht ihres Unterkörpers lagerte auf seinem gesunden Bein, damit er nicht aus dem Bett fiel.

»Feuer! Feuer!« schrie Matt aus Leibeskräften.

In seinem Delirium glaubte er, daß das Bett brannte. Mit geballten Fäusten schlug er auf die Matratze ein, um das Feuer zu ersticken.

»Matt, da ist kein Feuer. Es ist alles in Ordnung. Bitte, hören Sie auf!«

Caroline spürte den fiebrigheißen Körper, seine weichen Brusthaare an ihrem Kinn, die angespannten Muskeln, mit denen er sich gleich aufbäumen würde, um gegen den Horror zu kämpfen, den er sich einbildete, und der ihn in diesen Angstzustand versetzt hatte.

»Matt! Um Himmelswillen! Matt!« rief Daniel.

Seine Kraft schien nicht auszureichen, den sich immer wieder aufbäumenden Körper niederzudrücken. Thomas und Robert kamen ihm zu Hilfe, und gemeinsam gelang es ihnen endlich, den Bruder festzuhalten.

So schnell sie konnte träufelte Caroline ihm etwas von der Medizin zwischen die Lippen. Zitternd beobachtete sie, wann die Wirkung des Schlafmittels einsetzen würde. Ewigkeiten schienen zu vergehen. Endlich erlahmten seine Bewegungen, dann lag er still. Unsicher ließen die Brüder von ihm ab, als fürchteten sie eine Wiederholung des Ausbruchs. In ihren Mienen stand das blanke Entsetzen. Zweifellos hatten sie Angst um sein Leben.

»Was haben Sie mit Matt gemacht?« rief Thomas außer sich.

Caroline nahm seine Gegenwart erst jetzt richtig wahr. Im Gegensatz zu Daniel, der in seine Hose geschlüpft war, und zu Robert, der sich als Notbehelf eine Decke umgeworfen hatte, war Thomas splitternackt. Erschrocken schlug sie die Augen nieder.

»Sie glauben, ich bin schuld?« rief Caroline aufgebracht.

»Natürlich hat Caroline ihm nichts getan«, sagte Daniel und sah Thomas an. »Thom, schämst du dich nicht ... in Gegenwart einer Dame!«

Als Thomas begriff, worauf Daniel anspielte, schoß ihm die Röte ins Gesicht. Mit einer verzweifelten Bewegung riß er an Roberts Decke, um wenigstens das zu bedecken, was ein weibliches Wesen am meisten in Verlegenheit bringen mußte. Robert geriet aus dem Gleichgewicht, stolperte und riß nun seinerseits mit hochrotem Kopf an der Decke.

Die Tatsache, daß Daniel sie verteidigt hatte, milderte ihren Zorn.

»Was ist denn nun eigentlich passiert?« erkundigte sich Daniel.

»Im Grunde weiß ich es nicht. Kaum waren Sie gegangen, wachte Matt auf. Er starrte auf einen imaginären Punkt hinter mir. Da er solche Angst zu haben schien, versuchte ich herauszufinden, was ihn so beunruhigte. Ich konnte nichts entdecken. Dann fing er an zu schreien. Er kämpfte gegen etwas, was ich nicht sehen konnte. Ich hatte Angst, er fällt aus dem Bett, deswegen habe ich ihn festgehalten. Ich glaube, er dachte die Matratze brennt, er schlug danach und schrie ›Feuer!‹. Zweimal.«

Die Brüder wechselten Blicke, die Caroline nicht interpretieren konnte.

»Um was geht es?« fragte sie scharf.

Alle drei starrten sie an und schwiegen.

»Sie müssen es mir sagen. Wenn ich die Ursache für seinen Anfall nicht kenne, wie soll ich ihn das nächstemal verhindern?«

Daniel entschloß sich endlich etwas zu sagen.

»Vor Jahren erlitt Matt ganz furchtbare Verbrennungen.

Seitdem hinkt er, und die Narbe in seinem Gesicht stammt ebenfalls von dem Unfall. Er hat seit dieser Zeit eine verständliche Aversion gegen Flammen. Und wenn es noch so kalt wird, weigert er sich trotzdem, ein Feuer in seinem Kamin zu entzünden. Ich nehme an, er hat das brennende Feuer gesehen, als er die Augen öffnete. In seinem Zustand hat ihn das wahrscheinlich an das Erlebnis erinnert. Darum geriet er in Panik. Was völlig verständlich ist.«

»Und warum hat mir niemand etwas davon gesagt?«

»Keiner von uns hat daran gedacht, nehme ich an. Unter den gegebenen Umständen ist es wichtig, daß sein Zimmer warm ist.«

»Aber er braucht es nicht zu sehen«, sagte Caroline und stand kurzentschlossen auf.

Der in der Ecke stehende Paravant schien lange nicht benutzt worden zu sein, so staubig war er. Mit Daniels Hilfe schob sie ihn vor den Kamin. Vom Bett aus war das Feuer nicht mehr zu sehen.

»Gibt es noch etwas, was ich wissen sollte?«

»Das einzige, was Matt noch fürchtet, ist Gott. Aber Er wird ihnen sicher keine Schwierigkeiten machen«, sagte Daniel und ein schwaches Lächeln umspielte seinen Mund. »Warum gehen Sie nicht zu Bett, Sie müssen hundemüde sein. Einer von uns bleibt bei ihm.«

Matt rührte sich nicht, nur seine Finger bewegten sich gelegentlich. Obwohl das Bett riesig war, füllte er es zur Gänze aus. Caroline fürchtete sich trotzdem nicht mehr vor ihm. Er war kein Mann freundlicher Worte und liebevoller Gesten, aber er war zweifelsohne jemand, auf den man sich verlassen konnte.

Was hätte sie gemacht, wenn er so geartet gewesen wäre, wie die Sorte Männer in England, vor denen sie geflohen war? Bei der bloßen Vorstellung schauderte es sie.

Dank dem, was ihre Mutter ihr beigebracht hatte, würde sie sein Leben und – wenn möglich – auch sein Bein retten.

»Es ist besser, ich bleibe hier«, sagte sie zu Daniel. »Es kann zur Krise kommen, die Anzeichen dafür kenne ich besser als Sie und Ihre Brüder.«

»Eine Krise? Was für eine Krise?« fragte Robert mit gerunzelter Stirn.

»Er hat sehr hohes Fieber. Wenn es nicht bald sinkt ...«

»Was passiert dann?«

»Wenn es nicht bald sinkt ... stirbt er.«

»Sollen wir Williams holen?« wandte sich Robert an Daniel.

»Ich bezweifle, daß der noch mal kommt«, meinte Thomas und sah zu Caroline hinüber, als sei sie schuld an dieser Tatsache.

»Der Apotheker wird Matt erneut zur Ader lassen, weil Fieberkranke normalerweise so behandelt werden. Im Fall Ihres Bruders bedeutet ein nochmaliger Blutverlust den sicheren Tod.«

Sie sah Daniel beinahe flehentlich an. Innerlich betete sie, daß er die richtige Entscheidung treffen würde.

»Kennen Sie denn eine bessere Methode?« fragte Thomas lauernd.

»Ja, das tue ich.«

»So? Dann sagen Sie es uns doch!«

Caroline war versucht ihm über den Mund zu fahren, aber es stand zuviel auf dem Spiel.

»Wenn er nicht von selbst anfängt zu schwitzen, wobei das Fieber sinkt, müssen wir diesen Vorgang einleiten. Die beste Methode ist, ihn in kalte, nasse Laken zu wickeln.«

»Und ihn damit zu töten!« rief Thomas.

»Was Sie sagen ist Unsinn!«

»Wir alle kennen Williams«, unterbrach Daniel den Wortwechsel. »Er ist kein Arzt. Die Frage stellt sich: wer kann Matt besser helfen? Caroline oder Williams? Können Sie Matt helfen? Wir lieben ihn, er muß am Leben bleiben.«

»Sollte er durch Ihre Schuld sterben, knüpfen wir Sie am nächsten Baum auf.«

»Thomas!« Daniel sah Caroline an. »Also?«

»Ich kann nicht garantieren, daß er am Leben bleiben wird«, sagte Caroline ehrlich. »Aber eines ist sicher ... meine Methode verspricht mehr Erfolg als ein erneuter Aderlaß.«

»Mr. Williams ist ein ehrenwertes Mitglied unserer Kirche«, wandte Robert ein. »Sie dagegen ... wir wissen nichts von Ihnen. Nur, daß Sie Elisabeths Schwester sind.«

Als Kompliment war seine Bemerkung sicher nicht gedacht. Daniel und Thomas schienen tatsächlich über dieses Argument nachzudenken.

»Ihr Bruder ist der Vater meiner Neffen – und er hat mir ein Zuhause gegeben. Sie können deswegen sicher sein, daß ich alles für ihn tun werde, was in meiner Macht steht.«

Caroline hatte ihre Antwort bewußt vorsichtig formuliert. Sie ließ keine Rückschlüsse auf die wahre Natur ihrer komplexen Gefühle für Matt zu. Sie war ihm von Herzen dankbar, darüber bestand kein Zweifel. Und obwohl sie seine Art, zugegebenerweise, manchmal bis zur Unerträglichkeit nervte, konnte sie nicht umhin, seine Charakterstärke zu bewundern.

Ihr Vater war ein charmanter und amüsanter Mann gewesen, der sie auf seine Weise zweifellos liebte, doch als Folge seines unstabilen Charakters hatte sie immer die Stärkere sein müssen. Um ihn nicht in seinem Stolz zu verletzen, hatte sie das Leben an seiner Seite ertragen, ohne sich zu beschweren. Sie hatte sich um das Finanzielle gekümmert, indem sie in guten Zeiten Geld beiseite legte, um damit die mageren Wochen zu überbrücken, in denen er eine Pechsträhne hatte. Sie war sich nicht zu schade gewesen, mit Kutschern und Gasthofbesitzern um die Preise zu feilschen, wenn er nur geringfügige Summen gewann. Und sie allein hatte ihn gepflegt, als er krank wurde.

Matt unterschied sich in so vielem von ihrem Vater. Zwar ließen seine Manieren häufig zu wünschen übrig, aber er hatte es geschafft, trotz der Kargheit der Neuen Welt, ein Heim für seine Familie zu erarbeiten. Er war das anerkannte Familienoberhaupt, dem sich alle unterstellten, denn sie liebten ihn aufrichtig. Abgesehen von der Sicherheit, die er ihr vermittelte, respektierte und bewunderte sie ihn. Doch davon brauchten seine Brüder nichts zu wissen.

Sollten sich die Brüder ihrem Vorschlag widersetzen,

mußte sie das wohl oder übel akzeptieren. Zwar spürte sie das Bedürfnis, das Leben des Kranken zu retten, aber sie würde nicht darum betteln, daß man ihr dieses Recht zugestand. Wenn sie den Fähigkeiten des schmutzigen Apothekers mehr vertrauten, dann war das ihr Problem. Davon abgesehen war Matts körperliche Konstitution eventuell sogar einem erneuten Aderlaß gewachsen.

Daniel, die Arme vor der Brust gekreuzt, sah sie nachdenklich an. Er würde die Entscheidung treffen, nach der sie sich richten mußte.

»Also gut«, sagte er schließlich. »Sie werden sich um Matt kümmern. Sein Schicksal liegt in Ihrer Hand. Sollte es notwendig werden, können wir Williams immer noch holen.«

18

Am Vormittag war Matts Zustand mehr als kritisch. Sein Gesicht, sein ganzer Körper glühte. Sein Kopf rollte unruhig von einer Seite auf die andere, unablässig murmelte er Unverständliches in seinem Fieberwahn. Die immer wieder herunterfallende Decke hatte Caroline durch ein leichtes Leinentuch ersetzt, damit seine nackten Hüften und sein Geschlecht wenigstens zeitweise bedeckt waren. Sie hatte sich inzwischen so weit in der Gewalt, daß der Anblick sie weder erschreckte noch abstieß. Ihr Mitleid mit dem kranken Mann, der sich schließlich ihrer Gegenwart gar nicht bewußt war, war größer als ihre Aversion gegen das, was ihr bei einem Mann normalerweise am meisten Angst machte.

Glücklicherweise waren John und David, trotz heftigen Protests, von Daniel zur Schule geschickt worden. Robert, der draußen Holz gehackt hatte, wurde von seinen Brüdern ins Krankenzimmer gerufen.

»Ich brauche eimerweise kaltes Wasser. Es muß wirklich eiskalt sein. Schnell!« befahl sie.

Robert und Thomas verließen das Zimmer, um das Geforderte zu holen. Daniel blieb an ihrer Seite.

Schon Minuten später standen vier Eimer mit eiskaltem Wasser vor ihr. Mit Daniels Hilfe tauchte sie große Leinentücher hinein. Robert und Thomas hoben und drehten Matts Körper, damit er in die nassen Tücher eingewickelt werden konnte. Sie wurden ausgewechselt, sobald sie von Matts fiebrigheißem Körper erwärmt waren.

Trotz ihrer Bemühungen stieg Matts Fieber weiter an. Mit schwachen Gesten versuchte er sich gegen ihr Tun zu wehren.

»Es hat keinen Zweck«, sagte Thomas böse. »Es geht ihm schlechter als vorher.«

Caroline antwortete nicht. Was hätte sie sagen sollen?

»Ich gehe jetzt und hole Mr. Williams. Diese ganze Theater hier ist sinnlos!« Thomas richtete sich auf.

Daniel sah sehr besorgt aus. »Vielleicht solltest du ihn wirklich holen. Wenn er meint, er muß Matt wieder zur Ader lassen, dann muß es auf diese Weise versucht werden. Was wir hier tun, scheint effektiv nicht zu helfen.«

Seine Stimme war ohne Vorwurf, doch Caroline fühlte sich seltsam betroffen. In Wahrheit hatte sie Angst. Angst um Matt, denn ihre Methode brachte das Fieber nicht zum Sinken.

Doch plötzlich hatte sie eine Idee. »Der Trog! Wir legen ihn in den Wassertrog.«

Sie stand auf. Ihre Schultern und ihr Rückgrat schmerzten. Die Brüder sahen sie verständnislos an.

»Wir füllen den Trog mit eiskaltem Quellwasser und legen ihn hinein. Das ist die Lösung, davon bin ich überzeugt.«

»Noch mehr Unsinn von der Sorte, wie wir es schon hatten!« sagte Thomas verächtlich.

»Nein, warte!« rief Daniel. »Wir versuchen es. Wir müssen es versuchen. Es klingt einleuchtend.«

»Du hast ein Auge auf sie geworfen, deswegen bist du bereit, alles zu tun, was sie sagt!« zischte Thomas haßerfüllt.

»Das ist nicht wahr!« Auf Daniels Wangen erschienen hektische rote Flecken.

»Sagst du!«

»Es ist eine verdammte Lüge! Wie kannst du mir unterstellen, daß ich Matts Leben wegen einer Frau in Gefahr bringe? Das würde ich nicht einmal tun, selbst wenn ich ein Auge auf sie geworfen hätte.«

»Meiner Meinung nach ist es so. Wer verteidigt sie denn immer? Hm?«

»Schluß!« rief Robert, unbewußt Matt imitierend. »Schämt ihr euch nicht, im Zimmer eines Todkranken sinnlose Streitigkeiten auszufechten? Komm, Thom, hilf mir den Trog zu füllen. Wenn diese Methode auch nicht funktioniert, dann holen wir den Apotheker. Aber erst dann.«

Robert schob den völlig fassungslosen Thomas aus dem Zimmer.

»Aber sie ist ...« protestierte dieser.

Den Rest des Satzes konnte Caroline nicht verstehen, und darüber war sie im Grunde froh. Noch mehr Tiraden von seiner Seite hätte sie nicht mehr durchgestanden.

Matt lag bewegungslos in seinem Bett. Sein Atem war sehr flach, seine Lippen trocken und aufgesprungen.

Daniel beugte sich über ihn und sah ihn liebevoll an.

»Wir schaffen es schon, Matt. Du wirst sehen, bald bist du wieder gesund. Denk an Davey und John, sie brauchen dich so sehr. Also reiß dich zusammen, alter Junge.«

In einem Leinentuch liegend schleppten die Männer den Kranken zum Trog.

»Der Verband an seinem Bein wird durchweichen«, meinte Daniel kopfschüttelnd.

»Ein Verband kann ausgewechselt werden«, sagte Caroline kurzangebunden. »So, jetzt legen Sie ihn langsam hinein.«

Widerwillig kamen sie ihrer Aufforderung nach. Thomas hielt Matts Kopf, während Caroline kaltes Wasser über Hals und Schultern schöpfte. Das Wasser im Trog reichte ihm nur bis zur Brustmitte.

Langsam, ganz langsam begann seine Haut die fiebrige Röte zu verlieren und abzukühlen. Prüfend legte sie ihre

Hand auf seine Stirn. Auch sie war nicht mehr so glühendheiß.

»Ich denke, das Schlimmste ist überstanden«, ließ sie die Männer wissen.

Es dauerte eine ganze Weile, bis die drei begriffen, was das bedeutete. Schließlich lächelte Daniel sie an.

»Gütiger Himmel, wir haben es geschafft! *Sie* haben es geschafft, Caroline!«

Bevor sie wußte, wie ihr geschah, griff er nach ihr, hob sie hoch und schwang sie herum. Caroline wußte, es war dankbarer Übermut, der ihn verleitet hatte, dies zu tun. Trotzdem war es ihr unangenehm.

»Lassen Sie mich los«, sagte sie schärfer als beabsichtigt.

Daniel kam ihrer Aufforderung sofort nach, sein Blick bat sie um Nachsicht.

»Es tut mir leid. Ich wollte gewiß nichts Unrechtes tun«, sagte er ruhig.

»Schon gut«, murmelte sie. »Wir bringen Matt jetzt wieder ins Haus.«

Auf die gleiche Weise, wie sie ihn herausgetragen hatten, trugen sie ihn wieder zurück ins Bett. Caroline machte sich daran, den Verband zu wechseln. Daniel, Robert und Thomas zogen sich um, weil sie bei dem Transport ganz naß geworden waren.

Das geschiente Bein war immer noch sehr geschwollen, die Wunde blutete zwar nicht mehr, aber sie sah immer noch schrecklich aus. Caroline streute wieder etwas von dem Basilikumpulver darauf, bevor sie den neuen Verband anlegte.

Die Folgen der Nachtwache machten sich bemerkbar. Sie war so müde und erschöpft, daß ihr fast die Augen zufielen. Ihre Glieder schmerzten. Sie fühlte sich wie gerädert. Als sie die Enden der Binde befestigte, hörte sie ein Geräusch hinter sich und drehte sich erstaunt um.

An der Tür stand Mr. Williams und beobachtete sie. Hinter ihm warteten ein puritanisch schlicht gekleideter Mann mit schwarzen Haaren und eine Frau mit einer weißen Haube auf dem Kopf, die besorgt zu dem Kranken hinübersahen.

Und aus dem Dunkel des Flurs sah Caroline das griesgrämige Gesicht des Pastors auftauchen.

19

Mit vor Wut zitterndem Kinn trat der Apotheker ins Zimmer. Er stapfte auf sie zu, ohne sie aus den Augen zu lassen.

»Sie sabotieren also die von mir geleistete Arbeit, was?« giftete er sie an.

»Was plant diese Tochter Belials Böses?« Der Pastor zwängte sich an den in der Tür Stehenden vorbei, um Mr. Williams zu folgen. »Gott wird Ihre Sünden bestrafen. Nun, James, habe ich es Ihnen nicht gesagt? An Ort und Stelle können Sie sich davon überzeugen.«

»Ich bin die Tochter von Marcellus Wetherby, und nicht von Belial, wer immer das sein mag. Guten Tag, Mr. Miller. Guten Tag, Mr. Williams.«

Caroline war aufgestanden, um die Neuangekommenen zu begrüßen. Ihr Ton war höflich, obwohl ihr das sehr schwer fiel. Weder der Pastor noch der Apotheker waren ihr freundlich gesinnt, das wußte sie. Mr. Williams' Meinung über sie war ihr ziemlich gleichgültig, aber sie erinnerte sich an die Warnung Daniels, sich den Pastor nicht zum Feind zu machen. Um dem Haushalt, der sie aufgenommen hatte, keine Schwierigkeiten zu bereiten, mußte sie ihr Temperament zügeln.

»Belial ist der Teufel«, belehrte der Pastor sie giftig, offensichtlich entsetzt über ihre Unkenntnis.

Robert erschien im Flur und schlug dem Mann mit den schwarzen Haaren freundschaftlich auf die Schulter.

»Hallo, James. Guten Tag, Mary.«

»Ich bin gerade von Wethersfield zurückgekommen. Man

sagte mir, daß Matt im Sterben liegt. Wieso hat man mich nicht geholt?« sagte James unwillig.

Eigentlich erkannte man James sofort als zur Familie Mathieson gehörig. Seine Ähnlichkeit mit Matt war unübersehbar, auch wenn er etwas kleiner und magerer war. Seine Augen waren allerdings mehr grau als blau, und sein Haar hatte einen rötlichen Schimmer. Ohne Narbe im Gesicht und ohne steifes Bein sah er eigentlich besser aus als Matt, doch merkwürdigerweise nicht in Carolines Augen. Er war, ohne Zweifel, ein attraktiver Mann, doch fehlte ihm das gewisse Etwas, das Matt so unwiderstehlich machte.

»Ach, weißt du, wir haben gar nicht daran gedacht, so beschäftigt waren wir«, sagte Daniel, der gerade zurückkam. »Hallo, Mary.« Er nickte der Frau zu, die ihn anlächelte.

Caroline erinnerte sich an sie. Sie hatte sie gesehen, als sie mit Daniel und dem Kapitän durch den Ort gegangen war. Mary war die Frau von James.

»Aber du kannst sicher sein, wir hätten dich bestimmt geholt, wenn er gestorben wäre.« Robert grinste.

James und Mary waren geschockt.

»Aus deinem Benehmen schließe ich, daß Matt nicht stirbt?« fragte James überrascht und sah dabei auf den Apotheker.

»Es kann eventuell vermieden werden, wenn wir sein Bein amputieren«, erklärte Williams wichtigtuerisch. Er betastete unsanft die Schwellung unter- und oberhalb der Wunde. Caroline beherrschte sich in letzter Sekunde, den Mann nicht einfach zur Seite zu stoßen. Matt bewegte sich unruhig, um dem schmerzvollen Fingerdruck des Apothekers zu entgehen.

»Er wird weder sterben noch sein Bein verlieren«, wandte sich Caroline an James.

Mr. Williams fühlte inzwischen den Puls des Kranken.

»Die Entscheidung liegt bei Gott, nicht bei Ihnen«, sagte Mr. Miller salbungsvoll, während er mit gewisser Abscheu ihr Aussehen musterte.

Da sie für die Pflege ihres Haares keine Zeit gehabt hatte,

war es zum dicken Zopf geflochten, der ihr bis zur Taille hing. Ihr Kleid, hastig aus der Truhe gekramt und ebenso hastig übergeworfen, war schmutzig und verknittert. Das ursprüngliche Weiß war im Lauf der Jahre vergilbt, und es war mit Wasser-, Medizin- und sonstigen Flecken übersät. Der tiefe Ausschnitt enthüllte den Ansatz ihrer Brüste, ein Anblick, der den puritanischen Gottesmann mit ebensolchem Horror erfüllte, als wäre sie nackt gewesen.

»Habt ihr schon Caroline kennengelernt?« wandte sich Daniel an James und Mary. »Sie gehört seit kurzem zu unserer Familie.«

»Es freut mich, Ihre Bekanntschaft zu machen«, sagte Mary und lächelte ihr zu. Ihr rundes Gesicht mit den sanften braunen Augen verrieten Gutherzigkeit. Im Gegensatz zu seiner Frau nickte ihr James nur kurz und zurückhaltend zu. Wieder einmal fragte sich Caroline, warum die Männer dieser Familie Frauen gegenüber so unheimlich mißtrauisch waren.

»Dann hat diese Schlange also bereits Ihr Vertrauen gewonnen?« bemerkte Mr.Miller. »Nun, das wundert mich nicht, des Teufels List ist grenzenlos.«

»Ich bin nicht vom Teufel besessen!« Caroline blitzte den Pastor wütend an. Der Wortwechsel wurde jäh unterbrochen.

»Ich erinnere mich nicht, Sie hierher eingeladen zu haben, Mr. Miller«, sagte Matt mit schwacher, rauher Stimme.

Carolines Herz hüpfte vor Freude. Ihre Bemühungen waren nicht umsonst gewesen, die drastische Methode des eiskalten Bades hatte Matt vor dem Tod bewahrt. Er lebte, und nicht nur das, mit vollem Bewußtsein nahm er seine Umgebung wahr. Seine blauen Augen fixierten den Pastor mit unübersehbarer Abneigung.

»Matt!« Die Anwesenden riefen es alle gleichzeitig.

»Ich bin herbeigeeilt, Ihnen, in meiner Eigenschaft als Vertreter Gottes, den Weg in das ewige Leben zu erleichtern«, sagte Mr. Miller und näherte sich dem Bett.

»Sie haben den Weg umsonst gemacht, um nicht zu sagen, etwas voreilig.«

»Oh nein, nicht umsonst, und auch nicht zu früh, um vielleicht Ihre Seele noch zu retten. Sie müssen noch so vieles bereuen, bevor Sie das Paradies betreten dürfen, Ephraim Mathieson! Diese Tochter einer Schlange bei sich aufzunehmen, bedeutet eine Beleidigung des Allmächtigen.«

»Sie verleumden ein Mitglied meiner Familie, Mr. Miller, und das werden Sie verantworten müssen. Nehmen Sie zur Kenntnis, Sie und alle anderen Mitglieder der Gemeinde, Caroline *ist* ein Mitglied meiner Familie. Ich werde nicht dulden, daß ihre Ehre angegriffen wird.«

Caroline war gerührt, wie bestimmt Matt für sie eintrat. Dankbar sah sie zu ihm hinüber, aber seine konzentrierte Aufmerksamkeit galt dem Pastor.

»Wie ich sehe, sind Sie schon wieder auf einen arglistigen Engel der Hölle hereingefallen. Sie sind schwach, Ephraim Mathieson, eine leichte Beute für Luzifers Machenschaften. Sie müssen dieses Weib von Ihrer Schwelle weisen, nur dann haben Sie Hoffnung auf Vergebung.«

»Hören Sie mir gut zu, Mr. Miller. Wenn Sie Caroline noch einmal öffentlich verleumden, bringe ich Sie deswegen vor Gericht. Öffentliche Auspeitschung, das ist die Strafe, die Sie erwartet. Aber daran muß ich Sie wohl nicht erinnern, Mr. Miller.«

Das Gesicht des Pastors rötete sich unnatürlich, seine Augen quollen hervor.

»Sie wagen es, einem Diener Gottes zu drohen?«

Mit dramatisch zum Himmel hochgereckten Armen wandte er sich an Mary und James.

»Ich fürchte, Ihr Bruder ist ein verirrtes Schaf unserer Herde, James. Um Ihres Seelenheils willen müssen Sie sich von ihm lossagen, Sie und Ihre liebe Frau, und dafür sorgen, daß auch die armen hilflosen Kinder vor ihm sicher sind. Denn die Sünde führt ihn ins Verderben, und die göttliche Gnade wird ihm versagt bleiben, weil er sich dem Teufel verschrieben hat, der ihn hinunterziehen wird in die unergründlichen Tiefen der Hölle.«

»Ich schlage Ihnen vor, mit mir nach unten zu kommen,

wo ich Ihnen ein schönes Täßchen Tee zubereiten werde«, unterbrach ihn Mary mit einem liebenswertem Lächeln. »James und ich wären Ihnen sehr dankbar, wenn Sie für die Erleuchtung aller in diesem Haus beten würden. Ich bin sicher, daß die Gebete eines so würdigen Vertreters der Kirche helfen werden. Bedenken Sie, vielleicht hat Gott gerade Sie dazu auserkoren, diese Seele zu retten.«

Zu Carolines Erstaunen gelang es Mary tatsächlich, den Pastor dazu zu bewegen, mit ihr zu gehen.

»Deine Frau ist eine wahre Heilige, James«, sagte Thomas.

»Nicht wahr?« James begab sich zum Bett und sah Mr. Williams aufmerksam an.

»Was hat Ihre Untersuchung ergeben?«

»Ich fürchte eine Blutvergiftung. Ich wiederhole noch einmal, das Bein muß abgenommen werden.«

»Den Mann, der das versucht, bringe ich um!« sagte Matt und sah den Apotheker wütend an.

»Es ist die einzige Möglichkeit – wenn Sie nicht sterben wollen!«

»Mr. Williams, wie wäre es, wenn Sie sich ebenfalls von meiner Frau eine Tasse Tee servieren lassen, während ich versuchen werde, meinen uneinsichtigen Bruder zur Einsicht zu bewegen.«

James legte seinen Arm um die Schultern des Apothekers und führte ihn zur Tür.

»Wie Sie wissen, ist uns nicht damit gedient, ihn zu verärgern, er muß davon überzeugt sein, daß es das beste für ihn ist.«

Mr. Williams nickte, und seine Schritte hallten im Treppenhaus.

»Matt, ich weiß, es ist unendlich schwer, sich damit abzufinden, ein Bein zu verlieren ... aber wenn es notwendig ist, dein Leben zu retten ...« begann James auf seinen Bruder einzureden.

»Das Bein bleibt dran«, sagte Matt erschöpft.

»Also, wenn ihr mich fragt«, warf Daniel ein, »seit heute habe ich großes Zutrauen in Carolines Fähigkeiten. Sie sagt, es ist unnötig, das Bein zu amputieren, und ich vertraue ihr.«

»Dank ihrer aufopfernden Pflege und ihrer Heilmethode ist Matt das furchtbare Fieber losgeworden, an dem er sonst gestorben wäre«, sagte Robert. »Das ist doch richtig, Thom?«

»Es stimmt.«

Caroline warf ihm einen erstaunten und dankbaren Blick zu. So mißtrauisch er vor kurzem noch gewesen war, jetzt schien er bereit, ihr wenigstens eine Chance zu geben.

»Aber sie ist Elisabeths Schwester, oder nicht?« gab James zu bedenken.

»Halbschwester! Und sie bedeutet keine Gefahr«, meinte Daniel.

»Doppelzüngiges Gerede!« murmelte Matt.

»Ich bitte um Entschuldigung, meine Herren, aber ich glaube, Sie sollten Ihre Diskussion woanders fortsetzten. Der Kranke muß sich jetzt ausruhen.«

Matt war erschöpft und weitere Aufregungen würden ihm nicht gut tun.

James sah sie erstaunt an.

»Natürlich, Sie haben völlig recht«, sagte Daniel

James schien es nicht zu behagen, von einem Parvenü, und als solchen betrachtete er Caroline, Befehle entgegenzunehmen, aber er protestierte nicht, das Zimmer zu verlassen. Matts Wohlbefinden lag ihm am Herzen, und deshalb verzichtete er auf jeglichen Kommentar.

»Ich will das Bein nicht verlieren«, sagte Matt, als Caroline sich mit der Medizin über ihn beugte.

»Sie werden es nicht verlieren«, sagte sie.

Sie stützte seinen Kopf, damit er besser trinken konnte.

»Und ich bin kein Baby«, meinte er und wollte das Glas selbst in die Hand nehmen. Aber er war zu schwach. »Was wollen Sie mir einflößen? Was ist es?«

»Es wird Ihnen helfen zu schlafen.«

Er preßte die Lippen aufeinander.

»Trinken Sie!« forderte sie ihn auf.

»Ich will mein Bein behalten!« wiederholte er und drehte den Kopf beiseite.

Offensichtlich fürchtete er, seine Person nicht verteidigen zu können, wenn er schlief.

»Sie werden es behalten«, sagte Caroline sanft. »Sie brauchen keine Angst zu haben, daß Ihnen das Bein abgenommen wird, während Sie schlafen. Ihre Brüder würden das nie zulassen.«

»Muß ich wirklich keine Angst haben?«

»Nein. Bitte trinken Sie jetzt die Medizin. Ich fürchte, daß das Fieber zurückkommt, wenn Sie jetzt nicht schlafen. Das Fieber kann tödlich sein, der Zustand Ihres Beines nicht. Bitte.«

Wieder hielt sie das Glas an seinen Mund. Seine blauen Augen fixierten sie.

»Versprechen Sie mir, daß sie mir das Bein nicht abnehmen«, sagte Matt und griff nach ihrem Handgelenk.

»Ich verspreche es«, sagte Caroline und befreite sich vorsichtig aus seinem Griff.

»Ich verspreche es«, wiederholte sie.

Endlich öffnete er den Mund und ließ sich die Medizin einflößen.

»So ist es brav«, murmelte Caroline automatisch.

Als sie aufstand, um das Glas auszuwaschen, folgten ihr seine Augen.

»Ich bin kein kleiner Junge«, sagte er. »Weder im gesunden noch im kranken Zustand.«

Verwirrt sah Caroline ihn an, dann erinnerte sie sich an ihre Worte.

»Gewiß nicht.«

»Ich möchte, daß Sie es wissen.«

»Ich weiß es.«

»Und trotzdem fürchten Sie sich nicht mehr vor mir?«

Caroline hätte fast das Glas fallengelassen.

»Ich habe mich nie vor Ihnen gefürchtet«, sagte sie schließlich. Sie hoffte, er würde ihr die Lüge abkaufen.

»Oh doch. Sie haben sich vor mir gefürchtet. Zumindest, wenn ich Sie berührt habe.«

Was sollte sie ihm darauf antworten? Da ihr keine Antwort einfiel, tat sie so, als müsse sie die Dinge auf seinem Nachttisch neu arrangieren. Schweigend beobachtete er sie. Schließlich konnte sie es nicht mehr aushalten. Sie war jetzt bereit, sich zu verteidigen. Doch er schien das Interesse an diesem heiklen Sujet verloren zu haben.

Er gähnte, und seine Augen fielen vor Erschöpfung zu. Erleichtert atmete Caroline auf und zupfte die verrutschte Dekke zurecht.

»Lassen Sie mich nicht allein«, murmelte er.

Ihr Herz pochte wie wild. Er brauchte sie!

»Keine Angst, ich lasse Sie nicht allein«, versprach sie ihm.

Dann lächelte sie ihm zu. Er konnte es nicht mehr sehen, denn er war eingeschlafen.

Liebevoll betrachtete sie den Mann, dessen Gesichtszüge sich entspannt hatten. Ihn zu beschützen war eigentlich nicht ihre Aufgabe, und doch hatte er sie darum gebeten. Ausgerechnet sie, deren Anwesenheit in diesem Haus sicher der Gegenstand der in der Küche stattfindenden Gespräche war.

Caroline rückte sich einen Stuhl neben das Bett und beobachtete mit zusammengepreßten Lippen die Tür, die zum Flur hin offenstand. Millicent strich kurz um ihre Beine, sprang dann herauf und machte es sich in ihrem Schoß bequem.

Caroline war fest entschlossen, Matt zu beschützen. Sie würde nicht dulden, daß irgend etwas gegen seinen Willen geschah.

20

Matt war ein schwieriger Patient, da er es verabscheute, ans Bett gefesselt zu sein. Tag und Nacht hielt er Caroline in Trab. Eine Woche war vergangen, seit James sich auf die Seite seiner Brüder geschlagen hatte, und der Pastor wie auch der Apotheker wütend gegangen waren.

»Caroline!«

Caroline, das unberührte Frühstückstablett die Treppe hinunterbalancierend, machte erschöpft kehrt, um wieder hinaufzugehen.

»Caroline! Riechen Sie es nicht? Ich glaube, das Brot verbrennt«, rief Daniel aus der Küche.

»Tante Caroline, gibt es noch mehr von dem Porridge?« wollte Davey wissen, der sich in den letzten Tagen an ihre Anwesenheit im Haus gewöhnt zu haben schien.

Weil sie so aufopfernd seinen Vater pflegte, weil sie sich bemühte, freundlich zu ihm und John zu sein oder einfach nur, weil er ihre Kochkünste schätzte? So genau konnte man das nicht sagen.

Robert stand plötzlich zwei Stufen höher als sie und hielt ihr ein Paar graue Wollstrümpfe hin, die ein großes Loch hatten.

»Würde es Ihnen was ausmachen, mir die Strümpfe bis Sonntag zu stopfen?«

Er hängte ihr die Socken über den Arm, und sie trat beiseite, um ihn vorbeizulassen.

»Ein Segen, daß Sie nähen können. Es sind meine besten Strümpfe, und ich will nicht, daß meine Zehen herausschauen. Denn Gott sieht alles, selbst das, was andere nicht sehen.«

Robert rannte an ihr vorbei in die Küche, wo die anderen beim Frühstück saßen. Da sie den verhängnisvollen Fehler machte, Matt Tee statt eines Kruges Ale zu servieren, hatte er sich geweigert, einen Bissen zu sich zu nehmen. Sie war dementsprechend nicht allerbester Laune. Ihre gerunzelte Nase protestierte stumm gegen den Geruch der ungewaschenen Socken.

»Caroline! Wo, du lieber Himmel, stecken Sie denn? Bringen Sie mir das Tablett wieder herauf«, verlangte Matt.

»Das Brot verbrennt. Autsch, ist das heiß!« schrie Daniel.

»Ich hab' noch Hunger«, maulte Davey.

Zu allem Überfluß bellte auch noch Raleigh. Wer hatte den denn ins Haus gelassen?

Matt würde sich eben gedulden müssen. Sie eilte in die Küche, weil sie den Hund dort vermutete.

»Caroline! Ich habe versucht das Brot zu retten und mir dabei die Hand verbrannt«, sagte Daniel fast wehleidig.

»Tante Caroline, Onkel Thom hat das Porridge alle gemacht, und ich habe doch noch Hunger.« Daveys Stimme klang anklagend.

»Hier, nimm was von meinem. Und gib endlich Ruhe!« sagte John und schob seinen Teller dem Bruder hin.

»Ich will mein eigenes Porridge!«

»Ich habe das Porridge nicht alle gemacht«, verteidigte sich Thomas.

»Der Topf ist aber leer, und ich habe noch gar nichts gehabt«, sagte Robert.

»Das Brot!« Daniel gestikulierte wild.

»Caroline!« bellte Matt von oben.

»Wo ist der Hund?« rief Caroline, setzte das Tablett auf dem nächststehenden Stuhl ab und ließ die Socken zu Boden fallen.

Dann grapschte sich nach einem Tuch, öffnete den Backofen und rettete die beiden Brotlaibe, bevor sie ganz verbrannten.

»Sie sind verbrannt«, kreischte Davey.

»Tante Caroline wird neues Brot backen«, beruhigte ihn Daniel.

»Sie soll lieber Porridge kochen«, murmelte Robert. »Ich hatte noch keins.«

»Du mußt eben früher aufstehen!« belehrte ihn Thomas.

Raleigh bellte fröhlich.

»Wo ist der Hund?« schrie Caroline.

Ohne eine Antwort abzuwarten rannte sie zum Vorratsraum, in dem sie inzwischen schlief. Sie öffnete die Tür und starrte entgeistert auf das Bild, das sich ihr bot. Die Tür, die nach draußen führte, war offen, und in der grauen Morgendämmerung erkannte sie die Umrisse des riesigen Hundes inmitten ihres Bettzeugs. Da lag er und wedelte aufgeregt mit seinem Schwanz, während er an einem ihrer besten Schuhe knabberte.

»Raus! Raus mit dir! Aber sofort!« schrie Caroline und griff nach einem Besen.

Der hochhackige Schuh aus feinstem schwarzem Leder sah deutlich angekaut aus.

»Raus, du fürchterliches Biest! Wer hat die Tür offengelassen?« Wütend fuchtelte sie mit dem Besen herum.

Raleigh gefiel dieses neue Spiel ganz außerordentlich. Wie ein Verrückter bellend rannte er im Zimmer herum.

Millicent, die zusammengerollt beim Feuer lag, warf einen angewiderten Blick auf ihren Feind und floh zur Treppe.

Raleigh rannte entzückt hinterher. Millicent rettete sich in Matts Zimmer, verfolgt von dem bellenden Hund.

»Was ist hier eigentlich los?« brüllte Matt.

Caroline sah gerade noch, wie Raleigh mit einem riesigen Satz auf Matts Bett sprang, auf das sich, Sekunden vorher, die Katze gerettet hatte, in Anbetracht der nahenden Gefahr aber vorzog, unter dem Bett zu verschwinden. Wie eine Furie stürmte sie mit dem Besen ins Zimmer und holte aus. Bevor sie auf das Hinterteil des Hundes eindreschen konnte, war er längst heruntergesprungen, und sie hätte um ein Haar Matt erwischt.

»Caroline! Werden Sie wohl aufhören! Raleigh, Platz! Oh, diese verdammte Katze!«

»Millicent ist unschuldig an diesem ... diesem Spektakel«, giftete Caroline und versuchte nun den Hund mit Hilfe des Besenstiels unter dem Bett hervorzuholen.

Unglücklicherweise erwischte sie statt dessen die Katze, die fauchend und wie ein Blitz das unsicher gewordene Versteck verließ, worauf Raleigh nur gewartet zu haben schien und die Verfolgung wieder aufnahm. Beide rannten wie wild im Zimmer herum. Der zornig geschwungene Besen traf die Waschschüssel, die scheppernd zu Boden fiel. Raleigh erschrak und rannte sie im gleichen Moment um. Caroline stolperte, verlor den Boden unter den Füßen und landete unfreiwillig an der Brust ihres Patienten.

»Wenn ich den Köter erwische, bringe ich ihn um!« japste sie.

Matt hielt sie an den Armen fest. Sein harter Griff brachte sie zur Vernunft. Ihr Blick war bestürzt und besorgt. Hatte sie ihm weh getan? Doch das schien nicht der Fall zu sein, wie sie sehr schnell feststellte. Matts Gesicht war keineswegs schmerzvoll verzerrt, im Gegenteil – er lachte sie aus.

»Habt ihr gesehen, sie hat Raleigh geschlagen!«

»Komm her, Raleigh, Tante Caroline hat es nicht so gemeint.«

»Dabei tut er doch der Katze nichts.«

»Haben Sie denn immer noch nicht gemerkt, wie harmlos dieses Tier ist?«

Die gesamte Familie stand bei der Tür und kommentierte das vorausgegangene Spektakel.

»Ich hasse dich, Tante Caroline, ich hasse dich«, rief Davey.

Diese Bemerkung brachte das Faß fast zum Überlaufen. Nur mit Mühe kämpfte Caroline gegen die Tränen. Wie ungerecht diese Mannsbilder waren, für die sie sich seit ihrer Ankunft abrackerte. Sie pflegte und bekochte sie, sie putzte, flickte und wusch für sie. Und was war der Dank dafür? Ein ruinierter Schuh und ein kleiner Junge, der ihr an den Kopf warf, sie zu hassen.

»Ganz ruhig«, flüsterte Matt an ihrem Ohr, weil er ahnte, daß sie gleich in Tränen ausbrechen würde.

»Davey, du wirst dich später bei Tante Caroline für deine ungezogene Bemerkung entschuldigen. Du weißt, daß deine Tante dem Hund nicht wehgetan hat. Aber jetzt ist es höchste Zeit, daß ihr euch auf den Weg macht, ihr kommt sonst zu spät zur Schule. Daniel, kümmerst du dich bitte darum. Rob, Thom, auf euch wartet eine Menge Arbeit.«

»Aber, Pa ...!«

Caroline hatte nicht die Kraft, sie anzusehen. In ihren Augen glitzerte es feucht, doch das ging niemanden etwas an. Sie versteckte ihr Gesicht an Matts warmer Brust.

»Daniel, machst du die Tür bitte hinter euch zu?«

Die Aufforderung war deutlich genug. Daniel warf noch einen letzten Blick auf Matt und die halb auf seinem Bruder liegende Caroline und scheuchte seine Neffen und Brüder aus dem Zimmer, ohne etwas zu sagen.

Kaum fiel die Tür ins Schloß, begannen Carolines Schultern verdächtig zu zucken.

»So, und jetzt können Sie ruhig weinen, wenn Ihnen danach ist. Ich verspreche, es bleibt unter uns«, sagte er freundlich.

»Ich weine nie«, protestierte sie, um ihn Sekunden später vom Gegenteil zu überzeugen.

»Das haben Sie mir schon einmal gesagt.«

»Ich habe die Schüssel zerbrochen.«

»Die kann ersetzt werden.«

»Und das Brot ist verbrannt.«

»Wir haben schon öfter verbranntes Brot gegessen. Wenn man die Rinde abschneidet, ist es nicht allzu schlimm.«

»Ich habe nicht genug Porridge gekocht.«

»Also, das ist natürlich etwas, weswegen Sie sich wirklich schämen sollten.«

Er zog sie auf, das wußte sie, und sie bemühte sich wirklich, nicht zu weinen, aber nun brach sie in heftiges Schluchzen aus.

21

Caroline konnte nicht mehr aufhören zu weinen. Sie schluchzte und weinte sich die Augen aus dem Kopf. Tröstend legte Matt die Arme um sie, während sie sich an seinem Schultern festhielt, als bestünde die Gefahr, im Strom ihrer eigenen Tränen zu ertrinken.

»Eigentlich wollte ich Sie zum Lachen bringen, das scheint mir wohl nicht gelungen zu sein«, murmelte Matt.

Caroline kuschelte sich dichter an ihn. Was sie ihm gesagt hatte, war nicht gelogen: sie weinte nie. Weibliche Gefühlsausbrüche dieser Art waren ihrem über alles geliebten Vater verhaßt. Schon als Kind hatte sie lernen müssen, sich in seiner Gegenwart zu beherrschen. Nach dem Tod ihrer Mutter hatte sie niemanden mehr, bei dem sie sich hätte ausweinen können. Gezwungenermaßen hatte sie sich derartige Regungen untersagt.

Schuld an ihrem jetzigen Ausbruch war ohne Zweifel das seit vielen Jahren aufgestaute Leid, das sie stillschweigend ertragen hatte, ohne sich je eine Blöße zu geben. Warum sie in diesem Augenblick ihre innere Haltung verlor, wußte sie nicht. Weil sie aller Sorgen und Ängste enthoben war? Weil sie ein neues Zuhause gefunden hatte und damit die Sicherheit, nach der sie sich so lange gesehnt hatte?

Weinen war gesund, hieß es allgemein. Es jedoch an Matts Brust zu tun, ging ihr gegen den Strich. Trotz dieser Erkenntnis flossen ihre Tränen unaufhörlich weiter.

»Weinen Sie sich nur richtig aus. Danach geht es Ihnen sicher viel besser. Weinen Sie nur.«

Sie spürte Matts tröstende Hände auf ihrem Rücken und in ihrem Gesicht, als er sanft ein paar vorwitzige Haarsträhnen nach hinten strich. Sein beruhigendes Streicheln und sein gemurmelter Zuspruch verrieten Erfahrung. Wahrscheinlich verhielt er sich genauso, wenn sein kleiner fünfjähriger Sohn Trost bei ihm suchte.

»Ich bin nicht Davey«, schluchzte Caroline.

»Oh, das ist mir völlig klar, das können Sie mir glauben.«

Sie glaubte einen belustigten Unterton in seiner Stimme zu bemerken. Endlich hörte sie auf zu weinen. Erschöpft und bewegungslos verharrte sie in ihrer Position, bis ihr plötzlich die Intimität ihres Tuns bewußt wurde. Ihre eine Hand umklammerte seinen Hals, die andere lag auf seiner Brust, und sie konnte das Pochen seines Herzens hören.

Ihre Brüste, ihr Bauch und ihre Hüften berührten seinen bis zur Taille nackten Körper. Seine Arme hielten sie dicht an sich gepreßt, während seine Hände ihr Haar und ihren Rücken liebkosten. Merkwürdigerweise empfand sie nichts von dem Ekel, den sonst schon allein der Geruch eines männlichen Wesens bei ihr auslöste. Zwar machte sie die Umarmung verlegen, andererseits fühlte sie sich wunderbar sicher und aufgehoben.

»Ich nehme an, jetzt halten Sie mich ebenfalls für eine Heulsuse«, murmelte sie, während seine Brusthaare ihre Wange kitzelten.

»Man hat Sie provoziert«, erwiderte er.

Sie hob den Kopf und sah ihn an. Um seinen Mund entdeckte sie ein amüsiertes, aber freundliches Lächeln, sein sonst so kühler Blick war geradezu liebevoll.

Fassungslos ertappte sie sich dabei, daß sie sich zu ihm hingezogen fühlte, nicht nur das, sie begehrte ihn. Nie im Leben hätte sie vermutet, zu solchen Empfindungen in der Lage zu sein. Sie hatte geglaubt, gegen Gefühle dieser Art gefeit zu sein. Es erschreckte sie, daß dem nicht so war. Unwillkürlich verspannte sie sich, als könne sie damit eventuell bevorstehendes Unheil abwenden.

Seine Hand streichelte ihre Wange, und die starken Arme legten sich fester um sie.

»Was ist los? Sie haben doch keine Angst vor mir? Ich tue Ihnen nichts, das wissen Sie doch. Sehen Sie mich nicht so an, als hätte ich mich plötzlich in Oliver Cromwell verwandelt.«

»Ich fürchte mich nicht vor Oliver Cromwell«, antwortete Caroline.

Sie war überrascht über sich selbst. Warum riß sie sich nicht einfach los? Weil es Ewigkeiten her war, daß jemand sie tröstend in den Armen gehalten hatte?

»Noch fürchte ich mich vor Ihnen!«

»Dann erklären Sie mir, warum Sie mich gerade so merkwürdig angesehen haben. Sind mir plötzlich Hörner aus dem Kopf gewachsen?«

»Nein.« Caroline lächelte.

»Warum dann?«

»Ich möchte, daß Sie mich loslassen.«

»Das werde ich auch. Wenn es Ihr ausdrücklicher Wunsch ist ... dann dürfen Sie natürlich aufstehen.«

»Es ist mein ausdrücklicher Wunsch.«

»Lügnerin!« Es klang fast zärtlich.

Caroline fühlte sich ertappt. Rasch senkte sie den Kopf, damit er ihr nicht in die Augen sehen konnte. Warum stand sie nicht augenblicklich auf? Sie wußte, er würde sie nicht daran hindern. Matt Mathieson war kein Mann, der eine Frau gegen ihren Willen festhielt. Und das war, sie gestand es sich ehrlich ein, die reine Wahrheit; sie wurde nicht gegen ihren Willen festgehalten.

»Ich muß dafür sorgen, daß die Jungs zur Schule gehen.«

Aber sie unternahm nichts, um ihre Worte in die Tat umzusetzen. Zufrieden lag sie an seine gebräunte Brust gekuschelt und beobachtete fasziniert das Spiel der Muskeln, wenn er ein- und ausatmete.

»Daniel kümmert sich schon um die Kinder. Außerdem ... es hat bisher immer geklappt, auch als Sie noch nicht hier waren.«

»Gewiß«, murmelte sie abwesend.

Die Vorstellung, einen nackten Mann anziehend zu finden, hätte sie vor kurzem noch als völlig absurd abgetan.

»Caroline.«

»Mmm?«

Sein Bauch war hart und flach. Er atmete jetzt tiefer, als müsse er sich auf etwas konzentrieren.

»Vielleicht sollten Sie jetzt wirklich aufstehen!«

Erstaunt sah sie in sein lächelndes Gesicht. Seine Augen verrieten, daß auch er dem Zauber des Augenblicks erlegen war. Offensichtliche Begierde glitzerte darin, jenes unmißverständliche Leuchten, das ihr nicht unbekannt war. So unangenehm ihr dieses männliche Begehren in der Vergangenheit gewesen war, bei Matt empfand sie weder Abscheu noch Furcht.

Matt war eben anders als die Männer, denen sie bisher begegnet war. Obwohl er sie besitzen wollte, war er bereit, sie gehen zu lassen.

Merkwürdigerweise bewirkte er damit das Gegenteil. Sie kuschelte sich noch enger an ihn und gab sich ganz diesem wundervollen Gefühl hin, mit dem ihr Körper reagierte. Ihr wurde heiß, besonders da, wo sie angenommen hatte, nie wieder etwas empfinden zu können, nachdem Simon Denker sie so brutal mißbraucht hatte.

»Caroline ...«

»Ich habe Ihnen doch gesagt, daß ich mich nicht vor Ihnen fürchte«, murmelte sie.

Ihre Hände tasteten sich sehr vorsichtig über seine nackte Brust, blieben dann liegen und dienten so als Stütze für ihr Kinn.

»Ich weiß, daß Sie mir nichts tun, Matt Mathieson. Warum versuchen Sie diesen Eindruck zu erwecken?«

»Caroline ... es ist, weil ... Sehen Sie, Elisabeth ist jetzt zwei Jahre tot. Und davor war sie sehr krank, seit dem Moment, als sie Davey zur Welt brachte ...«

Es dauerte eine Weile, bis sie begriff, was seine Worte bedeuteten. Konsterniert sah sie ihn an.

»Wollen Sie damit andeuten, daß Sie ... daß Sie nicht ...?« Obwohl ihre Frage eher nur aus Fragmenten bestand, schien er zu wissen, was sie meinte.

»Es widerstrebt mir, einer Frau gegenüber unehrlich zu handeln.«

Seit über fünf Jahren hatte dieser Mann keine Frau mehr geliebt! Es war einfach unglaublich.

»Caroline, verstehen Sie, was ich damit meine?«

Caroline nickte. Ihre Brustwarzen wurden hart, als sie die immer intensivere Wärme seines Körpers wahrnahm. Mit großen Augen sah sie ihn schweigend an.

»Wenn Sie vernünftig sind, machen Sie, daß Sie aus diesem Bett kommen. Und zwar sofort«, sagte er heiser, und seine Hände gaben sie frei.

Ihre Blicke verschmolzen, und ihre Lippen öffneten sich. Die Hitze, die sich in ihrem gesamten Körper ausbreitete, nahm ihr fast den Atem. Plötzlich jedoch bekam sie Angst und stand auf.

Sie wandte ihm den Rücken zu, damit er nicht sehen konnte, wie erregt sie war. Sie wußte, daß er sie beobachtete, sie hörte seinen schnellen Atem.

»Sie entschuldigen mich sicher, aber ich habe noch viel Arbeit vor mir«, sagte sie, ohne sich umzudrehen.

Mit hoch erhobenem Haupt rauschte sie aus dem Zimmer.

Erst in der Küche gab sie die Kontrolle über ihren Körper auf. Mit zitternden Knien ließ sie sich auf den nächstbesten Stuhl fallen.

22

Aus der Küche hörte Matt das Geschepper von Töpfen und anderen Geräuschen, wie das Auflegen eines neuen Scheites im Kamin, die darauf schließen ließen, daß Caroline unten war. Sein Magen machte ihn knurrend darauf aufmerksam, daß es Zeit fürs Mittagessen war. Ein paarmal schon hatte er nach Caroline gerufen, ohne eine Antwort zu bekommen. Je mehr sein Magen knurrte, desto ärgerlicher wurde er.

»Caroline!«

Er rief so laut, daß er sich dabei verschluckte. Hustend beobachtete er seine offene Zimmertür, durch die sie jeden Moment erscheinen mußte. Aber er wartete umsonst.

»Caroline!«

Da er den ganzen Tag noch nichts gegessen hatte, glaubte er dem Verhungern nahe zu sein. Aber es blieb ihm nichts anderes übrig als zu rufen und zu warten und wieder zu rufen.

Seine Hilflosigkeit machte ihn noch zorniger, als er ohnehin schon war. Nur weil er sich einen Moment lang hatte gehen lassen, konnte sie ihn doch nicht hier oben verhungern lassen. Natürlich war es ein Fehler gewesen, ihr zu zeigen, wie reizvoll er sie fand. Er war ihr ebenfalls nicht gleichgültig, das wußte er. Als erwachsenem Mann waren ihm die Anzeichen dafür nicht entgangen. Warum benahm sie sich dann, als ob er sie beleidigt habe? Gewiß, er hatte sich nicht ganz in der Gewalt gehabt, trotzdem konnte sie sicher sein, daß er sich ihr gegenüber nichts erlauben würde. Sie war ein Mitglied seines Haushalts, seine Schwägerin und zudem ein unerzogenes junges Ding!

»Caroline!«

Der Funke, der plötzlich zwischen ihnen übergesprungen war, erschreckte ihn genauso wie sie. Seit geraumer Zeit hatte er bewußt auf sinnliche Wonnen verzichtet. Seine sexuelle Triebhaftigkeit war nicht nur eine Sünde, sondern auch die Ursache der meisten seiner Schwierigkeiten. Als er das erst einmal erkannt hatte, schwor er sich, seine Schwäche mit allen Mitteln zu bekämpfen.

Mit Elisabeth war ihm das nicht allzu schwer gefallen. Sie reizte ihn nicht übermäßig, so suchte er ihr Bett nur dann auf, wenn der Drang in seinen Lenden so stark wurde, daß er an nichts anderes mehr denken konnte als an den bereitwilligen Körper einer Frau. Danach verfluchte er seine Schwäche, der nachzugeben er als Sünde empfand.

»Caroline!«

Andererseits war Elisabeth vor Gott und der Welt seine ihm angetraute Frau, und er war gewiß nicht der Mann, der sich verleiten ließ, sie zu betrügen. In einem seiner schwachen Momente war Davey gezeugt worden, doch danach hatte er sich Elisabeth nie wieder genähert. Nach ihrem Tod hatten alle erwartet, daß er sich nach einer neuen Frau umsehen würde, was zweifellos die einfachste Lösung für sein Problem gewesen wäre. Doch die schrecklichen Erfahrungen, die er in seiner Ehe gemacht hatte, hielten ihn davon ab, sich wieder zu verheiraten.

»Caroline!«

Die Vorstellung, bis als Ende seiner Tage so keusch und enthaltsam wie ein Mönch leben zu müssen, war keine sehr erfreuliche Aussicht. Im Winter, wenn sein Bein verheilt war und nicht allzu viel Arbeit anlag, bestand die Möglichkeit, einen Ausflug nach Boston zu machen. Wie in jeder größeren Stadt gab es dort Frauen, die für Geld bereit waren, die sexuellen Gelüste von Männern zu befriedigen. Da er Witwer war, konnte dies keine allzu große Sünde sein, und niemand brauchte etwas davon zu wissen. Während seiner Abwesenheit würden Caroline und seine Brüder sich um die Kinder kümmern.

Caroline war hübsch und ungemein weiblich. Kein Wunder, daß ihre Anwesenheit ihn in jenen Zustand versetzte, der ihm so verhaßt war. Als er Elisabeth vor fünfzehn Jahren geheiratet hatte, war er jung und voller Übermut, auch in sexueller Hinsicht, gewesen. Je älter er wurde, desto mehr wurden die Handlungen von der Vernunft bestimmt. Ihm war klar, er durfte seines sündigen Triebes wegen nicht den Kopf verlieren, wenn er Caroline nicht verlieren wollte, was gleichbedeutend war mit dem Verlust einer ausgezeichneten Köchin, einer unermüdlichen Haushälterin, einer Krankenschwester und eines Muttterersatzes für seine beiden Söhne. Sollte sie von heute auf morgen sein Haus verlassen, konnte er nicht dagegen tun. Jede andere Frau, die diese vielfältigen Aufgaben auf sich nehmen würde, würde als Gegenleistung verlangen, geheiratet zu werden. Und dazu war er nicht bereit.

»Caroline!«

Er wußte, seine Begierde war eine Lust, die ihm keine Ruhe lassen würde, nachdem sie nun aufs neue erwacht war. So schwer es ihm fiel, er würde sie bekämpfen müssen, bis sich in Boston die Möglichkeit ergab, sich Erleichterung zu schaffen.

Die Tatsache, daß er ans Bett gefesselt war und somit Caroline nicht ausweichen konnte, erschwerte die Situation beträchtlich. Bis zu seiner Genesung war er gezwungen, ihr täglich zu begegnen. Er mußte Caroline unbedingt davon überzeugen, daß das momentane Aufflackern gegenseitigen Begehrens nichts weiter war als das natürliche Ergebnis der zufälligen körperlichen Nähe. Er begehrte sie lediglich, weil sie eine Frau war, und gewiß nicht um ihrer selbst willen.

Wenn sie endlich heraufkam, würde er ihr das erklären. Die Erkenntnis, daß ihre Haut so zart wie die Blätter einer Rose war, genauso wie er es sich vorgestellt hatte, mußte er verdrängen und vergessen.

»Caroline!«

Plötzlich erschien sie an der Tür. Nichts in ihrem kühlen Gesicht deutete darauf hin, daß sie vor kurzem noch herzzerreißend geweint hatte. Ihr Gesichtsausdruck war beherrscht, die Haare gebürstet und zum ordentlichen Knoten gesteckt, die weichen Lippen zum strengen Strich geformt. Trotz ihrer zur Schau getragenen Unnahbarkeit wirkte sie verführerisch und ungemein reizvoll, und sein Blut geriet sofort erneut in Wallung. Glücklicherweise verbarg die Decke diese sonst unübersehbare Reaktion, die ihm die Schamröte in die Wangen trieb.

»Das hat aber lange gedauert«, brummte er vorwurfsvoll.

Er war froh, sich von seinem eigentlichen Problem ablenken zu können. Caroline hatte sich umgezogen. Statt des blauen Seidenkleides, daß sich so weich unter seinen Fingern angefühlt hatte, trug sie nun ein schlichtes dunkelgrünes Kleid aus grobem Stoff. Die Gründe, die sie dazu bewogen hatte, waren eindeutig. Sie konnte ja nicht wissen, daß er fest entschlossen war, sie nicht wieder zu berühren.

»Tiere oder Kinder lassen sich vielleicht von solchen ungehörigen Rufen scheuchen ... ich bin weder das eine noch das andere«, bemerkte sie kühl und abweisend, als sie das Tablett mit dem Essen auf dem Nachttisch abstellte.

»Nichts lag mir ferner, als Sie zu beleidigen. Ich wollte lediglich, daß Sie endlich heraufkommen.«

»Nun, das ist Ihnen ja gelungen.«

Seine Blicke huschten über ihre Gestalt. Trotz des einfachen Kleides war sie schön und begehrenswert. Als er sie heute morgen in den Armen gehalten hatte, war der Wunsch sie zu besitzen, kaum zu bezwingen gewesen. Zu seinem Leidwesen mußte er jetzt feststellen, daß sich daran, obwohl sie sich so kühl und abweisend gab, nichts geändert hatte. Er biß sich auf die Unterlippe, um die Erinnerung an ihre Brüste, an ihren Geruch, an ihre weichen Formen, die sich an ihn gepreßt hatten, zu verdrängen. Mit eisernem Willen zwang er seine lustvollen, sündigen Gedanken zurück. Jede Frau konnte seine Begierde befriedigen, es mußte wirklich nicht Caroline sein, redete er sich ein.

Caroline beugte sich über ihn und schob ihm zwei Kissen unter. Sie roch wie würzige Blumen und einwandfrei nach

Weib. Seine Lenden schmerzten, und er ballte die Hände zu Fäusten. Er mußte sich kontrollieren, um nicht ein zweites Mal denselben Fehler zu machen.

Er fürchtete, daß sie nicht bereit war, ihm zuzuhören. Er mußte sie aber trotzdem davon überzeugen, daß seine Gefühle ihr gegenüber unschuldiger Natur waren. Nur dann konnte sie ihm mit der bisherigen Unbefangenheit begegnen.

Er griff nach ihrem Handgelenk.

Mit einer raschen Bewegung versuchte sie sich loszumachen, und ihre Augen funkelten so gelb wie die ihrer Katze.

»Lassen Sie mich los!«

»Caroline ...«

»Ich sagte, Sie sollen mich loslassen.«

»Bitte hören Sie mir einen Moment zu. Was heute morgen passiert ist, habe ich genauso wenig beabsichtigt wie Sie. Was da zwischen uns entstanden ist ... es ist von der Natur nun einmal vorgesehen, daß sich ein Mann und eine Frau begehren ... es ist eine völlig normale Reaktion ... die weder Ihnen noch mir anzulasten ist.«

Seine Erklärung hatte nicht den von ihm gewünschten Effekt. Ihre Augen blitzten, während sie sich gegen seinen Griff wehrte.

»Ich soll Sie ... begehren? Ich kann Ihnen versichern, daß das nicht zutrifft.« Ihre Stimme klang sehr wütend.

»Wenn Sie meinen. Ich werde mich hüten, Ihnen zu widersprechen.«

»Sie dagegen ...«

Zwischen ihren Augenbrauen bildete sich eine steile Falte. Hinter ihren wundervoll weißen Zähnen erspähte er ihre rote Zunge, die er so gerne mit seiner eigenen berührt hätte.

»Gewiß habe ich Sie begehrt«, gab er unumwunden zu. »Warum auch nicht? Sie sind wunderschön und mit allem ausgestattet, was einen Mann verrückt machen kann. Als Sie sich dann in mein Bett warfen ...«

»Das ist doch die Höhe. Es war die Schuld Ihres monströsen Hundes, daß ich dort gelandet bin.«

»Also gut, als Sie durch Raleighs Schuld in meinem Bett landeten und anfingen zu weinen ...«

»Ich weine nie!«

»Würden Sie mich nicht ständig unterbrechen und endlich ausreden lassen. Als Sie also, durch welche Umstände auch immer, in meinen Armen lagen, war es mehr als natürlich ...«

»Wenn Sie das noch einmal wiederholen, fangen Sie sich eine Ohrfeige ein, das schwöre ich.«

»Wenn ich was wiederhole?«

»Daß das, was zwischen uns passiert ist, natürlich ist.«

»Aber es stimmt doch.«

»Es stimmt nicht ... es ist widerwärtig, beschämend, es ist eine Sünde und ...«

»Unsinn«, sagte er scharf.

Je mehr sie sich gegen seinen Griff wehrte, desto fester hielt er sie, damit sie ihm nicht davonrannte. Spontan stieß sie einen kleinen Schmerzensschrei aus. Tatsächlich war ihr Handgelenk so fragil und die Haut so zart, daß er ihr möglicherweise wehgetan hatte. Sein Griff lockerte sich ein klein wenig, denn wehtun wollte er ihr natürlich nicht.

Aber er ließ sie nicht los. Die Sache mußte ein für allemal zwischen ihnen geregelt werden, wenn sie weiterhin friedlich unter einem Dach leben wollten.

»Was ist denn schon passiert zwischen uns?« argumentierte er. »Nichts. Wenn man davon absieht, daß Sie entdeckt haben, daß ich ein ganz normal veranlagter Mann bin, und Ihre Abneigung gegen Männer nicht ganz so schlimm ist, wie Sie dachten.«

»Ich mag Männer nicht! Ich hasse sie ... und besonders Sie!«

Matt war der Verzweiflung nahe. Er sah ein, daß diese Diskussion nicht das erhoffte Ergebnis haben würde.

»Hören Sie mir doch bitte zu. Ich ...«

»Männer sind alle gleich. Brutale Tiere ...«

»Es war ein Lapsus ...«

»Ich hoffe, Sie verrotten! Ich hoffe, das Bein fällt Ihnen ab.

Ich hoffe, Sie können nie wieder gehen!« rief sie mit schriller Stimme.

Matt sah ein, daß sein Versuch alles noch schlimmer gemacht hatte. Er hätte seinen Mund halten und in Ruhe abwarten sollen. bis ihr Ärger verflogen war. Aber wie so häufig im Leben kam die Einsicht zu spät.

»Caroline! So hören Sie doch. Ich …«

»Ich hoffe, Sie verhungern!« schrie sie und verließ das Zimmer mit fliegenden Röcken.

»Kommen Sie zurück«, rief er ihr ärgerlich nach.

Aber natürlich tat sie das nicht. Während der köstliche Geruch von gebratenem Wildbret in seine Nase stieg, ergab er sich murrend seinem Schicksal, den Rest des Tages ungestört in seiner Einsamkeit zu verbringen.

23

Caroline kniete auf dem Fußboden vor dem Kamin, grimmig vertieft in ihre Arbeit, die geschwärzten Steine, mit Hilfe von Sand sauberzuschrubben.

»Guten Tag, Mistress Wetherby.«

Obwohl die Stimme sehr sanft war, fuhr Caroline erschrocken hoch und hätte beinahe den neben ihr stehenden Eimer mit schmutzigem Wasser umgeworfen.

»Oh, das tut mir leid, ich habe Sie erschreckt.«

An der Hintertür, die vom ehemaligen Vorratsraum und ihrem jetzigen Schlafzimmer nach draußen führte, stand Mary mit ihrem Baby und dahinter zwei ebenfalls junge Frauen, die in ihren Händen jeweils eine Schüssel trugen.

»Ich hoffe, unser Besuch kommt Ihnen nicht ungelegen«, meinte James' Frau.

»Aber nein. Bitte kommen Sie doch herein.«

Caroline stand auf, wischte sich ihre feuchten, von der Arbeit geröteten Hände an ihrem schmutzigen Rock ab und lächelte. Sie mochte Mary, der es mit so viel Takt gelungen war, den abscheulichen Pastor und den schmutzigen Apotheker aus dem Krankenzimmer Matts zu entfernen. Zudem war Mary ihr gegenüber nett und höflich gewesen. Die beiden hinter Mary stehenden Frauen quälten sich mühsam ein Lächeln ab.

»Das ist Hannah Forrester, und das hier ihre Schwester Patience Smith«, stellte Mary die beiden vor. »Und das ist Hope.«

Caroline lächelte dem Kind zu, das sie mit großen Augen betrachtete.

»Hallo, Hope.«

Sie betrachtete die beiden Frauen, die wie Mary auch nach den hiesigen Gepflogenheiten schlicht und trist gekleidet waren. Hannah, die ältere, war außerordentlich hübsch. Ihr dunkelblondes Haar und die haselnußbraunen Augen paßten gut zu ihrem dunkelblauen Kleid. Patience sah ihr sehr ähnlich, das Gesicht vielleicht eine Spur gröber als das ihrer Schwester, und ihre Augen waren blau. Während Hannah sie ungeniert von oben bis unten musterte, verhielt sich Patience weitaus zurückhaltender. Letztere war Caroline auf Anhieb sympathischer.

»Es freut mich, Sie kennenzulernen, Mistress Forrester, Mistress Smith.«

»Hausfrau Forrester«, korrigierte Hannah sie. »Ich bin Witwe. Guten Tag, Mistress Wetherby.«

»Die beiden haben einen Apfelkuchen für Matt«, erklärte Mary.

»Genauer – zwei«, lächelte Patience. »Einer würde bei diesen vielen hungrigen Männern wohl kaum ausreichen.«

»Matt ist ganz verrückt nach Apfelkuchen, müssen Sie wissen«, meinte Hannah in einem Ton, der besagen sollte, daß nur sie dieses Geheimnis kenne.

»Oh, wie freundlich von Ihnen«, erwiderte Caroline mit gespielter Höflichkeit. »Stellen Sie doch die Kuchen auf den Tisch ab. Die Männer werden sich bestimmt darüber freuen.«

»Da ich nun schon mal hier bin, werde ich einen Augenblick hinaufgehen und Mr. Mathieson Guten Tag sagen«, sagte Hannah munter.

»Ich weiß nicht, Hannah, eigentlich gehört sich das nicht«, meinte Patience.

»Oh, die Pflicht als Christin verlangt es. Ich bin sicher, er langweilt sich da oben zu Tode.«

Hannah eilte durch die Küche und die Treppe hinauf. Patience sah Caroline und Mary entschuldigend an.

»Vielleicht sollte ich besser mit ihr gehen«, murmelte sie.

Allein mit Mary fühlte sich Caroline bemüßigt, mit ihr eine Unterhaltung zu beginnen, obgleich sie eigentlich nicht recht wußte, über was sie reden sollte. In dem unsteten Leben, an der Seite ihres Vaters, hatte sie selten Gelegenheit gehabt, sich mit Frauen anzufreunden. Davon abgesehen war sie brennend daran interessiert, was sich wohl in Matts Zimmer abspielte. Sie erinnerte sich, daß Daniel ihr erzählt hatte, die Witwe Forrester habe ein Auge auf Matt geworfen. Ein seltsames Gefühl rumorte in ihr, dem sie aber nicht gewillt war, Beachtung zu schenken. Sie konzentrierte sich statt dessen auf das Kind, das Mary in ihren Armen hin- und herwiegte.

»Was für ein goldiges Mädchen.«

»Nicht wahr?« lächelte Mary stolz und kitzelte das Kind, das vergnügt den kleinen zahnlosen Mund zu einem großen Grinsen verzog. »Ich hoffe, Sie haben nichts dagegen, daß ich Hannah und Patience mitgebracht habe, aber die beiden sind mit der Familie gut befreundet. Außerdem dachte ich, es wäre vielleicht eine angenehme Abwechslung für Sie, mal jemanden anderen zu sehen als nur diese wilde Horde von Mannsbildern. Soweit ich weiß, waren Sie seit Ihrer Ankunft nicht mehr in Saybrook.«

»Ach, wissen Sie, es ging hier so hektisch zu, ich hatte einfach noch keine Zeit dazu.«

Sie bot Mary einen Stuhl an und fragte sich, ob Matt erfreut war über den Besuch.

»Das kann ich mir vorstellen«, sagte Mary und kicherte ein wenig.

Caroline nahm ebenfalls Platz und lächelte ihre Besucherin an. Während sie ihr eine Tasse Tee anbot, dachte sie an die sicher rührende Szene des Wiedersehens in Matts Zimmer. Die Witwe Forrester war hübsch und sicher nicht leicht von einem einmal gefaßten Plan abzubringen. Wenn das überhaupt das war, was Matt wollte. In Wahrheit war er vielleicht gar nicht so abgeneigt, sich wieder zu verheiraten, und er hatte sie in dieser Beziehung einfach angelogen.

»Ich bin froh, daß Sie den bettlägrigen Matt pflegen und diese Aufgabe nicht mir zugefallen ist«, sagte Mary. »Ich habe mich immer ein bißchen vor James' älterem Bruder gefürchtet, das gebe ich offen zu, und der Gedanke, mit ihm zu tun haben zu müssen, wenn er auch noch krank ist und nicht aufstehen kann, ist mir geradezu fürchterlich.«

»Er ist ein recht schwieriger Patient, da haben Sie recht.«

»Hannah ist fest entschlossen, Matt zu ihrem zweiten Mann zu machen, aber vielleicht, wenn sie realisiert, wie schwierig er ist ... Ich habe ihr versucht klarzumachen, daß Matt, in meinen Augen jedenfalls, als Ehemann eher ungeeignet ist, aber sie ist so vernarrt in sein gutes Aussehen, daß ihr alles andere egal zu sein scheint. Natürlich verstehe ich sie irgendwie, aber ich fürchte, daß der Schaden, den er in seiner ersten Ehe genommen hat, kaum reparierbar ist.«

»Wie meinen Sie das?« fragte Caroline neugierig.

»Ach, es war keine sehr glückliche Verbindung. Oh, ich bitte um Verzeihung für meine Taktlosigkeit, er war ja mit Ihrer Schwester verheiratet.«

»Es ist schon gut, Mary, mir ist inzwischen klar, daß in dieser Ehe so vieles nicht stimmte. Wenn ich nur wüßte, um was es geht, es würde die Dinge für mich erleichtern. Können Sie es mir nicht erzählen? Sie würden mir einen so ungeheuren Gefallen tun.«

Mary schien sich in ihrer Haut nicht sehr wohl zu fühlen. Geradezu erleichtert konzentrierte sie sich auf ihr Kind, das unbedingt von ihrem Schoß herunter wollte. Sie zauberte aus ihrer Schürzentasche eine Stoffpuppe, die das Kind selig in den Mund steckte.

»Irgend jemand wird es Ihnen erzählen. Es ist vielleicht besser, Sie hören die Geschichte von mir. Verstehen Sie mich bitte richtig, ich hatte nichts gegen Elisabeth.

Ich habe sie ja nicht einmal richtig kennengelernt, aber sie war ein schwieriger Mensch.« Mary zögerte. »Sie werden es mir nicht übelnehmen, wenn ich Ihnen die Wahrheit sage?«

»Im Gegenteil, ich bin Ihnen für Ihre Offenheit dankbar.«

»Also gut«, Mary holte tief Luft. »Ich habe Ihre Schwester kennengelernt, als sie hier ankam. Sie war älter als ich, mein erster Eindruck war der eines jungen Mädchens für eine verheiratete Frau. Sie hat sich stets von den anderen Gemeindemitgliedern ferngehalten, was ihr nicht sehr viele Sympathien einbrachte, und ich dachte, daß dies der Grund für die meisten Gerüchte war, die über sie im Umlauf waren. Erst als ich James heiratete, wurde mir bewußt, daß an dem Klatsch etwas Wahres war.«

»Was für Gerüchte denn?«

»Sie war eine Jüngerin des Schwarzen Mannes!«

»Des Schwarzen Mannes? Wer oder was ist das?«

»Sie kennen den Schwarzen Mann nicht? Er ist der Teufel, natürlich!«

Mary konnte kaum glauben, daß Caroline so unwissend war.

»In Saybrook wurde behauptet, daß die Hausfrau Mathieson einen Pakt mit ihm geschlossen habe. Nach der Geburt von Davey wurde sie gesehen, wie sie mit zerzausten Haaren, undeutliche Sachen murmelnd, durch die Wälder strich. Auch nachts. Zuletzt mußte Matt sie in ihrem Zimmer einsperren, denn er fürchtete, daß sie sich das Leben nehmen würde, was sie schließlich dann auch getan hat.«

»Was?« Caroline war fassungslos.

»Sie wußten nichts davon? Oh, meine Liebe, es tut mir so leid, wenn ich das geahnt hätte ...« stammelte Mary unglücklich.

»Man hat mir erzählt, daß sie ertrunken ist«, sagte Caroline ruhig. »Bitte sagen Sie mir die Wahrheit. Ich muß sie wissen.«

»Daß sie ertrunken ist, ist schon richtig, aber …« Mary zögerte. »Vielleicht sollte ich Ihnen das alles nicht erzählen. Immerhin war sie Ihre Schwester, und Sie haben sie sicher geliebt. Ich fürchte, die Wahrheit wird Ihnen Kummer bereiten.«

»In Wirklichkeit waren wir Halbschwestern. Wir sind nicht zusammen aufgewachsen, und bevor sie England verlassen hat, habe ich sie höchstens zweimal im Jahr gesehen. Natürlich habe ich sie geliebt, aber im Grunde weiß ich sehr wenig über sie. In den letzten fünfzehn Jahren habe ich sie ja dann gar nicht mehr gesehen. Ich muß die Wahrheit wissen, denn wenn ich hierblieben will …«

»Gewiß.« Das Argument schien Mary einzuleuchten, trotzdem zögerte sie einen Augenblick, bevor sie fortfuhr. »Aus den Erzählungen von James schließe ich, daß sie sich selbst für eine Hexe hielt. Das war sie natürlich nicht, denn sonst wäre sie ja nicht ertrunken. Jeder Mensch weiß, daß Hexen nicht untergehen. Nein, sie war verrückt. Das war sie. Und … oh, nein, das kann ich Ihnen einfach nicht sagen …«

»Bitte, Mary!«

Mary errötete und sah zu ihrem Kind hin, das glücklich am Boden saß und spielte. Sie schien offensichtlich sehr verlegen.

»Sie war mannstoll. Und sie war unersättlich. Sie hat sogar versucht, James zu verführen, deswegen ist er von zuhause ausgezogen. Kurz danach haben wir dann geheiratet. Ich glaube, bei Daniel hat sie es auch versucht. Deswegen war er nicht da, als sie starb. Ohne guten Grund hätte er Matt nie allein gelassen. Er liebt seinen Bruder. Es würde mich nicht überraschen, wenn sie es bei allen anderen auch probiert hätte. Bevor Matt sie eingesperrt hat, hat sie ihr Unwesen auch in Saybrook getrieben. Das Zimmer, in dem Matt jetzt liegt, war ihres. Dort schloß er sie ein, zu ihrer eigenen Sicherheit und zur Sicherheit aller anderen.«

»Er hat sie eingeschlossen?« flüsterte Caroline. Marys Geschichte entsetzte sie über alle Maßen.

»Nach ihrem ersten Versuch, sich umzubringen, ja. Sie

sollte keine Chance haben, so etwas noch mal zu tun. Das erste Mal hat er sie ja gerettet, doch die Folgen für ihn selbst waren schwerwiegend.«

»Warum?«

»Eines Nachts verließ sie ihr Zimmer, kein Mensch weiß wie, Davey war noch ein Baby damals, sie versteckte sich in der Scheune und verbarrikadierte die Tür von innen. Dann hat sie sie angezündet. Sie wollte sich auch die Tiere, die sich nachts dort befinden, verbrennen. Die Tiere waren schließlich ihre Rettung. Matt hörte ihre ängstlichen Schreie und rannte mit den anderen hinüber zur Scheune, um den Brand zu löschen, von dem er annahm, daß er von allein ausgebrochen war. Als sie das verbarrikadierte Tor endlich aufkriegten, brannte schon alles lichterloh. Robert hat James erzählt, daß Elisabeth auf der Leiter stand und sie verfluchte, mit seltsamen Worten, die Robert nicht wiederholen konnte. Während die anderen sich der total verschreckten Tiere annahmen, kümmerte sich Matt um Elisabeth und schaffte es gerade noch, sie nach draußen zu tragen, bevor das Dach zusammenstürzte.«

»Lieber Gott!«

»Wären seine Brüder nicht dagewesen, wäre Matt in dieser Nacht verbrannt. Ein brennender Balken fiel auf ihn, und er fing Feuer. Seine Brüder haben ihr Leben riskiert, um ihn zu retten.«

»Kein Wunder, daß er sich so vor Feuer fürchtet.«

»Das wissen Sie immerhin? Gottseidank. Als er einmal bei uns war, habe ich ihn gebeten in der Küche Feuer zu machen, voller Unschuld, ich wußte damals ja noch nichts von dem Vorfall, und da ist er einfach gegangen. Erst da hat James mir die Geschichte erzählt. Ich durfte mich nicht mal entschuldigen, nie wieder hat jemand über die Angelegenheit gesprochen. Es ist gut, daß Sie davon wissen, das bewahrt sie davor, denselben Fehler zu machen wie ich.«

Caroline hatte Schwierigkeiten, das eben Gehörte zu verkraften. Vieles wurde ihr plötzlich klar, das Mißtrauen ihr gegenüber, die Abneigung der Kinder, der merkwürdige

Unterton, wenn sie von Elisabeth sprachen. Aber warum hatte ihr niemand etwas gesagt? Konnte es sein, daß Matt sie, in einem Anfall von Ritterlichkeit, beschützen wollte?

»Fühlen Sie sich wohl?« erkundigte sich Mary mitleidig.

»Natürlich.«

Stimmte das? Wenn sie ehrlich war, sie wußte es selbst nicht. Sich vorzustellen, daß ihre Schwester verrückt gewesen war, lag jenseits ihrer Vorstellungen. Sie hatte sie als lebenslustige, junge Frau in Erinnerung. Elisabeth hatte ihr, der so viel jüngeren, immer den Kopf gestreichelt und dabei gelacht. Warum und wieso war ihr entfallen. Der Geruch des frischgebackenen Apfelkuchens stieg ihr in die Nase, und obwohl es köstlich duftete, wurde ihr ganz schlecht davon.

»Ich hätte Ihnen lieber nichts sagen sollen«, bedauerte Mary.

»Nein, nein, machen Sie sich bitte keine Vorwürfe. Ich verstehe jetzt so vieles, was ich mir vorher nicht erklären konnte. Wenn Matt und seine Brüder in meiner Gegenwart von Elisabeth sprachen, waren sie immer sehr vorsichtig in der Wahl ihrer Worte. Aber ich spürte instinktiv, daß irgend etwas nicht stimmte.«

Hope begann zu quengeln, weil ihr die Puppe aus der Hand gefallen war. Mary beugte sich hinunter und hob das Kind auf ihren Schoß.

»Ich gehe jetzt besser hinauf, um Hannah und Patience zu holen. Wir sollten uns auf den Weg machen.«

»Können Sie mir noch sagen, was aus ihr wurde?«

»Sie hat ein christliches Begräbnis bekommen«, sagte Mary sanft.

Caroline wunderte sich, ob sie etwas in Elisabeths Leben hätte ändern können, wenn sie früher hierher gekommen wäre. Und plötzlich hatte sie einen ganz und gar egoistischen Gedanken: wenn Elisabeth noch am Leben wäre, würde Matt ihr gehören.

»Wegen des Begräbnisses hatte Matt eine furchtbare Auseinandersetzung mit dem Pastor. Das ist auch der Grund, warum sie bis heute nicht gut aufeinander zu sprechen sind.

Mr. Miller weigerte sich damals, Elisabeth auf dem Friedhof neben der Kirche zu begraben, weil er sie für eine Hexe hielt. Matt und seine Brüder haben das Grab also selbst geschaufelt und jedem gedroht, der versuchen würde, sie daran zu hindern. Natürlich hat es niemand gewagt. Die Familie Mathieson ist sehr reich, müssen Sie wissen. Ihre Farm ist die schönste im weiten Umkreis. Das Grab wurde später von einem Wanderprediger eingesegnet. Ihm war es egal, wenn er sich damit den Zorn des Pastors zuzog. Ich habe lange Zeit befürchtet, daß ein Anhänger von Mr. Miller sie wieder ausgraben würde, aber das ist zum Glück nicht passiert. Sei es, weil sie ja wirklich ertrunken ist, was beweist, daß sie keine Hexe gewesen sein kann, sei es aus Angst vor Matt. Wie dem auch sei – sie ruht in Frieden.«

Mary stand auf, verstaute die Puppe wieder in ihrer Schürzentasche und nahm ihr Töchterchen auf den Arm.

»Ich hoffe von Herzen, ich habe Ihnen nicht zu viel Kummer bereitet. Aber andererseits, es ist wirklich besser, Sie wissen das alles. Darin stimme ich mit Ihnen überein.«

Caroline stand ebenfalls auf.

»Und ich danke Ihnen nochmals für Ihre Offenheit.«

»Wenn Sie noch etwas wissen wollen oder wenn ich Ihnen helfen kann, das manchmal merkwürdige Benehmen der Mathieson-Männer zu erklären, dann besuchen Sie mich einfach. Betrachten Sie mich als Ihre Freundin.«

»Oh, vielen Dank. Ihr Angebot bereitet mir mehr Freude, als Sie sich vorstellen können.«

»Jetzt ist es wirklich höchste Zeit. Wenn James nach Hause kommt und sein Essen steht nicht auf dem Tisch, kann er sehr ärgerlich werden. In der Beziehung verstehen sie keinen Spaß, die Mathiesons. Robert hat übrigens Ihre Kochkünste gelobt.«

»Hat er das? Wie freundlich von ihm«, sagte Caroline.

Mary ging vor ihr die Treppe hinauf. Gemeinsam betraten sie Matts Zimmer.

Seine nackten, breiten und muskulösen Schultern und sein schwarzer Lockenkopf lehnten an den von ihr aufgeschüttelten, von ihr gewaschenen und von ihr gebleichten Kissen, während er sich lächelnd und amüsiert mit Hannah Forrester unterhielt, die auf seinem Bett saß und ihn mit Suppe füttere, die Caroline zubereitet hatte.

Diese dumme Pute, dachte Caroline ärgerlich. Wie hatte sie es nur angestellt, daß er sich von ihr füttern ließ wie ein kleiner Junge?

24

Caroline verspürte wieder dieses seltsame Gefühl, als bohre sich eine Nadel in ihr Herz, während sie sich noch deutlich daran erinnerte, daß Matt sich geweigert hatte, sich von ihr füttern zu lassen. Offensichtlich machte es einen Unterschied, wer den Löffel in der Hand hielt, denn er schien es geradezu zu genießen, von der jungen hübschen Witwe verwöhnt zu werden.

»Oh, hallo, Mary! Wie geht es dir! Ich dachte schon, du kommst überhaupt nicht mehr herauf.«

»Na, Matt, dir scheint es bestens zu gehen. Ich habe mich ein bißchen mit Mistress Wetherby unterhalten und sie von der Arbeit abgehalten. Und nun ist es höchste Zeit, daß ich nach Hause eile. James wird wie immer hungrig sein, und ich habe noch nichts gekocht. Ich nehme an, dieses Argument leuchtet dir ein, denn in der Beziehung seid ihr Mathiesons ja alle gleich.«

Caroline knabberte ärgerlich an ihrer Unterlippe, froh darüber, daß sich niemand um ihre Anwesenheit zu kümmern schien.

»Erstaunlich wie die Zeit vergeht. Ich habe es gar nicht gemerkt«, sagte Hannah und lachte. »Immerhin ist es mir gelungen, Mr. Mathieson dazu zu bringen, daß er etwas zu sich nimmt. Wenn er wieder zu Kräften kommen will, muß er essen, habe ich ihm gesagt, und da hat er sich überreden lassen.«

»Er meint, die Suppe schmecke ihm viel besser, wenn Hannah ihn füttert«, sagte Patience und stand von dem Stuhl auf, der neben dem Bett stand.

»Ich bin sicher, das tut es«, sagte Caroline mit gespielter Liebenswürdigkeit.

Absichtlich vermied sie es, Matt anzusehen, der sie erstaunt und mit gerunzelter Stirn betrachtete, als habe er in ihrem Gesicht etwas entdeckt, was er nicht enträtseln konnte.

»Hannah? Es tut mir leid, aber wir müssen wirklich gehen«, sagte Mary.

»Natürlich. Die Suppe ist inzwischen ohnehin schon fast kalt. Und mehr sollte er davon auch nicht essen, denn das beste kommt ja noch. Mr. Mathieson, ich habe Ihnen selbstgebackenen Apfelkuchen mitgebracht. Ich weiß ja, wie gerne Sie den essen.«

Sie lächelte Matt mit einer Art Besitzerstolz an. Caroline empfand eine heftige und unerklärliche Abneigung gegen die Witwe.

»Ich freue mich schon darauf«, erwiderte Matt.

Noch nie war er zu ihr so galant gewesen, registrierte Caroline. Sie zwang sich zu einem freundlichen Gesichtsausdruck, was ihr sehr schwer fiel, als die Schwestern der Tür zustrebten.

»Vielleicht sollte ich Ihnen mein spezielles Suppenrezept verraten«, sagte Hannah. »Sie schmeckt einfach wundervoll, und ich bin sicher, Mr. Mathieson würde es dann nicht so als Qual empfinden, etwas zu essen.«

»Ich glaube nicht, daß es eine Qual bedeutet, die Suppe von Mistress Wetherby zu essen, Hannah«, wies Mary sie sanft zurecht, als die Schwestern ihr in den Flur folgten.

»So habe ich das doch nicht gemeint«, lachte Hannah etwas schuldbewußt. »Aber sein Wohlergehen liegt mir einfach am Herzen. Ich weiß natürlich, daß Sie für ihn tun, was Sie können.«

Die letzte Bemerkung war an Caroline gerichtet und in einem selbstsicheren Ton vorgebracht, wie man ihn anwandte, wenn man sich die Großzügigkeit erlaubt, sein Personal zu loben. Caroline fragte sich, wie die Gemeinde wohl ihre Position im Haushalt der Mathiesons einschätzte. Das erinnerte sie daran, daß sie in Wirklichkeit effektiv nichts anderes war als eine Haushaltshilfe, die ihre Schulden abarbeitete. Der Gedanke war alles andere als angenehm, und ihre Wangen röteten sich ärgerlich. Sie fühlte Matts Blicke in ihrem Rücken und quälte sich deshalb ein Lächeln ab.

»Das wäre sehr liebenswürdig von Ihnen, wenn Sie mir Ihr Rezept verraten würden«, sagte sie zuckersüß. »Ein andermal vielleicht, denn Mistress Mathieson wird langsam ungeduldig, wie ich sehe.«

»Sie haben recht, meine Liebe. Nennen Sie mich doch einfach Mary.« James' Frau lächelte sie an.

Caroline freute sich, daß zumindest Mary sie als Mitglied der Familie betrachtete.

»Gerne. Und Sie müssen Caroline zu mir sagen.«

»Sie brauchen uns nicht hinauszubegleiten, ich kenne den Weg.«

Caroline winkte ihnen nach und begab sich wieder in das Zimmer von Matt, um gleich das Tablett mit nach unten zu nehmen, so daß sie ihn bis zum Abendessen dann nicht mehr zu sehen brauchte. Vielleicht konnte ihm auch Daniel das Essen hinaufbringen, wie er das seit zwei Tagen ohnehin schon tat.

Seit dem Zwischenfall hatte Caroline den Hausherrn gemieden, soweit das möglich war. Am Tag zuvor allerdings war sie gezwungen gewesen, ihm seine Mahlzeiten nach oben zu bringen, weil seine Brüder und Söhne beim Gottesdienst in Saybrook waren. Den hiesigen Gepflogenheiten entsprechend wurde erwartet, daß jeder daran teilnahm. Matt war entschuldigt, weil er bettlägerig war und Caroline, weil jemand bei ihm bleiben mußte. Sie behandelte Matt mit kühler Distanz und sprach so wenig wie möglich mit ihm.

»Wenn es Ihnen keine Unannehmlichkeiten bereitet, hätte ich gern ein Stück von dem Apfelkuchen, den Mistress Forrester mir mitgebracht hat. Sie ist eine ganz hervorragende Köchin. Sie sollten auch ein Stück probieren.«

»Selbstverständlich bringe ich Ihnen ein Stück. Ich selbst habe für Süßes wenig übrig.«

»Ach wirklich? Nun, um so besser. Die zwei Kuchen werden ohnehin nicht langen. Die Kinder und sogar meine Brüder sind ganz verrückt danach.«

»Ich frage mich, warum Sie sie nicht heiraten, wenn sie eine so hervorragende Köchin ist«, bemerkte Caroline spitz.

»Eine gute Köchin ist viel wert, aber deswegen braucht man doch nicht zu heiraten«, rief Matt ihr gutgelaunt nach.

Natürlich war ihm aufgefallen, wie ärgerlich sie war, und es schien ihn auch noch zu amüsieren.

Caroline schnitt den Kuchen auf, der köstlich nach Zimt und Äpfeln roch, und sie kostete schnell von dem, was am Messer hängengeblieben war. Sie mußte zugeben, er schmeckte ausgezeichnet.

Millicent strich ihr um die Beine und miaute kläglich. Kurzentschlossen gab sie der Katze ein Stückchen, die sich wie wild darauf stürzte.

»Verräterin«, murmelte Caroline säuerlich.

Und dann ganz plötzlich ritt sie der Teufel, so hätten es zumindest die puritanischen Kolonisten empfunden. Für sie, als vernünftige Royalistin, handelte es sich allenfalls um ein dringendes Bedürfnis, das in die Tat umgesetzt werden mußte. Vorsichtig entfernte sie von Matts Kuchenstück die obere Kruste und bestreute die köstliche Apfelfüllung mit Salz, feingehackten Zwiebeln und Kirschkernen, dann bugsierte sie die Kruste wieder an ihren Platz.

»Hier bringe ich den Nachtisch«, sagte sie fast fröhlich, als sie ihm das Tablett, auf das sie noch eine Tasse Tee gestellt hatte, auf seinen Schoß schob.

»Danke.«

Matt trank einen Schluck von dem heißen Tee, während sie ungeduldig darauf wartete, daß er endlich von dem Kuchen probierte.

»Das tut gut«, sagte er.

Seine blauen Augen betrachteten sie neugierig. Wahrscheinlich wunderte er sich, warum sie noch immer im Zimmer war, nachdem sie ihn doch seit zwei Tagen bewußt vermied. Caroline gab sich sehr beschäftigt, um sein Mißtrauen nicht zu erregen, und wischte mit dem Zipfel ihrer Schürze über nicht vorhandene Staubschichten. Matt trank seinen Tee und beobachtete sie.

»Möchten Sie, daß ich Sie füttere?« fragte sie schließlich, weil sie es kaum erwarten konnte, daß er endlich von dem Kuchen aß.

»Sie wissen genau, daß ich mir sehr gut allein helfen kann.«

»Das dachte ich bis vor kurzem auch. Aber mir ist aufgefallen, wie angenehm es Ihnen war, als die Witwe Forrester Sie fütterte.«

Er sah sie ganz offensichtlich amüsiert an. Caroline ärgerte sich, daß sie ihre Zunge nicht im Zaum gehalten hatte.

»Nun, Sie und Hannah Forrester – das sind zwei Paar Stiefel«, meinte er geheimnisvoll.

»Was soll das heißen?«

Seine Augenbrauen schoben sich in die Höhe, er schüttelte den Kopf, nippte weiter an seinem Tee und schwieg.

»Ich finde es nett von Mary, daß sie sich mit Ihnen befreunden will. Sie ist wirklich eine ausgesprochen liebe Frau.«

»Gibt es irgendeinen Grund, warum wir uns nicht anfreunden sollten? Was spricht denn Ihrer Meinung nach dagegen?« erkundigte sie sich wütend.

»Sie haben nicht viel gemein mit ihr, glaube ich. Mary hat schon immer ein sehr behütetes Leben geführt, sie ist eine sehr tugendhafte Frau.«

»Wollen Sie damit andeuten, daß ich das nicht bin?«

Carolines Stimme zitterte vor Zorn.

Matt sah sie mit gespielter Unschuld an.

»Ich wollte keine Vergleiche anstellen. Es ist nur so, daß Sie beide unter so völlig verschiedenen Umständen aufgewachsen sind.«

»Wenn Sie es sagen!«

»Tatsächlich unterscheiden Sie sich in diesem Punkt von

allen hier lebenden Frauen. Nehmen wir zum Beispiel Hannah Forrester. Sie hat sich noch nie etwas zuschulden kommen lassen, soviel ich weiß. Sie ist eine sehr anständige Frau.«

Um seine Mundwinkel entdeckte sie die Andeutung eines Lächelns, der Verdacht, daß er sie neckte, lag nahe.

»Und eine hervorragende Köchin, ich weiß. Sie muß Ihnen sehr gefallen, nehme ich an, wenn Sie sie so in den Himmel loben.« Sie lächelte ihn zu. »Aber jetzt sollten Sie endlich Ihren Kuchen essen.«

Matt balancierte einen riesigen Bissen auf seiner Gabel zum Mund und schob ihn sich gierig hinein. Plötzlich weiteten sich seine Augen, sein Gesicht verzog sich angewidert, und der Bissen landete, unansehnlich zerkaut, wieder auf dem Teller.

»Was ist los?« erkundigte sich Caroline mit falscher Besorgnis.

»Sie hinterhältiges Ding! Sie haben absichtlich den schönen Kuchen verdorben!«

»Ich?« fragte sie unschuldig und biß die Zähne zusammen, um nicht laut herauszulachen.

»Wer sonst?«

»Machen Sie sich nicht lächerlich. Mistress Forrester hat den Kuchen gebacken, nicht ich.«

»Aus lauter Bosheit!«

»Bosheit?«

»Und aus Eifersucht!«

Ihre Blicke trafen sich. Plötzlich fand eine merkwürdige Veränderung in seinem Gesicht statt, er rollte mit den Augen, sein Kopf sank auf das Kissen.

»Matt?«

Bewegungslos lag er da, die Augen geschlossen. Er schien nicht einmal mehr zu atmen. Hielt er sie zum Narren? War er an einem Kirschkern erstickt?

»Matt!«

Besorgt näherte sie sich ihm. Sie griff nach seinen Armen und schüttelte ihn.

Plötzlich öffnete er die Augen, seine Hände umklammerten ihre Oberarme und zogen sie zu sich hinunter. Verzweifelt versuchte sie sich frei zu strampeln. Er drehte sie auf den Rücken und seine kräftigen Hände drückten sie gegen die Matratze. In seinen blauen Augen leuchtete es befriedigt.

»Lassen Sie mich sofort los!«

»Oh, nein! Sie hatten Ihren Spaß. Nun ist die Reihe an mir, Miss Eifersucht!«

»So ein Quatsch. Ich bin doch nicht eifersüchtig!«

»Wirklich nicht? Wenn ich es nicht besser wüßte, wäre ich verleitet anzunehmen, daß ich Ihnen nicht gleichgültig bin.«

»Wenn Sie mich nicht auf der Stelle loslassen, können Sie darauf Gift nehmen, daß Sie außer Haferschleim nichts von mir bekommen ... bis Ihr Bein geheilt ist!«

»Sie drohen mir? Aber mir können Sie keine Angst machen. Ich lasse Sie erst dann los, wenn Sie zugeben, aus purer Eifersucht den Kuchen verdorben zu haben.«

»Aus Eifersucht! So ein Blödsinn«, sagte sie und starrte in sein grinsendes Gesicht.

Außer sich vor Zorn drehte sie den Kopf zur Seite und biß ihn ins Handgelenk.

Mit einem Schmerzensschrei brachte er seine Hand aus ihrer Reichweite. Die andere blieb da und machte es ihr unmöglich, sich zu befreien.

Sie gab ihm eine schallende Ohrfeige.

25

Schweigend starrten sie einander an. Seine Augen waren dunkler als gewöhnlich, der zwei Wochen alte Bart bildete einen etwas seltsam anmutenden Kontrast zu dem klassisch schönen Gesicht, den hohen Backenknochen, der geraden Nase und den weit auseinander stehenden Augenbrauen.

»Ich werde mir eine besondere Strafe für Sie ausdenken müssen«, sagte er ernst, doch verhältnismäßig milde.

»Sie haben es verdient«, rechtfertigte sich Caroline.

Sie würde ihm gewiß nicht auf die Nase binden, wie sehr sie ihre unbeherrschte Geste bedauerte.

»Das kann sein«, gab er zu.

Caroline spürte durch den Stoff der Decke und ihres Kleides die Hitze, die von seinem Körper ausging und sie zu verbrennen drohte. Er begehrte sie, seine Erregung blieb weder ihm noch ihr verborgen. Seine Augen wurden noch dunkler.

»Der Teufel soll Sie holen, Caroline«, murmelte er.

Er beugte den Kopf herunter, sein Gesicht näherte sich dem ihren.

Caroline ahnte, was gleich passieren würde, aber es machte ihr merkwürdigerweise keine Angst. Sie drehte weder ihren Kopf beiseite, noch tat sie sonst etwas, um ihn davon abzuhalten. Sie wollte, daß er sie küßte.

Sein warmer Mund huschte sanft über ihre halb geöffneten Lippen. Sie machte die Augen zu, ihr Körper suchte seine Nähe, fast fordernd preßte sie sich an ihn, während ihre Fingerspitzen zart seinen Nacken streichelten. Wieder berührte er ihre Lippen, so leicht wie eine Feder, von der man nicht wußte, ob sie durch einen plötzlichen Luftzug nicht doch noch davonflog. Es war wie ein hingehauchtes Versprechen, das irgendwann später eingelöst werden würde. Sie zwang sich, die Augen zu öffnen. Sein Gesicht schwebte über ihr, und seine Augen verrieten, wie sehr es ihn nach ihr verlangte.

»Matt?«

»Ich möchte nichts, was mir nicht freiwillig gegeben wird«, sagte er heiser.

Ihr Herz klopfte wie wild, als sie seine nackten, breiten Schultern berührte.

»Nein.«

»Nein?« Er glaubte sich zurückgestoßen.

»Ich habe nicht das Gefühl, zu etwas gezwungen zu werden«, flüsterte sie. Ihre Finger spielten mit den weichen Locken, die sich an seinem Nacken kringelten. »Ich erlaube Ihnen mich zu küssen.«

»Wenn das so ist ...«

Er preßte seine Lippen auf die ihren. Caroline spürte wohlige Schauer durch ihren Körper rieseln. Dann küßte er sie wieder, nicht so zart wie beim ersten Mal, sondern fordernd und besitzergreifend schob sich seine Zunge in ihren Mund, der Druck seiner Lippen war fest und leidenschaftlich, sein Arm zog sie näher heran an seinen glühenden Körper. Sein hartes Geschlecht preßte sich gegen ihr bebendes Fleisch, das nur durch den dünnen Stoff des Kleides geschützt war.

Gegen ihren Willen schob sich ein Bild aus ihrer Vergangenheit zwischen sie und Matt, ein Bild, von dem sie gehofft hatte, daß es nie wieder auftauchen würde. Doch die Erinnerung hatte es an die Oberfläche geschwemmt, und es ließ sie nicht mehr los.

Simon Denker hatte sie so geküßt, als Anzahlung, wie er es nannte, als Dank für seine Großzügigkeit, weil er sie und ihren Vater umsonst bei sich wohnen ließ. Sein übelriechender Körper hatte sie an die Wand genagelt, damit sie sich nicht wehren konnte, als er sie zwang, seine Zunge in ihrem Mund zu dulden. Es war ihr nichts anderes übrig geblieben, als diese unfreiwillige Intimität über sich ergehen zu lassen, weil er sie sonst aus seinem Haus geworfen hätte. Sie war gezwungen gewesen, den Kuß dieses Mannes, vor dem sie sich ekelte, zu ertragen. Es gab keinen anderen Ausweg, keine Rettung.

»Nein!« schrie sie, als Matts Hand spielerisch zu ihren Brüsten wanderte. »Nein! Nein!«

Dann fiel sie ihn mit hämmernden Fäusten an, attackierte ihn mit Fußtritten und benutzte sogar ihre Fingernägel als Waffe. Matts Gesicht hatte sich in die widerliche Fratze Simon Denkers verwandelt, und gegen diesen Horror kämpfte sie wie eine Furie.

»Caroline! Was, um Himmels willen, ist in Sie gefahren?«

Matt hielt sie fest, nicht wie ein Geliebter, sondern wie ein Mann, der sich gegen ein wildes Tier zur Wehr setzt. Sie wand sich in seinem Griff, warf sich hin und her. Ihre Kraft hatte etwas Drahtiges und Gehetztes. Endlich kapitulierte sie. Sie schlug die Augen auf, ganz langsam kehrte sie in die Realität zurück. Auf Matts Wange sah sie Blut und wußte, daß sie daran schuld war.

»Es tut mir leid«, flüsterte sie.

Sie schloß die Augen, um sein blutendes Gesicht nicht sehen zu müssen.

»Mir auch«, brummte er. »Caroline, sehen Sie mich bitte an.«

Sie wollte die Augen nicht öffnen, sie wollte ihn nicht sehen. Sie wollte vergessen, was geschehen war.

»Caroline, bitte.«

Endlich zwang sie sich, ihn anzusehen. Seine blauen Augen suchten nach einer Erklärung für ihr Verhalten, die Augenbrauen waren nachdenklich zusammengerutscht, auf seiner Wange bluteten drei parallel verlaufende Kratzer.

»Es tut mir wirklich leid«, stammelte sie hilflos.

»Ich muß mich entschuldigen. Ich hätte es nicht so weit kommen lassen dürfen.«

»Es lag nicht an Ihnen ...«

»Nein? Woran lag es dann? An was? Oder sollte ich lieber fragen, an wem?« Er zögerte einen Augenblick, bevor er weitersprach. »An dem Mann, der die Miete in Naturalien bezahlt haben wollte?«

26

Hitze schoß ihr ins Gesicht und färbte ihre Wangen. Er hatte den Nagel auf den Kopf getroffen. Eine Antwort war unnötig, er brauchte sie nur anzusehen, um seinen Verdacht bestätigt zu wissen.

»Er hat Sie gezwungen, nicht wahr? Dieser Mann hat Sie gezwungen, ihm zu Willen zu sein?«

Caroline wandte den Kopf ab. Es schauderte sie, und es gelang ihr weder die Erinnerungen zurückzudrängen, noch die Tränen zurückzuhalten.

»Ich schäme mich so«, flüsterte sie.

Unter ihren langen Wimpern glitzerten die Tränen wie Perlen, bevor sie zerflossen und nasse Spuren auf ihren Wangen hinterließen.

»Es gibt keinen Grund, dessen Sie sich schämen müssen.«

Liebevoll legte er die Arme um sie, rollte auf den Rücken und zog sie mit sich, bis sie an seiner warmen Brust ruhte.

»Es ist nicht Ihre Schuld. Nicht weinen, Caroline, nicht weinen.«

»Ich halte es nicht aus ... ich ertrage es nicht, wenn man mich berührt«, gab sie hilflos zu.

Ihr Gesicht drückte sich an ihn, und sie hielt ihn verzweifelt umklammert, als könne nur er sie aus dem reißenden Fluß ziehen, in dem sie meinte ertrinken zu müssen. Sie weinte leise, mit geschlossenen Augen, und spürte an ihren Lippen das Salz, das die Tränen aus ihr herausschwemmten.

»Ich ertrage es nicht, von Männern berührt zu werden. Bei Ihnen empfinde ich anders, da macht es mir nichts aus ... und ich werde auch nicht krank davon ...«

»Nur hysterisch«, bemerkte er trocken.

»Ihre Witze können Sie sich sparen«, rief sie.

Mit einer raschen Bewegung setzte sie sich auf. Matt erkannte rechtzeitig ihr Absicht, ihm davonzulaufen und hielt sie fest.

»Es war nichts weiter als eine Feststellung, und keineswegs als Witz gedacht, das müssen Sie mir glauben.«

Der grimmige Ausdruck um seinen Mund verriet ihr, daß er die Wahrheit sagte. Sie blieb neben ihm sitzen, ihre Hand lag in der seinen, in ihrem Innersten aufgewühlt und daher unentschieden, was sie machen sollte. Einerseits sehnte sie sich danach, sich seinem Schutz und Trost anzuvertrauen, andererseits hatte sie Angst davor entdecken zu müssen, daß er sich, aufgrund ihres Geständnisses, vor ihr ekelte.

Sie hatte so sehr gehofft, daß Matt der Mann sei, dem es gelingen würde, sie von dem Alptraum zu befreien, der sie seit Simon Denkers brutalem Vorgehen verfolgte. Die Enttäuschung, daß dem nicht so war, nistete in ihrem verzweifeltem Herzen.

»Ich gehe jetzt besser ... ich muß kochen und ...«

»Das Abendessen kann warten. Ich glaube vielmehr, es wäre für uns beide gut und auch wichtig, wenn Sie mir erzählen, was damals passiert ist.«

»Darüber ... darüber kann ich nicht reden!«

»Sie müssen sich zwingen, darüber zu reden, Caroline. Das ist die einzige Chance, wenn man seine Angst verlieren will.«

Sie sah ihn an. Wie sollte sie ihm all das Schreckliche erklären, ohne selbst genau zu wissen, was sich in ihrem Inneren abspielte?

»Es ist auch für mich sehr wichtig, die Wahrheit kennenzulernen, damit ich Ihnen vielleicht helfen kann ... und auch aus sehr egoistischen Gründen ... oder glauben Sie, daß ich herumstrolche und jede x-beliebige Frau küsse, der ich begegne?«

Und nun redete sich Caroline alles von der Seele. Sie erzählte und schilderte ihm, leise und stockend, die Lebensumstände, die letztendlich in dem Horror endeten, der ihr Dasein überschattete.

Da sie kein Geld hatten, als die Krankheit ihres Vaters begann, war sie gezwungen gewesen, so wenig wie möglich zu essen, damit die mageren Portionen dem Kranken zugute kamen, der Tag und Nacht vor dem minimalen Feuer lag und trotzdem vor Kälte bibberte. Trotz ihrer aufopfernden Pflege wurde er von Tag zu Tag schwächer, und sie mußte hilflos zusehen, wie er langsam starb. So sehr sie unter dem Tod des geliebten Vaters litt, war sie auf der anderen Seite erleichtert, weil sie glaubte, daß damit auch ihr Leiden zu Ende sei. Um Simon Denkers Angriffen auf ihre Person, sie waren in letzter Zeit immer fordernder und brutaler geworden, zu entfliehen, würde sie ihre wenigen Habseligkeiten und ihre Katze nehmen und die Wohnung verlassen. Ihre Zukunftsaussichten waren alles andere als erfreulich, doch fürchtete sie sich weniger davor als vor dem herzlosen, abscheulichen Simon Denker.

Er erwartete sie in der Wohnung, und als er realisierte, daß sie im Begriff war auszuziehen, schmiß er sie zu Boden und nahm sie, trotz ihres verzweifelten Widerstandes, mit Gewalt. Brutal und schnell befriedigte er seine Gelüste und ließ sie, verächtlich lachend, blutend auf dem Boden liegen. Die Tür sperrte er hinter sich ab. Er ließ sie wissen, daß dieser einmalige Akt eine keineswegs ausreichende Bezahlung darstellte, und daß er sie so oft benutzen würde, wie er es für angemessen hielt.

Die winzige Wohnung lag im dritten Stock, und das einzige Fenster war zu klein, um hinauszuklettern und zu flüchten. Selbst wenn sie sich die Lunge aus dem Hals geschrien hätte, wäre ihr niemand zu Hilfe gekommen, da dergleichen in diesen Slums an der Tagesordnung war.

In ihrer Verzweiflung hatte sie ihn hinter der Tür erwartet und ihn mit dem Nachttopf bewußtlos geschlagen. Sie schloß ihn in der Wohnung ein und rannte mit Millicent auf dem Arm auf die Straße, wo ein freundlicher Kutscher sie auflas und zum Hafen brachte, um mit der ›Dove‹ am nächsten Morgen in die Neue Welt zu segeln, in der Hoffnung, daß sie ihrer Schwester willkommen war.

Ihr Kopf lag an Matts Schulter, ihre Hand auf seiner Brust. Sein Gesicht hatte einen grimmigen Ausdruck angenommen, aber sie ahnte, daß dies nicht ihr galt.

»Deswegen habe ich den Schmuck in Zahlung gegeben, denn ich hatte kein Geld, nur die entsetzliche Angst, daß Simon Denker mich suchen und finden würde.«

»Es war das einzige Vernünftige, was Sie tun konnten. Wenn ich das alles gewußt hätte, hätte ich Sie zu Ihrer Courage beglückwünscht.«

»Courage?« fragte sie erstaunt.

»Gewiß doch. Es gehört schon Mut dazu, es mit einem Feind aufzunehmen, der so viel stärker ist als man selbst. Diesem Schwein eins über den Kopf zu schlagen, war mehr als richtig. Der Schädel wird ihm ein paar Tage ganz schön gebrummt haben.«

»Das hoffe ich.«

Erst jetzt schien ihr aufzufallen, wie gemütlich sie es sich an seiner Brust gemacht hatte. Sie setzte sich auf und lächelte etwas verlegen.

»Auf die Kratzer muß Salbe drauf. Und dann muß ich wirklich endlich kochen. Die Mathiesons werden, wie immer, furchtbaren Hunger haben, und da reichen die Kuchen, die Ihre Verehrerinnen gebracht haben, nicht aus ...«

»Caroline! Hören Sie mir gut zu. Sie dürfen sich nicht länger quälen. Was dieses Schwein getan hat, ist furchtbar und unverzeihlich, aber es ist vorbei. Ihre Angst kann nur damit geheilt werden, wenn Sie dieses schreckliche Erlebnis vergessen und nicht überbewerten, sonst gewinnt es eine Macht über Sie und damit über Ihre Handlungen, und Sie verpfuschen sich Ihr weiteres Leben.«

»Aber ich fühle mich so beschmutzt«, flüsterte sie unglücklich.

»Sie fühlen sich beschmutzt? Aber das ist absurd. Sie wurden gewalttätig zu etwas gezwungen, gegen das Sie sich nicht wehren konnten, ja, Sie hatten gar keine Chance, es zu vermeiden. Sie dürfen sich nicht beschmutzt vorkommen, nichts von alledem war Ihre Schuld.«

27

Matts Zorn gegen den Mann, der ihr Gewalt angetan hatte, war so übermächtig, daß es weh tat. Er wußte, er würde ihn, ohne eine Sekunde zu zögern, erwürgen, wenn er sich in greifbarer Nähe befände. Doch diese Genugtuung war ihm versagt, denn es war ziemlich klar, daß er dieses Schwein nie zu Gesicht bekäme.

Doch vielleicht konnte er etwas tun, um den seelischen Schaden, den Caroline dabei genommen hatte, zu reparieren. Wenn ihm nicht so traurig zumute gewesen wäre, hätte ihn die Vorstellung, wie sie ihrem Feind den Nachttopf über den Schädel schlug, belustigt, denn es war so typisch für sie.

Weiß Gott, es fehlte ihr nicht an Mut, und doch war sie in Wirklichkeit so verwundbar und so entsetzlich hilflos.

Sie war wunderschön, wie sie dort auf der Ecke seines Bettes saß und ihre hübschen langen Finger vertrauensvoll seiner Hand anvertraute. Der Knoten in ihrem Nacken hatte sich gelöst, das schwarze Haar ergoß sich über ihren Rükken. In ihren langen Wimpern glitzerte es immer noch, auf ihren blassen Wangen hatten die Tränen feuchte Spuren hinterlassen. Ihre Augen waren immer noch verschleiert von der furchtbaren Erinnerung und der Scham, die sie dabei empfunden haben mußte. Ihr weicher Mund war leicht geöffnet, und zwischen ihren Lippen sah er ihre kleine Zunge, die er mit der seinen berührt hatte. Ihren Kopf hielt sie leicht gesenkt, wie eine Blume nach einem heftigen Regenguß.

Obwohl er zu vielen Opfern bereit gewesen wäre, das Furchtbare ungeschehen zu machen, wußte er nur allzugut, daß dies nicht möglich war. Sein Bedürfnis ihr zu helfen war so groß, daß er sich entschloß, sich ihr zu offenbaren und ihr das bittere Geheimnis anzuvertrauen, das er sich geschworen hatte, keiner Menschenseele zu verraten. Er zögerte den Augenblick der Wahrheit noch hinaus, weil er sich nicht sicher war, wie er es anstellen würde. Er fürchtete, sie noch mehr zu verletzen, wenn er sie über ihre Schwester aufklärte, andererseits half es ihr vielleicht, Genaueres zu wissen.

»Inwieweit erinnern Sie sich an Elisabeth?« fragte er schließlich.

»Nur sehr vage. Aber Mary hat mir eine ganze Menge erzählt.«

Das überraschte ihn. Seine Augenbrauen zogen sich zusammen. »Mary hat also aus dem Nähkästchen geplaudert? Das hätte ich nicht von ihr gedacht.«

Caroline schüttelte den Kopf. »Nein, es war eher so, daß sie mir etwas erzählte, was ich unbedingt wissen wollte.«

»Hat Sie Ihnen gesagt, daß Elisabeth ... nicht ganz bei Verstand war?«

»Ja.«

»Und hat Sie Ihnen auch gesagt, daß sich ihre Krankheit

unter anderem auch darin äußerte, daß sie ... mannstoll war?«

Die Aufgabe, die er hier zu bewältigen hatte, war weitaus schwieriger, als er es sich vorgestellt hatte. Wie sollte man einer Frau gegenüber die richtigen Worte finden, um das zu beschreiben, was ein erschreckend unerfreuliches Symptom ihres Irrsinns gewesen war?

»Ja.«

Sein anfänglicher Verdacht, Mary habe sich auf Weibertratsch eingelassen, schien unberechtigt. Im Gegenteil, er mußte ihr offenbar dankbar sein, denn dadurch wurde es leichter für ihn, dieses äußerst delikate Thema aufzurollen.

»Als ich Elisabeth kennenlernte, hatte ich keine Ahnung, daß sie bei weitem nicht das unschuldige Mädchen war, das sie vorgab zu sein. Sie lebte mit einer Tante in einem Häuschen auf dem Land, auf Land, das einst uns gehörte. Wäre unsere Familie nicht plötzlich in Armut geraten, wäre ich ihr nie begegnet. Im Grunde ist an den folgenden Ereignissen also Ihr guter und von Ihnen so verehrter König schuld.«

Caroline schenkte ihm ein kleines Lächeln, gab aber keinen Kommentar ab.

»Um zu überleben mußten wir uns gezwungenermaßen der Landwirtschaft widmen. Eines unserer Felder lag in der Nähe ihrer Behausung. Fast jeden Tag, wenn wir dort arbeiteten, kam sie wie zufällig vorbei und sah uns zu. Damals dachte ich nicht im Traum daran, daß der Grund dafür ihr anormal großes Interesse für Männer war. Sie war ein hübsches, verspieltes und lebenslustiges Ding, und ich gefiel ihr. Geschmeichelt habe ich mich hinreißen lassen und ...«

Er suchte offensichtlich nach Worten, um das zu beschreiben, was er mit ihr getan hatte, gab es dann aber auf und kam gleich auf das Resultat seines Tuns zu sprechen.

»... irgendwann sagte sie mir, daß sie schwanger sei. Ich Narr habe sie daraufhin geheiratet.«

Sein Lächeln war nur gequält, als er sich an seine eigene Dummheit zurückerinnerte, die ihn verleitet hatte, den größten Fehler seines Lebens zu machen.

»Ich bat ihren Vater um ihre Hand. So lernte ich Marcellus Wetherby kennen. Ich weiß nicht, wo Sie zu jener Zeit waren, aber ich glaube nicht, Sie je gesehen zu haben.«

Er konnte sich keinen Mann vorstellen, sich selbst am wenigsten, der ein Mädchen wie Caroline je vergessen würde.

»Ich lebte damals mit meiner Mutter«, erklärte Caroline. »Vater und sie heirateten bald, nachdem Elisabeths Mutter gestorben war. Meine Mutter war es bald leid, mit Vater herumzuziehen, deswegen kehrte sie mit mir in ihr eigenes Zuhause zurück. Erst nach ihrem Tod kam mein Vater, um mich zu holen.«

»Das erklärt, warum ich Sie damals nicht gesehen habe und warum Sie so ganz anders sind als Elisabeth, wofür ich Gott danke. Es dauerte nicht allzulange und ich fand heraus, daß ich nicht der Vater des Kindes war, das Elisabeth erwartete. Ich war der Lückenbüßer, mit dem sie ihre Sünde vertuschte.«

»Dann ist John ...« fragte Caroline mit großen Augen.

»Nein, John ist mein Sohn, dessen bin ich mir einigermaßen sicher. Davey ebenfalls. Die beiden sehen mir so ähnlich, daß es eigentlich keinen Zweifel gibt. Ich verdanke es der Güte des Allmächtigen, daß ihre Seitensprünge ohne Folgen blieben. Ich weiß, sie hat es mit anderen Männern getrieben, obwohl ich, so gut es ging, auf sie aufpaßte. Sie hat sich sogar an meine Brüder rangemacht.«

»Das hat Mary mir gesagt.«

»Ja, gibt es denn etwas, was Mary Ihnen nicht gesagt hat? Ich nehme an, sie weiß es von James. Ich hatte keine Ahnung, daß er so redselig ist.«

Matts Lippen preßten sich ärgerlich aufeinander. Die Vorstellung, daß Fremde Einblick in seine Privatangelegenheiten hatten, war äußerst unangenehm. Obwohl er sich nicht vorstellen konnte, daß Mary jemandem anderen, außer Caroline, davon erzählt hatte. Und Caroline war, wenn man es recht bedachte, keine Fremde für ihn, was wiederum Mary nicht ahnen konnte. Er würde mit James ein Wörtchen reden müssen. Wie konnte sein Bruder so intime Familiengeschichten seiner Frau weitererzählen!

»Wenn es sich nicht um John handelt ... was ist dann mit dem anderen Kind passiert?«

»Elisabeth hatte kurz nach unserer Hochzeit eine Fehlgeburt. Ich war so fest überzeugt davon, daß es mein Kind war, das sie erwartete, bis ... bis sie mir eines Tages bei einem Streit die Wahrheit an den Kopf warf. Hinterher ärgerte sie sich, so offen gewesen zu sein, aber da war es zu spät. Von dem Tag an konnte sie mir nichts mehr vormachen, ich begann sie zu durchschauen, und mir wurde klar, was für eine Person sie in Wirklichkeit war.«

»Nämlich?«

»Ich werde es nicht aussprechen. Sie war meine Frau und die Mutter meiner Söhne. Als wir hierher zogen, hoffte ich, ein neues Leben mit ihr beginnen zu können. Ich habe mich geirrt. Es wurde nicht besser, sondern immer schlimmer.«

»Ich finde, Sie haben sich unter den gegebenen Umständen sehr anständig benommen.«

Matt schwieg einen Augenblick. Caroline sah so jung und so naiv aus, daß er versucht war, den Rest zu verschweigen. Aber er kam zu der Ansicht, daß es besser war, sie wußte, mit was für einem Mann sie es zu tun hatte. Die Wahrheit würde ihr vielleicht klarmachen, daß sie keinen Grund hatte, sich beschmutzt zu fühlen.

»Anständig benommen, daß ich nicht lache! Das schlimmste haben Sie ja noch nicht gehört!«

Seine Hand drückte die ihre, als würde ihm dort die Kraft vermittelt, die er brauchte, um fortzufahren. Doch er durfte ihr die Wahrheit nicht vorenthalten, vielleicht wirkte sie wie Medizin auf ihre kranke Seele.

»Obwohl ich wußte, daß sie eine Hure war und obendrein noch wahnsinnig und obwohl ihr kranker Geist mich abstieß, reizte mich ihr Fleisch. Ich bin zu ihr ins Bett gestiegen, um meine Triebe zu befriedigen ... nicht nur die zweimal, als meine Söhne gezeugt wurden, nein, immer wieder. Meine Schwäche hat sie belustigt. Häufig hat sie es darauf angelegt, und ich war zu schwach, um zu widerstehen. Am Morgen, nach Daveys Zeugung, wachte ich auf und fand sie betrunken neben mir im Bett. Sie lachte mich aus, seitdem habe ich sie in Ruhe gelassen. Nicht etwa weil ich Herr meiner Triebe geworden war, sondern weil ich mich von dem Augenblick an vor ihrem Körper ekelte.«

Trotz ihrer dunklen erstaunten Augen erriet Matt nicht, was in ihr vorging. Was sie dachte? Wie sie reagieren würde? Sein Magen krampfte sich zusammen, so sehr fürchtete er, was sie ihm sagen würde.

»Nun?«

Sie betrachtete ihn schweigend.

»Elisabeth war Ihre Frau«, sagte sie schließlich. »Sie hatten das Recht, mit ihr zu schlafen.«

»Oh, ich weiß, vor dem Gesetz stand mir dieses Recht zu. Moralisch gesehen war es falsch. Und es ekelt mich vor mir selbst, wenn ich daran denke.«

»So wie es mich ekelt, wenn ich an Simon Denker denke.«

»Hieß er so? Von heute an werde ich meinem Gebet die Bitte hinzufügen, daß er die gerechte Strafe für sein Tun bekommt, und in der Hölle rösten muß.«

»Als gottesfürchtiger Mann dürfen Sie solche Worte nicht verwenden«, sagte sie lächelnd.

»Ich empfinde mich zwar als guter Puritaner, aber wenn man mich derart provoziert ...«

Sie lächelten sich zu, und Matt war sehr glücklich, das Gewicht, das er so lange mit sich herumgeschleppt hatte, endlich los zu sein. Caroline schien ihn seiner Schwäche wegen nicht zu verabscheuen, vielleicht lernte er es dann auch.

»So, nun haben wir keine Geheimnisse mehr voreinander«, sagte er und liebkoste ihre schmalen Finger.

»Nein, das haben wir nicht mehr.«

Sie befreite sich aus seiner Hand und stand auf.

»Und jetzt werde ich diese fürchterlichen Kratzer mit Salbe verarzten.«

»Und wie soll ich diese Kratzer erklären, wenn mich jemand fragt?«

»Sie schieben die Schuld auf Millicent«, lächelte sie und trug vorsichtig die Salbe auf.

Als sie sich über ihn beugte, fühlte er sich so wohl wie lange nicht mehr. Sie hatte sich ihm wie eine zarte Blume geöffnet, war aber noch nicht bereit, voll zu erblühen. Er konnte sie verstehen und hoffte nur, daß die Zeit ihre Seele heilen würde. Er wußte wohl, daß er sein übermäßiges Verlangen nach ihr würde zügeln müssen, bis sie bereit war, ihn willkommen zu heißen.

»Und jetzt muß ich wirklich das Abendessen kochen.«

Sie ging zur Tür, zögerte und drehte sich noch einmal um. Ihre Wangen waren leicht gerötet.

»Ach, noch etwas … ich danke Ihnen, Matt.«

28

Matts Bein heilte, entgegen der Prophezeiung des schmuddeligen Apothekers, und im Laufe des Sommers konnte er bereits mit Hilfe von Krücken, die Robert ihm geschnitzt hatte, herumhumpeln. Als sich die warme Jahreszeit dem Ende zuneigte, brauchte er nur noch einen Stock, auf den er sich stützen konnte.

Caroline hatte sich, wider Erwarten, sehr rasch an ihr neues Leben gewöhnt und erfüllte ihre Pflichten als Hausfrau zu aller Zufriedenheit. Trotz der vielen Arbeit, die die Kinder und Männer ihr machten, hatte sie die Zeit gefunden, sich ein paar neue Kleider zu nähen, die so einfach und schlicht waren, wie es den hiesigen Sitten entsprach. Selbst der strengste Puritaner konnte nichts daran auszusetzen haben.

Sie selbst rümpfte zwar etwas die Nase, weil sie gezwungen war, auf modischen Chic zu verzichten, den sie von klein auf gewöhnt war, da ihr Vater darauf immer sehr viel Wert gelegt hatte. Doch in Wirklichkeit brachte gerade dieser strenge Stil ihre Schönheit vorzüglich zur Geltung. Dank des guten Essens und ihrer inneren Ausgeglichenheit, die ihr die Sicherheit ihres neuen Zuhauses bescherte, hatte sie zugenommen. Mit den wiedergewonnenen Rundungen, besonders am Busen und an den Hüften, wirkte sie ungemein weiblich. Wenn sie allein in Saybrook auftauchte, was manchmal vorkam, betrachteten die älteren Gemeindemitglieder sie immer noch mit unverhohlenem Mißtrauen, die jüngeren Männer jedoch sahen ihr mit bewundernden Blikken nach. War sie in Begleitung von Matt oder einem seiner Brüder, trauten sie sich das allerdings nicht, denn die körperlichen Kräfte der Mathiesons waren hinreichend bekannt.

Als besonders angenehm empfand Caroline, daß Matt ihr keine Avancen mehr machte. Ihre Beziehung war jetzt sehr viel besser als vor dem Gespräch, bei dem sie sich einander anvertraut hatten. Die Verbundenheit ihrer Seelen war die einzige Intimität, die sie sich erlaubten.

Das Verhalten von Matts Brüdern ihr gegenüber war ebenfalls sehr viel freundlicher geworden, unter anderem sicher, weil sie ihre Kochkünste schätzten. Sobald Matt nicht mehr Tag und Nacht ihrer Pflege bedurfte, blieb ihr genügend Zeit, in einem geheimen Wettstreit mit den kulinarischen Fähigkeiten Hannahs zu konkurrieren. Trotzdem wurden die von der Witwe zubereiteten und vorbeigebrachten Leckerbissen immer noch mit viel Freude akzeptiert.

Hannah Forrester war übrigens nicht die einzige, die auf diese Weise zu becircen versuchte. Patience Smith, die ein Auge auf Robert geworfen hatte, Abigail Fulsom und Joy Hendrick, denen es Thomas angetan hatte, und Lissie Peters, die hinter Daniel her war, setzten eifrig ihre Talente ein, um das Herz des jeweiligen Auserwählten zu gewinnen. Die Bemühungen der Damen schienen die Männer zu amüsieren, mit gutem Appetit verschlangen sie die offerierten Delikatessen, ohne Vorurteil und ohne jemanden zu bevorzugen. Für Robert und Thomas war es das erste Mal, daß sie auf diese Weise von zwei entzückenden jungen Mädchen hofiert wurden. Obwohl sie ihre Abneigung gegen Frauen wohl noch nicht ganz überwunden hatten, waren sie immerhin willig, sich vom Gegenteil überzeugen zu lassen.

Daniel dagegen, dem weiblichen Geschlecht gegenüber weitaus weniger mißtrauisch als seine jüngeren Brüder, tat nicht viel, um die arme Lissie Peters zu ermutigen. Manchmal überkam Caroline das Gefühl, daß seine Zuneigung eher ihr galt, aber sie weigerte sich schlicht, das ernst zu nehmen. Jede Überbewertung hätte ihren Seelenfrieden gestört, und das wollte sie auf keinen Fall. Zum ersten Mal fühlte sie sich so richtig wohl in ihrer Haut, und daran sollte und durfte sich nichts ändern.

John und Davey hatten ihre Gegenwart inzwischen akzeptiert. Es machte ihnen offensichtlich Freude, daß es jemanden gab, der für sie wusch und bügelte, flickte und kochte, denn nun unterschied sie fast nichts mehr von den anderen Kindern, die mit einer liebevollen Mutter gesegnet waren. Ihnen dieses Gefühl zu vermitteln machte Caroline große Freude. Auch wenn die ab und zu enttäuscht war, wenn die beiden Kinder ihr zeigten, daß sie auf mütterlich zärtliche Gesten keinen Wert legten. Aber sie hoffte, daß sich auch das mit der Zeit einrenken würde.

An einem warmen Nachmittag, Anfang August, sie legte Wäsche zum Bleichen in die Sonne draußen aufs Gras, entdeckte sie Davey hinter einem großen Fliederbusch. Er hockte auf dem Boden und schmuste mit Millicent, die sich überraschenderweise an seine oft ziemlich rauhen Manieren gewöhnt hatte. Er mochte die Katze mehr, als er zugab, und wenn niemand ihn beobachtete, knuddelte er gern mit ihr herum. Jetzt saß er da, die Ärmchen um den warmen Körper geschlungen, sein Gesicht in das schwarze, glänzende Fell gedrückt.

Caroline zögerte, nicht sicher, ob sie ihn ansprechen sollte, denn er tolerierte zwar ihre Anwesenheit im Haus seines Vaters, aber er mochte sie nicht besonders. Irgendwas war los mit ihm, daran gab es keinen Zweifel. Sie entschloß sich nun doch, der Sache auf den Grund zu gehen.

»Davey?«

»Lassen Sie mich in Ruhe«, meinte er, ohne sie anzusehen.

»Bist du krank?«

Keine Antwort.

»Hast du dir weh getan?

Keine Antwort.

»Soll ich deinen Vater holen?«

»Nein!«

Seine Wangen waren feucht, weil er geweint hatte. Seine Unterlippe war dick angeschwollen, und im linken Mundwinkel entdeckte sie etwas angetrocknetes Blut.

»Was ist passiert?«

Caroline vermutete, daß er sich bei einem seiner Streiche verletzt haben mußte.

»Nichts!«

Wütend blickte er auf Millicent, dann schob er sie grob von sich.

»Du blöde Katze!«

Millicent überging den plötzlichen Stimmungswechsel und legte ihren Kopf laut schnurrend an seinen Arm. Dabei sah sie zu Caroline auf, als hoffe sie, ihre Herrin würde für den kleinen Jungen Verständnis aufbringen.

»Hau ab!« sagte Davey.

Es war klar, daß er im Grunde nicht die Katze, sondern Caroline meinte. Millicents Schwanz stellte sich kerzengerade auf, als sie davon marschierte, nicht etwa, weil sie dazu aufgefordert worden war, sondern weil sie selbst es wollte.

»Willst du mir nicht erzählen, was passiert ist? Sonst muß ich deinen Vater holen.«

»'ne Prügelei«, murmelte er.

»Eine Prügelei? Aber warum denn?«

»Die Jungs aus Saybrook haben schlecht über meine Ma geredet.«

»Inwiefern schlecht? Was haben sie denn gesagt?«

Daveys geschwollene Unterlippe zitterte. Er war sich nicht ganz schlüssig, ob er es ihr anvertrauen sollte.

»Sie haben gesagt, sie war 'ne Hexe!«

»Eine Hexe!«

Caroline war entsetzt. Der arme kleine Junge, kein Wunder, daß er so verstört war.

»So ein Unsinn«, sagte sie, um ihn zu trösten.

Davey sah sie an. Natürlich wollte er ihr nur allzugerne glauben, aber zu leicht sollte sie es nicht mit ihm haben.

»Woher wollen Sie das denn wissen?« erkundigte er sich rüde.

»Ich weiß es.«

Caroline sagte es mit Überzeugung. Was immer die Wahrheit sein mochte, für Davey war es wichtig, an die Unschuld seiner Mutter glauben zu können.

»Ich weiß es, weil deine Mutter meine Schwester war. Als ich klein war, hat sie mir immer wunderschöne Lieder vorgesungen.«

»Echt? Was denn zum Beispiel?«

Caroline summte eine Melodie, die ihr gerade in den Kopf kam. Es war unwichtig, ob Elisabeth tatsächlich gerade dieses Lied gesungen hatte. Davey mußte das Gefühl haben, stolz auf seine Mutter sein zu können.

»Was hat sie denn noch gemacht?« fragte er aufgeregt.

»Oh, sie hat gern und viel gelacht. Und wunderschöne Geschichten hat sie erzählt, und sie sah immer so hübsch aus. Ich war richtig stolz, wenn ich sie begleiten durfte und wir miteinander gesehen wurden. Du wärst auch sehr stolz auf sie gewesen.«

Seine Augen verdunkelten sich, und sie merkte, daß sie etwas Falsches gesagt hatte.

»Wäre ich nicht! Sie war häßlich und unfreundlich. Sie hat mich gehaßt, und ich habe sie auch gehaßt. So wie ich Sie hasse!«

Er stand auf und rannte davon, bevor sie die Chance hatte, ihm zu antworten. Sie wußte, es hatte wenig Sinn, ihm nachzulaufen. Blieb zu hoffen, daß ihre Beschreibung seiner Mutter ihm vielleicht doch ein bißchen half.

Kaum konnte Matt sich wieder einigermaßen bewegen, kehrte seine Energie und sein Unternehmungsgeist zurück. Er bestand darauf, mit der gesamten Familie und Caroline den Gottesdienst zu besuchen. Ihre Bitte, bei Elisabeths Grab vorbeizuschauen, konnte er nicht abschlagen, Die Inschrift auf dem Grabstein war sehr einfach: Elisabeth, die Frau von Ephraim Mathieson, verstorben im Mai 1682, im Alter von 33 Jahren. Caroline blieb einige Augenblicke schweigend an dem Grab stehen. Merkwürdigerweise wurde ihr erst jetzt klar, daß ihre Schwester immer eine Fremde für sie gewesen war.

Der Gottesdienst zog sich endlos in die Länge, aber Caroline überstand die Prozedur leichter, als sie gedacht hatte. Pastor Millers Predigt beschäftigte sich mit den Töchtern Babylons, Dieben und Lügnern im allgemeinen, obwohl Caroline sich ausrechnen konnte, daß sein dramatischer Vortrag auf sie gemünzt war, was ihr die eindeutigen Blicke bewiesen, die er ihr ab und zu von der Kanzel aus zuwarf. Da Matt neben ihr auf der harten Bank saß, traute er sich jedoch nicht, sie öffentlich zu denunzieren.

Einige der anwesenden Damen mieden ihre Nähe, aufgehetzt von dem Pastor und dem Apotheker, die beide als sehr wichtige Männer geschätzt wurden. Caroline hatte sich ein bißchen vor der Konfrontation gefürchtet, besonders nach Daveys Erfahrungen, und angenommen, man würde sie womöglich ebenfalls als ›Hexe‹ beschimpfen. Doch die meisten Frauen waren erstaunlich nett zu ihr, wenn vielleicht auch nur der gutaussehenden Männer wegen, in deren Begleitung sie sich befand. Diese Frauen waren jung und unverheiratet und betrachteten sie wahrscheinlich als Mittel zum Zweck, denn ihr eigentliches Anliegen war es ja, das Herz des jeweils Auserwählten zu gewinnen. Als ledige Frau einen Junggesellen zu besuchen gehörte sich einfach nicht. Seit jedoch eine Frau zur Familie gehörte, gab es nichts mehr, was die Verehrerinnen zurückhielt. Wenn Caroline nicht dringende Arbeiten vorgeschützt hätte, wären sie jeden Tag zu Besuch gekommen, so aber mußten sie sich mit gelegentlichen Treffen zufrieden geben. Ganz anders verhielt sich die Sache mit Mary, denn Caroline hatte sie richtig lieb gewonnen. Mindestens einmal in der Woche kam James' Frau mit der kleinen Hope vorbei, um mit ihr zu plaudern, oder Caroline besuchte die beiden in Saybrook.

Das gesellschaftliche Leben beschränkte sich meist auf die Gottesdiensttage, außer es fand ein Richtfest oder eine Hochzeit statt. Im Sommer waren ohnehin alle viel zu sehr beschäftigt, um Zeit für Vergnügungen aufzubringen. Jetzt aber nach der Maisernte gaben die Smiths eine Einladung. Caroline war überrascht, wie sehr sie sich darauf freute.

Nach dem Abendessen kontrollierte sie, ob die Kinder in einem vorzeigbaren Zustand waren. Da es nichts an ihnen auszusetzen gab, denn sie waren frisch gewaschen und gestriegelt, zog sich Caroline zurück, um sich für das bevorstehende Ereignis herzurichten.

Sie wählte ein selbstgenähtes schwarzes Kleid, mit enganliegendem Oberteil und einem großen weißen Spitzenkragen. Dank ihrer Fingerfertigkeit sah das Kleid um vieles besser aus als die Gewänder, die die weiblichen Gemeindemitglieder trugen. Sie hatte sich sogar den Luxus erlaubt, die Ärmel mit schwarzen Samtbändern zu verzieren, unter denen weiße Musselinvolants hervorblitzten. Über dem Kleid trug sie eine weiße Schürze, die hinten zu einer riesigen Schleife zusammengebunden war. Kein Mensch würde vermuten, daß sie diese Kreation aus ihren alten Kleidern geschaffen hatte.

Ihr Haar steckte sie zu einer hübschen Krone, ein paar hübsche Löckchen kringelten sich frech in die Stirn und an den Wangen. Sie hatte sie mit Hilfe eines noch aus England stammenden Lockeneisens im Form gebracht, was sie natürlich abstreiten würde, sollte man sie darauf ansprechen, denn Eitelkeit war eine Sünde, die die strengen Puritaner nicht duldeten. Sie zupfte noch ein bißchen an den Locken herum, als sie sich im Spiegel betrachtete und befriedigt feststellte, daß sie mit ihrem Aussehen eigentlich ganz zufrieden sein konnte.

Sie legte das Lockeneisen schuldbewußt in ihre Truhe zurück, als an der Tür klopfte.

»Sind Sie fertig? Es wird Zeit, daß wir uns auf den Weg machen«, rief Matt durch die geschlossene Tür.

»Ich komme schon.«

Matts bewundernder Blick überzeugte sie, daß sich ihre winzigkleine Sünde gelohnt hatte.

Nach einigem Für und Wider war beschlossen worden, den Wagen anzuspannen, mit dem normalerweise zum Markt gefahren wurde. Das bedeutete zwar, daß sie einen Umweg machen mußten, weil der Fußpfad für den Wagen zu schmal war, aber sie erreichten den Ort trotzdem schneller als auf Schusters Rappen. Außerdem hatte diese Lösung den enormen Vorteil, daß die beiden Kinder so sauber ankamen, wie sie von zuhause aufgebrochen waren.

Caroline verließ das Haus als letzte und stellte beinahe gerührt fest, daß man den Sitz neben Matt, der das Pferd lenkte, für sie freigelassen hatte. Sie leitete aus diesem Umstand die Hoffnung ab, daß ihre Mannsbilder vielleicht doch noch zu manierlichen Menschen erzogen werden konnten. Daniel klemmte sich als letzter neben sie. Damit saß sie zwischen zwei kräftigen Männern und konnte nicht herunterrutschen, als sie den holprigen Weg entlangfuhren.

Es dunkelte bereits, als sie ihr Ziel erreichten. Matt brachte das Pferd mit einem Ruck an den Zügeln zum Stehen, und Daniel half ihr herunter. Robert, Thomas und die Kinder eilten bereits auf die Scheune zu, deren Tor weit offen stand und aus der lautes Gelächter und aufgeregtes Geschnatter zu hören war.

Das Innere der Scheune war festlich hergerichtet. An den dicken Eichenbalken hingen Laternen, die ein gemütliches Licht verbreiteten. Die Tische bogen sich unter der Last der Köstlichkeiten, die darauf angerichtet waren: Süßigkeiten aus Ahornsirup, verschiedene Gewürzkuchen, Apfel- und Blaubeer- und Brombeerpasteten, verschiedene Braten und alle Arten Nüsse. Apfelmost gab es in reichlicher Menge, sogar die Kinder bekamen an diesem Abend welchen. Der süße Geruch des Heues mischte sich mit den etwas strengeren Ausdünstungen der Kühe und Pferde, die für den heutigen Anlaß ausquartiert worden waren. Mit lautem Hallo wurden sie von den bereits Anwesenden begrüßt.

Matt hatte ihr die Regeln des Wettbewerbs erklärt, in dem

es darum ging, welches Team am schnellsten einen riesigen Haufen Maiskolben enthülsen konnte. Thomas, Robert, Davey und Caroline bildeten eine Gruppe. Die Gegenpartei bestand aus Matt, Daniel, John, Patience Smith und Hannah Forrester.

Caroline saß neben Mary auf einem Strohballen, die mit ihrem Mann James zu ihrer Gruppe gehörte. Auf ein Zeichen hin begannen alle die Maiskolben von den grünen Blättern und den seidigen Haaren zu befreien.

Während der Arbeit wurden Witze erzählt, und jedesmal mit lautem Gelächter quittiert. Caroline hörte nur mit einem halben Ohr hin, während sie etwas unerfahren an den Kolben puhlte, denn der größte Teil ihrer Aufmerksamkeit galt Matt, der sich offensichtlich königlich amüsierte und in ein Geplänkel mit Hannah Forrester verwickelt war, die ab und zu fröhlich kicherte.

Matts blaue Augen leuchteten, und um seinen Mund lag ein bezauberndes Lächeln, das seiner Gesprächspartnerin galt. Das Licht der Laternen reflektierte sich in einem schwarzen, glänzenden Haar und tauchte seine klassischen Gesichtszüge in ein weiches Licht. Wie die meisten anderen Männer war auch er hemdsärmelig und sah besser aus denn je. Unter dem weißen von Caroline genähten und frischgebügelten Hemd erriet man den muskulösen Brustkorb, und Hannahs Blicke waren voller Bewunderung für das, was sie da sah. An seinem gebrochenen Bein war lediglich nur eine Narbe zurückgeblieben. Sein anderes Bein hatte er gerade von sich gestreckt, weil es schmerzte. Die enganliegenden schwarzen Hosen und die grauen Wollstrümpfe ließen keinen Zweifel an seiner kräftigen Statur. Die Blicke der Witwe Forrester wanderten ab und zu, wie zufällig, mit einem sehnsuchtsvollen Glitzern in ihren Augen über das kräftige Bein.

»Oh, Caroline, Sie haben den Dreh aber wirklich gut heraus«, sagte Mary mit einem Blick auf den großen Haufen, den Caroline bereits bewältigt hatte.

Caroline errötete und lächelte Mary zu. Sie hatte gar nicht

gemerkt, daß ihre Bewegungen immer flinker geworden waren, während sie die Witwe und Matt mit diesem seltsamen Gefühl im Herzen beobachtete. Bewußt zwang sie sich, nicht mehr hinüberzusehen und konzentrierte sich voll auf ihre Arbeit.

Robert saß neben Patience, in deren Gesicht ein seliges Lächeln strahlte. Noch vor ein paar Monaten hätte er das arme Mädchen mit seiner Einsilbigkeit ganz sicher gelangweilt, doch jetzt schien er sich ganz gut mit ihr zu unterhalten. Wie alle anderen Mathiesons trug er ein Hemd und eine Hose, die von Caroline genäht worden waren. Es erfüllte sie mit gewissem Stolz, wie gut sie alle aussahen.

Thomas saß zwischen Abigail Fulsom und Joy Hendrick und plauderte angeregt mit beiden. Die rothaarige Lissie Peters ließ kein Auge von Daniel, der sich mit James unterhielt. Caroline dachte belustigt an die karottenfarbenen Haare ihrer Nachkommen, vorausgesetzt, es kam zu einer Hochzeit zwischen den beiden. Lissie war eine sehr entschlossene junge Dame. Überhaupt war es wahrscheinlich, daß sich die Brüder innerhalb der nächsten Jahre verehelichen und damit von zuhause ausziehen würden. Robert, Thomas und Daniel waren Caroline inzwischen sehr ans Herz gewachsen, doch die Aussicht, daß sie damit einen Teil der Arbeit auf die jungen Ehefrauen abwälzen konnte, war recht erfreulich. Für zwei heranwachsende Kinder und Matt zu sorgen, bedeutete immer noch nicht, daß sie deswegen ein faules Leben führen würde.

Es konnte natürlich auch sehr gut sein, daß Matt sich ebenfalls wieder nach einer Frau umsah. Hannah Forrester schien ebenso entschlossen wie Lissie, die Sache in die Hand zu nehmen. Caroline fühlte wieder dieses merkwürdige Stechen in der Herzgegend, wenn sie daran dachte, die Fürsorge für Matt der Witwe überlassen zu müssen oder irgendeiner anderen Frau. Sie hatte sich so sehr an ihre neue Familie gewöhnt, daß sie wahrhaftig nicht gewillt war, sie so schnell wieder aufzugeben.

Innerlich empört warf sie Matt einen Blick zu, den er zum

Glück nicht registrierte. Er hätte das Gefühl haben müssen, daß er sie tödlich beleidigt habe. Er beteiligte sich inzwischen an dem Gespräch, das James und Daniel miteinander führten. Hannah sah sich gezwungen, ihre Aufmerksamkeit der Frau zu ihrer Linken zu widmen. Gewiß, Matt hatte sich geschworen, nie wieder zu heiraten, und eigentlich hatte sie keinen Grund an seinen Worten zu zweifeln, aber sie hatte gelernt, wie wenig man sich auf das kleine Wörtchen ›nie‹ verlassen sollte.

»Nun sieh dir bloß mal die kleine Hope an. Sie versucht doch tatsächlich, an dem Bein ihres Vaters hochzuklettern«, lachte Mary. »Nein, sieht das komisch aus.«

Hope war inzwischen etwas mehr als ein Jahr alt und ein besonders niedliches Kind. Lächelnd beobachtete Caroline, wie James seine kleine Tochter hochhob und sie auf seinen Arm setzte, ohne die Unterhaltung mit seinen Brüdern zu unterbrechen. James war, wie Matt auch, ein vorbildlicher Vater. Wenn man Daniel, Thomas und Robert beobachtete, wie sie liebevoll mit ihren Neffen und Nichten umgingen, dann konnte man davon ausgehen, daß auch diese drei einmal sehr gute Väter werden würden.

»Aufgepaßt! Alle hersehen!« Alle brüllten vor Lachen.

Daniel starrte auf den halb geschälten Maiskolben in seiner Hand. Sein Gesicht war ebenso rot wie die Kerne seines Maiskolbens. Das Gelächter wollte kein Ende nehmen und steigerte seine ohnehin schon offensichtliche Verwirrung.

»Was ist denn los?« erkundigte sich Caroline leise bei Mary.

»Was Daniel in der Hand hat, nennt man ein rotes Ohr. Wer dieses findet, kriegt von dem Mädchen seiner Wahl eine Belohnung«, erklärte Mary.

»Eine Belohnung?«

»Einen Kuß natürlich, Sie Dummchen«, lachte Mary.

Alle Augen richteten sich gespannt auf Daniel.

29

Daniel stand langsam auf, die Röte in seinem Gesicht vertiefte sich, als er in die Mitte des Kreises trat und seine Blicke über die Anwesenden wanderten. Lissie schlug verlegen die Augen nieder.

»Also los, Daniel. Nun mach schon!« riefen die Männer aufmunternd.

Carolines Lächeln erstarrte, als er zielstrebig auf sie zukam. Er beugte sich zu ihr herunter und drückte einen schnellen Kuß auf ihre Wange. Sie spürte den warmen Atem, als seine festen Lippen ihre Haut berührten. Der Kuß selbst verursachte ihr kein unangenehmes Gefühl, die Tatsache allerdings, daß er sie gewählt hatte, verwirrte sie.

»Hurrah!« Gelächter und Applaus brausten auf.

Daniel lächelte ihr kurz zu und kehrte an seinen eigenen Platz zurück. Alle Augen waren auf Caroline gerichtet. Manche der Anwesenden lachten, manchen schien seine Wahl zu mißfallen.

»Ich ahnte ja gar nicht, daß Daniel ein Faible für Sie hat!« wisperte Mary ihr zu.

Ihre braunen Augen funkelten amüsiert, während sie sich offenbar wunderte, warum ihr nie etwas aufgefallen war.

»Dem Himmel sei Dank, daß ich Sie so gerne mag, Caroline. Wenn mich nicht alles täuscht, werden wir bald verwandt miteinander sein«, neckte sie sie.

Caroline sah sie mit weit aufgerissenen Augen an. Die Unterstellung, daß Daniel ernste Absichten haben könnte, war wirklich unglaublich. Eine steile Falte erschien zwischen ihren Augenbrauen und brachte Mary zum Schweigen.

Automatisch griff sie nach dem nächsten Maiskolben, mehr aus Verlegenheit denn aus Arbeitswut, und sah unauffällig zu Daniel hinüber, der sich die spöttischen Bemerkungen seines Bruders anhören mußte. Matt hingegen unterhielt sich so angeregt mit Hannah, als habe er überhaupt nicht mitbekommen, was vorgefallen war.

Es machte ihm offenbar nichts aus, daß sein Bruder sie geküßt hatte. Lissie Peters zupfte mit grimmigem Gesicht an den grünen Blättern ihres Maiskolbens, und der Blick, der Caroline traf, war alles andere als freundlich. Es waren eher Giftpfeile, die sie auf die Konkurrentin abschoß. Caroline konnte es ihr nicht verübeln. Sie würde ebenso empfunden haben, wenn der von ihr Angebetete vor aller Augen eine andere vorzog.

Wenn Matt zum Beispiel Hannah Forrester geküßt hätte, wäre es ihr wahrscheinlich nur mühsam gelungen, beherrscht zu bleiben und die beiden nicht umzubringen.

Wohl oder übel mußte sich Caroline eingestehen, daß sie Matt haben wollte. Sie fragte sich allerdings, warum sie das nicht schon viel früher erkannt hatte. Ihre Blicke streiften ihn wie zufällig. Daniels Kuß, der einem Antrag gleichkam, hatte ihm wohl weder etwas ausgemacht noch alarmiert, denn er flirtete unerschüttert weiter mit der hübschen Witwe an seiner Seite.

Den ganzen Sommer über hatte er sie mit respektierlicher Höflichkeit behandelt, und weder Worte noch Handlungen hatten ein Interesse an ihr bekundet. Obwohl Caroline eher optimistisch veranlagt war, mußte sie sich eingestehen, daß sie wohl ihren Reiz für ihn verloren hatte. Vielleicht war er auch zu der Einsicht gelangt, daß es unter den gegebenen Umständen besser war, einer eventuell gefährlichen Leidenschaft nicht nachzugeben, da er sich ja nicht wieder verheiraten wollte. Die andere Möglichkeit bestand darin, sie zu seiner Geliebten zu machen, doch davon mußte er vernünftigerweise Abstand nehmen, solange sie unter seinem Dach lebte und ihm und seinen Brüdern und Kindern den Haushalt führte. Außerdem mußte ihm klar sein, daß sie den Status einer Mätresse nie akzeptiert hätte.

Vor Caroline lagen noch mindestens zwölf ungeschälte Maiskolben, als das andere Team zum Gewinner erklärt wurde. Hungrig stürzten sich alle auf die vorbereiteten Köstlichkeiten, spülten sie mit Apfelmost hinunter, und dann war es Zeit zum Aufbruch, denn die Kinder mußten ins Bett.

Wie schon auf der Herfahrt saß Caroline zwischen Matt und Daniel. Wolken schoben sich ab und zu vor den orangeroten Mond. Es war inzwischen recht kühl geworden. Die Blätter der Bäume rauschten im Wind, und in einiger Entfernung heulte ein Wolf.

Die todmüden Kinder kuschelten sich eng an Robert und Thomas, die sich auf dem Rücksitz leise unterhielten. Schweigend lenkte Matt den Wagen, und sie spürte seinen harten Arm, der die Zügel hielt. Über was immer er auch nachdenken mochte, sein Gesichtsausdruck verriet es nicht. Daniel, auf ihrer anderen Seite, schwieg ebenfalls. Die fröhlich leichte Stimmung, die sie auf der Hinfahrt begleitet hatte, war verschwunden, Unausgesprochenes lag in der Luft. Caroline war versucht, die Atmosphäre mit ein paar lustigen Bemerkungen über den gemeinsam verbrachten Abend aufzulockern, unterließ es aber. Daniel wie auch Matt hingen ihren Gedanken nach, und sie sah ein, daß es besser war, sie nicht zu stören.

Zuhause angekommen, ließ Matt sie und die Kinder bei der Eingangstür aussteigen. Seine Brüder würden ihm helfen, drüben bei der Scheune, Wagen und Pferd zu versorgen. Caroline dachte kurz daran, daß sie sich dabei sicher ihre sauberen Kleidungsstücke schmutzig machen würden. Spontan wollte sie protestieren, doch dann seufzte sie nur leise und wandte sich ab. Es wäre schade, den schönen Abend mit einem Streit zu beenden, dachte sie.

Kaum hatte sich der Wagen wieder in Bewegung gesetzt, hörte sie die Stimme von Thomas.

»Bist du verliebt, Daniel?« neckte er seinen Bruder.

»In Caroline?« fragte Robert.

Es war vorauszusehen gewesen, daß sie den armen Daniel aufziehen würden.

»Haltet den Mund«, erwiderte Daniel.

Er klang friedfertig und gar nicht böse. Caroline wußte, daß sie selbst unter den gegebenen Umständen weitaus wütender reagiert hätte. Da sie nichts mehr verstand, weil die Männer schon zu weit weg waren, folgte sie den Kindern ins Haus.

»Werden Sie Onkel Dan heiraten?« erkundigte sich Davey aufgeregt, als sie die Tür hinter ihnen schloß.

Caroline sah ihn an, erstaunt darüber, wieviel er mitbekommen hatte, obwohl er doch mit seinen Freunden gespielt hatte. Es war verwunderlich, wieviel Kinder aufschnappten, auch wenn sie den Eindruck erweckten, ganz mit sich beschäftigt zu sein und kaum auf ihre Umgebung zu achten schienen.

»Natürlich nicht«, sagte sie schärfer als beabsichtigt. »Macht, daß ihr in eure Betten kommt.«

Auf der Treppe drehte sich John noch einmal um.

»Mir ist es recht, wenn Sie es tun«, sagte er.

Caroline betrachtete den kleinen Jungen mit den geröteten Wangen und dem vom Wind zerzausten Haar gerührt. Ein Lächeln schlich sich in ihr Gesicht.

»Mir wäre es aber nicht recht«, rief Davey vom obersten Treppenabsatz.

Carolines Lächeln erstarrte. Oben knallte eine Tür heftig zu.

Der Gedanke, daß sie sich noch mehr in diese Familie hineinschlich, erschreckte Davey, da er sie ohnehin schon als seine Feindin betrachtete.

Auf dem Weg zu ihrem Zimmer fragte sich Caroline, ob Daniel sie geküßt hatte, weil er sie einfach mochte, oder ob es, wie Mary vermutete, wirklich eine Liebeserklärung war. Sie hoffte, daß es sich um das Erstere handelte. Traf das nicht zu und Daniel hatte ernsthaft vor, ihr den Hof zu machen, dann war es vorbei mit ihrem Seelenfrieden.

Doch in den folgenden Tagen wies nichts in Daniels Verhalten darauf hin, was den Verdacht aufkommen ließ, daß er ernsthafte Absichten hegte. In der Tat schien der ganze Haushalt durcheinander geraten zu sein. John und Davey kabbelten sich fast ohne Unterbrechung, und das Benehmen der Männer war geradezu kindisch zu nennen. Matt öffnete den Mund nur, wenn etwas sein Mißfallen erregt hatte und schnauzte den Unglücklichen, der daran schuld war, an. Caroline hatte keine Ahnung, warum sie alle so schlechter Laune waren, aber sie hoffte inständig, daß bald alles wieder in Ordnung kam.

»Es ist doch nicht meine Schuld, daß die Schneide der Axt durchgerostet ist«, maulte Thomas eines Abends, nachdem Robert eine Bemerkung fallengelassen hatte, daß die Axt ruiniert war, weil sie jemand draußen vergessen hatte.

»Wer soll denn sonst daran schuld sein? Du hast sie doch als letzter verwendet. Wenn du wenigstens so ehrlich sein würdest, es zuzugeben.«

»Was regst du dich eigentlich so auf? Du reparierst das Ding ja ohnehin nicht«, mischte sich Daniel ein.

»Du auch nicht!«

»Wenn es mich nicht gäbe, hätten wir überhaupt keine ordentlichen Arbeitsgeräte mehr. Ihr beiden macht alles kaputt, oder ihr vergeßt die Sachen draußen.«

»Thomas ja, ich nicht«, verteidigte sich Robert.

»Das soll wohl ein Witz sein! Da kann ich ja nur lachen!«

»Onkel Thom hat den Rechen draußen vergessen, letzte Woche, ich hab's gesehen«, quietschte Davey.

»Du hältst deinen Mund, du Knirps!«

»Tu ich nicht. Ich hab' dich gesehen. Ich ...«

»Petze!« sagte John und schüttelte sich angeekelt.

»Ich bin keine Petze. Ich habe ja nur gesagt, daß ich ihn gesehen habe ...«

»Sei bloß endlich still!«

»Siehst du?« sagte Robert triumphierend.

»Ich höre doch nicht darauf, was ein Baby plappert«, murmelte Daniel.

»Und ich sage dir, ich war es nicht!« wiederholte Thomas.

»Hört ihr endlich mit diesem Gewäsch auf!« brüllte Matt. »Das ist ja nicht zum Aushalten.«

John und Davey konzentrierten sich ängstlich auf ihre Teller. Thomas und Robert tauschten einen Blick und widmeten sich ebenfalls ihrem Essen. Daniel schluckte den Bissen herunter und wandte sich mit vorgeschobenem Kinn an seinen älteren Bruder.

»Was immer für eine Laus über deine Leber gelaufen sein

mag, du brauchst es ja nicht an uns auszulassen. Wir haben es satt, aus Angst vor einem deiner Wutausbrüche, auf Samtpfoten um dich herumzuschleichen.«

Bleiernes Schweigen senkte sich über den Tisch. Caroline schaute mit großen Augen zu Daniel und Matt hinüber. Robert und Thomas waren ebenfalls überrascht. Davey glotzte erschrocken seinen mutigen Onkel an, und John duckte sich vor dem bevorstehenden Donnerwetter.

»Was hast du gesagt?« fragte Matt mit verdächtiger Ruhe.

»Du hast es doch wohl gehört«, sagte Daniel und wich Matts Blick nicht aus. »Seit drei Tagen läufst du herum wie ein gereizter Bär, der einen Speer in seinem Hintern stecken hat. Wir haben unter deiner Gereiztheit zu leiden, und kein Mensch hat mehr gute Laune. Wenn du irgend etwas auf dem Herzen hast, dann spuck's aus. Oder behalte es bei dir, wenn dir das lieber ist, aber laß es nicht an uns aus!«

Matts Augen wurden zu Schlitzen. Er schob seinen Stuhl zurück und stand auf.

»Du kannst zur Hölle fahren!« brüllte er und stampfte aus dem Raum.

Die am Tisch Sitzenden hielten die Luft an. Erst als die Haustür mit einem furchtbaren Knall zuflog, seufzten alle erleichtert auf.

»Ich hab' Pa noch nie fluchen gehört«, flüsterte Davey.

Caroline, die neben ihm saß, tätschelte beruhigend sein Knie, das er aber sofort mit einem mürrischen Blick zurückzog. Sie bedauerte ihre Geste sofort. Daveys Reaktion war zu erwarten gewesen.

»Ob er krank ist?« fragte John besorgt.

»Wir können es ihm nicht durchgehen lassen, daß er uns herumkommandiert, wie es ihm in den Kram paßt und uns dann auch noch beschimpft. Schließlich sind wir erwachsene Männer«, ergriff Thomas Daniels Partei.

»Diese Launenhaftigkeit sieht ihm gar nicht ähnlich. So war er noch nie ...« Er unterbrach sich und sein Blick verweilte kurz auf Caroline und den Kindern. »... nicht einmal, als die Dinge hier wirklich im Argen lagen.«

Caroline verstand die Anspielung. Sie bezog sich auf die Zeit, als Elisabeth noch am Leben war.

»Matt ist verdrießlich, und das Resultat ist, daß Sie sich alle wie verwöhnte Kinder benehmen«, sagte sie.

»Verdrießlich?« schnappte Thomas. »Das ist wohl die größte Untertreibung, die ich je gehört habe.«

»Was glaubt ihr, was mit ihm los ist?« fragte Robert.

»Ich weiß es auch nicht«, meinte Daniel. »Aber wenn er sich nicht am Riemen reißt, kriegt er meine Fäuste zu spüren.«

»Du kannst Pa doch nicht schlagen«, riefen John und Davey.

»Das ist doch nur so eine Redensart«, beruhigte Robert die Kinder.

Aber sein erstaunter Blick ruhte auf Daniel. Eine solche Drohung auszustoßen, entsprach so gar nicht dem Charakter seines Bruders. Auch Caroline sah ihn erstaunt an.

»Jemand muß mit ihm reden und herausfinden, was mit ihm los ist«, sagte sie.

Alle sahen sich an. Wer sollte mit ihm reden? Die Frage hing in der Luft wie ein Damoklesschwert.

»Sie werden mit ihm reden, Caroline«, sagte Robert plötzlich.

»Sie wird er mit seinen Zähnen schon nicht zerfleischen.«

»Das klingt, als wäre er ein tollwütiger Hund. So schlimm ist er nun auch wieder nicht«, meinte Thomas.

»Bist du sicher?« fragte Daniel.

»Ich?« rief Caroline.

Ein leiser Verdacht stieg in ihr hoch, und so sehr sie sich auch Mühe gab, sie konnte ihn nicht verdrängen.

»Also gut. Ich werde mit ihm reden.«

Entschlossen stand sie auf und folgte Matt nach draußen. Die Blicke der Zurückgebliebenen brannten auf ihrem Rükken.

30

Caroline schloß die Eingangstür hinter sich. Aus dem offenen Tor zur Scheune drang ein schwacher Lichtschein. Sie raffte ihre Röcke und begab sich in diese Richtung.

Matt saß mit grimmigem Gesicht auf einem umgestürzten Eimer, sein lahmes Bein weit von sich gestreckt, massierte er das offensichtlich schmerzende Knie. Raleigh, der zu seinen Füßen lag, entdeckte sie als erster und sprang bellend auf.

Caroline versuchte ihn zu beruhigen. Sie ärgerte sich über den Hund, weil sie Matt gerne noch einen Augenblick beobachtet hätte. Machte ihm sein Knie Schmerzen und war er deswegen so gereizt? Und sie hatte sich eingebildet, daß er wegen ihr und Daniel so ärgerlich war.

»Was wollen Sie?«

Matt sah sie an. Ihr Auftauchen schien ihn nicht gerade zu erfreuen. Raleigh kam auf dem Bauch auf sie zugekrochen und zog an ihrem Kleid, weil er spielen wollte.

»Hör auf!« sagte sie mit autoritärer Stimme.

Sie scheuchte den Hund nach draußen und schloß das Tor hinter ihm. Im Moment hatte sie wirklich nicht die Geduld, sich mit dem Köter auseinanderzusetzen.

Matt massierte immer noch gedankenverloren sein Knie, als sie auf ihn zukam.

»Soll ich das machen?« fragte sie.

»Nein!« war die kurze und rüde Antwort.

Caroline kniete sich trotzdem nieder und begann nun ihrerseits das Knie zu massieren. Die Beschäftigung war ihr nicht ungewohnt, denn als er anfing, sich auf seine Krücken stützend, humpelnd fortzubewegen, war die Belastung auf seinem lahmen Bein so groß gewesen, daß sein Knie mit schmerzvollen Krämpfen reagierte. Sie hatte ihn also massiert, was ihm offenbar Erleichterung verschafft hatte. Trotz seiner rüden Antwort vertraute er sich nun ihren Händen an.

Schweigend knetete sie mit ihren Fingern das Knie und die darüber liegenden verspannten Muskeln. Selbst durch das grobe Material seiner Hosen spürte sie die Hitze seiner Haut. Sein muskulöser Oberschenkel war hart und sehr männlich.

»Was wollen Sie?« fragte er ebenso unfreundlich wie zuvor.

Sie bemerkte, daß er die Worte zwischen seinen zusammengepreßten Zähnen herausschleuderte.

»Was glauben Sie, daß ich um diese späte Stunde in der Scheune zu suchen habe? Ich möchte mit Ihnen reden, das ist doch nicht schwer zu erraten.«

»Haben die anderen Sie hergeschickt?«

»So ist es«, lächelte Caroline. »Es hat sich keiner getraut, Ihnen gegenüberzutreten. außer Daniel, der gedroht hat, daß Sie seine Fäuste zu spüren kriegen.«

»Das hat er gesagt? Du lieber Himmel! Das würde ich ihm nicht raten.«

Matts Stimme klang sehr blutdürstig. Caroline betrachtete sein Gesicht, um festzustellen, ob es angeraten war, weiterzureden.

»Brüder sollen sich nicht streiten oder sich verkloppen«, sagte sie.

Im Schein der Laterne, die er angezündet hatte, sah er müde aus, und trotzdem so attraktiv, daß es einem fast den Atem raubte.

»Das haben schon Kain und Abel getan«, bemerkte er grimmig.

»Das ist schon richtig, aber etwas Gutes ist dabei ja auch nicht herausgekommen! Davon abgesehen, Sie und Daniel sind doch sonst die besten Freunde.«

Matt brummte. Unter ihren Händen fühlte sie, wie die Verspannung seiner Oberschenkel nachließ. Sie konzentrierte deshalb ihre Aufmerksamkeit auf das Knie selbst und die bestrumpfte Wade.

»Davey war ganz entsetzt, weil Sie Ihren Bruder zur Hölle geschickt haben. Er hat Sie noch nie fluchen hören, hat er gesagt.«

»Das hätte ich auch nicht tun dürfen, schon gar nicht vor

den Kindern. Es ist mir mehr als unangenehm, und ich werde mich bei Davey für mein unmögliches Benehmen entschuldigen.«

»Sie wurden natürlich provoziert.«

»Das stimmt.«

»Von Daniel.«

»Richtig.«

Caroline kniete zwischen seinen Beinen und sah zu ihm auf. Ihr Rücken lehnte leicht an seinem Oberschenkel, während ihre Hände das Knie seines anderen Beins massierten. Im weichen Licht der Laterne glitzerten ihre Augen so gelb wie die ihrer Katze. Ihr feines Gesicht mit den hohen Bakkenknochen und dem niedlichen runden Kinn wirkte zarter und schöner denn je. Die streng nach hinten gekämmten pechschwarzen Haare waren im Nacken zum Zopf geflochten und zusammengesteckt. Das schwarze Kleid mit dem großen weißen Spitzenkragen betonte ihre weiblichen Rundungen und den zarten, blassen Teint ihrer Haut.

Matt betrachtete sie, sein Kopf registrierte ihre verführerische Schönheit und seine Empfindungen waren groß für sie.

»Warum hat Daniel Sie provoziert? Oder vielmehr, warum haben Sie sich provozieren lassen?«

Seine Wollstrümpfe fühlten sich rauh und kratzig an, während sie seine Wade bearbeitete.

»Was haben Sie gefragt, Caroline?«

Seine Stimme war heiser und seine Augen seltsam verschleiert.

»Ich habe nur gefragt, warum Daniel Sie provoziert hat? Seit Ewigkeiten leben Sie in wunderbarer Harmonie unter einem Dach, und plötzlich das, warum?«

Ihre Frage und der Ton, in dem sie gestellt war, wirkten unschuldig und harmlos und verrieten nichts von ihrer eigentlichen Absicht. Sie war fest entschlossen herauszufinden, was und wieviel sie ihm bedeutete.

»Warum? Wollen Sie den wahren Grund wirklich wissen?«

Ohne Vorwarnung legten sich seine Hände auf die ihren

und preßten sie fest gegen seine Schenkel. Die plötzliche Wärme durchfuhr ihren Körper. Bewegungslos überließ sie sich diesem wundervollen Gefühl und hoffte, daß es sie nie wieder verlassen würde. Vergessen waren die langen Monate, in denen er vermieden hatte, sie zu berühren. Ihr war, als habe sie einen einsamen und ruhigen Winterschlaf verbracht, aus dem sie nun erwachte und spürte, wie ihr Körper erfrischt ins prickelnde Leben zurückfand.

»Da es offenbar Ihre Absicht ist, Daniel zu heiraten, haben Sie hier draußen bei mir nichts zu suchen. Das gehört sich nicht. Es scheint mir angebracht, daß Sie aufstehen und ins Haus zurückgehen.«

»Tatsächlich mag ich Daniel sehr gern«, versicherte Caroline glaubhaft.

Bei diesem Geständnis hob sich der Schleier, in seinen stahlblauen Augen blitzte es wie bei einem Gewitter, und ihr Herz begann zu rasen.

»Tatsächlich?«

»Und ich glaube, daß dieses Gefühl auf Gegenseitigkeit beruht. Ja, ich denke, er mag mich auch sehr gern. Aber er hat mich nicht gefragt, ob ich ihn heiraten will.«

»Er wird es tun«, sagte Matt grimmig.

»Wenn er es tut, dann werde ich ihn leider abweisen müssen.«

Sie lächelte, drehte ihre Hand um, und ihre Finger verschränkten sich mit seinen.

»Es ist nicht Daniel, den ich haben möchte.«

»Nein?«

»Nein.«

Sie löste ihre Hand wieder aus seinen und richtete sich soweit auf, daß ihr Gesicht auf gleicher Höhe mit dem seinen war. Ihre Hände legten sich auf seine breiten Schultern. Wie von einem inneren Zwang geleitet umfaßte er ihre schmale Taille. Ihre Blicke versanken ineinander.

»Sie sind es, den ich haben möchte«, sagte sie sanft.

Seine unglaublich blauen Augen verengten sich, der Griff um ihre Taille wurde fester.

»Soll ich das als Antrag verstehen?«

Trotz des leicht belustigten Untertons schien er mehr beunruhigt als erfreut.

Caroline hatte das Gefühl, vor einem brennenden Feuer zu stehen, so heiß war ihr. Die Hitze machte es ihr fast unmöglich, etwas zu sagen.

»Und wenn es tatsächlich ein Antrag ist?«

»Dann muß ich Sie darauf hinweisen, daß Sie sich auf ein gefährliches Terrain begeben.«

Er bemühte sich noch immer um jenen leichten Ton, als hoffe er, damit seine eigenen Gefühle zu bezwingen. Doch seine Augen verrieten, daß ihm das nicht mehr gelang.

»Tue ich das?«

Ihre Hände verselbständigten sich und erforschten die Muskeln seiner Schultern.

»Und überhaupt, was meinen Sie damit?«

Matt sah sie lange an. Schweigend, mit hungrigen, ruhelosen Augen. Dann lachte er plötzlich laut auf, kurz und ohne Vergnügen.

»Was ich damit meine? Sind Sie sicher, daß Sie das wissen wollen? Also gut, ich werde es Ihnen sagen, ob Sie es hören wollen oder nicht. Ich meine damit, daß Ihretwegen mein Blut in Wallung gerät, daß ich seit Monaten das Gefühl habe, von einem unheilbaren Fieber befallen zu sein, das mich daran hindert, an etwas anderes zu denken. Ich bin wie besessen ... mein Verstand gehorcht mir nicht mehr, ich kann meine Energie nicht in Arbeit umsetzen, ich liege nachts wach, weil ich Sie begehre und somit keinen Schlaf finden kann. Reicht das als Erklärung? Reicht das, daß Sie endlich ins Haus zurückgehen? Oder wollen Sie noch mehr hören?«

Caroline sagte nichts. Und sie machte keine Bewegung, die nach Flucht ausgesehen hätte.

»Ich brenne lichterloh. Ich leide unter den Qualen, die mein Körper mir bereitet. Es war die Hölle, zumindest stelle ich sie mir so vor. Ich weiß, Erlösung überkommt mich nur dann, wenn ich mich in Sie bohre. Aber ich möchte Ihnen nicht weh tun, ich möchte Ihnen keine Angst machen, deswegen rate ich Ihnen davonzulaufen, solange Sie noch eine Chance haben. Ich warne Sie, wenn Sie hierbleiben, kann es passieren, daß Sie es im nachhinein bedauern.«

»Ich fürchte mich nicht vor Ihnen, Matt«, flüsterte sie.

Es war nicht die ganze Wahrheit. Sie fürchtete sich nicht vor ihm, weil er ein Mann war, eher vor seiner fieberigen Leidenschaft. Matt kam ihr vor wie ein gespannter Bogen und sie hatte Angst, was passieren würde, wenn der abgeschossene Pfeil auf dem Weg zu seinem Ziel war.

»Sie fürchten sich nicht vor mir? Dann beweisen Sie es mir, Caroline. Küssen Sie mich.«

Einen kurzen Augenblick zögerte sie, dann nahm sie die Herausforderung an, denn sie wußte, daß er damit ihr gehörte. Seine Augen verbrannten sie fast, als sie ihm näher rückte und ihre Arme sich spielerisch um seinen Nacken legten. Sein Blick durchbohrte ihr Herz, und sie ahnte, daß sie diesen Augenblick nie mehr vergessen würde.

Seine Lippen waren warm und weich. Ihre Taille wurde schmiegsam in seiner Umarmung, als er sie an sich zog.

»Oh, Matt!«

Ihr Mund hauchte seinen Namen, als sie an seinen muskulösen Brustkorb gedrückt wurde. Seine Lippen öffneten sich, seine Hand verschwand in ihrem dunklen Haar, als er ihren Kopf seinem Mund entgegenzog. Seine Zunge verschwand in ihr, als sei sie auf der Suche nach dem richtigen Weg, immer ungeduldiger und fordernder.

So hatte er sie schon einmal geküßt, vor Monaten, als sie des Hundes wegen in seinem Bett gelandet war. Mehr war nicht passiert, weil sie sich von ihm losgerissen hatte, weil jene schrecklichen Bilder aus ihrer Erinnerung an die Oberfläche schwemmten. Doch diesmal war sie entschlossen, das nicht passieren zu lassen. Mit aller Kraft stemmte sie sich innerlich gegen die Geister der Vergangenheit und zwang sie aus ihrem Kopf.

Matt verwandelte die tiefe Verschmelzung ihrer Münder in kleine liebevolle Küsse mit dazwischen gemurmelten Zärtlichkeiten. Glücklich realisierte sie, ihr damit ihre Angst nehmen zu wollen, und sein Verhalten brachte das letzte Hindernis zum Einsturz, daß sie zwischen ihnen aufgebaut hatte. Sie preßte ihren Körper an den seinen, und ihre kleine Zunge gesellte sich wie im Spiel zu ihrem etwas größeren Freund, der sie ungeduldig erwartete. Caroline war bereit, dem geliebten Mann alles zu geben, ohne Vorbehalt.

»Caroline.«

Atemlos ließ er plötzlich von ihr ab. In seinen Augen sah sie das Feuer der Leidenschaft, es brannte heller als zuvor.

»Wenn Sie mich so küssen, dann … Merken Sie nicht, daß ich kurz davor bin, meinen Kopf zu verlieren?«

»Ich möchte, daß Sie Ihren Kopf verlieren«, flüsterte sie.

Sie öffnete die Lippen, und ihre Zunge machte sich auf den bereits erforschten Weg. Matt riß sie an sich, sein rasendes Herz pochte gegen ihre Brüste.

Während sein hungriger Mund sich an ihr festsaugte, rollte sie in seinen Armen auf den Boden, sein Gewicht hielt sie fest und drückte sie nieder. Sie spürte seine Wärme, seinen Herzschlag, ihre Wärme, ihren Herzschlag. Sie schloß die Augen. Mit einem Bein schob er ihre Beine auseinander, seine Finger liebkosten ihre Brüste. Seine Hüften bedrängten und bestürmten sie.

Die Bilder der Vergangenheit drohten sich zwischen sie und Matt zu schieben.

Er schob ihre Röcke hoch, öffnete den Gürtel seiner Hose, fummelte an den Knöpfen, die unter seinen ungeduldigen Fingern nachgaben.

Ihre Beine sind gespreizt, die Röcke hochgeschoben bis zur Taille, seine Hosen nach unten gerutscht, der erregte Stachel wild entschlossen. Nein! denkt sie, nicht … Und doch, sie liebt ihn, sie will ihm alles geben, sie beißt die Zähne zusammen. Hart stößt er in sie hinein. Ihre Hände packen seine Schultern, ihre Nägel vergraben sich in seiner Haut. Matts Gesicht ist eine Grimasse der Lust, der Freude am Augenblick. Seine Bewegungen werden regelmäßiger, sie hat das Gefühl, daß sein Stachel sie zerreißen wird, doch sie ergibt sich in ihr Schicksal. Er stößt schneller, erstarrt plötzlich und ein heiserer Schrei entflieht seinem Mund. Dann läßt er sich auf sie fallen, schweißgebadet und ausgelaugt.

Ihr Herz hämmert, ihr Mund ist trocken. Sie wehrt sich dagegen, an das Ding in sich zu denken, weil sie wußte, daß dann wieder diese Bilder auftauchen würden und damit der Ekel, der nicht Matt galt, sondern dem Mann, der ihr Gewalt angetan hatte.

Sie streichelte seinen Rücken und dachte daran, welche Freude ihm ihr Geschenk bereitet haben mußte. Der Gedanke daran beruhigte ihre Nerven, wie sie es vorausgesehen hatte.

Matt stützte sich auf seinem Ellenbogen auf und sah ihr schuldbewußt und grimmig in die Augen.

»Verdammtes Biest! Warum, zum Teufel, haben Sie das zugelassen? Warum haben Sie mich nicht daran gehindert?«

31

Caroline betrachtete ihn verständnislos. Seine Worte waren ein Schock für sie, weil sie ihn so nicht kannte. In all den Monaten, die sie nun unter seinem Dach lebte, hatte er sich nie zu solchen Flüchen hinreißen lassen. Seine hart aufeinandergepreßten Lippen verrieten keine Kompromißbereitschaft, die blauen Augen waren dunkel vor Zorn.

»Warum hätte ich es nicht soweit kommen lassen dürfen? Warum hätte ich Sie daran hindern sollen?«

Sie war sich keiner Schuld bewußt. Im Gegenteil, sie hatte ihm das kostbarste Geschenk anvertraut, daß sie besaß. Obwohl es sie Überwindung gekostet hatte, weil sie dabei an Simon Denker, ihren brutalen und herzlosen Vermieter, denken mußte; obwohl er sein Ding in ihre Eingeweide gebohrt hatte, die nun höllisch schmerzten; obwohl sie alles andere als Vergnügen dabei empfunden hatte, sondern nur gehofft hatte, daß der Akt bald vorüber sein würde. All das hatte sie auf sich genommen, weil sie ihn liebte.

»Weil Sie, trotz Ihrer meisterlichen Verführungskünste, keineswegs bereit waren, sich von einem Mann lieben zu lassen. Sie waren nicht mehr bereit dazu als eine zwölfjährige Jungfrau.«

»Aber … doch nur, weil … Sie wissen doch …«, stammelte sie.

»Ja, ich weiß.«

Bitterkeit verzerrte seine Stimme, als er ihren Tonfall imitierte. Er stand auf. Mit verdrossenem Gesicht zog er die Hosen hoch, knöpfte sie zu, schnallte den Gürtel wieder fest. Ohne Scham führte er die Bewegungen aus und starrte ihr voll ins Gesicht.

»Schon als ich Sie das erste Mal sah, wollte ich Ihnen unter die Röcke. Als Sie auf Ihrem entzückenden kleinen Hintern im Dreck des Hühnerhofs mit zerrissenem Kleid saßen, das mehr Haut sehen ließ, als es mir lieb sein konnte. Die in Unordnung geratenen Haare fielen Ihnen über die Schultern, und Sie sahen so wütend aus, als würden Sie jeden Moment Gift und Galle spucken.

Als Sie dann in meinem Bett lagen und ich Sie küßte … können Sie sich vorstellen, wie schwer es mir gefallen ist, Sie gehen zu lassen? Nein, natürlich können Sie sich das nicht vorstellen. Nichts wissen Sie, gar nichts. Aber immerhin habe ich Sie gehen lassen. Und warum? Weil ich Sie lieb gewonnen hatte, Caroline, weil ich wußte, daß Sie Sicherheit suchten, nach all dem, was Sie durchgemacht hatten, weil Sie mir vertrauten. Das Vertrauen zwischen zwei Menschen ist etwas so Kostbares, so Wertvolles und selten genug, meine Begierde sollte es nicht zerstören. Bevor ich mit Ihnen schlafen würde, sollte es je dazu kommen, wollte ich Ihnen Zeit lassen und Ihnen die Chance geben, sich von den Wunden, die Ihnen angetan worden sind, zu erholen. Ich wollte auf die Heilung warten, und Gott steh mir bei, ich habe es getan. Ich habe Ihnen keine Avancen mehr gemacht, oder? Es hat mich fast übermenschliche Kraft gekostet, aber ich habe es geschafft, und wenn es eine Gerechtigkeit gibt, dann habe ich mir meinen Platz im Paradies verdient. Aber jetzt, jetzt ist alles anders. Wie, zum Teufel, stellen Sie sich vor, sollen wir jetzt die Uhren zurückstellen und in das zurückkehren, was nicht mehr als eine harmlose Beziehung war? Das Schlimme ist, wir können es nicht. Wir können es nicht, weil ich Sie immer und immer wieder begehren werde, und ich den Verstand darüber verlieren werde, denn ich weiß, daß Sie aus Ekel vor der Sache als solche verkrampft sein werden, während ich mir Erleichterung verschaffe. Glauben Sie wirklich, ich bin so ein Schwein, daß ich eine Frau gegen ihren Willen nehme? Noch dazu eine Frau, die ich mag?«

»Aber ... aber ...«

Caroline fehlten die Worte, so verwirrt und verstört war sie. Wie hätte sie ahnen können, daß ihr selbstloses Geschenk ein derartiges Desaster anrichten würde? Sie hatte nicht alles verstanden, was er ihr da an den Kopf geworfen hatte. Aber sie hatte mit ihren eigenen Ohren gehört, daß er sie mochte. Dieses Geständnis allein hätte sie schon überglücklich gemacht, wenn er dabei nur nicht so entsetzlich wütend ausgesehen hätte.

Mit einer raschen Bewegung steckte er die Zipfel seines Hemdes in die Hose zurück. Mit einem entsetzten Blick registrierte sie ihr eigenes Aussehen. Die bestrumpften Beine weit gespreizt, die Röcke zu einem unansehnlichen Stoffknäuel um ihre Taille gewickelt, ihre Scham ein dunkles Dreieck im Kontrast zu ihrer weißen Haut, ihr Nabel entblößt und sichtbar. Mit geröteten Wangen schob sie die Röcke über ihre Nacktheit und stand auf.

»Ich wollte ja das ... was Sie mit mir gemacht haben. Es ist nur ... ich kann nichts dafür, daß ich es nicht mag, wenn es dann soweit ist. Können Sie nicht einfach die Tatsache akzeptieren, daß ich Ihnen ein Geschenk gemacht habe? Und darüber glücklich sein?«

»Darüber glücklich sein?«

Einen kurzen Augenblick dachte sie, sein Temperament würde mit ihm durchgehen. Doch er biß die Zähne zusammen und beherrschte sich.

»Auf ein solches Opfer kann und will ich verzichten, danke vielmals!«

»Aber so habe ich es doch nicht gemeint. Es war kein Opfer für mich«, protestierte sie.

Aber er ging bereits auf die Tür zu und fuhr sich mit der Hand glättend durch das unordentliche Haar. Er hatte nicht die Absicht zu bleiben und über die Sache zu diskutieren.

»Matt!«

Er ignorierte sie und schob den Riegel mit einer Leichtigkeit zurück, als sei er eben frisch geölt worden. Dann erstarrte er in der Bewegung, denn vor ihm stand Daniel.

Die beiden starrten sich schweigend an. Caroline sah von hinten, wie sich Matts Rücken versteifte. Daniel stand im Halbschatten draußen vor dem Scheunentor, und sie glaubte fast körperlich zu spüren, wie auch er sich verspannte.

»Was willst du?« knurrte Matt.

Sein riesiger Körper versperrte Daniel die Sicht ins Innere der Scheune und damit auf Caroline. Daniel versuchte sich an seinem Bruder vorbeizuschieben, doch das ließ Matt nicht zu.

»Wo ist Caroline?«

Matt lachte häßlich.

»Kümmere dich um deine eigenen Sachen!«

»Wo ist sie? Das geht mich genausoviel an wie dich.«

Über Matts Schulter hinweg entdeckte er sie. Sie stand nur wenige Schritte hinter Matt. Daniel sah ihr direkt in die Augen. Mit einer Bewegung ihres Kopfes bedeutete sie ihm, keinen Streit anzufangen. Daniels Augen wurden immer größer, als er sie betrachtete. Ihr Knoten im Nacken hatte sich gelöst, die Haare fielen ihr offen über die Schultern, ihre Lippen waren rot und etwas angeschwollen von Matts Küssen, die Haut an ihren Wangen von den Bartstoppeln gerötet. Sie bot den Anblick einer Frau, die eben noch von einem Mann abgeknutscht worden war, wenn nicht noch mehr.

»Du verfluchter Mistkerl!« zischte Daniel.

Und dann traf ein gezielter Faustschlag Matt mitten ins Gesicht. Jakob, in einem separaten Bretterverschlag, stampfte gegen das Holz, und eine Kuh muhte laut, als Matt nach hinten stolperte und mit einem dumpfen Geräusch zu Boden fiel.

»Matt!« rief Caroline.

Sie eilte an seine Seite, um ihm zu helfen. Er richtete sich bereits wieder auf, eine Hand lag auf seinem Auge. Caroline griff nach seinem Arm, ging neben ihm in die Hocke und sah Daniel an wie die Löwenmutter, die ihr Baby verteidigt.

»Sie haben ihm wehgetan! Sind Sie verrückt geworden? Er ist doch ihr Bruder!«

»Sie halten sich da raus!« brummte Matt.

Er stieß sie zur Seite, stand auf und drängte Daniel mit seinen Fäusten nach draußen.

Wütend stürzten sich die beiden kräftigen Männer aufeinander. Matt war zwar etwas größer und stärker gebaut als Daniel, aber behindert durch sein lahmes Bein. Fluchend kämpften sie erbittert gegeneinander, umkreisten sich im Dunkel des Hofes wie zwei Boxer im Ring und attackierten sich mit gesenkten Köpfen, mit Schlägen und Hieben.

»Aufhören! Matt! Daniel! Aufhören!«

Doch die beiden Männer ließen nicht voneinander ab, sie schienen ihre Schreie nicht einmal gehört zu haben. Zwei riesige wilde Bären im Kampf um ein Weibchen.

Caroline griff nach Matts Arm und wurde unwillig und grob zur Seite gestoßen. Daniel nutzte den Augenblick, seine Faust krachte gegen Matts Kinn. Einem weiteren Schlag in die Magengegend konnte Matt mit einer schnellen Seitwärtsbewegung ausweichen. Sein gesundes Bein schwang in die Luft und sein Fuß traf Daniel voll in die Leber. Daniel, das Gesicht vom Schmerz verzerrt, war zu benommen, um schnell genug zu reagieren und der Faust auszuweichen, die auf seiner Wange landete. Der Länge nach fiel er auf den Boden.

»Bitte! Aufhören! Bitte!«

Carolines Bemühungen waren umsonst. Daniel rappelte sich mühsam auf und stürzte sich wieder auf seinen Bruder.

Während sie hilflos die beiden Männer beobachtete, zusah, wie sich Daniels Arm wie ein Eisenscharnier um Matts Hals legte, hatte sie eine Idee. In Windeseile rannte sie in die Scheune zurück, packte den Eimer, auf dem Matt gesessen hatte, füllte ihn mit eiskaltem Wasser aus dem Trog und hastete zurück. Matt hatte nun Daniel im Schwitzkasten, und es galt keine Zeit zu verlieren. Unter Zuhilfenahme beider Hände schüttete sie den Inhalt des Eimers über die Kämpfenden.

»Was zum Teufel ...«

Die unerwartete Dusche überraschte beide. Im Licht des Mondes wirkten sie wie Zwillinge. Kaum hatten sie Caroline als die Urheberin der eiskalten Unterbrechung erkannt, trafen sie gleichermaßen wütende Blicke, dann nahmen sie den Kampf wieder auf.

Caroline war nun ebenfalls wütend. Wütend, weil sie der Anlaß dieses Kampfes war, und weil das eiskalte Wasser nicht das gewünschte Ergebnis gebracht hatte.

Sie schleuderte den Eimer von sich, ballte die Fäuste und stürmte aufs Haus zu. Wenn die beiden Idioten gewillt waren sich umzubringen, bitteschön!

Sie stolzierte in die Küche, betrachtete die dort Anwesenden, die in die verschiedensten Beschäftigungen vertieft waren. Sie begann mit lautem Geklapper das Geschirr vom Tisch abzuräumen.

Erstaunte und gespannte Blicke musterten sie interessiert. Die zerzausten Haare, die geröteten Wangen und ihre funkelnden Augen, in denen der mühsam beherrschte Wutausbruch lauerte.

»Nun?« fragte Thomas schließlich.

»Zwei total Verrückte bringen sich im Hof draußen gegenseitig um«, erklärte sie giftig. »Was mich angeht, ich habe keine Lust, mir das anzusehen!«

»Was?«

Als die vier das Ungeheuerliche ihrer Bemerkung endlich begriffen, stürmten sie nach draußen. Krachend fiel die Eingangstür hinter ihnen ins Schloß.

Caroline wankte todmüde in ihr Zimmer. Alle Männer dieser Welt verfluchend, vergrub sie sich in ihrem Bett.

32

Eine gespannte Atmosphäre hing am nächsten Morgen wie schwere Gewitterwolken über dem Frühstückstisch. Sogar Davey und John waren ungewöhnlich still. Zum ersten Mal waren sie Zeuge eines Kampfes zwischen ihrem Vater und ihrem Onkel geworden. So etwas hatte es in diesem Haus noch nie gegeben.

Schweigend löffelten sie ihren mit Sirup verfeinerten Maisbrei in sich hinein und machten sich dann schneller als sonst auf den Weg zur Schule, nicht ohne den zurückbleibenden Erwachsenen einen ängstlichen Blick zuzuwerfen.

Thomas und Robert, die erfolglos versucht hatten, eine harmlose Unterhaltung in Gang zu bringen, warfen sich bedeutungsvolle Blicke zu und konzentrierten sich dann auf das Frühstück.

Matt und Daniel widmeten sich mit finsteren Gesichtern ihrem Maisbrei, während sich Caroline schweigend in ihre Hausfrauenpflichten vertiefte.

Matts einer Mundwinkel war eingerissen und blutverkrustet, ein zugeschwollenes Auge verlieh ihm etwas Groteskes. Er versuchte seinen Löffel so in den Mund zu schieben, daß er nicht in Berührung mit der Wunde kam.

Bei Daniel hatte man den Eindruck, daß er bei dem Kampf besser davongekommen war. Seine Nase war rot und doppelt so groß wie sonst, die linke Seite seines Kinns war dunkelblau verfärbt. Beim Essen verzog er das Gesicht zu einer Grimasse, und das Sitzen bereitete ihm offensichtlich Schwierigkeiten.

Caroline empfand weder mit dem einen noch mit dem anderen Mitleid. Eher war sie ärgerlich auf beide, worüber sie im Augenblick nicht unfroh war, denn es verdrängte die beschämende Erinnerung an das, was vor dem Kampf zwischen ihr und Matt vorgefallen war. Ihr erster Versuch, sich mit dem Mann, den sie liebte, auch körperlich zu vereinen, war hoffnungslos gescheitert.

Ihre größte Wut galt ihm, weil er ihre selbstlose Hingabe so offensichtlich mißverstanden hatte. Ihretwegen dann auch noch mit seinen Bruder zu kämpfen, empfand sie als ausgesprochen lächerlich.

Auch auf Daniel war sie nicht gut zu sprechen. Sein Benehmen Matt gegenüber war in keinster Weise gerechtfertigt. Er schien fälschlicherweise anzunehmen, daß sie ihn betrogen hatte, was nicht stimmte, da sie ihm ja gar nicht gehörte.

Auf Thomas und Robert war sie ärgerlich, weil es Männer waren, die nicht schlau genug gewesen waren, den eigentlichen Grund des Kampfes zu erkennen. Keiner von ihnen hatte sich bisher getraut, die Sache zur Sprache zu bringen und den Anlaß der schlechten Stimmung im Haus zu erfragen.

Matt stand schließlich auf, ohne aufgegessen zu haben. Caroline konnte sich nicht erinnern, daß irgendeiner dieser Familie je an Appetitlosigkeit gelitten hatte. Es war ihr auch lieber, nicht zu wissen, ob dieses Phänomen an dem eingerissenen Mundwinkel lag oder verletzte Gefühle schuld daran waren.

Robert und Thomas standen ebenfalls auf, nur Daniel blieb sitzen.

»Kommst du, Dan?« fragte Robert schon bei der Tür.

»Ich muß noch etwas mit Caroline besprechen, dann komme ich gleich nach.«

Er bedachte Matt mit einem deutlich herausfordernden Blick, der seinerseits gerade dabei war, sich Caroline zu nähern und nun stehen blieb.

Robert und Thomas starrten erstaunt auf Daniel, während Matt ihn ebenfalls mit einem drohenden Blick bedachte.

»*Ich* möchte mit Caroline reden, und zwar unter vier Augen, also verschwindet.«

Matts Stimme war beherrscht und ruhig, aber seine Augen funkelten.

Soweit Caroline wußte, waren es die ersten Worte, die die beiden seit dem gestrigen Vorfall wechselten. Was immer die beiden ihr zu sagen hatten, sie würde ihre weibliche Neugier zügeln und ihnen nicht zuhören. Weder dem einen noch dem anderen. Sie war nur bereit, eine Entschuldigung für ihr büffelartiges Benehmen zu akzeptieren.

»Den Teufel werde ich tun und verschwinden«, sagte Daniel.

Er stand so plötzlich auf, daß sein Stuhl kippte und zu Boden schepperte.

»Oh, doch! Und zwar auf der Stelle.«

»Weil du es willst? Ja, glaubst du denn, du kannst mich herumkommandieren, wie es dir in den Kram paßt? Das wollen wir doch sehen!« sagte Daniel kampfeslustig.

Sie maßen sich mit feindseligen Blicken, was Robert und Thomas veranlaßte herbeizuspringen. Da alles auf einen neuerlichen Kampf hindeutete, hielt der eine Daniel und der andere Matt am Arm fest. Daniel reagierte gelassen und ignorierte die freundlich gemeinte Geste, während Matt die lästige Hand von Thomas abschüttelte.

»Caroline hat dir nichts zu sagen«, zischte Matt.

»Das muß sie mir schon selber sagen. Dich geht das nichts an. Sie ist schließlich nicht dein Besitz!«

Matts Lippen verzogen sich zu einem scheußlichen Lächeln.

»Bist du da sicher, Bruderherz?«

»Jetzt reicht es aber!« schrie Caroline.

Mit einem lauten Knall setzte sie den Becher ab, den sie gerade in der Hand hielt. Die Männer schienen ihre Anwesenheit völlig vergessen zu haben. Erstaunt klebten ihre Blicke nun an ihr. Zwischen ihren Augenbrauen zeigte sich deutlich die tiefe, steile Falte, die nichts Gutes bedeuten konnte. In ihren Augen brannte das Feuer unterdrückter Wut, und ihre kleinen Fäuste lagen auf ihren Hüften, wie bei einem Fischweib.

»Es ist mir egal, wenn Sie sich streiten. Es ist mir auch egal, wenn Sie sich verprügeln. Und es ist mir völlig schnuppe, wenn Sie sich dabei zerfleischen – aber nicht in meiner Küche! Und jetzt raus!«

Die Männer starrten sie an, als sei sie eine Furie mit zwei Köpfen. Caroline griff zu einem Besen und winkte ihnen drohend zu.

»Caroline ...« begann Daniel.

»Haben Sie nicht gehört? Raus mit Ihnen allen. Raus!«

Caroline näherte sich ihnen mit dem schwingenden Besen. Thomas und Robert stolperten mit aufgerissenen Augen zur Tür hinaus. Daniel stand ihr am nächsten. Der Besen krachte auf seine Schultern. Er schrie auf und sprang zur Seite.

»Heeh!«

»Raus!«

»Aber ...!«

»Raus!«

Er duckte sich gerade noch rechtzeitig, bevor der Besen ein zweites Mal niedersauste. Proteste stammelnd und mit hoch erhobenen Armen, um sich im Notfall zu schützen, wich er vor ihr zurück und stolperte über die Türschwelle.

Matt hatte sich bisher nicht von der Stelle gerührt. Mit zu Schlitzen verengten Augen beobachtete er sie.

»Das gilt auch für Sie. Raus! Verlassen Sie sofort das Haus!«

»Sie vergessen wohl, daß es mein Haus ist, aus dem ...«

Der Besen traf ihn mit voller Wucht.

»Auuah!«

Matt versuchte das verteufelte Ding zu erwischen, aber Caroline war schneller. Ihre einzige Chance in diesem ungleichen Kampf war der Besen, das wußte sie. Matt war so viel stärker als sie, daß ihre körperliche Auseinandersetzung in einem lächerlichen Fiasko enden würde, wenn es ihm gelang, sich der wirkungsvollen Waffe zu bemächtigen. Wie ein Athlet, der zum Stabhochsprung ansetzt, raste sie auf ihn zu, mit einem Schrei, um den sie sogar Jakob beneidet hätte.

»Ich habe gesagt, raus!«

Während des Laufs schlug sie auf den Tisch, auf die Stühle, gegen die Wände und was ihr sonst noch im Weg war. Sie ähnelte einer Frau, die den Verstand verloren hatte.

Matt wich zurück, die Hände in Abwehr weit von sich gestreckt. Das Erstaunen in seinem Gesicht wirkte fast komisch, aber Caroline befand sich nicht in einem Zustand, der es ihr erlaubte, darüber zu lachen. Sie erwischte ihn noch einmal am Arm, bevor er fluchend aus dem Haus eilte. Erschöpft und erleichtert schob sie von innen den Riegel vor.

Befriedigt starrte sie aus dem Fenster auf ihre besiegten Widersacher.

Thomas und Robert hörten, mit offenbar gemischten Gefühlen und gerunzelter Stirn, dem zu, was Daniel ihnen erzählte. Raleigh knabberte schwanzwedelnd an den Absätzen ihrer Schuhe. Matt rieb sich den Arm und starrte mit finsterem Blick auf die Eingangstür.

Überlegte er, ob er sie bitten sollte, ihn hineinzulassen? Unwahrscheinlich, daß er sich so erniedrigen würde. Und wenn er die Tür einschlug, weil sie nicht aufmachte? Die Vorstellung belustigte sie. Aber da er ein vernünftiger Mann war, brachten ihn seine Gedanken auf das Arbeitspensum des Tages und damit auf den Boden der Tatsachen zurück. Ohne das Wort an seine Brüder zu richten, drehte er sich um und entfernte sich.

Thomas und Robert warfen sich fragende Blicke zu und Daniel murmelte Unverständliches. Schließlich folgten sie Matt.

Mit einem grimmigen Lächeln wandte sich Caroline vom Fenster ab, um den Haushalt in Ordnung zu bringen. Im stillen fragte sie sich allerdings, was Matt ihr hatte sagen wollen. Zärtliche, sentimentale Worte? Eine Entschuldigung für sein unmögliches Benehmen?

Millicent bekam ihr übliches Schälchen Milch, bevor Caroline sich zum Tisch setzte und nun ihrerseits frühstückte. Unlustig stocherte sie in dem kalt gewordenen Maisbrei. Sie hatte es satt, sich von den Resten zu ernähren, die die Männer ihr übrigließen, und sie hatte die Männer im allgemeinen satt. Ihre oft unerklärlichen und überspitzten Reaktionen gingen ihr auf die Nerven.

In ihrer ohnehin schon schlechten Stimmung mußte sie wieder an Matt und dessen Verhalten denken. Der in seinen Augen mißglückte Liebesakt, den zu vollziehen sie all ihren Mut hatte zusammennehmen müssen, hatte sie einander nicht näher gebracht, im Gegenteil. Wie ein Hund, der seinen Knochen verteidigt, hatte er sich auf Daniel gestürzt. Und das Schlimmste war, daß der Haussegen nun schief hing und alle darunter zu leiden hatten.

Caroline kehrte die Küche und hing den Besen, der ihr so gute Dienste geleistet hatte, mit einem Lächeln an seinen Nagel zurück. Sie stellte sich die Männer vor, wie sie schweigend draußen auf dem Feld ihre Arbeit verrichteten. Ihre Blicke schweiften zum Fenster.

Sie sah ein Gesicht, dessen Nase sich an das Glas preßte, was dem Ganzen etwas Groteskes verlieh. Die Haut war lehmfarben, und die roten und gelben Streifen bildeten einen seltsamen Kontrast. Der Eingeborene! Bevor sie schreien konnte, war das Gesicht verschwunden. Vergessen war Matt und ihre Wut auf ihn. Zitternd wich sie zurück, dankbar, daß sie den Riegel vorgeschoben hatte.

Sie griff nach dem Gewehr, das tagsüber, wenn sie allein im Haus war, in einer Ecke der Küche an der Wand lehnte. Es war geladen und entsichert, und Matt hatte ihr gezeigt, wie man mit der Waffe umging. Sie hatte sich vorstellen können, im Notfall einen Schuß abzugeben, damit die Männer nach Hause kamen, aber sie hatte nie gedacht, auf einen Menschen zu schießen. Sie war sich im unklaren darüber, ob sie das fertigbringen würde.

Aus dem Augenwinkel sah sie einen Schatten auf sich zukommen, doch bevor sie einen Schreckschuß abgeben konnte, entglitt ihr die Waffe und fiel zu Boden. Einige Sekunden blieb sie wie angewurzelt stehen, unfähig zu handeln. Dann schrie sie.

»Was ist denn los, um Himmelswillen, Caroline? Ich bin es. Daniel.«

Mit weit aufgerissenen Augen starrte er auf das am Boden liegende Gewehr, aus dem sich glücklicherweise kein Schuß gelöst hatte. Caroline nahm die Hände vom Mund und legte sie auf ihr wild klopfendes Herz. Ihre Augen funkelten, weil er ihr einen solchen Schrecken eingejagt hatte, aber auch, weil sie noch immer wütend auf ihn war.

»Was tun Sie denn hier?« fragte sie barsch. »Aber das ist im Augenblick auch unwichtig. Ich habe einen Indianer am Fenster gesehen!«

»Einen Indianer? Sie müssen sich irren!«

»Ich irre mich nicht. Sehen Sie doch selber nach, wenn Sie mir nicht glauben.«

Daniel ging auf das Fenster zu. Caroline bückte sich nach dem Gewehr und lief hinter ihm her.

»Da ist niemand!« sagte Daniel.

»Er war aber da und hat von draußen hereingesehen«, sagte Caroline und reichte Daniel das Gewehr.

Sein Gesicht verriet, daß er ihr nicht glaubte. Er ging zur Tür, entriegelte sie und trat nach draußen. Millicent folgte ihm auf den Fersen und miaute laut.

»Sollte hier wirklich ein Indianer gewesen sein – nun ist er jedenfalls nicht mehr da.«

Daniels Stimme klang desinteressierter, als es den Umständen entsprochen hätte, fand Caroline. Er kam ins Haus zurück und schüttelte den Kopf, als wundere er sich, daß sie unter Halluzinationen litt.

»Aber ich bin sicher. Ich habe ihn gesehen«, insistierte Caroline.

»Das kann schon sein, aber nun ist er fort. Matt hat schon recht. Sie sind meistens harmlos, es gibt keinen Grund, Angst zu haben. Sie haben mich gefragt, was ich hier tue? Nun, ich bin hergekommen, weil ich mit Ihnen reden muß.«

Caroline versuchte das Bild mit der plattgedrückten Nase am Fenster zu verdrängen. Sie runzelte die Stirn und sah Daniel an.

»Das trifft sich schlecht, denn ich will nicht mit Ihnen reden«, ließ sie ihn wissen.

Sie wandte ihm den Rücken zu und marschierte los, um dem zu entfliehen, was nun unweigerlich auf sie zukam.

»Caroline!«

Daniel war ihr gefolgt und packte sie am Arm. Ärgerlich schüttelte sie ihn ab. Entschlossen baute er sich vor ihr auf.

»Ich habe Ihnen doch gesagt ...«

»Eigensinniges Weib, ich versuche doch nur, Ihnen einen Antrag zu machen!« brüllte Daniel.

Seine Stimme klang genau wie die seines Bruders Matt, und Carolines Herz krampfte sich zusammen.

»Einen Antrag«, wiederholte sie sinnloserweise.

»Sie haben es genau verstanden«, sagte Daniel. »Ich möchte, daß Sie mich heiraten!«

Er griff nach ihren Händen und hielt sie fest. Caroline war so überrascht, daß sie es geschehen ließ. Das hatte sie nach dem gestrigen Abend nicht erwartet.

»Daniel ...«

»Sagen Sie nicht nein«, unterbrach er sie schnell. »Ich weiß ... ich müßte mit Blindheit geschlagen sein, wenn es mir nicht aufgefallen wäre ... ich weiß, da ist etwas zwischen Ihnen und meinem Bruder. Das war gestern abend nicht zu übersehen! Bevor sich Ihre Beziehung vertieft, möchte ich Sie vor die Wahl stellen ... Heiraten Sie mich, Caroline. Ich schwöre, ich werde Sie mit aufrichtigem Respekt behandeln und ...«

»Daniel!«

»Wir müssen nicht hier in diesem Haus leben, wenn wir erst einmal verheiratet sind. Ich habe genügend Geld gespart, wir könnten uns unser eigenes Heim kaufen. So war es ohnehin vorgesehen, wenn wir heiraten.«

»Daniel!«

Diesmal gelang es ihr, ihn zu unterbrechen. Er sah sie forschend an.

»Ihr Antrag ist eine große Ehre für mich«, sagte sie sanft.

Sie betrachtete sein ernstes Gesicht, auf dem die Spuren

des Kampfes zu sehen waren, und eine Welle der Zuneigung durchflutete sie. Er war der erste gewesen, der sich auf ihre Seite gestellt hatte in dieser verdammten Mathieson-Familie. Wie ein Freund hatte er zu ihr gehalten, und es tat ihr weh, ihn enttäuschen zu müssen.

»Ich kann nicht Ihre Frau werden, obwohl ich Sie sehr gerne mag. Aber wir passen nicht zusammen.«

»Sie lieben *ihn*«, beschuldigte er sie.

»Das geht nur mich etwas an. Und darüber will ich auch überhaupt nicht reden.«

»Ich würde Sie trotzdem heiraten. *Er* denkt gar nicht daran, das wissen Sie doch.«

»Sie lieben mich nicht, Daniel. Und ich liebe Sie auch nicht. Nicht so sehr, wie es sich für eine Ehefrau gehört. Ich liebe Sie wie einen Bruder, mehr ist da nicht.«

Sie befreite sich aus seinem Griff und verschränkte ihre Finger ineinander.

»Sie lieben mich nicht so, wie Sie Matt lieben«, sagte Daniel bitter.

»Das ist eine Angelegenheit zwischen ihm und mir.«

»Ich habe ihm heute morgen gesagt, daß ich Sie bitten werde, mich zu heiraten.«

»Und was hat er geantwortet?«

»Er hat gemeint, das soll ich tun. An seiner Stelle hätte ich das nie gesagt. Nicht, wenn ich Matt wäre und selbst vorhätte, Sie zu heiraten.«

»Ich wiederhole es noch einmal. Was zwischen Matt und mir ist, hat auf meine Entscheidung keinen Einfluß. Selbst, wenn es Matt nicht gäbe, meine Antwort würde die gleiche bleiben.«

Eigentlich hatte sie vorgehabt, mit dem armen Daniel viel sanfter umzugehen, aber die Tatsache, daß Matt ihm erlaubt hatte, ihr einen Antrag zu machen, bohrte sich böse in ihr Herz. Warum war er auf Daniels Ankündigung hin, die übrigens sehr fair gewesen war, nicht sofort zu ihr gelaufen, um seinem Bruder zuvorzukommen? Gewiß, er hatte zugegeben, sie zu mögen, aber von einer Heirat hatte er effektiv nie gesprochen. Im Gegenteil, er betonte immer wieder, nicht gewillt zu sein, eine zweite Ehe zu wagen. Aber sie war nicht bereit, sich damit abzufinden. Vielleicht würde er sie eines Tages doch noch bitten, seine Frau zu werden!

»Sie weisen mich also ab? Ich nehme an, Sie wissen genau was Sie tun. Also gut, ich werde mich Ihnen nicht aufdrängen.«

Er wandte sich ab. Zu ihrem Erstaunen eilte er nach oben.

»Was machen Sie? Wo gehen Sie hin?« fragte sie konsterniert.

»Ich packe. So wie ich für Sie und Matt empfinde, da ist es am besten, ich ziehe nach Saybrook. Ich kann bei James wohnen, Mary hat sicher nichts dagegen, denke ich.«

»Aber ...«

Wenig später kam er herunter, in der Hand ein Gepäckstück, aus dem hastig hineingestopfte Kleidungsstücke heraushingen. Er nahm die Unterhaltung da auf, wo er sie unterbrochen hatte.

»Es ist wirklich das beste. Glauben Sie mir. Sonst nimmt die Prügelei zwischen Matt und mir kein Ende. Denn ... denn ich liebe Sie, Caroline, ob Sie es glauben oder nicht. Ich kann nicht zusehen, wie Sie sich von meinem Bruder zum Narren machen lassen.«

Daniel verließ das Haus.

33

Nicht einmal die Kinder schienen sich über die Abwesenheit Daniels zu wundern, obwohl der leere Platz bei Tisch ständig an ihn erinnerte. Caroline schloß daraus, daß die Männer ihnen eine Erklärung, welcher Art auch immer, gegeben hatten.

Carolines Zorn war einigermaßen verraucht, ihre Blicke wanderten ab und zu zu Matt hinüber, und ihr Herz hoffte, derweil der Verstand ihr unzählige Fragen aufdrängte. Sie hielt es für ziemlich unwahrscheinlich, daß Matt sich bei ihr entschuldigte. Obwohl er doch die Absicht gehabt hatte, mit ihr zu reden, schien er seine Meinung diesbezüglich geändert zu haben. Sein grimmiger Gesichtsausdruck dämpfte die Stimmung, und alle waren froh, als das Abendessen endlich vorbei war. Die Kinder machten schweigend ihre Hausaufgaben und verschwanden dann sofort in ihrem Zimmer. Robert und Thomas flohen nach draußen, um dort in Ruhe zu rauchen.

Matt bleib als einziger sitzen, schob mit dem Arm das Geschirr beiseite und kratzte mit dem Fingernagel abstrakte Figuren in das Holz der Tischplatte. Ob er sie ignorierte, weil er nachdachte, oder ob er es bewußt tat, war schwer zu sagen.

Caroline beschloß, sich weder um ihn noch um das schmutzige Geschirr zu kümmern, nahm Millicent auf den Arm und ging in ihr Zimmer.

Da sie nicht einmal das Geschirr abgewaschen hatte, war es früher als sonst. Aus Angst, Stunden auf den erlösenden Schlaf warten zu müssen, weil ihre Gedanken bei Matt sein würden, entschloß sie sich, den Inhalt ihrer Truhen aufzuräumen, die immer noch aufeinandergestapelt an der Wand gegenüber von ihrem Bett standen.

Seit ihrer Ankunft hatte sie nie Zeit für sich selbst gefunden, weil ihre neue Familie sie so in Anspruch nahm. Heute Abend bot sich endlich die Chance, in ihren Truhen und damit in ihrer Vergangenheit zu wühlen. Das unabgewaschene Geschirr bereitete ihr keine Gewissensbisse. Sie war der Meinung, daß einer der Männer ausnahmsweise diese Aufgabe übernehmen könnte.

Millicent rollte sich, laut schnurrend, in der Mitte des Bettes zusammen, nachdem sie sich Ewigkeiten im Kreis gedreht hatte, um den richtigen Platz zu finden.

Caroline setzte sich mit einer vorsichtigen Bewegung auf den geschrubbten Holzfußboden. Nach dem mißglückten Liebesakt hatte sie mit viel Wasser die Spuren Matts gründlich beseitigt und sogar ihr Kleid gewaschen, um den Vorfall vergessen zu können, doch die wunde Stelle zwischen ihren Schenkeln erinnerte sie immer wieder daran.

Sie war zwar keine Jungfrau mehr gewesen, als Matts Stachel sich in ihr Fleisch bohrte, doch der Akt als solcher war ihr so ungewohnt wie einer jungen Braut. Sie fühlte sich in zweifacher Hinsicht gebrandmarkt, dort unten, an der empfindlichsten Stelle ihres Körpers, und in ihrem Herzen, weil er ihre Hingabe mit Zorn belohnt hatte. Würde sie die Männer je verstehen? Und was viel wichtiger war, würde sie Matt je verstehen?

In der einen Truhe befanden sich ihre farbenfrohen englischen Kleider, für die sie in der Neuen Welt keine Verwendung hatte, weil sie sich den puritanischen Sitten und Gebräuchen anpassen mußte, wenn sie kein Mißfallen erregen wollte. Wenn sie ehrlich war, mußte sie zugeben, daß sie ihr Äußeres Matt zuliebe verändert hatte, denn die Meinung der Bewohner von Saybrook, besonders die des widerlichen, selbstherrlichen Pastors, war ihr im Grunde egal.

Mit einem nachdenklichen Blick betrachtete sie die entzückend verführerischen Kleidungsstücke. Sicherlich würde es Matt über alle Maßen ärgern, sie erinnerte sich recht gut an seine Zurechtweisung, wenn sie zu ihrem alten Stil zurückkehren würde. Doch dann tat sie die Idee als kindisch ab, denn es war ja nicht nur Matt, der sie so sehen würde. Sie verspürte nicht die geringste Lust, ihren privaten Zwist mit Matt an die Öffentlichkeit zu tragen. Ohnehin wußten schon viel zu viele Leute davon. Sie konnte sich ausmalen, daß Daniel sich James anvertrauen würde, der es sicher seiner Frau erzählen würde. Im Grunde ging die ganze Sache wirklich nur Matt und sie etwas an.

Die zweite Truhe enthielt noch einige Flakons mit Medizin, ein paar Bücher und ihre persönlichen Papiere, also nichts, was sie im Moment interessiert hätte.

Die dritte war angefüllt mit Sachen, die ihrem Vater gehört hatten. Es dauerte eine gewisse Zeit, bevor sie den Mut hatte, den Deckel hochzuheben. Erinnerungen wurden wieder wach gerufen. Sie sah ihn vor sich stehen. Seine schlanke

Gestalt, modisch chic gekleidet, wie immer, den Kopf mit den schwarzen Haaren leicht zur Seite geneigt, ein amüsiertes Glitzern in seinen Augen. Selbst als er im Sterben lag, hatte er seinen Humor nicht verloren. Es dauerte lange, bis sie in der Lage war, das oberste Kleidungsstück zu berühren.

Es war ein flaschengrüner Satin-Herren-Rock, den er häufig trug, wenn er sich abends an den Spieltisch setzte. Da er Kontraste liebte, mußte sie dann das pfauenblaue Seidenkleid anziehen, wenn sie ihn begleitete. Sie waren ein schmuckes Paar und erregten jedesmal großes Aufsehen, wo immer sie auftauchten. Er pflegte dann sein gesamtes Barvermögen aufs Spiel zu setzen, oder, wenn sie kein Geld hatten, die glücksbringende Brosche. Glücklicherweise gewann er meistens, wie Matt von Elisabeth wußte. Hatte er Glück im Spiel, dann übernachteten sie im besten Gasthof, verfolgte ihn eine Pechsträhne, mußten sie mit der schlimmsten Kaschemme vorliebnehmen, was ihm nichts auszumachen schien, weil er als echter Spieler daran glaubte, daß sich schon am nächsten Tag das Glück wieder auf seine Seite schlagen würde.

Wie viele dieser bedauernswerten Menschen, die vom Spiel besessen waren, lebte er von Visionen, die er sich vorgaukelte. Wie oft hatte er ihr versprochen, ihr die Welt zu Füßen zu legen. Und während er es tat, glaubte er auch fest daran, daß sich die nur in seiner Einbildung existierenden Zukunftsbilder verwirklichen würden. Und sie ließ sich von seiner Begeisterung mitreißen und erkannte die Wahrheit erst, als sie ihn besser kennenlernte.

Er war ein charmanter und unglaublich leichtsinniger Mensch, der für die Freude am Augenblick lebte. Nach dem Tod ihrer Mutter zeigte er ein einziges Mal in seinem Leben etwas Verantwortungsbewußtsein, indem er sie holte und bei sich behielt. Vielleicht handelte er auch aus einem gewissen Egoismus heraus, weil sie so hübsch war und deswegen einen ausgezeichneten Lockvogel abgab. Andererseits bestand kein Zweifel daran, daß er sie, wenn auch auf seine etwas merkwürdige Art, liebte. Ihre Beziehung zueinander hatte sich besonders in den Jahren vor seinem Tod vertieft. Ihr wurde erst jetzt richtig bewußt, wie sehr sie ihn vermißte und sein Verlust sie schmerzte.

Trotz seiner vielen Fehler hatte sie ihren Vater sehr geliebt, und nun liebte sie Matt, der ebenfalls viele Charaktereigenschaften hatte, die ihr nicht gefielen. Doch das war das einzige, was die beiden gemein hatten.

Ansonsten war Matt das genaue Gegenteil ihres Vaters. ein Fels in der Brandung, ein Mann mit Verantwortungsgefühl, ein Mann, auf den man sich verlassen konnte, und schließlich ein Mann, bei dem man Trost fand, wenn man Kummer oder Sorgen hatte.

Ganz unten in der Truhe fand sie den Glücksbringer ihres Vaters, das funkelnde und glitzernde Schmuckstück, mit dem sie, wohl wissend, daß es nur eine Imitation war, ihre Schiffsüberfahrt bezahlt hatte. Und das letztendlich der Grund war, warum sie bei Matt und seiner Familie bleiben durfte.

Als die Brosche in ihrer Hand lag, drängte sich ihr das Bild ihres Vaters auf. Sie meinte seine Stimme zu hören, die ihr wünschte, glücklich zu werden. Die Vision verschwand und übrig blieb nur der Schmerz. Sie schloß die Augen und weinte.

Ewigkeiten schienen seit dem Tod ihres Vaters vergangen zu sein, doch erst jetzt erlaubte sie sich, zum erstenmal ihrer Trauer nachzugeben. Und sie hoffte zu Gott, daß sie schon bald in der Lage sein würde, die bitteren Erinnerungen zu vergessen, die wie dunkle Wolken ihr neues Leben überschatteten.

In diesem Augenblick öffnete sich ihre Tür, das Geräusch riß sie gewaltsam aus ihrer Trauer und zwang sie, die Augen zu öffnen. Im Türrahmen stand Matt, seine Hand lag auf der Klinke, und seine Gestalt wirkte vor dem verglühenden Feuer in der Küche wie ein riesiger Schatten. Wütend starrte sie ihm entgegen. Sein Blick verriet ihr, daß er nicht in der Absicht gekommen war, sich zu entschuldigen.

»Habe ich Ihnen bei meiner Ankunft nicht gesagt, daß ich erwarte mit Respekt behandelt zu werden? Einfach in mein Zimmer zu kommen, ohne vorher wenigstens höflich anzuklopfen, ist ungehörig, ja, geradezu beleidigend«, sagte sie eisig.

»Es handelt sich hier um mein Haus. Daher habe ich das Recht, zu jeder Zeit in jedes Zimmer einzutreten.«

»Ohne meine Erlaubnis dürfen Sie *mein* Zimmer nicht betreten.«

»Das glauben Sie wirklich? Wie wollen Sie mich denn daran hindern? Nun?«

»Wenn es nötig sein sollte, verlasse ich dieses Haus.«

Die Worte hatten sich gegen jede Vernunft verselbständigt, denn natürlich hatte sie in Wirklichkeit nicht die geringste Absicht, dieses Haus zu verlassen, was ihm eigentlich klar sein mußte. Aber er ging darauf ein.

»Sie wollen dieses Haus verlassen? Und wie soll das vor sich gehen? Sie besitzen nicht einen Pfennig, wenn ich Sie daran erinnern darf.«

Sein Blick fiel auf die Brosche in ihrer Hand, die der Auslöser ihrer Erinnerungen gewesen war.

»Sie werden doch nicht vorhaben, mit dieser lächerlichen Imitation jemanden hereinzulegen? Obwohl es sicher Dummköpfe gibt, die auf das Manöver hereinfallen könnten, schon deshalb, da es sich bei der Betrügerin um eine junge, hübsche Frau handelt, der man natürlich gerne helfen möchte. Aber ich rate Ihnen, sich diesen Gedanken aus dem Kopf zu schlagen. Sollten Sie sich von hier entfernen, bevor Sie Ihre Schulden abgearbeitet haben, werde ich Sie suchen und auch finden, das schwöre ich, wo immer Sie sich aufhalten mögen.«

Seine Gemeinheit brachte sie schnell auf die Füße. Sie vergaß völlig, daß sie nur ein weißes Nachthemd trug und nicht einmal einen Morgenmantel übergeworfen hatte, weil sie sich in der Intimität ihres Zimmers sicher glaubte. Ihre Haare waren zum dicken Zopf geflochten, der mit einer blauen Schleife verziert war. Sie war barfuß, ihr Busen und die dunklen Höfe um ihre Brustwarzen zeichneten sich deutlich unter dem hauchdünnen Material ab, wie auch das seidenweiche Dreieck ihrer Scham. In seinen Augen erkannte sie wilde Begierde, während seine Blicke ihren Körper abtasteten, und seine Lippen preßten sich zu einem Strich zusammen.

»Verlassen Sie auf der Stelle mein Zimmer«, sagte sie mühsam beherrscht.

Ihre Hand schloß sich um das Schmuckstück.

»Haben Sie verstanden, was ich gesagt habe? Der Versuch, von hier wegzulaufen, ist sinnlos.«

»Wenn Sie nicht sofort mein Zimmer verlassen, schreie ich.«

»Ach, tatsächlich?« meinte er spöttisch.

Trotz seines Tons wußte Caroline, daß die Drohung nicht ihre Wirkung verfehlt hatte. Die Vorstellung, daß seine Brüder, aber vor allem seine Kinder, aufwachen könnten und damit Zeugen des Geschehens würden, mußte ihm unangenehm sein und ihn zur Vernunft bringen. Dieselben Gründe würden sie davon abhalten zu schreien, aber das konnte er nicht wissen.

»Oh, ja, das werde ich«, sagte sie mit vorgeschobenem Kinn.

Mochten die Mitglieder seiner Familie sich von ihm Angst einjagen lassen, sie bestimmt nicht.

»Gestern abend hatte ich nicht den Eindruck, daß Ihnen so viel daran lag, mich loszuwerden.«

Es klang fast belustigt, und die Röte schoß ihr ins Gesicht. Wie konnte er es wagen, sie daran zu erinnern! In diesem Augenblick war sie Daniel geradezu dankbar, daß er ihm ein blaues Auge verpaßt hatte, denn sonst wäre sie versucht gewesen, es selbst zu tun.

»Gestern abend hatte ich keine Ahnung, was für ein blöder Esel Sie sind!«

Er steckte mit einer Leichtigkeit die Beleidigung weg.

»Ich habe das Gefühl, Ihre Vornehmheit bröckelt etwas.«

Seine Bemerkung wirkte wie ein Blasebalg, mit dem das

Feuer wieder in Gang gebracht wurde. Sie richtete sich kerzengerade auf, und ihre Augen wurden lauernd wie die einer Katze.

»Machen Sie, daß Sie rauskommen!«

Matt blieb unbeweglich stehen mit einem beinahe höhnischen Lächeln auf den Lippen.

Caroline holte weit aus und warf die Brosche nach ihm, die ihn leider nicht traf, weil er rechtzeitig zur Seite wich und sie in der Luft auffing. Die Bewegung hatte ihn einen Schritt weiter ins Zimmer gebracht, das im Verhältnis zu seiner mächtigen Statur winzig wirkte, noch winziger, als es in Wirklichkeit schon war.

Matt hielt das Schmuckstück zwischen seinem Daumen und seinem Zeigefinger und betrachtete es grimmig. Das Licht der Kerze reflektierte sich in den roten, blauen und grünen Steinen, die den weitgefächerten Pfauenschwanz zierten.

»Schund, erbärmlicher Schund, nichts weiter«, sagte er verächtlich.

Er ließ die Brosche zu Boden fallen und zermalmte sie mit dem Absatz seines Schuhs. Das unangenehme Knirschen nistete sich in Carolines Ohr ein und blieb dort wie ein Echo hängen.

»Oh, nein! Nein!«

Caroline ging in die Hocke, und ein dicker Kloß schnürte ihr fast die Kehle zu, als sie die bunten Glasscherben fassungslos anstarrte. Nur der Kopf des Pfaues war noch einigermaßen intakt. Mit fliegenden Fingern sammelte sie die Scherben auf, ohne darauf zu achten, daß sie bereits blutete.

»Das verzeihe ich Ihnen nie!«

In ihren Augen war nichts als Haß, als ihn ihr Blick traf.

»Es tut mir leid«, sagte er fast beiläufig.

Caroline lachte bitter.

»Tut es das?«

Er öffnete den Mund, als wolle er noch etwas sagen, überlegte es sich dann aber anders. Mit geballten Fäusten machte er auf dem Absatz kehrt und ließ sie allein.

34

Am darauffolgenden Tag war Markt. Caroline wäre am liebsten im Bett geblieben, doch der Kinder wegen stand sie auf und ging nach unten. Wie immer bereitete sie das Frühstück und sehnte sich den Augenblick herbei, wo die fünf Mathiesons endlich das Haus verlassen würden.

Sie hatte keine Lust, sich auf irgendwelche Gespräche einzulassen, und die wenigen Worte, die sie sich abquälte, galten den Kindern. Robert und Thomas ignorierte sie. Matts Existenz schien sie gar nicht wahrzunehmen. Bevor sie mit dem Kerl redete, biß sie sich lieber die Zunge ab.

Matt schwieg ebenfalls. Der Groll, der wie eine Mauer zwischen ihnen stand, trieb die anderen zur schnellen Flucht. Sie erweckten den Eindruck, als beabsichtigten sie, ihre unschuldigen Seelen in Sicherheit zu bringen, bevor das Fegefeuer sie verschlang. Matt stand schließlich auch auf und folgte seinen Brüdern.

An der Türschwelle blieb er zögernd stehen, als wolle er etwas zu ihr sagen, doch ein Blick in ihr Gesicht genügte, seinen Entschluß zu ändern.

Caroline war froh, daß ein winziger Rest von Vernunft ihn davon abhielt, sie anzusprechen, denn sie war sicher, ihre mühsam in Zaum gehaltene Selbstbeherrschung zu verlieren. Sein provokantes Verhalten am Abend zuvor hatte ihre Geduld bis zum Äußersten strapaziert.

Noch schneller als sonst erledigte sie die Arbeiten des Vormittags, denn sie wollte einen Ausflug nach Saybrook machen, ein wunderbarer Vorwand, dem Haus zu entfliehen und damit vielleicht für ein paar Stunden die rüpelhaften Mathiesons zu vergessen. Mit Widerwillen erfüllte sie ihre Pflicht, den auf den Feldern arbeitenden Männern das Essen zu bringen, und nur die warme Sonne des herrlichen Altweibersommers versöhnte sie einigermaßen mit ihrem Schicksal.

Sie war sich nicht ganz sicher, ob der Besuch des Wochenmarktes wirklich eine gute Idee war. Sie freute sich zwar darauf, Mary wiederzusehen und ein bißchen mit ihr zu plaudern, andererseits fürchtete sie sich vor ihren Fragen.

Sie hängte sich den Einkaufskorb über den Arm und griff nach dem Gewehr, das sie immer mitnahm, wenn sie das Haus verließ, seitdem sie den Eingeborenen am Fenster gesehen hatte.

Auf ihrem Weg begegnete sie zwei Jugendlichen und einem älteren Mann, der wahrscheinlich ihr Vater war, die eine Herde quiekender Schweine vor sich her trieben, die sie offenbar auf dem Markt gekauft hatten. Sie nickte ihnen lächelnd zu, bevor sie in der Staubwolke verschwand, die die Tiere aufgewirbelt hatten. Kaum hatte sie sich von dem Hustenanfall erholt, den die feinen Partikel in ihrer Lunge hervorgerufen hatten, galoppierte auf einem gefleckten Pony der Briefträger an ihr vorbei, der eine goldgelbe Wolke hinter sich herzog.

Bei ihrer Ankunft in Saybrook sah sie aus wie ein mit Staubzucker verzierter Kuchen. Sie versuchte ihr Aussehen wieder einigermaßen in Ordnung zu bringen. Sie schüttelte ihre schweren Röcke aus und strich sich mit den Händen über das schwarze Haar.

Mary begrüßte sie mit einem wissendem Lächeln. Bevor sie wußte wie ihr geschah, saß sie bereits am Küchentisch und wurde von der Freundin bei einer Tasse Tee mit neugierigen Fragen bombardiert.

»Daniel hat Ihnen also einen Antrag gemacht? Und Sie haben ihn abgelehnt? Und deswegen ist er ausgezogen und hat bei uns Unterschlupf gesucht?«

Marys freundliches, rundes Gesicht war ein einziges Staunen. In der Ecke spielte Hope mit einer von ihrer Mutter genähten Stoffpuppe und lachte, wenn die beiden Frauen liebevolle Blicke zu ihr hinüberwarfen.

»Hat er Ihnen das erzählt?« fragte Caroline.

Sie wußte, daß Mary ihr nicht erlauben würde das Haus zu verlassen, bevor sie nicht die ganze Geschichte aus ihr herausgelockt hatte.

»Daniel hat mir überhaupt nichts erzählt, mag sein, daß er

mit James gesprochen hat. Die beiden sind in New London, um einen Arzt zu holen, der Stadtrat hat James um diesen Gefallen gebeten. Wußten Sie, daß die Frau des Konstablers und noch drei andere Personen entsetzlich krank sind? Nein? Nun, da man allgemein der Ansicht ist, daß Mr. Williams medizinische Kenntnisse kaum ausreichen, erfordert das die Anwesenheit eines richtigen Arztes. Daniel und James haben sich auf den Weg gemacht, ihn zu holen. Deswegen hatte ich nicht einmal Zeit, obwohl ich vor Neugier fast geplatzt bin, James zu fragen, wie Daniel zu seinem zerschundenen Gesicht gekommen ist.«

Mary machte eine Pause, um Luft zu holen, und sah Caroline erwartungsvoll an.

Caroline ihrerseits nippte an ihrem Tee, vermied es, der Freundin in die Augen zu sehen und betrachtete statt dessen die kleine Hope. Mary schnaubte unwillig, und Caroline sah sie erstaunt an. Der triumphierende Blick Marys belehrte sie darüber, daß das delikate Geräusch die Wirkung erzielt hatte, die man erhofft hatte.

Caroline seufzte und gab nach.

»Also gut, ich werde es Ihnen sagen. Daniel und Matt hatten eine Meinungsverschiedenheit.«

»Eine Meinungsverschiedenheit? Dem Aussehen Daniels nach war es wohl eher ein Kampf, oder täusche ich mich da? Wegen Ihnen?«

Caroline nickte ergeben.

»Das ist ja wundervoll!« grinste Mary.

»Aber Mary! Wie können Sie so etwas sagen!«

»Ich gebe zu, es klingt schrecklich, aber ...« Sie kicherte. »Aber Sie müssen wissen, ein Herzenswunsch von mir ist es, Matt glücklich verheiratet zu wissen. Er hat so Schreckliches durchmachen müssen und ist doch ein so lieber Mann. Meiner Meinung nach verdient er es, endlich glücklich zu werden. Und Sie ... Sie passen so gut zu ihm! Warum mir das nicht schon viel früher aufgefallen ist, weiß ich auch nicht. Wahrscheinlich, weil ich Sie mir immer als Frau von Daniel vorgestellt habe und deswegen andere Möglichkeiten gar nicht in Betracht gezogen habe. Ich war ein bißchen fixiert, nehme ich an.«

»Matt hat nicht über Heirat gesprochen.«

»Sie wissen, daß die Brüder sich sehr nahe stehen ... wenn er sich also mit einem auf einen Kampf eingelassen hat, dann kann das nichts anderes bedeuten, meine Liebe. Und sein Zögern ... nun, er ist eben verwirrt. Männer haben nie den klaren Durchblick wie wir Frauen, was solche Dinge betrifft.«

Marys Worte waren Labsal für Carolines Seele, und ihre Laune besserte sich zusehends. Nachdem die Freundin jede kleinste Information wie ein Schwamm aufgesaugt hatte, Caroline jedoch Stillschweigen über den Vorfall in der Scheune bewahrte, ließ sie sie endlich gehen, um ihre Einkäufe zu tätigen. Allerdings bestand sie darauf, daß sie auf dem Heimweg noch einmal vorbeischaute, was sie ohnehin vorhatte, um das Gewehr abzuholen, mit dem sie sich im Ort nur lächerlich gemacht hätte.

»Oh, ich wußte von Anfang an, daß wir eines Tages verschwägert sein würden«, lachte Mary und umarmte sie zum Abschied.

Caroline lächelte noch, als sie winkend das Haus verließ.

Am Markttag herrschte in der sonst so friedlichen Gemeinde große Aufregung. Es ging zu wie in einem Bienenschwarm. Die Kaufleute diskutierten mit den Bauern über die Preise der verschiedenen Produkte, die zusammengepfercht auf hölzernen Wägen auf ihren neuen Besitzer warteten. Es gab verschiedene Stände, vor denen Hungrige Schlange standen, um sich ein Stück kalte Fleischpastete zu kaufen oder einen Becher Most herunterzukippen, weil es so warm war, daß es einem die Kehle austrocknete. Ein paar bunt gekleidete Indianer tauschten gegerbte Felle gegen Eßbares. Unter einem großen Baum saßen ein paar Jungs in Lederschürzen, die sich lachend etwas zuraunten, als sie vorbeiging. Der schleimige Pastor bewegte sich wichtigtuerisch und mit unangemessen ernster Miene durch die Menge der schwitzenden Marktbesucher. Sein haßerfüllter Blick hakte sich auf ihr fest, doch sie ließ sich davon nicht irritieren, geradezu frech sah sie ihm offen in die Augen. Daraufhin tat er, als habe er sie nicht gesehen. Einheitlich blau gekleidete Dienstboten erledigten Einkäufe für ihre Herrschaften, und Caroline betrachtete sie mit gewisser Neugier. Dankbar registrierte sie, daß sie nur darum nicht zu dieser Gruppe armseliger Sklaven gehörte, weil Matt für ihre Überfahrt aufgekommen war, was den geldgierigen Kapitän letztlich davon abgehalten hatte, sie vor Gericht zu schleppen.

Der Dorfplatz, um die Mittagszeit vereinsamt, weil alle zum Essen gingen, füllte sich nun wieder mit Käufern, die darauf aus waren, ein Schnäppchen zu machen. Je später es wurde, desto mehr purzelten die Preise.

Caroline winkte Hannah Forrester und Patience Smith zu, die sich auf der anderen Seite des Platzes mit jemandem unterhielten. Nicht weit von ihr entfernt entdeckte sie Simon, den Vater von Lissie, dessen Kahlköpfigkeit kaschierte, daß seine Tochter die wunderschönen roten Haare von ihm geerbt hatte. Zu ihrem Erstaunen wandte er sich bewußt ab, als sie ihm zuwinkte, und eilte geschäftig in eine andere Richtung.

Offensichtlich war ihm bisher nicht zu Ohren gekommen, daß Daniel ihr einen Antrag gemacht hatte und zurückgewiesen worden war, sonst wäre er ihr sicher dankbar zu Füßen gefallen, denn er war sich darüber im klaren, daß seine Tochter in Daniel verliebt war.

Caroline feilschte mit dem Fischhändler und verstaute das Resultat in ihrem Korb, der schon ziemlich schwer war. Da es für die Jahreszeit unverhältnismäßig warm war, fächelte sie sich, mit Hilfe ihrer Schürze, frische Luft zu und verließ den Platz, um zu Marys Haus zurückzukehren.

Die Fenster des weißen Schulhauses standen weit offen, und sie lauschte kurz den ernsten religiösen Gesängen der Kinder. Sie konnte nicht umhin, die armen kleinen Würmer zu bemitleiden. In diesem Land gab es keine Lebensfreude, nicht einmal, wenn man sang. Die wenigen Menschen, die sich den strengen Sitten und Gebräuchen nicht anpaßten, wurden von den übrigen Gemeindemitgliedern geschnitten. Die bloße Erwähnung des Königs provozierte Mißfallen und Schlimmeres. Caroline war außerstande zu begreifen, wie diese gottesfürchtigen Menschen sich so offen über die Rechte des Königs hinwegsetzten. Sie betrachteten sich als das von Gott auserwählte Volk. Wer mit ihnen nicht einer Meinung war und ihnen nicht rechtzeitig aus dem Weg ging, wurde eben totgetrampelt.

Aus der Tür des Schulhauses strömten Kinder, denen man wegen der Hitze eine kleine Pause gönnte. Der Lehrer stand auf dem obersten Treppenabsatz und beaufsichtigte die Horde. Seine Hemdsärmel waren bis zum Ellenbogen hochgeschoben, und er machte den Eindruck, sowohl von der Hitze als auch von den Kindern überfordert zu sein. Auf die Entfernung sahen die kleinen Jungs alle gleich aus, aber Caroline meinte zwischen den Herumtollenden die tintenschwarzen Haarschöpfe von Davey und John zu erkennen. Sie war versucht hinüberzugehen, um sie zu begrüßen, doch dann nahm sie davon Abstand, um sich eine weitere Enttäuschung zu ersparen.

Nach ein paar Schritten hörte sie plötzlich hinter sich aufgeregtes Geschrei.

»Ein tollwütiger Hund!«

»Vorsicht, er ist tollwütig!«

Sie drehte sich um und sah Kinder wie Erwachsene vor etwas davonlaufen, was sie nicht sehen konnte. Die Menschen wirkten wie ein Haufen Laubblätter, in den der Wind gefahren war.

Erwachsene hoben verschreckte Kinder hoch, und die Schulkinder, die eben noch friedlich gespielt hatten, kamen auf der Straße in ihre Richtung gelaufen. John war der schnellste und daher an der Spitze der Horde, der kleine Davey versuchte verzweifelt mitzukommen.

»John! Davey!«

Instinktiv rief Caroline nach den beiden. Sie ließ ihren Korb fallen und rannte auf sie zu. Doch John und die ihm Folgenden bogen scharf nach links ab, um den Verfolger abzuschütteln. Nur Davey kam mit hochrotem Gesicht und erschreckt aufgerissenen Augen auf sie zugelaufen.

»Tante Caroline!« rief er verzweifelt.

Und dann sah Caroline endlich, was sie so in Schrecken versetzt hatte. Der Hund war nur halb so groß wie Raleigh. Sein struppiges Fell sah aus wie eine Bürste, seine Augen rollten wild und an seinem weitgeöffneten Maul hingen Schaumfetzen.

Caroline rannte ihm entgegen und riß Davey an sich, der seine Ärmchen um ihren Nacken, seine Beine um ihre Taille schlang. Mit dem Kind sauste sie auf den einzigen Baum zu und hob ihn hinauf. Behindert durch die schweren Röcke blieb ihr keine Zeit mehr, hinaufzuklettern und sich selbst in Sicherheit zu bringen. Mit dem Rücken drückte sie sich an den Stamm des Baumes, die Hände weit von sich gestreckt. In Anbetracht des wütenden Biestes wirkte ihre Geste nicht nur hilflos, sondern geradezu absurd. Die Angst saß ihr im Nacken, aber der Schrei blieb ihr in der Kehle stecken, als sie sich mit dem zähnefletschenden Monster konfrontiert sah. Glücklicherweise sauste der Hund an ihr vorbei.

Ihre Knie gaben nach, und mit dem Baumstamm im Rükken sank sie zitternd in eine sitzende Position.

»Tante Caroline! Tante Caroline!«

Davey kam heruntergeklettert, und John tauchte auf, der sich hinter einem Busch versteckt hatte. Die beiden Jungs knieten sich neben sie, glücklich, daß ihr nichts passiert war. Caroline schlang die Arme um sie, und sie kuschelten sich mit leichenblassen Gesichtern an sie. Irgendwo knallte ein Schuß, ein jämmerliches Jaulen war die Antwort. Der Pastor eilte an ihr vorüber, und sein fliegendes schwarzes Gewand staubte hinter ihm her.

»Sie haben Davey das Leben gerettet«, sagte John.

»Oh, ich hatte so furchtbare Angst«, flüsterte Davey.

Sie streichelte beruhigend über das seidige Haar. Zu ihrem Erstaunen ließ er es geschehen. Und auch John hatte sich bisher nicht aus ihrer Umarmung gelöst.

»Sie haben mich auf den Baum geworfen, als sei ich nicht schwerer als eine Feder«, meinte Davey.

»Und der Hund sah so furchterregend aus, ich dachte schon, er zerfleischt Sie!« sagte John.

»Ich dachte, Ihr letztes Stündchen sei gekommen«, murmelte Davey.

»Das dachte ich auch«, gab Caroline zu.

Die beiden Jungs halfen ihr auf die Beine, als sei sie eine alte zittrige Frau, und genauso fühlte sie sich auch. Gemeinsam marschierten sie zu der Stelle, an der sie den Einkaufskorb fallengelassen hatte. Der so günstig erstandene Fisch war herausgefallen und lag zertrampelt im Staub. Alle anderen Einkäufe waren noch genießbar.

Der Lehrer rief, und die Kinder eilten zurück zum Schulhaus. Sie winkte ihnen lächelnd nach, erleichtert und glücklich, daß sie die Herzen der Kinder endlich gewonnen hatte.

Sie schaffte gerade noch den Weg bis zu Marys Haus, bevor sie dort auf dem Küchenboden zusammensackte. Nach zwei Tassen mit besonders starkem Tee fühlte sie sich kräftig genug, den Heimweg anzutreten.

Die Sonne ging bereits unter, und der riesengroße rote Ball tauchte die Landschaft in ein kräftiges Orange. Vom Meer her wehte eine leichte Brise, und auf dem Wasser tanzten silberne Schaumkrönchen.

Unter ihrem rechten Arm klemmte das Gewehr, in ihrer linken Hand trug sie den schweren Einkaufskorb. Erschöpft entschloß sie sich, den Pfad durch den Wald zu nehmen, um so schnell wie möglich zuhause zu sein. Bei jedem ihrer Schritte wirbelte sie etwas Sand auf, der dann fröhlich vor ihr in der Luft tanzte. Unter den hohen Bäumen war es angenehm schattig und kühl, die Blätter schimmerten golden in den letzten Strahlen der Abendsonne.

An einem der Baumstämme entdeckte sie merkwürdige, in die Rinde geschnittene Symbole, die sie jedoch nicht entziffern konnte. Nachdenklich versuchte sie hinter den Sinn der seltsamen Zeichen zu kommen, die zweifellos von Menschenhand dort angebracht worden waren.

Konzentriert wie sie war, merkte sie die Gefahr erst, als es schon zu spät war. Von hinten sprang etwas auf ihren Rükken, und sie ließ vor Schreck Korb und Gewehr fallen. Gleichzeitig schrie sie wie am Spieß. Ein fürchterlich schmeckendes Tuch wurde ihr in den Mund gestopft und brachte sie zum Schweigen. Man drehte ihr die Arme auf den Rücken und fesselte sie. Dann wurde sie hochgerissen und wieder auf die Beine gestellt.

Entsetzt betrachtete sie die Männer, die sie überfallen und gefangen genommen hatten. Es waren sechs Indianer, nur mit einem Lendenschurz und Mokassins bekleidet, ihre nackten, bemalten Oberkörper glänzten und stanken aufdringlich nach Bärenfett. Eilig schoben sie sie vor sich her, immer tiefer in den Wald hinein.

In einem der Angreifer glaubte sie den Wilden zu erkennen, dem sie schon zweimal begegnet war.

35

Matt hatte seine Brüder, unter dem fadenscheinigen Vorwand, er müsse noch etwas anderes tun, allein bei der Feldarbeit zurückgelassen. Seine eigentliche Absicht war, sich bei Caroline zu entschuldigen und sich mit ihr zu versöhnen.

Seit mehr als einer Viertelstunde war er auf der Suche nach ihr, hatte sie aber weder im Haus noch in der näheren Umgebung gefunden. Sein Verdacht, daß sie ihre Drohung in die Tat umgesetzt hatte und davongelaufen war, verstärkte sich, je mehr er suchte und je weniger er eine Spur von ihr entdecken konnte.

»Pa! Pa!«

Seine beiden Söhne stürmten zur Tür herein und begrüßten ihn atemlos und aufgeregt.

»Wetten, du weißt nicht, was heute in Saybrook passiert ist? Das hättest du sehen sollen!«

Mit funkelnden Augen berichteten sie ihm die Geschichte von dem tollwütigen Hund und steigerten sich in enthusiastische Beschreibungen hinein, wie Caroline Daveys Leben gerettet hatte. Für Matt kristallisierte sich die Tatsache heraus, daß sie offenbar in den Ort gegangen, aber nicht zurückgekommen war.

Nachdem sie am gestrigen Abend in ihrem Zimmer verschwunden war, hörte er sie durch die dünnen Wände in ihren Truhen kramen und kam zu der Überzeugung, daß sie ihre Sachen packte, um das Haus zu verlassen. In der Absicht, sie von dieser Idee abzubringen, ging er zu ihrem Zimmer und öffnete die Tür. Bei ihrem Anblick realisierte er plötzlich, wie sehr sie ihm fehlen würde. Die Vorstellung, sie zu verlieren, legte sich wie ein eiserner Ring um sein Herz, der Druck war fast unerträglich und er steigerte seine Angst noch mehr. Das verführerisch dünne Nachthemd ließ jedes Detail ihres reizvollen Körpers erahnen, und er verlor fast den Verstand, weil er sie so sehr begehrte. Und dann entdeckte er diese verdammte Brosche in ihrer Hand, mit deren Hilfe sie schon einmal eine lange Reise angetreten hatte, und er verlor die Beherrschung. Die Zerstörung eines Gegenstandes, der ihr aus vielerlei Gründen kostbar sein mußte, war unverzeihlich, und seine Handlungsweise trieb ihm noch jetzt die Schamröte ins Gesicht. Allerdings glaubte er bereits eine Lösung gefunden zu haben, wie er die Sache wiedergutmachen konnte.

Doch er hatte nicht nur in diesem Fall Unheil angerichtet, sondern auch in der Scheune, als sie sich ihm hingegeben hatte. Er wußte, daß sie unter anderem vor Schmerzen die Zähne zusammengebissen hatte, während er von der Welle der Lust hinfortgetragen wurde.

Er kam sich wie ein armseliger Wurm vor, weil er nicht in der Lage gewesen war, den Dämon zu bekämpfen, der sein Leben zu beherrschen schien. Auf keinen Fall wollte er Caroline weh tun, und hatte es dann doch getan. Gerade, weil er sie so gern mochte, war seine Begierde größer denn je. Als er sie nahm, dort in der Scheune, auf dem kalten Boden, mischte sich Verlangen mit Zärtlichkeit in seinem Innersten, und es entstand ein Gefühl, das er noch niemals vorher empfunden hatte.

Um das Faß zum Überlaufen zu bringen, mußte sich auch noch Daniel einmischen. Er liebte den Bruder aufrichtig und war trotzdem hilflos seiner Eifersucht ausgeliefert.

Das Allerschlimmste aber war, daß Caroline mit Daniel als Ehemann eine echte Chance hätte, glücklich zu werden. Daniel war gesund, körperlich wie geistig, er war in der Lage zu geben und zu nehmen und wieder zu geben, was man von ihm nicht behaupten konnte, denn er war gezeichnet von den Schatten der Vergangenheit. Er war das, was das Leben aus ihm gemacht hatte.

Trotzdem mußte er sich eingestehen, daß er Caroline haben wollte. Mochte der Weg noch so mühsam sein, auf seinen Händen und Knien würde er über scharfkantige Steine kriechen, um sie für sich zu haben. Sogar seinen Bruder würde er nochmals niederschlagen, wenn es sein mußte.

Seine Söhne waren hungrig, und er stellte ihnen Brot, Käse, Marmelade und den Milchkrug auf den Tisch.

Wenn sie sogar die Kinder vernachlässigte, dann mußte sie schon sehr wütend auf ihn sein. Vielleicht hatte sie vor, gar nicht mehr zurückzukommen, obwohl sich die Truhen immer noch in ihrem Zimmer befanden. Vielleicht verzichtete sie lieber auf ihre geringfügigen Besitztümer, als noch einmal das Haus zu betreten?

Er eilte zur Tür und prallte mit Robert und Thomas zusammen, die gerade nach Hause kamen.

»Was hast du es denn so eilig? Wo willst du denn hin?« fragten sie erstaunt.

»Ich muß Caroline heimholen. Kümmert euch um die Jungs.« Er rannte mit riesigen Schritten von dannen, während sie ihm verdutzt nachsahen.

Wahrscheinlich war sie bei James und Mary, dachte er. Natürlich, wo sollte sie sonst hin?

Außer Atem kam er dort an, doch kostete es ihm einige Überwindung, gegen die Tür zu hämmern. Er fürchtete den

Augenblick, Mary gegenüberzutreten, die gewiß teilweise oder alles wußte, was vorgefallen war, ob sie es von Caroline selbst oder von Daniel oder von James erfahren haben mochte, spielte letztendlich keine Rolle. Die Vorstellung, daß sie über so intime Dinge in Zusammenhang mit ihm informiert war, machte ihn verlegen und wütend zugleich.

Mary öffnete die Tür mit einem Lächeln und ihre Augen funkelten belustigt, als sie realisierte, wer da so spät noch Einlaß begehrte. Doch als sie auf seine Frage versicherte, daß Caroline nicht bei ihr weilte, verwandelte sich seine Verlegenheit in Besorgnis und ihre Belustigung in Furcht.

Wenn Caroline nicht zuhause war und nicht bei Mary, wo mochte sie dann stecken?

Mary, nun ebenso besorgt wie er, erzählte ihm, daß Caroline sich auf den Heimweg gemacht habe, vor ein paar Stunden schon. Das hatte sie jedenfalls vorgehabt. Ein furchtbarer Gedanke hatte von Matt Besitz ergriffen, und er konnte sich nicht zurückhalten, ihn auszusprechen. Nein, sagte Mary, Caroline war nicht mit Daniel durchgebrannt, denn dieser begleitete James nach New London, um den Arzt zu holen. Er war auch schon gestern mit seinem Bruder aufgebrochen, folglich konnte er gar nicht mit Caroline zusammen sein.

Matts Herz krampfte sich zusammen, so sehr hatte er Angst um Caroline. Besser als jeder andere wußte er um die Gefahren, die im Wald lauerten. Das erste, was ihm in den Sinn kam, waren die Hexen. Allerdings trafen sich diese irregeleiteten Geschöpfe nur nachts und bei bestimmten Mondphasen. Caroline aber war bei Tageslicht verschwunden, und so hoffte er, daß sie nicht in die Hände jener gefallen war, die versucht hatten, ihre Schwester zu einer der Ihrigen zu machen.

Er bat Mary um eine Laterne, und hetzte den Weg zurück, den er gekommen war. Er hielt die Laterne hoch, um nicht das kleinste Zeichen zu übersehen, das ihm vielleicht einen Hinweis verraten könnte. Die Visionen überschlugen sich in seinem Kopf, was für Dinge ihr noch zugestoßen sein konnten.

Vielleicht war sie hingefallen und lag irgendwo ohnmächtig? Vielleicht war er, ohne sie zu sehen, an ihr vorbeigerannt, weil er es so eilig hatte, zu Marys Haus zu kommen? Oder sie hatte einen Trapper getroffen, der sie verschleppt hatte. Ein Berglöwe konnte sie angegriffen haben, oder sie war der Gier eines Wolfes zum Opfer gefallen ...

Schließlich fand er den Einkaufskorb und das Gewehr, nicht weit vom Waldpfad entfernt, und er wußte plötzlich, daß ihr nichts von all dem, was er sich vorgestellt hatte, passiert war.

Unmißverständliche Zeichen deuteten darauf hin, daß sie von Indianern überfallen und entführt worden war.

Matt rannte nach Hause so schnell er konnte. Es schien endlos zu dauern, denn sein Herz war so schwer wie ein Stein.

36

Carolines Entführer waren Männer von mittlerer Größe und gedrungenem Körperbau. Ihre hellbraune Hautfarbe hatte einen rötlichen Unterton, von dem sich die grellen Farben der Bemalung deutlich abhoben. Die schwarzen, dicken Haare fielen über der niedrigen Stirn straff nach hinten. Besonders auffallend waren ihre gekrümmten Nasen und die etwas vorstehenden Backenknochen. Ihre Augen waren verhältnismäßig klein und leicht schief gestellt.

Sie schienen eine erstaunliche Ausdauer zu besitzen, denn sie marschierten die ganze Nacht hindurch wie auch den darauffolgenden Tag und machten nur einmal eine kurze Rast, nicht etwa, um zu schlafen, sondern nur, um schnell ein paar Happen hinunterzuschlingen. Ihre zur Schau getragene Gleichgültigkeit änderte sich auch nicht, wenn sie ab und zu miteinander redeten, in Lauten, die Caroline absolut unverständlich waren.

Sie wurde geschubst oder gezerrt, damit sie mit ihnen

Schritt hielt, und Caroline fühlte sich so erschöpft wie nie zuvor. Da sie immer wieder stolperte, realisierten sie schließlich, daß ihre langen Röcke sie offenbar beim Gehen behinderten. Mit einem scharfen Messer verkürzten sie die störenden Gewänder auf Kniełänge. Blankes Entsetzen ergriff Caroline, weil sie glaubte ihre letzte Stunde habe geschlagen. Wahrscheinlich würden diese Wilden sie erst vergewaltigen und dann umbringen. Doch das Messer ritzte weder ihre Haut, noch hatten sie irgendwelches Interesse an ihr als Frau, obwohl ihre Beine mit den weißen Strümpfen den Blicken ausgesetzt waren. Statt dessen nahmen sie das schmutzige Tuch aus ihrem Mund und fütterten sie mit Brot, das einen eigenartig fremden Geschmack hatte. Dann gaben sie ihr Wasser zu trinken, das sie in Lederbeuteln mit sich führten. Danach wurde sie wieder geknebelt und weiter ging es im Eiltempo, immer am Fluß entlang.

Der Connecticut River, bei den Indianern Quonectacat genannt, was ›langer Fluß‹ bedeutet, ist der größte Fluß der nordamerikanischen Neuenglandstaaten. Er war breit und bildete zahlreiche Schnellen und Wasserfälle. Der Wald reichte bis an die mit hohem Gras bewachsenen Ufer heran. Unter den hohen Bäumen war es schattig und ziemlich kühl.

Caroline war dem Kollaps nahe, doch sie riß sich zusammen, weil sie von der Vorstellung besessen war, daß man sie dann skalpieren und den Wölfen zum Fraß überlassen würde. Mit zusammengebissenen Zähnen versuchte sie mit der schweigenden Gruppe von Männern Schritt zu halten, so gut sie konnte.

Bei Sonnenuntergang machten sie endlich Halt. Sie sank vor Erleichterung auf ihre Knie. Sie war am Ende ihrer Kräfte und fühlte sich außerstande, am nächsten Morgen weiterzumarschieren, wenn sie auch in dieser Nacht nicht schlafen durfte. Und was würden diese Wilden dann mit ihr machen?

Einer der Männer ahmte den Ruf eines Vogels nach, und aus nicht allzuweiter Entfernung wurde ihm auf dieselbe Art geantwortet. Daraufhin wurde sie wieder hochgerissen, und sie stolperte inmitten ihrer Entführer aus dem Schatten des Waldes.

Vor sich sah sie das Indianerlager, aufgebaut auf einer talartigen Lichtung, die an das Ufer eines winzig kleinen dunkelblauen Sees heranreichte. Das Lager bestand aus ungefähr zwei Dutzend Hütten, kegelförmige Zelte aus zusammengenähten Büffelhäuten gefertigt. In der Mitte der Wigwams brannte ein großes Lagerfeuer, an dem vier alte Männer saßen, die eine mit Federn geschmückte Pfeife herumreichten. Die Squaws, die geschäftig herumhuschten, schenkten den Ankommenden kaum Aufmerksamkeit, während Kinder und Hunde sie neugierig anstarrten.

Caroline wurde zu dem großen Lagerfeuer geführt, der Anführer ihrer Gruppe trat einen Schritt vor, und der älteste der dort Sitzenden erhob sich, um ihn zu begrüßen, offenbar erfreut, daß ihre Gefangennahme geklappt hatte.

Dieser in eine Wolldecke gehüllte Mann war offensichtlich der Häuptling, dessen Aufgabe es war, die Angelegenheiten innerhalb seiner Sippe zu ordnen und von dessen Entscheidung ihr weiteres Schicksal abhing. Seine dunklen, intelligenten Augen lagen in einem Nest tiefer Falten, die kantigen Züge seines Gesichts und der fast lippenlose strichartige Mund gaben ihm ein furchterregendes Aussehen.

Er machte eine Geste, worauf ihr Knebel entfernt und die Fesseln, die in ihrem Rücken die Handgelenke zusammenhielten, gelöst wurden. Caroline befeuchtete mit ihrer Zunge die ausgetrockneten Lippen und rieb sich die wundgescheuerten Gelenke. Würde sie endlich erfahren, warum sie hier war, und was man mit ihr vorhatte?

Der alte Mann betrachtete sie aufmerksam von oben bis unten.

»Sie sein weise Frau?« fragte er.

Zu ihrem Erstaunen sprach er ihre Sprache, mit einem gutturalen Unterton zwar, aber doch so, daß man ihn verstehen konnte. Caroline überlegte sich, was sie darauf antworten sollte. Man konnte sie gewiß nicht weise nennen, doch schließlich nickte sie bestätigend, in der Hoffnung, daß es das war, was er hören wollte. Da sie keine Ahnung hatte, um was es hier eigentlich ging, mußte sie sich wohl oder übel ganz auf ihren Instinkt verlassen.

»Das ist gut. Unsere Brüder haben es uns erzählt. Sie besuchen von Zeit zu Zeit die Siedlungen des weißen Mannes, um Waren zu tauschen. Sie haben auch davon gesprochen, daß Sie den Großen Geist des Todes aus Ihrem Mann verjagt haben. Wir haben Krankheit hier im Lager. Sie mit mir kommen.«

Er ging auf eines der Zelte zu. Ein Stoß von hinten machte ihr klar, daß sie ihm folgen sollte.

Als sie geduckt in das Zelt trat, umhüllte sie der typische Geruch von Krankheit und nahm ihr fast den Atem. In der Mitte brannte ein kleines Feuer, dessen Rauchsäule durch ein kleines, rundes Loch im Nachthimmel verschwand. Carolines Augen tränten, aber sie erkannte eine junge Frau, die man bis zum Kinn in Decken gewickelt hatte, auf einem Strohsack liegend. Neben ihr hockte eine andere junge Frau, die ihr entgegenstarrte, als sie sich der Kranken näherte, die wie leblos dalag. Caroline sah auf den ersten Blick, daß das junge Ding sehr, sehr krank war.

»Sie hat hohes Fieber. Dieses Fieber hat schon sechs Menschen umgebracht. Unsere Medizinen helfen nicht. Wahrscheinlich ist es Krankheit von weißem Mann. Darum brauchen wir Hilfe von weißem Mann. Sie werden meiner Tochter helfen.«

Das war also der Grund, warum man sie entführt hatte. Es hatte sich offensichtlich bis zu den Indianern herumgesprochen, daß sie in der Lage gewesen war, Matt zu retten, obwohl alle geglaubt hatten, daß er sterben müsse. Caroline war mehr als erleichtert, daß die Eingeborenen keine bösen Absichten gegen sie hegten.

Allerdings war es natürlich möglich, daß sie ihre Meinung änderten, ihre jetzige Liebenswürdigkeit in blanken Haß umschlug, nämlich dann, wenn sie dem armen Mädchen nicht würde helfen können. Caroline betrachtete besorgt die Bewußtlose, deren Heilung man ihr anvertraut hatte, obwohl sie eigentlich schon im Sterben lag. Wenn der Große

Geist des Todes die Häuptlingstochter zu sich holte, was geschah dann mit ihr? Würde man sie dann töten?

»Ich werde versuchen, Ihrer Tochter zu helfen«, meinte Caroline vorsichtig und kniete sich neben das ohnmächtige Mädchen.

Die Haut der Kranken glühte und wirkte wie ausgetrocknet.

»Wie lange ist sie schon in diesem Zustand?« erkundigte sie sich.

»Seit zwei Tagen. Die anderen sind am dritten Tag gestorben.«

Caroline verstand jetzt auch die Eile, zu der sie auf dem langen Marsch gezwungen worden war. Der Häuptling übersetzte ihr, was die Pflegerin der Kranken zu ihm sagte.

»Ninaran ist meine zweite Tochter«, erklärte er. »Sie war Tag und Nacht bei ihrer Schwester Pinochet. Pinochet hat viel gespuckt, es sah aus wie Reiswasser.«

»Ich werde tun, was in meiner Macht steht«, versprach Caroline.

In den nächsten Stunden zwang sie die Kranke, mit Hilfe von Ninaran, soviel Flüssigkeit wie möglich zu sich zu nehmen. Auf die Medizinen der Indianer verzichtete sie weitgehend, weil sie sie nicht kannte. Das Fieber stieg und stieg, und Caroline fürchtete schon, daß das Mädchen daran sterben würde. Deshalb entschloß sie sich, dasselbe Verfahren anzuwenden wie bei Matt. Ninaran und zwei andere Frauen halfen ihr dabei, Pinochets fiebrigen Körper in Tücher zu wickeln, die in eiskaltes Wasser getaucht worden waren, das man vom See geholt hatte.

Bei Sonnenaufgang endlich ging es der Kranken etwas besser. Bei aufopfernder Pflege würde das Mädchen überleben. Caroline war unendlich froh, daß sie den Häuptling mit dieser guten Nachricht beglücken konnte. Sie verschwieg allerdings, daß die Besserung des Zustandes im Grunde nicht auf ihre ›Weisheit‹ zurückzuführen war. Die Tochter des Häuptlings verdankte es entweder dem Allmächtigen, der beschlossen hatte, sie am Leben zu lassen, oder aber dem Willen und der Kraft ihres jungen Körpers, der sich gegen das Schicksal wehrte. Noch kurz bevor das Fieber endlich sank, hatte Caroline geglaubt, daß eine Rettung unmöglich war.

Caroline wurde in ein anderes Zelt geführt, wo sie, ausgelaugt und keines Gedankens mehr fähig, auf den Strohsack sank und auf der Stelle einschlief.

Als sie aufwachte, war es bereits heller Tag. Sie war nicht allein. Mit dem Rücken zum Eingang saß eine ältere Frau im Schneidersitz auf der Erde und betrachtete sie mit dunklen wachsamen Augen. Caroline schälte sich aus den Decken, und die Frau stand auf, um den Eingang freizugeben.

Der Himmel wölbte sich grau und milchig über dem Indianerlager, und im Gegensatz zu gestern war es sehr kalt. Niemand hinderte Caroline daran, sich auf die Suche nach dem Zelt der Kranken zu machen. Pinochet hatte die Nacht gut überstanden und war wirklich auf dem Weg der Besserung. Mit Hilfe von Zeichen verständigte sich Caroline mit Ninaran, die bei ihrer Schwester wachte. Mit einem Lächeln und einem Nicken ihres Kopfes bekundete sie ihr Verständnis für Carolines knurrenden Magen.

Caroline trat vor das Zelt und ließ ihre Augen suchend wandern, um ausfindig zu machen, wo sie etwas zu essen bekommen konnte.

Über einem kleinen Feuer hing an drei zusammengebundenen Pfählen, die schräg in die Erde gerammt waren, ein Kessel, in dem eine dicke Frau rührte und dessen Inhalt verführerisch duftete. Am großen Lagerfeuer saßen, wie gestern bei ihrer Ankunft, die vier alten Männer. Der Vater von Pinochet zog gerade genüßlich an seiner Pfeife.

Caroline wollte sich gerade dem Kessel nähern, in dem sie, des guten Geruchs wegen, das vermutete, was ihr Magen dringend reklamierte, als plötzlich ein Reiter ins Lager galoppierte.

Obwohl ein riesiger schwarzer Hut den größten Teil seines Gesichts verbarg und sein Körper bis zu den Ohren hinauf in einem Bibermantel steckte, erkannte sie den Reiter sofort.

»Matt!«

Vor lauter Freude, ihn zu sehen, vergaß sie, daß sie vor kurzem noch so wütend auf ihn gewesen war.

»Ah!« rief der Häuptling.

Mehrere Indianer drängten sich um Reiter und Pferd. Der Häuptling erhob sich und sah sie wissend an.

»Ihr Mann!«

Caroline nickte und eilte auf Matt zu, dessen Pferd von den jungen Kriegern festgehalten wurde. Der Häuptling folgte ihr etwas schwerfällig.

Matt war unbewaffnet, seine stahlblauen Augen wirkten müde und um seinen Mund lag ein grimmiger Zug. Sein Blick unterzog Caroline einer gründlichen Musterung, um festzustellen, daß sie unverletzt war. Das Lächeln, mit dem sie ihn willkommen hieß, schien ihn darüber hinaus zu beruhigen, und die Angespanntheit seiner Gesichtszüge ließ nach. Trotzdem griff seine Hand nach ihrem Arm, um sie an seine Seite zu ziehen.

»Ich bin Habocum, Häuptling der Corchaugs«, sagte der alte Mann. »Sie sind da, um Frau zu holen!«

Es war keine Frage, sondern eine Feststellung, trotzdem nickte Matt.

»Ja.«

»Sie ist weise Frau, hat viel Gutes hier getan. Meine jüngste Tochter lag im Sterben, als sie kam. Sie hat ihr den Atem des Lebens eingehaucht. Sie gehört mit vielen Geschenken belohnt dafür, doch der weiße Mann hat uns arm gemacht. Wir können ihr nichts geben, nur unseren Dank. Manitou möge sie beschützen.«

Caroline lächelte dem Häuptling zu.

»Ich habe gern geholfen«, sagte sie.

Matts warnender Blick hinderte sie am Weitersprechen.

»Ich bin gekommen, um sie heimzuholen!«

Habocum nickte.

»Sie brauchen Essen und warme Decken für die Reise. Der Himmel verspricht Schnee!«

Auf seine Veranlassung wurden Vorräte und mehrere Wolldecken gebracht und am Sattel befestigt.

In eine der Decken wickelte sich Caroline, während sie letzte Anweisungen für Pinochets Pflege gab, die Habocum ernsthaft nickend wiederholte.

Dann hob Matt sie in den Sattel, schwang sich hinter sie und galoppierte los. Die Gestalt des Häuptlings wurde kleiner und kleiner, bis er aus ihrer Sichtweite verschwand. Caroline hatte bemerkt, daß die Indianer in Windeseile ihre Zelte abbrachen, die Frauen ihre Habe zu Bündeln packten und die Feuer gelöscht wurden. Im Gegensatz zu ihr, glaubte die Sippe offensichtlich an die Wettervorhersage ihres Häuptlings.

»Ihr Benehmen war rüde! Erstens haben Sie mich einfach unterbrochen, und zweitens waren Sie zu dem alten Mann mehr als unfreundlich.«

Caroline konnte sich diesen Vorwurf nicht verkneifen.

»Rüde?« wiederholte Matt. »Offensichtlich wissen Sie nichts über den großen Habocum, meine Liebe. Er ist ein blutdürstiger alter Mann, der die Weißen haßt. Vor ungefähr sechs Jahren hat er mit seinen Kriegern eine Ansiedlung, nicht weit von Wetherfield, überfallen und dem Erdboden gleichgemacht. Er wurde dann zwar verfolgt, und es gelang, seine Sippe so gut wie auszurotten, er selbst wurde aber nie gefangen. Seit damals ist er auf der Flucht. Wir können uns glücklich schätzen, daß wir mit heiler Haut davongekommen sind. Ich wollte ihm keine Zeit lassen, sich die Sache vielleicht nochmal anders zu überlegen. Daher der etwas überstürzte Aufbruch.«

»Und Sie sind ganz alleine hergekommen, um mich zu holen?« fragte Caroline.

Erst nach seiner Erklärung begann sie zu begreifen, wie mutig das von ihm war.

»Es war keine Zeit zu verlieren. Freiwillige Begleiter in Saybrook aufzutreiben, hätte Stunden gekostet. James und Dan befinden sich in New London, um den Arzt zu holen, aber das wissen Sie ja. Rob und Thom sind Hitzköpfe, deren Blut zu leicht in Wallung gerät, und daher für eine so delikate Aufgabe ungeeignet. Außerdem werden Sie zuhause gebraucht, die Kinder sind ja sonst allein. Mir sind die Verhaltensweisen der Indianer nicht ganz unbekannt. Ich weiß daher, daß sie auf einen einzelnen vernünftigen Mann besser reagieren, als auf eine Gruppe bewaffneter, rachelüsterner Weißer. Davon abgesehen mußte die Sache vorsichtig angegangen werden, wenn sie Erfolg haben sollte. Diese Kerle sind unberechenbar, und ich hatte Angst, daß sie Ihnen etwas antun würden. Wir haben verdammt Glück gehabt.«

Caroline lächelte, was er nicht sehen konnte, weil sie vor ihm saß. Die Tatsache, daß er um sie Angst gehabt hatte, befriedigte sie ungemein. Glücklich kuschelte sie ihren Kopf an das weiche Fell seines Mantels.

Seine Beine steckten in kniehohen Stiefeln, seine Hände in Lederhandschuhen, und der breitkrempige schwarze Hut war tief in die Stirn gedrückt. Die Müdigkeit hatte die Falten um seine Augen herum vertieft, und die untere Hälfte seines Gesichts war mit Bartstoppeln bedeckt, weil er seit anderthalb Tagen nicht dazugekommen war, sich zu rasieren. Trotzdem war er das bestaussehendste Mannsbild, das ihr je begegnet war. Obwohl er sich nur selten in den Sattel schwang, und das Pferd seine Tage normalerweise friedlich grasend verbrachte, hatten beide keine Schwierigkeiten, sich aufeinander einzustellen. Das Pferd reagierte ohne aufzumucken, trotz der schweren Last, auf den Druck seiner Schenkel und die sanfte Zügelführung.

Matts einer Arm lag um ihre Taille, damit sie nicht herunterrutschen konnte, durch die Decke spürte sie seine kräftigen Oberschenkel, die gegen ihre Pobacken drückten. Sie war sehr müde, aber durchaus zufrieden mit ihrem Schicksal. Zugegebenermaßen war Matt ein ganz und gar unmöglicher Mann, aber sie liebte ihn. Und er würde ihr, ihr ganz allein gehören, was immer es kosten möge.

»Ich war so froh, als Sie auftauchten«, gestand sie.

»Und ich war froh zu sehen, daß ich Sie in einer guten Verfassung wiedergefunden hatte«, bemerkte er trocken.

»Ich glaube nicht, daß ich wirklich in Gefahr war.«

»In den vergangenen anderthalb Tagen bin ich um Jahre

gealtert, weil ich eben nicht wußte, ob Sie in Gefahr sind oder nicht.«

»Was hätten Sie gemacht, wenn mich die Indianer nicht fortgelassen hätten?«

Caroline stellte sich vor, wie er verzweifelt um sie gekämpft hätte, um letzten Endes doch zu verlieren, denn er war kein Soldat, sondern ein einfacher Bauer. Und was hätte er als Einzelner schon gegen eine ganze Sippschaft von Indianern ausrichten können?

»Ich hätte um Sie gefeilscht«, sagte Matt und grinste. »Schlau, wie ich nun mal bin, habe ich für alle Fälle ein paar ungegerbte Häute mitgebracht, außerdem einen riesigen Schinken und zwei Flaschen Branntwein. Sie nennen das Feuerwasser. Und wenn das immer noch nicht gereicht hätte, dann würde ich ihnen das Pferd, meinen Mantel und das Gewehr überlassen haben. Ich war ziemlich sicher, daß sie auf den Handel eingehen würden. Voraussetzung allerdings war, daß Ihnen noch nichts geschehen war. Es ist Ihnen doch nichts geschehen, oder?«

Caroline schüttelte den Kopf.

»Das einzige, was mir fehlt, ist Schlaf. Und Hunger habe ich auch. Aber sonst bin ich in Ordnung. Als Sie merkten, daß ich verschwunden bin, hatten Sie da wirklich Angst?«

»Ein bißchen.«

»So, nur ein bißchen«, sagte sie lachend und versetzte ihm einen leichten Stoß mit dem Ellbogen.

»Nein, in Wahrheit war mir ganz schrecklich zumute. Als ich den Einkaufskorb und das Gewehr fand … dieser Augenblick war so entsetzlich … ich hoffe zu Gott, ich muß so was nie wieder in meinem Leben durchmachen.«

Carolines Herz hüpfte vor Freude, als er dieses Eingeständnis machte. Es gab so viel, was sie ihm sagen wollte, und so viel, was sie von ihm hören wollte, aber sie war so furchtbar müde, daß sie beschloß, die Unterhaltung auf einen späteren Zeitpunkt zu verschieben.

»Könnten wir nicht eine Pause machen, um etwas zu essen?« fragte sie.

»Richtig, Sie sagten ja bereits, daß Sie Hunger haben.«

Aus einem der Beutel holte er einen Apfel und drückte ihn ihr in die Hand.

»Mir ist lieber, wir machen keine Pause. Wir sollten sehen, daß wir so weit wie möglich kommen, bevor das Wetter umschlägt.«

Caroline war viel zu müde, um zu protestieren, und ein Apfel war schließlich besser als gar nichts. Herzhaft biß sie hinein, erstaunt, wie fest und saftig er war. Während sie sich genußvoll dem Essen widmete und nicht einmal den kleinsten Gribsch übrigließ, betrachtete Matt mit gerunzelter Stirn den milchigen Himmel.

»Stimmt etwas nicht?« erkundigte sie sich besorgt.

»Wenn ich mich nicht irre, wird es spätestens gegen Abend zu schneien anfangen.«

»Dann hat Habocum doch recht gehabt! Aber gegen Abend sind wir ja noch gar nicht zuhause!«

»Das ist richtig.«

»Und was machen wir dann? Wenn es tatsächlich zu schneien beginnt?«

»Wenn es zu schlimm wird, müssen wir uns irgendwo einen Unterschlupf suchen und dort warten, bis das Wetter besser wird. Wenn es kein Schneesturm wird, dann reiten wir weiter. Es ist nicht das erste Mal, daß ich das tue.«

»Nein?«

»Nein. Ganz zu Anfang, als wir hierherkamen, bevor das Haus fertig war, waren wir häufig dazu gezwungen. Sie können sich gar nicht vorstellen, wie wild dieses Land war, bevor die Siedlungen entstanden.«

Caroline war erstaunt. Noch wilder? Das überstieg ihr Vorstellungsvermögen tatsächlich. Wenn sie an das zivilisierte England dachte, dann hatte sie ohnehin den Eindruck, im wildesten Teil der Welt gelandet zu sein. Die Müdigkeit hinderte sie daran, weitere Vergleiche anzustellen, die Augen fielen ihr fast zu.

»Warum schlafen Sie nicht einfach ein bißchen?« fragte Matt fast zärtlich. »Sie können mir vertrauen, ich bringe Sie sicher nach Hause.«

»Das weiß ich. Aber sooo müde bin ich nicht!«

»Nein?«

Ihre Lüge schien ihn zu belustigen.

»Nein!« behauptete sie steif und fest.

Daraufhin sagte er nichts mehr, nur sein Griff um ihre Taille wurde fester. Caroline kuschelte sich dichter an ihn und schloß die Augen, weil sie sich so sicher bei ihm aufgehoben fühlte. Natürlich würde sie nicht schlafen, ein bißchen ausruhen vielleicht, weil ihre Lider so schwer waren, aber schlafen? Bestimmt nicht.

Sekunden später tauchte sie in die Welt der Träume, in der die Sonne schien und ihr ganzes Sein erwärmte.

In Wirklichkeit begann der Schnee in dichten Flocken vom Himmel zu rieseln.

37

Als Caroline die Augen öffnete und träge blinzelte, brauchte sie einige Sekunden, um in die Realität zurückzufinden.

Sie saß auf dem Rücken eines Pferdes, hinter ihr Matt, der sie festhielt, was beruhigend war, und der ihr etwas zurief, was sie aber nicht verstand.

»Was?« rief sie. »Was haben Sie gesagt?«

Aber ihre Frage flog unbeantwortet im Wind davon. Irgendwann näherte sich sein stoppeliges Kinn erneut ihrem Ohr, und diesmal war sie in der Lage, ihn zu verstehen.

»Wir schaffen es nicht. Es hat keinen Zweck, weiter zu reiten. Der Schnee fällt immer dichter. Wir müssen uns einen Unterschlupf suchen und dort abwarten, bis das Schlimmste vorbei ist.«

»Wo? Wo sollen wir etwas finden?«

Matt war bereits vom Pferd gesprungen. Dabei war aus Versehen die Decke verrutscht, die er, während sie schlief, über sie gebreitet hatte. Wie spitze eiskalte Nadeln bohrten sich die Eiskristalle in die zarte Haut ihres Gesichtes. Fröstelnd hielt sie sich am Sattelknauf fest und kam sich verloren vor ohne die Wärme seines Körpers. Nur mit Mühe konnte sie gegen den Sturm anatmen, und kleine milchige Wölkchen schienen ihrem Mund zu entfliehen. Was für ein Land, in dem so plötzliche Temperaturstürze möglich waren!

Matt stand neben dem Pferd und rief ihr etwas zu. Unsicher, ob sie ihn verstanden hatte, streckte er die Arme aus, und sie erlaubte ihm, sie herunterzuheben.

Über die dicke Schicht der heruntergefallenen und getrockneten Blätter hatte sich ein dicker weißer Teppich gebreitet. Das Flockengestöber blieb teilweise auf den Ästen der Bäume und dem felsigen Geröll liegen, und die Natur sah aus wie eine weißgekleidete Braut.

Matt führte sie auf die Felsen zu, und sie fragte sich, was er wohl vorhatte. Den Eingang der Höhle erkannte sie erst, als sie direkt davorstanden. Er duckte sich und zog sie mit sich hinein.

»Es ist zwar keine sehr komfortable Behausung, aber besser als nichts. Hier können wir in Ruhe abwarten, bis der Schneesturm vorbei ist.«

Caroline zitterte trotz der umgelegten Decke und sah sich um. Die Höhle war nicht sehr groß, sie vermittelte die Vorstellung, als habe ein Riese ein großes Stück aus dem Felsen herausgebissen. Auf Matts Hut und auf den Schultern seines Bibermantels lag eine dicke Schneeschicht. Im schattigen Dunkel wirkten seine Augen blauer denn je.

»In Ruhe abwarten?« kicherte sie nervös. »Das wird zur Folge haben, daß wir erfrieren. Es ist eisig hier drinnen.«

Matt lachte und schüttelte den Kopf.

»Sie bleiben hier, und ich gehe unsere Sachen holen.«

Er verschwand durch den weißen Vorhang, der vor dem Eingang hing.

Caroline war nicht gewillt, untätig und frierend herumzustehen, und entschloß sich, ihm zu helfen. Zwar wußte sie, daß sie sich damit seiner Anordnung widersetzte, und das war etwas, was er auf den Tod nicht ausstehen konnte, andererseits würde er unter den gegebenen Umständen wohl kaum einen Streit mit ihr anfangen. Ihr Kinn schob sich energisch vor, sie hüllte sich enger in die Decke und folgte ihm nach draußen.

Matt und das Pferd waren nur als dunkle Schatten erkennbar. Er schien ihr Näherkommen nicht einmal zu bemerken, so dicht tanzten die Flocken vom Himmel. Als sie schließlich neben ihm stand, verengten sich seine Augen, und er sah sie böse an. Den Versuch, seinen Ärger in Worte zu kleiden, gab er auf, weil sie ihn doch nicht hören würde. Statt dessen legte er ihr die Bündel, die er vom Sattel losgemacht hatte, in die Arme, und mit einer Bewegung seines Kopfes befahl er ihr, diese in die Höhle zu schaffen. Er selbst stiefelte hinter ihr her, beladen mit dem Rest ihres Gepäcks, zwei Steinkrügen, dem Sattel und dem Zaumzeug.

In der Höhle stellte er die Sachen neben dem Eingang ab und seine eisverkrusteten Augenbrauen bildeten einen Strich.

»Ich habe Ihnen doch gesagt, Sie sollen hier drin auf mich warten! Und so meinte ich es auch«, sagte er scharf. »So, wie ich angezogen bin, macht mir das Sauwetter nichts aus, Sie dagegen …! Ich kann mich viel schneller um die notwendigen Dinge kümmern, wenn Sie mir nicht dauernd in die Quere kommen. Ist das denn so schwer zu verstehen? Wenn Sie sich unbedingt nützlich machen wollen, dann schauen Sie nach, was wir an Vorräten haben. In spätestens einer Stunde werde ich nicht mehr nach draußen gehen können, ich habe also keine Zeit, mich auf ein Streitgespräch mit Ihnen einzulassen.«

Er drehte sich um und verließ ihre Zufluchtsstätte. Caroline sah ihm etwas konsterniert nach, denn wie so häufig hatte er wieder mal recht. Ihr nur bis zum Knie reichendes Kleid und die dünnen weißen Strümpfe waren effektiv nicht die richtige Kleidung für dieses Wetter. Sie schüttelte den Schnee von der wärmenden Decke, damit sie nicht feucht wurde, wenn er schmolz, und hängte sie sich wieder um. Dann machte sie sich an die Aufgabe, die er ihr zugeteilt hatte.

Eine Stunde später war der Eingang mit Baumstämmen verrammelt, die Matt vom Geäst befreit und dorthin gezerrt hatte. Die dünneren Äste und Zweige, die als Holzvorrat dienten, hatte er neben dem Eingang aufgeschichtet. Aus Spänen, Rindenstückchen und dem trockenen Geäst baute er vorsichtig eine Feuerstelle.

Er streute etwas Pulver aus dem Gewehr darüber, demontierte verschiedene Teile und bastelte daraus mit unglaublicher Geschicklichkeit ein improvisiertes Feuerzeug.

Caroline beobachtete sein Tun mit einer gewissen Unruhe und Besorgnis, wußte sie doch, wie sehr er sich vor Feuer fürchtete, wovon er glücklicherweise keine Ahnung hatte. Seine Augen verrieten wilde Entschlossenheit, seine Zähne preßten sich aufeinander, und sie hatte das Gefühl, daß seine Hände zitterten.

»Wenn es Ihnen recht ist, mache ich das«, sagte sie betont munter.

Ihr war klar, daß sie ihn wie ein rohes Ei behandeln mußte, um seinen männlichen Stolz nicht zu verletzen. Sie wollte und mußte ihm helfen, dieses verdammte Feuer in Gang zu bringen, aber er durfte nichts davon merken. Matt sah sie mißtrauisch an.

»Was wollen Sie machen?«

»Ich werde das Feuer anzünden. Sie sollten vielleicht nach dem armen Pferd sehen.«

»Ich habe das Pferd frei laufen lassen, wahrscheinlich ist es bereits auf dem Nachhauseweg. Tiere halten sehr viel mehr aus als Menschen. Trotz des schlechten Wetters bin ich sicher, dem Gaul passiert nichts. Warum wollen Sie das Feuer anzünden? Ich verstehe das nicht ganz.«

»Warum? Ganz einfach ... ich habe ein außergewöhnliches Talent dafür. Darum. Ich will auch einmal zeigen, was ich kann. Sie sind, ohne Zweifel, ein sehr kompetenter Mann, aber manchmal sollten Sie mir schon auch eine Chance geben, mich zu beweisen. Also?«

Wenn Caroline angenommen hatte, daß er ihr die Utensilien nun reichen würde, dankbar für die Lösung seines Problems, dann sah sie sich getäuscht. Er richtete sich in seiner vollen Größe auf, der schwarze Hut berührte fast die obere Felswand, und sah sie teils ungläubig, teils zornig an.

»Sie wissen es also?«

Die Gewißheit bereitete ihm offensichtliches Unbehagen.

»Ich nehme an, Sie wissen es von Mary. James Mathieson hat wirklich ein unverzeihlich loses Mundwerk. Wie kann ich einen Bruder haben, der so indiskret ist! Eine Strafe Gottes, das ist er.«

Caroline war zutiefst dankbar, daß James nicht bei ihnen weilte, Matt hätte ihn wahrscheinlich fürchterlich zusammengestaucht. Sie vermutete sogar, daß es nicht nur bei einer verbalen Zurechtweisung geblieben wäre.

»Ihre Annahme ist falsch«, sagte sie.

Caroline kniete sich nieder, rieb Stein und Stahl aneinander und die entstehenden Funken fielen in das vorbereitete Holzhäufchen. Sie lehnte sich dicht darüber und blies aus voller Lunge, bis die erste Flamme hochzüngelte. In rasanter Geschwindigkeit entwickelte sich ein knisterndes, wärmendes Feuer.

Matt zog sich etwas in den Hintergrund zurück. Seine Wangen waren gerötet, sei es nun aus Kälte oder aus Verlegenheit. Caroline stand auf, befriedigt, daß es ihr gelungen war, die Sache in die Hand zu nehmen. In ihrem kleinen provisorischen Unterschlupf war es jetzt schon viel gemütlicher.

»Hat Daniel gequatscht? Wissen Sie es von ihm?«

»Nein«, meinte sie kurzangebunden.

Im Schatten seines breitkrempigen Hutes konnte sie seinen Gesichtsausdruck nur undeutlich wahrnehmen. Sie wollte es ihm nicht verraten, wie sie dahintergekommen war, daß er eine so entsetzliche Angst vor Feuer hatte. Seine mißtrauischen Blicke, in denen sie auch eine gehörige Portion Neugier entdeckte, ignorierend holte sie das getrocknete Fleisch, das die Indianer ihnen mitgegeben hatten. Es war geräuchert worden, um es haltbar zu machen, und verbreitete einen köstlichen Geruch, der ihr das Wasser im Munde zusammenlaufen ließ.

»Handelt es sich um Kaninchen? Oder Rehfleisch? Was meinen Sie?« erkundigte sie sich hungrig.

»Es ist wahrscheinlich Hundefleisch«, grinste er amüsiert.

»Hundefleisch? Das kann doch nicht Ihr Ernst sein!«

Caroline ließ das Stück angeekelt fallen. Die Vorstellung, Raleigh oder einen seiner Artgenossen zu verspeisen, war grauenvoll.

»Die Indianer betrachten das Fleisch von Hunden als Delikatesse«, erklärte Matt. »Ich würde Ihnen raten, sich mit dem Gedanken anzufreunden, daß wir es irgendwann essen müssen. Wenn wir nicht verhungern wollen, meine ich. Wer weiß, wie lange wir hierbleiben müssen.«

»Haben Sie wirklich keine Ahnung, wann wir wieder zuhause sein werden?« fragte Caroline.

Sie hatte inzwischen bei den Vorräten eine fette, geräucherte Wurst gefunden, die Matt, trotz seines übereilten Aufbruchs von daheim, eingepackt hatte. Wurst, das Brot von den Indianern und ein paar Äpfel mußten für das heutige Abendessen reichen.

»Bevor es nicht aufhört zu schneien, kommen wir hier nicht weg.«

»Das sind ja feine Aussichten«, meinte Caroline.

Sie wollte sich gerade in die Nähe des Feuers setzen, um die Wurst und das Brot aufzuschneiden, als Matt sie plötzlich am Arm festhielt.

»Mache ich schon wieder etwas falsch, oder was ist los?«

Obwohl sie für eine Frau recht groß war, reichte ihr Kopf nur gerade bis zu seinem Kinn. Sein Griff war ausnahmsweise einmal nicht grob, und sie sah neugierig zu ihm hoch. Seine Augen glitzerten hart unter dem breitkrempigen Hut.

»Nun erzählen Sie mir schon endlich, wie Sie es herausgefunden haben! Ich gebe zu, ich habe eine Aversion gegen Feuer. Aber woher wissen Sie das? Sagen Sie es mir! Sie werden doch nicht so sadistisch sein, mich die ganze Nacht raten zu lassen, oder?«

Das Eingeständnis seiner Schwäche mußte ihn unglaubliche Überwindung gekostet haben. Caroline sah ihn an und seufzte.

»Wissen Sie was? Da ich furchtbaren Hunger habe, lassen Sie mich schnell noch die Sachen hier herrichten. Es dauert nur eine Minute. Und dann erzähle ich es Ihnen. Aber ich warne Sie ... die Geschichte wird Ihnen nicht allzu große Freude machen.«

»Daran zweifle ich nicht«, murmelte Matt.

Er trug die trocknen Blätter zu einem Haufen zusammen und legte die Pferdedecke darüber. Dann holte er einen der Steinkrüge und stellte ihn in die Nähe des Feuers.

»Zum Aufwärmen«, erklärte er.

»Branntwein?«

»Ja«, lächelte er.

»Ich dachte die Puritaner trinken so etwas nicht!«

»Die Puritaner haben eine Menge Fehler, meine Liebe. Ich bete zu Gott, daß Sie sie nicht alle herausfinden.«

Sie setzten sich nebeneinander auf die Pferdedecke und begannen zu essen, den Rücken an die Felswand gelehnt.

»Also?« fragte er.

Caroline griff nach einem Apfel und biß herzhaft hinein. Genußvoll kaute sie das saftige Fruchtfleisch und schluckte es herunter. Dann erst antwortete sie.

»Nach Ihrem Unfall, als der Baum auf Sie gefallen war, hatten sie ganz furchtbares Fieber. Ich saß neben Ihrem Bett, und plötzlich hatten Sie einen Alptraum.«

»Ja und? Einen Alptraum, na gut, was hat das damit zu tun? Habe ich, während ich schlief, Verse rezitiert? Vielleicht haben Sie endlich die Güte, sich etwas deutlicher auszudrükken.«

Bevor sie wieder in den Apfel beißen konnte, sei es aus Lust, sei es aus Verzögerungstaktik, nahm er ihn ihr weg. Ihr sehnsuchtsvoller Blick half ihr nichts. Sein Gesicht wirkte ernst und verschlossen. In seinem Gehabe erinnerte er sie ein bißchen an den Mann, der sie bei ihrer Ankunft so abweisend und kühl behandelt hatte.

»Daniel hat mir erzählt, wie Elisabeth die Scheune in

Brand gesteckt hat, und daß Sie Brandwunden erlitten haben, als Sie sie retteten. Er hat es mir nur darum erzählt, weil ich in dem Kamin in Ihrem Zimmer ein Feuer angezündet hatte, als Sie krank waren. Ich konnte von ihrer Aversion ja nichts wissen. Ich wollte einfach, daß Sie es warm haben und sich nicht auch noch erkälten. Ihr Zustand war ohnehin schon ernst genug. Deswegen habe ich das Feuer angezündet. Und dann sind Sie aufgewacht, in Panik geraten, und dann haben Sie geschrien.«

Ein bitterer Zug erschien um Matts Mund, und die Röte schoß ihm ins Gesicht, weil er sich schämte, daß sie von seiner Schwäche wußte.

»Deswegen wollten Sie heute abend das Feuer anzünden! Aus Mitleid also!«

Caroline sah ihm fest in die Augen.

»Nicht aus Mitleid, Matt! Sondern weil ich Verständnis dafür habe. Jeder Mensch hat vor etwas Angst, besonders, wenn er eine grauenvolle Erfahrung gemacht hat. Das ist ein völlig normaler Vorgang, und hat nichts mit Schwäche zu tun.«

Matt stand abrupt auf.

»Ich pfeife auf Ihr Verständnis«, ließ er sie barsch und eisig wissen.

»Matt …«

Er drehte sich weder um, noch sagte er etwas, zielstrebig ging er auf den Eingang zu.

»Matt, wo wollen Sie hin?« rief sie ihm nach.

»Frische Luft schnappen! Sie brauchen keine Angst zu haben, Caroline, ich komme zurück.«

38

Caroline kam sich ein bißchen so vor wie ein Kind, das zur Strafe in sein Zimmer gesperrt worden war, als sie mutterseelenallein in der Höhle zurückblieb. Um die Zeit seiner Abwesenheit zu überbrücken, ließ sie ihre Gedanken wandern, und die Geschehnisse der letzten Tage Revue passieren.

Die Vorstellung, daß Matt allein da draußen im Schnee herumstiefelte, um Luft zu schnappen, wie er es nannte, beunruhigte sie. In Wirklichkeit diente dieser Spaziergang nur als Vorwand, weil es ihm unangenehm war, daß sie von seiner Aversion wußte, die er sich selbst als Schwäche auslegte. Zwar neigte er von Natur aus in keinster Weise zur Selbstzerstörung, andererseits reagierten Menschen oft anders, als man vermutete. Er würde lernen müssen, sich damit abzufinden, daß Narben dieser Art lange brauchten, um zu verheilen, wie sie aus eigener Erfahrung wußte. Sie würde ihm dabei helfen, so gut sie konnte.

Nach einer kleinen Ewigkeit, in Wirklichkeit war er nicht mehr als eine halbe Stunde fortgewesen, kehrte er zurück, und seine Gegenwart erfüllte den winzigen Unterschlupf wieder mit Leben. Er verbarrikadierte den Eingang hinter sich und sperrte damit die Geräusche der Natur aus, die ihn bei seinem Hereinkommen begleitet hatten. Er stampfte sich den Schnee von den Stiefeln und schüttelte den abgenommenen Hut aus.

»Na, wie sieht es draußen aus?« erkundigte sie sich.

Bewußt schlug sie einen leichten Ton an und versuchte keine Emotionen mitschwingen zu lassen, denn sein Gesichtsausdruck verriet ihr, daß er sich in sein Schneckenhaus zurückgezogen hatte, aus dem er, wenn überhaupt, nur mit höchst unpersönlichen Bemerkungen herauszulocken sein würde.

»Es schaut schlecht aus«, sagte er. »Ich habe keine Ahnung, wann sich der Sturm beruhigen und es zu schneien aufhören wird. Der Winter fängt früh an, dieses Jahr.«

»Und wie lange dauert der Winter in diesem Land?«

»In dieser Gegend normalerweise fünf Monate. Von Oktober bis Februar haben wir immer Schnee. Man gewöhnt sich daran.«

»Fünf Monate?« fragte Caroline erschrocken. »Was macht man denn während dieser langen Zeit?«

»Wenn es irgendwie möglich ist, bleibt man im Haus und vermeidet es nach draußen zu gehen. Wenn die Arbeit es allerdings verlangt, nun, dann hilft nichts ... dann muß man raus, und wenn es noch so stürmt und schneit.«

Caroline, von der Neuen Welt ohnehin nicht so außerordentlich begeistert, dachte voller Grauen an die langen Wintermonate, die sie gezwungen sein würde, im Haus zu verbringen. Was für eine entsetzliche Vorstellung. Dieses Land war wilder, als sie es sich je vorgestellt hatte. In jeder Beziehung übrigens, wie sie inzwischen wußte. Ernste Puritaner, die keine Ahnung zu haben schienen, daß es so etwas wie Lebensfreude gab, wilde Indianer, denen ihr eigenes Land weggenommen wurde, Männer, die sich genauso ungebärdig benahmen wie die Natur, in der sie lebten. Im Grunde war sie ja doch ein Stadtkind und nie mit dergleichen konfrontiert gewesen, da England ein recht zivilisiertes Land war. Sie sah ein, daß sie zu Kompromissen bereit sein mußte, wenn sie hierbleiben wollte. Und das wollte sie, denn sie liebte Matt. Nun, es würde eine gewisse Zeit dauern, bis sie sich an all das Neue und Unbekannte gewöhnt hatte.

Trotz des knisternden Feuers fröstelte sie plötzlich.

»Ihnen ist kalt!« stellte Matt fest.

»Nur ein bißchen«, erwiderte sie tapfer.

Diese absichtliche Untertreibung löste sich in Wohlgefallen auf, den unwillkürlich klapperte sie mit den Zähnen. Verzweifelt versuchte sie das verräterische Geräusch, das sie zur Lügnerin stempelte, zu unterdrücken.

Matt verfluchte sich innerlich für seine Rücksichtslosigkeit. Er zwang sie, sich auf die Pferdedecke zu legen und zog seinen Mantel aus, um ihn über sie zu breiten.

»Nein, Matt. Das will ich nicht. Sie müssen den Mantel anbehalten, Sie holen sich sonst den Tod«, protestierte sie.

»Quatsch, mir macht die Kälte nichts aus. Ich bin daran gewöhnt. Wenn ich nicht ein solcher Idiot wäre, hätte ich längst daran gedacht, Ihnen den Mantel zu geben.«

Als er sich neben sie kniete, um den warmen Biberpelzmantel über sie zu breiten, ließ sie es widerstandslos geschehen. Inzwischen kannte sie ihn gut genug, um zu wissen, daß es sinnlos war, mit ihm zu argumentieren. Zum Glück trug er über seinem Hemd wenigstens eine Wolljakke.

Als Kissen schob er ihr eine Satteltasche unter den Kopf, und über den Mantel legte er noch die Häute, die er mitgebracht hatte, um sie von den Indianern loszukaufen, falls sich das als nötig erwiesen hätte. Zu guter Letzt wollte er auch noch seine Wolljacke ausziehen, aber damit war Caroline nun überhaupt nicht einverstanden.

»Wenn Sie das tun, setze ich mich mit meinem dünnen Kleid hinaus in die Kälte und warte, bis ich zum Eiszapfen werde«, drohte sie.

Ob er ihre Drohung ernst nahm, war schwer zu sagen, jedenfalls behielt er die Jacke an.

Caroline lag auf der Seite und beobachtete ihn schweigend. Merkwürdigerweise fühlte sie sich recht wohl in diesem Unterschlupf, isoliert von der Außenwelt und weit weg von zuhause. Ihr Körper erwärmte sich langsam, und das gemütliche Knistern des Feuers lullte sie ein.

Als sie die Augen wieder öffnete, sah sie Matt, nicht weit von ihrem Lager, mit dem Rücken an der Felswand lehnen. Sein lahmes Bein hatte er vor sich ausgestreckt, seine Arme lagen auf dem angezogenen Knie des anderen Beins. Neben ihm stand der Steinkrug, und er hob ihn gerade zum Mund, um einen großen Schluck daraus zu nehmen.

»Kommen Sie denn nicht ins Bett?« fragte sie unschuldig.

Bei ihrer plötzlichen Frage, die in der Stille und im Halbdunkel der Höhle hing, verschluckte er sich an dem Branntwein. Er hustete und wischte sich dann mit dem Handrükken über den Mund.

»Nein.«

»Sie haben also vor, die ganze Nacht so sitzen zu bleiben?« fragte sie leicht ironisch.

Trotz des Feuers war es kalt in der Höhle. Ihr Atem bildete wieder dieses kleine milchige Wölkchen, sobald sie etwas sagte. Der Branntwein mochte vielleicht für eine innerliche

Wärme sorgen, doch ansonsten mußte ihm kalt sein, dessen war sie gewiß.

»Genau das habe ich vor.«

»Und warum?«

Caroline setzte sich auf und starrte zu ihm hinüber. Er musterte sie mit einer gewissen Gleichgültigkeit, wie ihr vorkam. Ihr Haarknoten hatte sich gelöst, wie ein Vorhang umrahmte das schwarze dicke Haar ihr Gesicht mit den vom Schlaf geröteten Wangen und den großen, etwas schläfrigen Augen.

»Warum nicht?« meinte er und nahm wieder einen Schluck aus dem Steinkrug.

»Sind Sie betrunken? Oder einfach nur kindisch?«

Sie schälte sich aus den einzelnen Lagen, mit denen sie zugedeckt war, stand auf und stellte sich mit gekreuzten Armen vor ihn.

»Ich bin nicht betrunken! Es ist kalt. Machen Sie, daß Sie wieder ins Bett kommen!« murmelte er.

Seine blauen Augen wanderten ihre schlanken Beine hinauf, über die Rundung ihrer Hüften zur schmalen Taille, von dort über ihre festen Brüste, über denen sich das graue Leinenkleid spannte, ihren hübschen langen Hals hinauf zu ihrem Gesicht. Sein Blick wurde unruhig, und er wandte sich ab, um erneut einen Schluck zu trinken.

»Für einen erwachsenen Mann benehmen Sie sich mehr als kindisch. Ich weiß, daß Ihnen kalt ist. Ich sage Ihnen, Sie kommen jetzt sofort ins Bett! Und ich meine es auch so!«

Sie sprach mit dem gewissen autoritären Ton, den er manchmal seinen beiden Söhnen gegenüber gebrauchte.

Matt stellte den Steinkrug ab und sah sie neugierig an.

»Ja, Tante Caroline!« mokierte er sich. »Erwarten Sie wirklich, daß ich Ihnen folge? Wie ein gehorsames Kind?«

Caroline nickte ausdrücklich.

»Genau das erwarte ich!«

»Der Jammer ist nur, daß ich kein zehnjähriger Junge mehr bin«, lachte er trocken. »Ihr Pech!«

Caroline hätte am liebsten mit dem Fuß aufgestampft, so

sehr ärgerte sie sich über seine Sturheit. Seine ganze Haltung machte klar, daß er fest entschlossen war, die Nacht in dieser Position zu verbringen. Ihre vernünftigen Argumente prallten an ihm ab wie die Wassertropfen von einem Öltuch. Da sein Verstand nicht zu funktionieren schien, würde sie es eben mit einem Trick versuchen müssen. Sie setzte sich neben ihn und nahm dieselbe Haltung ein wie er.

»Was, zum Henker, machen Sie da?«

»Ich leiste Ihnen Gesellschaft«, lächelte sie zuckersüß.

»Aber das will ich nicht.«

»Ach, das ist nun wiederum Ihr Pech!«

Mit beiden Händen griff sie nach dem schweren Steinkrug, setzte ihn an ihre Lippen und trank einen kräftigen Schluck. Das Zeug brannte wie Feuer in ihrer Kehle, und in ihre Augen traten Tränen. Jetzt wußte sie allerdings, wie er sich warmhielt. Merkte er nicht, daß er sich einer Illusion hingab?

Matt sah sie gespannt an, weil er offenbar darauf wartete, daß sie hustete. Mit fast übermenschlicher Kraft gelang es ihr aber, diese Reaktion zu unterdrücken. Statt dessen lächelte sie und leckte sich mit der Zunge über die Lippen, als sei der Branntwein das Köstlichste, was sie je getrunken habe.

»Das Zeug ist ziemlich stark«, meinte er.

»Schmeckt wunderbar. So, und über was wollen wir uns jetzt unterhalten?«

»Gehen Sie zu Bett!«

»Das tue ich nicht. Ich lasse Sie hier nicht alleine sitzen, frierend und über irgendwelchen Sachen brütend.«

»Weder friere ich, noch brüte ich über etwas nach. Glauben Sie mir!«

»Na gut, dann eben nicht.«

Caroline schwieg und starrte auf die gegenüberliegende Felswand. Matt trank schlückchenweise seinen Branntwein und sah sie ab und zu nachdenklich von der Seite an. Irgendwann begann Caroline vor Kälte zu zittern.

»Ihnen ist kalt«, sagte er vorwurfsvoll.

»Das ist richtig.«

»Warum gehen Sie dann nicht ins Bett?«

»Weil ich ohne Sie nicht ins Bett gehe. Ihr Verhalten ist nicht nur kindisch, sondern grenzt an Schwachsinn. Wir können uns beide unter die warmen Decken legen. Meinetwegen wie Löffelchen im Besteckkasten ... wenn Sie sich darüber Gedanken machen. Auf diese Weise wird es beiden warm.«

»Ihr Eigensinn geht mir auf die Nerven! Machen Sie sich keine Hoffnung, ich gebe nicht nach.«

»Wie Sie wollen, dann bleiben wir hier sitzen, bis die Eiszapfen von unseren Nasen hängen.«

Caroline bereitete sich auf eine lange und kalte Nacht vor. Matt brummte, nahm noch einen kräftigen Schluck, stöpselte den Steinkrug zu und stand auf.

»In Gottes Namen dann. Kommen Sie!«

Er reichte ihr die Hand, um ihr aufzuhelfen.

Caroline konnte ein Lächeln des Triumphes kaum unterdrücken. Matt deckte sie sorgfältig zu, und sie wartete, was nun geschehen würde. Er zögerte nur eine Sekunde, dann schlüpfte er unter die Indianerdecke, die die unterste des ganzen Haufens war.

Sein Kopf lag auf der zweiten Satteltasche, und er versuchte verzweifelt jeden körperlichen Kontakt zu vermeiden. Ein schwieriges und im Grunde wenig Erfolg versprechendes Unterfangen, weil sein Rücken bereits an die kahle Felswand stieß. Trotz seiner Bemühungen spürte sie die lebendige Wärme, die von seinem Körper ausstrahlte. Wider alle Vernunft entspannte sie sich mit Genuß und rückte dichter an ihn heran. Ihr Rücken berührte leicht seine Brust, ihr Po wölbte sich in die Rundung seines Schoßes. Er schien nicht recht zu wissen, was er mit seinen Armen anfangen sollte. Schließlich verstaute er den einen unter seinem Kopf, der andere landete steif wie ein Brett auf ihrer Taille.

Mit einem Hauch von Seufzen drückte sie sich gegen seinen harten Stachel und zog seinen Arm fest um ihre Taille.

Ein plötzlicher Ruck, und schon saß er aufrecht neben ihr

und holte tief Luft, als fürchte er zu ersticken. Mit gespielter Unschuld drehte sie sich um und sah ihn an.

»Ich wußte, daß es ein Fehler war«, murmelte er hilflos. Caroline beschloß sich so zu geben, wie ihr zumute war. Er war nun mal der Mann, den sie haben wollte, und sie wollte es ihm gern zeigen. Ihr Herz jubelte bei der Vorstellung, daß er ihr gehören würde, auch wenn das zwangsläufig bedeutete, daß sie sich ihm körperlich hingeben mußte.

»Es ist kein Fehler«, murmelte sie.

Sie setzte sich auf ihre Knie, legte die Arme um seinen Hals und sah ihm in die blauen Augen, in denen sich seine Emotionen spiegelten. Begehren gemischt mit Fragen, Begehren und Zweifel, und schließlich nur noch Begehren. Er atmete sehr schnell, die Augen hungrig und sehnsüchtig, der Schein der Flammen tanzte über sein schwarzes Haar, sein schönes Gesicht mit dem Zweitagebart, die breiten Schultern und den mächtigen Brustkorb.

Caroline lehnte sich über ihn, ihre Brüste preßten gegen seine Rippen, und ihre Lippen berührten die seinen.

Er verfluchte seine Schwäche, gleichzeitig zog er sie aber heftig an sich. Durch den dünnen Stoff ihres Kleides spürte er ihren jungen Körper, und Caroline fühlte das Klopfen seines Herzens.

Sein fordernder Mund versiegelte ihre Lippen und saugte sich daran fest. Dann drängte sich seine Zunge zwischen ihre Zähne, weich und feucht und sie schmeckte den Branntwein, der noch in seiner Kehle brannte von dem letzten ermutigenden Schluck. Seine Hände tasteten sich über die Weichheit ihrer jungen Brüste, er fühlte ihre aufgerichteten Brustwarzen, und Caroline stöhnte leise vor Vergnügen.

Matt schob ihre Röcke hoch und seine letzten Skrupel beiseite, fummelte aufgeregt an seiner Hose und drang mit einem lustvollen Stöhnen in sie ein. Caroline umfing ihn mit ihren Händen, preßte ihn noch enger an sich und tiefer in sich, und es war, als gäbe es für sie nichts Wichtigeres, als ihm Lust zu spenden. Schweißgebadet unter ihren Kleidungsstücken verloren sie sich in einer endlosen Umarmung. Sein Stachel bereitete ihr auch diesmal keine große Freude oder etwa gar Lustgefühle, aber immerhin schmerzte es nicht mehr so wie beim ersten Mal. Er stieß noch einmal tief in sie hinein, wobei er stöhnte und murmelte und wieder stöhnte. Dann war der Akt, dem die Männer solche Wichtigkeit beimaßen, vorbei, und er lag atemlos und erschöpft auf ihr. Sie schenkte ihm ein Lächeln und strich mit einer zärtlichen Geste das in der Stirn klebende Haar zurück.

Matt rollte von ihr herunter und starrte lange schweigend zur felsigen Decke hoch.

39

Matt war nicht sehr stolz auf sich. Wieder einmal hatte seine teuflische Begierde ihm einen Streich gespielt und seinen Verstand ausgeschaltet. Er hatte verzweifelt versucht, den Dämon in sich zu besiegen und den Kampf eindeutig verloren. Ohne Frage würde er Caroline immer und immer wieder begehren und außerstande sein, die Finger und anderes von ihr zu lassen. So und nicht anders sah die Realität aus, mit der er sich auseinandersetzen mußte.

»Ich habe Ihnen doch nicht weh getan, oder?« erkundigte er sich schuldbewußt.

»Kein bißchen«, behauptete Caroline fröhlich.

Ihr Kopf lag auf seiner Brust, und sie streichelte über die Wolljacke, dort wo sie sein Herz klopfen spürte. Die an sich harmlose Berührung beschleunigte seinen Puls und sein Stachel erwachte, ungeduldig wie es schien, zu zuckender Lebendigkeit, um kundzutun, daß er zum erneuten Einsatz bereit sei. Glücklicherweise blieb dieser ganz und gar erstaunliche Tatendrang für Caroline unsichtbar, weil ihr der Haufen zusammengeknüllter Decken die Sicht versperrte. Matt zügelte sein Verlangen, was ihm jetzt, nachdem er seine dringendsten Bedürfnisse schon einmal befriedigt hatte, nicht mehr so schwer fiel. Da er wußte, wieviel schöner es war, sich in gemeinsamer Leidenschaft zu vereinen, würde er sie langsam – Schritt für Schritt – in die Kunst des Liebens einweisen und sie das lehren, was sie bisher noch nicht entdeckt hatte. Es gab nichts Schöneres für einen Mann als eine Frau, deren Feuer und Leidenschaft sich an der eigenen Ekstase zu entflammen schien.

»Das freut mich«, sagte er.

Vertrauensvoll wie ein Kind hatte sie sich an ihn gekuschelt, ohne auch nur zu ahnen, daß auch sie beim Liebesakt Lust und Freude empfinden konnte. Und da sie dieses Gefühl nicht kannte, vermißte sie es auch nicht. Natürlich war dies zum Teil auch seine Schuld, weil er, nur auf den eigenen Vorteil bedacht und seiner Begierde gehorchend, in sie eingedrungen war. Davon abgesehen, hatte schon dieses Schwein, das ihr Gewalt angetan hatte, großen Schaden angerichtet. Matt gestand sich ein, daß seine Qualitäten als Lehrer bisher viel zu wünschen übrig ließen.

Er stützte sich auf seinen Ellbogen und sah sie nachdenklich an. Unvorbereitet wie sie war, rutschte ihr Kopf durch seine Bewegung wieder auf die Satteltasche. Sie lächelte ihm schläfrig zu, und unter ihren großen goldenen Augen lagen dunkle Schatten. Die zarte Haut ihrer Wangen und um ihren Mund herum war wund und gerötet von seinen Bartstoppeln. Er nahm sich vor, wenn sie erst wieder zuhause waren, sich abends und morgens zu rasieren, um dergleichen beim nächsten Mal zu vermeiden. Allerdings konnte er sich schon jetzt vorstellen, wie sich seine Brüder darüber mokieren und ihn deswegen aufziehen würden, aber das mußte er in Kauf nehmen. Und solange sie ihn nicht neckten, wenn Caroline dabei war, würde er versuchen ihre Bemerkungen mit stoischer Ruhe über sich ergehen zu lassen.

»Sie sind wunderschön, Caroline«, flüsterte er.

Er beugte sich zu ihr und hauchte einen Kuß auf ihre vollen, sinnlichen Lippen.

Dann stand er auf, bevor er wieder in diesen herrlichen Zustand der Verzauberung geriet und ihm nachgeben würde. Er knöpfte seine Hose halbwegs zu, damit sie ihm beim

Gehen nicht über die Hüften rutschte. Mit fast kindlicher Neugier beobachtete sie ihn, und nichts in ihren Augen deutete darauf hin, daß ihr diese intime Handlung unangenehm war.

Es war offensichtlich, daß sie sich auf dem Weg der Heilung befand, daß sich ihre allgemeine Abneigung gegen alles Männliche nicht mehr auf ihn bezog. Schweigend dankte er Gott, daß dem so war.

Wenn er sanft und sehr vorsichtig vorging, dann bestand vielleicht ein Chance ihr beizubringen, daß die körperliche Verschmelzung zwischen einem Mann und einer Frau zu den schönsten Dingen dieser Welt zählte. Die Idee, sie in diesem speziellen Fach zu unterrichten, erregte ihn, und nur mit Mühe zügelte er sein Verlangen, sofort mit der ersten Lektion zu beginnen. Ihm war klar, daß er viel Geduld und Selbstbeherrschung würde aufbringen müssen, wenn er als Lehrer nicht versagen wollte.

»Matt?« fragte sie schläfrig und gähnte.

Lächelnd zog er sie hoch. Sie hielt sich an seinen Schultern fest und blinzelte träge.

»Was haben Sie vor?«

»Ich will nur unser merkwürdiges Höhlenbett neu herrichten, damit wir es gemütlicher haben«, erklärte er sanft.

Statt der kratzigen Pferdedecke bedeckte er den Laubhaufen mit seinem Pelzmantel. Er nahm von dem aufgeschichteten Holzstoß ein paar Scheite und warf sie aus sicherer Entfernung ins Feuer. Mit dem Steinkrug in der Hand gesellte er sich zu ihr.

Sie stand noch immer neben dem improvisierten Bett, den Kopf leicht zur Seite neigt, und eine gewisse Neugier schlich sich in ihre Augen, als er auf sie zukam. Er stellte den Branntwein in Reichweite ihres Lagers, lächelte ihr zu und zog sie an sich. Seine Lippen preßten sich auf die ihren, während er ungeschickt an den Knöpfen ihres Kleides nestelte. Seit Monaten träumte er davon, sie nackt vor sich zu sehen.

»Matt?« murmelte sie erstaunt.

Sie protestierte nicht, obwohl sie plötzlich begriff, was er vorhatte.

»Wenn wir uns dieser dummen Kleidungsstücke entledigen und nackt unter die Decke schlüpfen, werden wir es viel wärmer haben«, erklärte er sanft.

Es dauerte eine ganze Weile, bis er ein paar der Knöpfe aufbekam, denn er war in den letzten Jahren aus der Übung gekommen.

»Habe ich richtig gehört? Wir sollen nackt beieinanderliegen?« fragte sie geschockt.

Es war offensichtlich, daß sie noch nie in ihrem Leben an eine solche Möglichkeit gedacht oder sie in Betracht gezogen hatte. Ihre kindliche Unschuld amüsierte und erregte ihn.

»Ich gebe zu, das ist genau das, woran ich gedacht habe«, gestand er.

»Oh!«

Sie sah ihn nachdenklich an, während er begann, ihr das Kleid über die Schultern herunterzustreifen.

»Matt?«

»Hmmm?«

Unfähig der Versuchung zu widerstehen hauchte er kleine Küsse auf die zarte Haut.

»Macht man das normalerweise? Ich meine, nackt beisammen zu liegen?«

Sie errötete und schlug die Augen nieder, um intensiv seine Stiefel zu betrachten.

»Manche Menschen finden das angenehmer, als mit all dem lästigen Stoffzeug.«

Zu seiner Überraschung half Caroline ihm dabei, ihre Arme aus dem Kleid zu ziehen, was der langen, enganliegenden Ärmel wegen nicht ganz leicht war. Nachdem diese Schwierigkeit überwunden war, rutschte das Gewand über ihre Hüften hinunter und fiel zu Boden. Mit einem Schritt trat sie aus dem Kreis, den der dünne Stoff um ihre Fußknöchel gebildet hatte.

Entzückt betrachtete Matt den jungen Körper, der nur noch von einem weißen Leinenleibchen und dem von den

Indianern abgeschnittenen Unterrock verhüllt war. Während ihm bei diesem bezaubernden Anblick immer heißer wurde, erkannte er, daß ihr sehr kalt sein mußte, denn sie bekam plötzlich Gänsehaut. Unter den gegebenen Umständen war er gezwungen, sie rasch zu entkleiden, aber in seiner Phantasie malte er sich bereits den Tag aus, an dem er sie langsam ausziehen und dabei jeden Zentimeter ihres Körpers küssen würde. Schließlich kniete er vor ihr nieder, um ihr aus den Schuhen zu helfen. Mit zusammengebissenen Zähnen hakte er ihren Strumpfhalter auf und zog ihr die weißen Strümpfe aus. Diese erregende Tätigkeit stellte seine Selbstbeherrschung auf eine harte Probe. Als er ihre weichen Schenkel berührte, ihre mädchenhaften Knie und ihre wohlgeformten Waden, begann sein Herz wie wild zu rasen. Die Lust hätte ihn übermannt, wenn er nicht schnell aufgestanden wäre.

Endlich stand sie nackt vor ihm. Seine Augen schienen sich an ihrem Körper festzusaugen. Nie war ihm eine Frau begehrenswerter erschienen als Caroline, die scheu ihre jungen festen Brüste mit ihren schlanken Fingern zu bedecken versuchte. Er umfing ihre schlanke Taille mit seinen Händen, und seine Augen ertasteten sich ihren Weg über ihren flachen Bauch mit dem entzückenden kleinen Nabel zu dem kleinen schwarzen Haarvlies, und dann entlang ihren schlanken, langen Beinen.

»Du hast den Körper einer Venus«, stöhnte er.

Er war außerstande, seinem Impuls nicht nachzugeben. Atemlos stülpte sich sein Mund über eine der aufgerichteten Brustwarzen.

Caroline stöhnte leise, und ihre Finger verschwanden spielerisch in seinem schwarzen Haar, während sein Mund sich festsaugte. Das wohlbekannte teuflische Feuer loderte in seinen Lenden, und er ließ hastig von ihrer Brustwarze ab, weil er fürchtete zu explodieren.

Ihre Lippen waren leicht geöffnet und ihre goldenen Augen riesengroß. Neugier, Verwunderung und Erstaunen mischten sich zu einem seltsamen Gesichtsausdruck.

Matt hob sie hoch und trug sie zum Bett hinüber. Er legte sie auf den weichen Pelzmantel und küßte sie zart aufs Ohr und auf die Wangen. Ihre Arme lagen um seinen Hals, als wolle sie ihn nie mehr loslassen.

»Jetzt bin ich an der Reihe.«

Er lachte, um ihr die Verlegenheit zu nehmen, bedeckte sie liebevoll mit der Indianerdecke und stand auf.

Zuerst zog er die Wolljacke aus, dann das Hemd, dann die Stiefel und die Kniestrümpfe. Schließlich konnte er den Augenblick nicht mehr hinauszögern, vor dem er am meisten Angst hatte. Wie würde sie auf seine Nacktheit reagieren? Langsam knöpfte er seine Hose auf. Er war fest entschlossen, sich ihr so zu zeigen, wie die Natur ihn geschaffen hatte. Mit einer fast zornigen Bewegung entledigte er sich des letzten Kleidungsstückes.

Caroline beobachtete ihn schweigend und nicht ohne gewisse Neugier. Sie hatte noch nie einen nackten Mann gesehen, geschweige denn einen erigierten Penis, der steif und riesengroß aus den krausen schwarzen Haaren herausragte. Ihre Augen weiteten sich ungläubig, und Matt errötete zum ersten Mal in seinem Leben.

Sie war so jung, so hilflos und so verletzlich wie ein Kind, dachte er. Wie würde sie auf seinen Anblick reagieren? Mit Entsetzen? Mit Ekel? Mit Angst? Angenommen, es war so, wie würde er es schaffen, sie in Ruhe zu lassen, sie nicht zu berühren, nicht in sie einzudringen?

Matt wußte, daß er es schaffen mußte! Wenn er jetzt den Fehler machte, sie gegen ihren Willen zur Hingabe zu zwingen, dann würde es keine weiteren Unterrichtsstunden mehr geben. Alles, was er sich ausgemalt hatte, würde ein Produkt seiner Phantasie bleiben und keine Realität werden.

Caroline schluckte etwas verlegen, dann sah sie ihm offen ins Gesicht.

»Ist das alles?«

Matt glaubte nicht recht zu hören. Fassungslos sah er sie an. Und dann lachte er laut und schallend.

40

Matt lachte immer noch, als er zu ihr unter die Decke schlüpfte und sie in die Arme nahm.

»Ich verstehe nicht, über was Sie so lachen. Ich erinnere mich nicht, einen Witz gemacht zu haben.«

Verstehe einer die Männer, dachte Caroline. Sie fand sein Benehmen ganz unmöglich. Wie konnte er ausgerechnet zu diesem Zeitpunkt, da sie zum erstenmal mit nackten Tatsachen konfrontiert wurde, was ohne Zweifel eine gewisse Ernsthaftigkeit voraussetzte, in schallendes Gelächter ausbrechen?

»He, das tut weh«, rief er, als ihre Faust seine Schulter erwischte.

Er schnappte nach ihrem Handgelenk und zog die entzükkende kleine Faust an seine Lippen.

»Ihrer Bemerkung entnehme ich, daß Sie etwas ... etwas anderes erwartet haben?« erkundigte er sich.

Die Frage war in einem höflichen Tonfall gestellt. Zu höflich, fand Caroline. Es ärgerte sie, den Grund seines Amüsements nicht zu kennen.

»Da haben Sie völlig recht. Ich habe geglaubt, daß das Ding riesengroß ist. Als es in mich eindrang, fühlte es sich jedenfalls so an«, erklärte sie ernsthaft.

Matt versuchte verzweifelt, nicht laut zu lachen. Gleichzeitig zog er sie fest an sich und hielt sie mit seinen starken Armen umklammert, als fürchte er, sie würde ihm davonlaufen. Was sie vielleicht auch getan hätte, wenn sie sich nicht im letzten Moment daran erinnert hätte, daß sie völlig nackt war.

Matt hatte sich inzwischen wieder einigermaßen gefangen. Total erschöpft von seinem eigenen Gelächter lag er auf dem weichen Fellmantel, und nur in seinen blauen Augen tanzten noch verdächtig lustige Funken.

»Es tut mir wahnsinnig leid, daß ich Sie enttäuscht habe, aber mehr habe ich nicht zu bieten«, entschuldigte er sich.

Caroline wußte genau, daß er sich über sie lustig machte.

Normalerweise wäre sie darüber furchtbar wütend geworden, weil sie das absolut nicht leiden konnte, wenn man sich auf ihre Kosten amüsierte. Aber Matt sah so glücklich und übermütig aus, und damit so viel jünger als sonst, daß sie ihm einfach nicht böse sein konnte, obwohl sie immer noch nicht dahintergekommen war, warum er so gelacht hatte. Und dafür war zumindest eine kleine Strafe angebracht. Mit einem Ruck drehte sie sich zur Seite und wandte ihm ihren Rücken zu.

»Da ich nicht weiß, was Sie so lustig finden, werde ich jetzt schlafen«, meinte sie ein bißchen beleidigt.

»Auch ein schöner Rücken kann entzücken«, murmelte Matt.

Sein Arm schlang sich von hinten um ihre Taille, und er preßte seinen muskulösen Körper ganz dicht an sie. Die Zartheit und Wärme ihrer nackten Haut erregte ihn in einem Maß, wie er es nie für möglich gehalten hätte.

Caroline spürte ihn mit jeder Faser ihres erhitzten Körpers. Seine breite, behaarte Brust und die kräftigen Muskeln seiner Schenkel, zwischen denen das Ding pulsierte.

»Ich glaube nicht, daß das mit dem Schlafen eine gute Idee ist. Nicht gerade jetzt. Mal sehen, ob es mir gelingt, diese plötzliche Müdigkeit zu verscheuchen«, flüsterte er in ihr Ohr.

Seine Hand suchte und fand ihre junge, feste Brust, die sich seiner zärtlichen Liebkosung entgegenwölbte. Mit seinen Fingern manipulierte er sanft ihre inzwischen steil aufgerichtete Brustwarze, und Carolines Nervenenden begannen zu vibrieren. Ein herrliches unbekanntes Gefühl eroberte ihren unerfahrenen Körper. Caroline wagte kaum zu atmen, weil es so schön war.

»Ihre Haut ist so zart, Caroline. Ich konnte es kaum erwarten, mit meinen Fingern darüberzustreichen. Und es ist noch viel schöner, als ich es mir in meinen Träumen vorgestellt habe.«

Er schob ihre schwarzen, seidigen Haare zurück und küßte ihre Schulter. Dann wanderte sein warmer Mund ihren schlanken Hals hinauf bis zu ihrem glühenden Ohrläppchen, an dem er sich festsaugte. Seine Lippen waren weich und zärtlich wie der sanfte Frühlingswind, die Stoppeln seines Bartes hart und männlich. Caroline zitterte unter seinen Berührungen und seinen heiser gemurmelten Schmeicheleien. Seine Hand erforschte und erkundete jetzt ihren flachen Bauch, zeichnete die Rundung des winzigen Nabels nach und näherte sich langsam den Regionen, deren Existenz sie bisher kaum je wahrgenommen hatte. Instinktiv griff sie nach seiner Hand, ein schweigender Protest gegen diese Intimität, doch nichts schien ihn davon abhalten zu können, sie auch dort zu berühren.

»Keine Angst, Caroline«, flüsterte er. »Es tut nicht weh, im Gegenteil. Entspannen Sie sich. Vertrauen Sie mir.«

Sein langer Finger rutschte tiefer, und sie glaubte unter seiner Berührung zu verbrennen, als er einen Punkt berührte, der da unten versteckt war und nun ganz feucht wurde.

»Matt«, stammelte sie.

»Pscht!«

Caroline atmete heftig, weil sie das Gefühl hatte, kaum noch Luft zu bekommen. Ihr Kopf hatte keinerlei Einfluß mehr auf ihre Handlungen, die einzig und allein von ihrem Körper bestimmt wurden, der sich der liebkosenden Hand entgegenwölbte. Mit geschlossenen Augen gab sie sich völlig diesem Lustgefühl hin, das sie zum ersten Mal in ihrem Leben durchströmte,

Der geheime Weg zu ihrer Lustgrotte öffnete sich seinem Finger, der darin verschwand und von züngelnden Flammen empfangen wurde. Er zog sich zurück, schob sich wieder hinein, und sein männlicher Körper preßte sich von hinten an sie. Das Ziehen in ihrem Unterleib verstärkte sich, und mit flatternden Augenlidern und einem kleinen Schrei ließ sie sich endlich fallen in diesen himmlischen Abgrund der Lust.

Es dauerte einige Zeit, bis sie in die Wirklichkeit zurückfand. Sie wagte kaum, die Augen zu öffnen, weil ihre Scham über das Vorgefallene sie verlegen machte. Matt drückte sie fest an sich, seine Hand lag immer noch zwischen ihren Schenkeln. Nun, da sie wieder bei Sinnen war, erschreckte sie die Intimität der Geste, obwohl sie sich eingestand, daß es ein angenehmes Gefühl war.

»Nun, war das nicht schöner als einfach einzuschlafen? Von Ihrer Müdigkeit habe ich übrigens nichts gespürt.«

Obwohl er flüsterte, erkannte sie, daß er mit sich zufrieden war, es war jener fast selbstgefällige Unterton, der sie bewog, sich umzudrehen und ihn anzusehen.

»Sie sind ein eingebildeter Laffe, ein gemeiner und ...«

Caroline lag auf dem Rücken und starrte in ein bärtiges Gesicht, über das ein fast spitzbübisches Lächeln huschte. Doch in seinen blauen Augen entdeckte sie eine ungeheure Zärtlichkeit, was sie darin hinderte weiterzusprechen.

Noch während sie darin versank, wurden seine Augen dunkler und brannten vor Hunger und Leidenschaft.

»Ich liebe Sie, Ephraim Mathieson«, flüsterte Caroline.

Ihre Hand liebkoste streichelnd seine Wange, die sich wie Sandpapier anfühlte.

»Caroline«, stöhnte er. »Oh, Caroline!«

Bevor ihr bewußt wurde, was sie tat, wanderte ihre Zungenspitze mit fast animalischer Freude über die glänzende Haut seines Körpers. Dieser zärtliche Beweis ihrer Liebe entzückte Matt über alles.

Er warf sich auf sie, preßte seine Lippen auf die ihren, als hinge sein Leben von diesem Kuß ab. Seine Hände waren überall, er schlang sich ihre Beine um seine Taille und drang mit Leichtigkeit dort ein, wo sein Finger den Weg vorbereitet hatte. Sie erbebte unter seinen kräftigen Stößen und überließ sich ihrer Ekstase, die wie ein funkensprühendes Feuerwerk in ihren Lenden glühte. Als er laut ihren Namen herausschrie, schwebten sie beide auf einer Wolke des Glücks.

Danach legte sie ihren Kopf auf seine Brust und horchte zu, wie sich sein Herzschlag langsam wieder normalisierte. Ihre langen Finger spielten mit den schwarzen Haaren und liebkosten wie zufällig die flachen dunkelbraunen Brustwarzen, bis er stöhnte und ihre Hand festhielt.

»Matt?«

»Hmmm?«

»Ich möchte gern etwas wissen.«

»Und was möchte mein Engel gerne wissen?«

»Was haben Sie damals gemeint, als Sie sagten, Hannah Forrester und ich seien zwei Paar verschiedene Stiefel?«

Matt sah sie überrascht an.

»Diese Bemerkung hat Sie wohl irritiert, was?« lächelte er.

»Ich nehme an, in dem Maß, in dem Sie Daniels Kuß irritiert hat, den er mir bei dem Maiskolben-Schäl-Wettbewerb gegeben hat«, erwiderte sie zuckersüß.

»So sehr? Na, das ist ja allerhand. Darauf wäre ich nie gekommen.«

»Nun?« insistierte sie.

»Also, das ist ganz einfach ... Sie sind das verführerischste Wesen, das ich je in meinem Leben gesehen habe, die bezauberndste Frau, die außerhalb des Paradieses herumläuft, und das ist *sie* bestimmt nicht.«

»Und so soll es auch bleiben«, sagte Caroline. »Denn Sie gehören mir! Und ich bin nicht gewillt mit irgend jemandem zu teilen!«

»Soll das ein Antrag sein, Caroline?«

Sie erinnerte sich genau, daß er diese Frage schon einmal gestellt hatte.

»Und wenn dem so ist?«

»In dem Fall würde ich antworten, daß die Reihe an mir ist.«

»Das verstehe ich nicht«, meinte sie unschuldig.

»Ich bin an der Reihe, Ihnen einen Antrag zu machen. Aber überlegen Sie sich Ihre Antwort gut. Wenn Sie ja sagen, bekommen Sie nicht nur mich, sondern gleich eine ganze Sippschaft. Davey und John, James und Dan, Rob und Thom, und natürlich Raleigh. Und viele Babies, denn eines ist sicher, meine Finger kann ich nicht von Ihnen lassen, nicht länger als ein paar Stunden jedenfalls, und Babies sind nun mal die Folge solcher Vergnügen. Sie machen sehr viel Arbeit, wie hinlänglich bekannt ist. Wie gesagt, überlegen

Sie es sich gut. Vielleicht möchten Sie lieber woanders hin, wenn Sie Ihre Schulden abgearbeitet haben. Wenn Sie aber meinen Antrag annehmen, dann gehören Sie mir, mit Haut und Haaren, und für immer.«

Mit großen Augen betrachtete Caroline dieses Mannsbild neben ihr.

»Kann es sein, daß Sie mir einen Heiratsantrag machen?«

»Ich denke, so kann man es nennen.«

»Da Sie mir liebenswürdigerweise all die negativen Dinge aufgezählt haben, die mit einer Heirat verbunden sind, dann möchte ich doch wissen, warum Sie mich heiraten wollen.«

Seine Augenbrauen rutschten nach oben, und seine Hände hinunter zu ihrem Po. Caroline versuchte jede Reaktion zu unterdrücken, was nicht einfach war.

»Sie wollen mich damit in Ihr Bett kriegen!« stellte sie erbost fest.

»Das trifft den Nagel auf den Kopf!«

Er zog sie näher an sich, damit sie seine Erregung fühlen konnte.

»Das ist doch wohl die Höhe! Und eine geschmacklose Beleidigung noch dazu«, stieß sie wütend hervor.

Er hielt sie gerade noch rechtzeitig fest, bevor sie ihm entwischen konnte.

»Langsam, langsam, Miss Kratzbürste. Lassen Sie nicht immer gleich das Temperament mit Ihnen durchgehen. Soll ich denn etwas abstreiten, was ganz offensichtlich ist? Wäre Ihnen das lieber? Als ich Sie zum allerersten Mal sah, hätte ich Sie am liebsten gleich in mein Bett gezerrt, so begehrenswert kamen Sie mir vor. Erinnern Sie sich noch an Ihren unglaublichen Auftritt? Wie Sie in diesem komischen roten Mantel über das Feld liefen und der wildgewordene Jakob hinter Ihnen herstürmte? Matt, habe ich zu mir gesagt, *das* ist eine Frau! Schon allein wie sie rennt ist ein Zeichen dafür, daß sie sich von den meisten ihrer Artgenossinnen unterscheidet. Das ist ein ganz spezielles Weib, habe ich mir gedacht. Und wie recht ich hatte!«

Er zog sie auf, und sie wußte es. Aber sie verspürte keine

Lust, auf seinen leichten Ton einzugehen. Sie befand sich in einer seltsamen Verfassung. Die Tatsache, daß Matt auch ein zärtlicher Liebhaber sein konnte, gepaart mit der Erfahrung, daß ihr Körper beim Liebesakt nicht nur Schmerzen sondern wahrhaftig Lust und Leidenschaft empfinden konnte, versetzte sie in einen Zustand der Übersensibilität.

»Lassen Sie mich aufstehen, Sie … Sie geiles Ungeheuer!«

Matt merkte sofort, daß es der falsche Augenblick war, sich über sie lustig zu machen.

»Tut mir leid, ich habe es nicht so gemeint«, lenkte er ein. »Das mit dem Bett stimmt schon, aber glauben Sie denn, daß ich Sie nur aus diesem Grund heiraten würde? Ich will, daß Sie meine Frau werden, weil ich Sie liebe, Caroline. Ich lüge nicht, wenn ich behaupte, daß ich noch nie einen Menschen so geliebt habe wie Sie. Der Gedanke, Sie zu verlieren, ist mir unerträglich. Sehen Sie mich an, Caroline. Ich liebe Sie!«

Als habe er schon zu viel von sich offenbart, rettete er sich in den nächsten Satz mit Humor.

»Und wenn Sie mich zurückweisen, dann muß ich den Rest meines Lebens damit verbringen, als einsamer Wolf durch die Landschaft zu irren, um den Mond anzuheulen.«

Caroline betrachtete ihn nachdenklich. Sie wußte, daß er sie liebte, sie wußte, daß er meinte, was er sagte.

Nicht nur ihr hatte das Leben Wunden zugefügt, auch ihm. Deswegen hatte er Angst vor seinen eigenen Emotionen, deswegen versuchte er sie mit Humor zu kaschieren.

Ihr Zorn verflog so schnell wie er gekommen war. Glücklich legte sie die Arme um seinen Hals.

»Ich bin stolz darauf, Ihre Frau sein zu dürfen, und es ist eine große Ehre für mich«, sagte sie.

Und sie lächelte ihn an mit all der Liebe, die sie schon so lange für ihn empfand.

»Nein, mein Engel, für mich ist es eine große Ehre, daß Sie mich haben wollen«, murmelte er.

Sein Mund preßte sich auf ihren Mund, und der lange Kuß verhinderte alle weiteren Worte.

41

In dieser Nacht lag sie an seiner Brust, in seinen Armen, vollkommen glücklich. Vergessen war Simon Denker, der brutale und herzlose Vermieter. Vergessen war auch die lange anstrengende Reise auf der ›Dove‹ und das geringschätzige Gehabe des Kapitäns. Ja, Caroline verdrängte in diesem Augenblick sogar die Erinnerung an ihre Schwester, deretwegen sie eigentlich England hinter sich gelassen hatte.

Es gab nur Matt – den Mann, den sie mit jeder Faser ihres Körpers liebte; dessen Berührungen ihr nacktes Fleisch elektrisierten. Und sie fühlte, daß Ephraim Mathieson ebenso empfand. Seine Hände, seine Lippen berührten sie überall – ihr Gesicht, ihr Haar, ihren Hals, ihre Brüste, ihre Scham. Trotzdem er sie begehrte, suchte er nicht nur sein eigenes Vergnügen. Zärtlich und liebevoll brachte er sie immer wieder fast zum Höhepunkt, zögerte seinen hinaus, bis auch sie soweit war. Danach lagen sie einander in den Armen, liebkosten und küßten sich und flüsterten miteinander, als gäbe es nichts Wichtigeres auf der Welt als diese kleinen Beteuerungen ihrer Liebe.

Draußen schneite es unaufhörlich weiter, doch die Liebenden merkten nichts davon. Die Außenwelt schien für sie nicht zu existieren. Sie schliefen beide sehr wenig in dieser Nacht, und wenn ihre Vergnügungen auch sehr weltlicher Natur waren, sie kamen sich trotzdem vor wie im Paradies.

Als der Morgen dämmerte, wachte Caroline auf. Das Feuer knisterte fröhlich, denn Matt hatte sich ab und zu überwunden, wenn auch aus sicherer Entfernung, neues Holz aufzulegen. Trotzdem war die Luft in ihrem Höhlen-Unterschlupf eiskalt.

Nur unter den vielen Decken und fest an Matts warmen Körper gedrückt ließ es sich aushalten. Sie lagen wieder wie die Löffelchen im Besteckkasten, sein Arm um ihre Taille geschlungen, die Hand unterhalb ihrer Brust, und sein Bein ruhte besitzergreifend über ihren Schenkeln. Vorsichtig drehte sie sich etwas um, um ihn zu betrachten.

Schlafend sah er aus wie ein unschuldiger Engel. Sein schwarzes Haar lockte sich frech über den Augenbrauen und an den Ohren, die dichten dunklen Wimpern zitterten leicht.

Mehr Ähnlichkeit mit einem Engel hatte er allerdings nicht. Er war ein kräftiger Mann mit allen Unarten, die dieser Rasse eigen sind. Aus den Stoppeln wurde langsam ein Bart, er schlief mit offenem Mund und sein Schnarchen war alles andere als ein himmlisches Geräusch. Und Caroline dankte Gott, daß Matt trotz seiner männlichen Schönheit und trotz der puritanischen Auffassung kein Engel war.

Denn sie liebte ihn so, wie er war; mit seinem Geschnarche, seinen Narben, dem Bart, und was er sonst noch aufzuweisen hatte.

Sie brauchte nur an die vergangene Nacht denken, und schon wurde sie rot. Was er alles mit ihr gemacht hatte, abgesehen davon, daß sie sich mindestens sechsmal geliebt hatten. Sie mußte sich sogar auf ihn setzen und wie eine Amazone ins Ziel reiten.

Der Gedanke, ihm nach all dem in die Augen sehen zu müssen, war ihr unangenehm, ja, geradezu peinlich. Was sagte man zu einem Mann nach einer solchen Nacht?

Es gab keine Geheimnisse mehr zwischen ihnen, alle Karten lagen offen auf dem Tisch. Niemals hätte sie es für möglich gehalten, daß sich in ihr ein rasendes Feuer verborgen hatte, das nur den Atemhauch der Liebe brauchte, um lichterloh zu brennen. Seine anfangs geflüsterten Ermutigungen ihn zu streicheln, zu liebkosen und zu küssen, überall zu küssen, erübrigten sich lange, bevor die Nacht um war. Je öfter er sie liebte, desto wollüstiger und leidenschaftlicher wurde sie.

Was sie und Matt taten, hatte nichts mit dem zu tun, was Simon Denker sich gegen ihren Willen genommen hatte. Matt war ihr Liebster, Denker war ein Schwein gewesen. Ephraim Mathieson hatte ihr gezeigt, wie schön die Liebe sein konnte. Sie fühlte sich befreit von den Schatten der Vergangenheit, die sie so lange verfolgt hatten.

Als sie daran dachte, daß Matt sie gebeten hatte, seine Frau zu werden, mußte sie lächeln. Seine Brüder würden ganz schön dumm aus der Wäsche gucken, wenn sie diese Neuigkeit erfuhren.

Da sie ein menschliches Bedürfnis verspürte, entschloß sie sich nach draußen zu gehen.

Matt schlief tief und fest, und sie entschlüpfte vorsichtig, um ihn nicht zu wecken, seiner besitzergreifenden Umarmung. Als sie neben dem Bett stand, merkte sie erst, wie bitterkalt es war. Sie griff nach Matts Hemd und zog es über. Die Ärmel waren viel zu lang, und die Hemdzipfel hingen ihr bis über die Knie. Sie war sich bewußt, wie lächerlich sie darin aussehen mußte, aber im Augenblick spielte das keine Rolle. Sie schlüpfte in seine Stiefel, die ihr natürlich ebenfalls viel zu groß waren, griff nach dem noch halbvollen Steinkrug und verließ die Höhle.

Es schneite noch immer, aber der Sturm hatte sich gelegt. Die Sonne ging gerade auf, als bleicher Ball trat sie die Reise des Tages an. Der Schnee reichte ihr bis zu den Knien, die Natur war friedlich und still. Spätestens übermorgen konnten sie den Heimweg antreten. Merkwürdigerweise war sie nicht sicher, ob sie sich darauf freute, das Liebesnest zu verlassen und nach Hause zurückzukehren. Wie würde der Rest der Familie reagieren?

Vor allem Davey und John? Zwar schien es, als sei nun endlich das Kriegsbeil zwischen ihr und den Kindern begraben, seit jenem Nachmittag nämlich, als sie Davey vor dem tollwütigen Hund gerettet hatte, aber würde die endlich gewonnene Zuneigung der beiden ausreichen, um sie als Frau von Matt zu akzeptieren?

Nachdem sie ihr Bedürfnis erledigt hatte, leerte sie den Rest des Rums aus und füllte den Krug mit frischem Schnee. Bevor Matt aufwachte, würde sie sich erst mal gründlich waschen. Zähneklappernd kehrte sie in den Unterschlupf zurück.

»Was, zum Teufel, haben Sie denn draußen gemacht?«

Matt war inzwischen leider doch wach geworden. Ohne

sich seiner Nacktheit zu schämen, stand er neben ihrem Lager, die Fäuste auf die schmalen Hüften gestützt. Teils erstaunt, teils vor Kälte zitternd brachte sie kein Wort hervor, sondern sah ihn einfach nur an.

Was für ein phantastisch aussehendes Mannsbild er doch war! Und das Allerschönste war, daß er ihr gehörte. Ihre Augen streichelten den muskulösen Körper, die breiten Schultern, die kräftigen Beine, all das, was dafür gemacht schien, das Herz einer Frau höher schlagen zu lassen.

»Wie konnten Sie in dem Aufzug nach draußen gehen? Und jetzt klappern Sie mit den Zähnen. Kein Wunder bei der Kälte!«

Caroline setzte den Steinkrug neben das brennende Feuer, damit der Schnee schmelzen konnte. Als sie sich aufrichtete, wickelte er sie in den Fellmantel, den er aus dem Haufen der Decken und Häute hervorgezogen hatte. Dankbar nahm sie diese Geste zur Kenntnis.

»Wir brauchen doch Wasser, wenn wir uns waschen wollen«, verteidigte sie sich. »Und das ist dringend notwendig, wenn ich mal so sagen darf.«

»Deswegen waren Sie draußen? Praktisch nackt? Wollen Sie sich denn den Tod holen?« brüllte er.

»Wagen Sie es nicht, mich anzubrüllen, Ephraim Mathieson!«

»Ich brülle, wann es mir Spaß macht. Und nennen Sie mich nicht Ephraim!«

»Das müssen Sie schon mir überlassen. Wenn ich es mir recht überlege, ich mag den Namen.«

»Ach ja?«

»Ja.«

»Sie sind eine recht aufsässige Person heute morgen, wenn mich nicht alles täuscht. Aber glauben Sie bloß nicht, daß ich mit unerzogenen Grünschnäbeln nicht fertig werde!«

»Pah … Sie machen mir keine Angst! Sie nehmen den Mund immer recht voll … Aber ich erinnere mich nicht, je gesehen zu haben, daß Sie einen Ihrer Söhne mal verhauen haben!«

»Meine Söhne sind wohlerzogen und haben eine solche korrigierende Behandlung nicht nötig! Mit Ihnen ist das etwas anderes. Nichts kann mich davon abhalten, Ihnen Ihr entzückendes Hinterteil zu versohlen, wenn Sie nochmal so etwas Dummes anstellen.« Er schüttelte grimmig den Kopf. »Nackt in die Kälte hinauszumarschieren, um Wasser zu holen, nur weil Sie meinen, sich waschen zu müssen.«

»Oh, das war nicht der einzige Grund. Ich mußte mal, wenn Sie es genau wissen wollen, und solche natürlichen Bedürfnisse darf man nicht unterdrücken.«

»Das stimmt! Aber nächstes Mal ziehen Sie sich vorher etwas an. Haben Sie noch nie was von Erfrierungen gehört? Stellen Sie sich doch mal vor, Sie haben plötzlich an der Stelle Frostbeulen, die ich so schätze ... was machen wir dann?«

»Ach, seien Sie doch ruhig. Mir hier Vorträge zu halten ... und was ist mit Ihnen? Sie sind so nackt wie ein Baby!«

»Und warum, mein Engel? Weil Sie meine Sachen anhaben!«

»Nicht alle!«

»Es reicht.«

»Sie haben doch Hosen und Strümpfe und ...«

»Zum Donnerwetter, Caroline, sollen wir den ganzen Morgen darüber diskutieren?«

»Nein.«

»Gottseidank! Mir fallen nämlich ein paar Dinge ein, die ich viel lieber täte!«

Er lächelte vielsagend, hob ihr Kinn und küßte sie. Ihre Arme flogen wie von selbst um seinen Hals, und sie stellte sich auf die Zehenspitzen, um seinen Kuß zu erwidern.

»Das gefällt mir schon viel besser. Und jetzt hätte ich gern meine Stiefel, ich muß auch mal verschwinden.«

»Oh!«

»Genau!«

Der Kuß war nicht ohne Folgen geblieben. Als Caroline sah, was er angerichtet hatte, wurde sie rot bis über beide Ohren und gab ihm schnell seine Stiefel und den Mantel. Sie selbst wickelte sich in die Indianerdecke.

Matt kam schon nach wenigen Minuten zurück. Caroline hatte inzwischen ein Stück von ihrem Unterrock abgerissen, um es als Waschlappen zu verwenden. Verlegen sprang sie auf, als er wieder hereinkam.

»Sie werden sich doch vor mir nicht schämen, oder?« fragte er amüsiert.

»Aber ich wollte mich waschen.«

»Tun Sie es doch.«

Caroline seufzte innerlich. Der Mann, den sie so liebte, war alles andere als perfekt. Einer seiner Fehler war ganz sicher, daß er von den feineren Manieren eines Gentleman keine Ahnung hatte. Nun, sie würde sie ihm beibringen. Jedem das seine. Er war ein vortrefflicher Lehrmeister in Sachen Liebe, blieb nur zu hoffen, daß er auch einen einigermaßen guten Schüler abgab.

»Ich lege absolut Wert darauf, allein gelassen zu werden, wenn ich mich wasche«, sagte sie freundlich, aber bestimmt.

Überrascht sah er sie an, und eine gewisse Ungeduld huschte in sein Gesicht und seine Worte.

»Gibt es denn noch irgend etwas an Ihnen, was ich noch nicht gesehen habe?«

Sie hätte sich ausrechnen können, daß er eine Antwort dieser Art geben würde.

»Wenn Sie sich jetzt, bitte, für ein Weilchen verziehen würden!«

»Ich gehe ja schon, ich gehe ja schon«, brummte Matt.

Seine Augen entsetzt nach oben gerichtet, als werde er die Frauen nie verstehen, zog er ihr sein Hemd aus, Vorwand genug, um auf jede ihrer Brüste einen heißen Kuß zu drükken, und kleidete sich dann in Windeseile an. Dann schnappte er sich sein Gewehr und stiefelte nach draußen.

Caroline wusch sich so gründlich, wie es unter den gegebenen Umständen möglich war. Ängstlich sah sie immer wieder zum Eingang, ob er nicht plötzlich doch wieder vor ihr stand. Aber Matt kam nicht zurück, was ihr mehr als recht war.

Sie konnte ihn draußen singen hören, sehr laut und sehr

falsch. Der Gesang war im Grunde eine Beleidigung für jedes normale Ohr, aber ein zärtliches Lächeln umspielte ihren Mund, während sie lauschte. Liebe machte offensichtlich nicht nur blind, sondern auch taub.

Nach der raschen Katzenwäsche schlüpfte sie vor Kälte bibbernd in ihre Kleider. Als sie gerade die Schuhe anzog, hörte sie einen Schuß, der in der stillen Schneelandschaft widerhallte.

Grinsend und mit gewissem Stolz erschien Matt, in der einen Hand ein frisch erlegtes Kaninchen, in der anderen das noch rauchende Gewehr.

»Unser Frühstück«, erklärte er fröhlich. »Ich muß es nur noch schnell häuten und ausnehmen. Haben Sie auch so Hunger wie ich? Nun, ist ja kein Wunder nach einer solchen Nacht. Ich suche mein Messer. Ich kann mich beim besten Willen nicht erinnern, wo ich es zuletzt gesehen habe.«

»Ich weiß, wo es ist. Warten Sie, ich hole es. Das wird ein Festmahl!«

Matt verschwand noch einmal nach draußen, kam aber sehr schnell mit dem bratfertigen Kaninchen zurück.

Caroline steckte es auf einen Ast und hing den Braten über das Feuer. Matt hatte inzwischen seinen Mantel ausgezogen und sich mit dem Rest des Wassers die Hände gewaschen. Er näherte sich ihr von hinten und schlang die Arme um ihre Taille. Dann wanderten seine Hände zu ihren Brüsten, und er preßte einen Kuß auf ihren Hals. Langsam drehte sie sich um und bot ihm ihre vollen weichen Lippen.

Zu ihrem Erstaunen nestelte er an den Knöpfen ihres Kleides.

»Was machen Sie denn?«

»Ich ziehe Sie aus.«

»Aber ich habe mich doch gerade erst angezogen«, protestierte sie.

»Und Sie sehen bezaubernd in dem Kleid aus. Vielleicht war es gar keine dumme Idee von den Indianern, es abzuschneiden, auf diese Weise kann man wenigstens Ihre entzückenden Waden sehen. Trotzdem, wenn ich ehrlich bin, noch lieber mag ich Sie nackt.«

Es war nicht schwer zu erraten, wie er den Rest des Vormittags zu verbringen gedachte. Er zog ihr bereits das Kleid bis zur Taille herunter.

»Aber es ist doch bereits heller Tag«, meinte sie ein wenig erschrocken.

»Das macht die ganze Sache noch aufregender«, grinste er und entkleidete sie und sich in Windeseile.

Er versiegelte ihre fragenden Lippen, warf sie auf das zerwühlte Bett und bewies ihr mit Taten, was er bereits mit Worten angedeutet hatte.

Als Caroline viel später erwachte, stieg ihr der Geruch des verbrannten Kaninchens in die Nase. Mit einem erschrockenen Schrei befreite sie sich aus seiner Umarmung.

Matt richtete sich mit einer plötzlichen Bewegung auf, bereit, sie gegen die Gefahren der Welt zu verteidigen.

»Was, um Himmelswillen, ist denn los?«

»Was los ist? Unser schöner Braten ist verbrannt. Das ist los«, jammerte Caroline und rettete die jämmerlich geschrumpften Reste vom Feuer.

»Das ist doch nicht schlimm. Wir schneiden einfach die verbrannte Kruste ab und essen was übrig bleibt.«

Erst als sie Matt hinter ihrem Rücken laut lachen hörte, wurde ihr bewußt, daß sie splitterfasernackt vor dem Feuer kniete.

»Ich kann mich an Ihnen einfach nicht satt sehen, mein Engel. Schnell, kommen Sie zurück ins warme Bett.«

»Und das Kaninchen?«

»Vergessen Sie das dumme Kaninchen! Es ist kalt, und Sie sind nackt. Und davon abgesehen, da es nichts zu erledigen gibt, haben wir den ganzen Tag vor uns, um das zu tun, was uns so Freude macht. Wer weiß, wann sich eine solche Chance wieder bietet.«

»Mag sein, aber ...«

»Caroline!«

»Ich komme ja schon. Warum Sie wohl so ungeduldig

sind? Beim besten Willen kann ich mir nicht vorstellen, was Sie vorhaben«, sagte sie so unschuldig wie möglich.

»Kein Grund zu verzweifeln, mein Engel. Ich zeige es Ihnen.«

Irgendwann trieb sie der Hunger doch aus dem Bett. Nebeneinander sitzend stürzten sie sich auf alles Eßbare, was sie noch besaßen. Caroline trank Wasser, Matt gönnte sich einen Schluck von dem Branntwein aus dem zweiten Steinkrug.

Satt und mit sich und der Welt zufrieden, streckten sie sich dann wieder auf ihrem Lager aus.

»Was die Leute wohl denken werden? Was meinen Sie?« fragte Caroline schließlich.

»Über was?«

»Über uns. Über unsere Heirat.«

»Was die Leute denken, interessiert mich nicht. Wenn wir heiraten, dann ist das eine Sache, die nur uns beide angeht.«

»Aber ich weiß, ich bin in Saybrook nicht sehr beliebt, und Sie wissen das doch auch.«

»Das ist doch völlig egal. Sie heiraten doch schließlich mich und nicht die Gemeinde.«

»Schon, aber …«

»Hallo! Matt? Bist du da drinnen?«

Caroline und Matt erkannten die Stimme sofort.

»Das ist Daniel«, sagte Matt und stand rasch auf. »Der Teufel soll ihn holen!«

42

Der arme Daniel konnte natürlich nicht ahnen, wie störend sein Auftauchen von den beiden Liebenden empfunden wurde. Deshalb war Matts Fluch in gewisser Weise verständlich, andererseits hatte der kleine Bruder den weiten Weg auf sich genommen, um ihnen zu Hilfe zu eilen.

»Ziehen Sie sich schnell an!« flüsterte Matt.

Er selbst war schon aus dem Bett gesprungen und in seine Hosen geschlüpft. Seine Aufforderung war völlig absurd, denn Caroline wußte selbst, daß sie sich so schnell wie möglich in eine anständige Frau zurückverwandeln mußte. Matt warf ihr ihre Kleidungsstücke zu, während er selbst sein Hemd zuknöpfte und gleichzeitig versuchte sich in die Stiefel zu quälen.

»Matt?« rief Daniel von draußen.

Offenbar kämpfte er sich durch den Schnee zum Eingang der Höhle.

Caroline knüpfte die Bänder ihre Unterrocks zu und schlüpfte in ihr Kleid. Ihr Liebster aber stiefelte zum Eingang, um Daniel so lange aufzuhalten, bis sie fertig war.

»Hier! Wir sind hier oben«, rief er seinem Bruder zu.

»Dem Himmel sei Dank! Ihr lebt! Ich hatte schon furchtbare Angst, daß euch die Indianer abgemurkst haben, oder daß ihr im Schneesturm umgekommen seid. Wie dumm von mir, ich hätte es besser wissen müssen ... Du bist viel zu häßlich, um umgebracht zu werden, von was auch immer!« lachte Daniel.

»Ist Caroline bei dir?« erkundigte sich Robert.

Caroline zog ihre Strümpfe hoch und befestigte sie. Dann kontrollierte sie noch einmal ihr Aussehen. Die Vorstellung das Liebesnest verlassen und der Rettungsmannschaft gegenübertreten zu müssen, behagte ihr ganz und gar nicht. Natürlich konnte niemand mit Sicherheit wissen, wie Matt und sie die Nacht verbracht hatten, aber sie würden Spekulationen anstellen, die der Wahrheit wahrscheinlich sehr nahe kamen. Mit einer letzten Geste glättete sie ihre Röcke.

»Ja, Caroline ist auch hier«, sagte Matt gerade. »Wie habt ihr uns so schnell gefunden?«

»Das war verhältnismäßig einfach. Wir sind dem Fluß gefolgt, und dann haben wir hier oben den Rauch entdeckt. So, und nun laß uns rein. Es ist verdammt kalt, und ihr habt ja wohl ein wärmendes Feuer.«

Matt sah schnell über die Schulter, um sich zu vergewissern, daß Caroline sich in einem präsentablen Zustand befand. Dann betraten alle drei die Höhle. Robert und Daniel trugen lange Fellmäntel und breitkrempige Hüte. Stampfend klopften sie sich den Schnee von den kniehohen Stiefeln.

Caroline sah aus, als hätte sie die wärmende Indianerdekke, in die sie nun gewickelt war, nie abgelegt. Als Daniel und Robert sie jedoch mit einem Nicken begrüßten und gleichzeitig ihre Blicke durch die Höhle wandern ließen, errötete sie bis zu den Haarwurzeln.

»Wenn ich das hier so sehe, dann habe ich den Eindruck, daß wir weder Grund hatten uns zu ängstigen, noch hätten wir uns so beeilen müssen«, grinste Robert.

Er entdeckte den Steinkrug mit Branntwein neben dem Feuer, bückte sich, entkorkte ihn und nahm einen kräftigen Schluck.

»Recht gemütlich ist es hier«, meinte Daniel und betrachtete das zerwühlte Lager. »Fast so gemütlich wie zu Hause.«

Caroline fühlte sich alles andere als wohl in ihrer Haut.

»Wir werden heiraten, wir beide«, meinte Matt plötzlich.

Seine Blicke wanderten zwischen der erröteten Liebsten und den wissenden Gesichtern der Brüder hin und her.

»Heiraten!« rief Daniel perplex.

»Ihr heiratet? Das ist ja wunderbar«, meinte Robert.

Er klopfte Matt auf die Schulter und grinste Caroline an.

»Sind Sie sicher, daß Sie den Kerl hier haben wollen? Sie sollten sich das noch einmal überlegen. Er ist ein außerordentlich schwieriger Mensch. Aber wem sage ich das?«

»Wirst du wohl den Mund halten?« brummte Matt.

»Ist ja in Ordnung.«

Endlich gab auch Daniel seinem Bruder die Hand. Er war sehr blaß.

»Ich wünsche dir Glück, Matt«, sagte er mit fester Stimme.

Caroline beobachtete die beiden. Kleine Nadeln bohrten sich in ihr Herz. Die Liebe der Mathiesons untereinander war so groß, daß sie sich fragte, ob sie nicht trotz allem immer eine Außenstehende bleiben würde.

»Ich danke dir, Dan«, lächelte Matt, und sein Blick streifte

Caroline. »Weißt du, es ist immer noch besser zu heiraten, als zu verbrennen ... das Feuer lodert nun schon über ein halbes Jahr in mir.«

Die Männer tauschten vielsagende Blicke und Bemerkungen, und Caroline hörte indigniert zu.

»Hast du den Arzt von New London geholt?« erkundigte sich Matt.

Er begann ihre Sachen zusammenzupacken, und Caroline half ihm dabei. Eigentlich war es schade, daß ihr Ausflug zu Ende ging.

Die Realität hatte sie eingeholt. Matt mußte ihre Gedanken erraten haben, denn ihre Augen trafen sich.

Sie gehörten zusammen, und nicht nur, weil sie ein Geheimnis teilten, ein süßes Geheimnis in einer Welt, zu der kein Fremder Zutritt hatte.

»Ja, wir haben ihn mitgebracht. Glücklicherweise ist er ein sehr guter Arzt. Denn als wir nach Saybrook zurückkamen, erfuhren wir von sechs neuen Kranken ... Mary gehört auch dazu.«

»Mary!« rief Caroline entsetzt.

Matt schaute sehr besorgt aus, als er die Neuigkeit hörte. Daniel nickte grimmig.

»Ja. Sie ist nicht ganz so krank wie die anderen, aber ich habe James versprechen müssen, daß Caroline nach ihr schaut, sobald wir da sind. Der Arzt war schon bei ihr, aber James ist in einem furchtbaren Zustand, und er möchte unbedingt, daß Caroline sich um Mary kümmert.«

»Dann brechen wir am besten sofort auf. Habt ihr Pferde dabei?« drängte Matt.

Er zog die Wolljacke an, setzte sich den breitkrempigen Hut auf, schnappte seinen Mantel und legte ihn Caroline um die Schultern.

»Nein«, protestierte sie. »Mir reicht die Decke. Behalten Sie Ihren Mantel.«

»Widersprechen Sie mir nicht immer, Caroline. Sie werden sich an den Umstand gewöhnen müssen, daß ich der Herr im Hause bin. Ich verlange absoluten Gehorsam, falls nicht, werden Sie die Konsequenzen tragen müssen. Ich warne Sie, das kann ganz schön schlimm für Sie ausgehen.«

Rigoros steckte er ihre Arme in die Mantelärmel und knöpfte ihn vorne zu, so daß sie bis zum Kinn eingemummelt war.

»Ach, Sie versuchen mir schon vor der Hochzeit Angst einzujagen? Da kann ich ja nur lachen.«

»Richtig so, Caroline«, meinte Robert belustigt. »Zeigen Sie ihm, wer in Wirklichkeit die Hosen anhat. Das kann dem Kerl nur guttun.«

»Ich wage zu behaupten, daß du dir da kein sehr einfaches Weib eingefangen hast«, meinte Daniel.

Er schien fast so etwas wie Schadenfreude zu empfinden bei dem Gedanken. Seine Laune wurde zusehends besser.

Die Männer schaufelten Schnee über das Feuer und erstickten so die Glut. Draußen warteten vier Pferde im kniehohen Schnee. Drei davon waren geborgt, das vierte gehörte zur Farm. Die Rösser scharrten ungeduldig mit den Hufen und schnaubten Wölkchen in die Luft.

Caroline versank mit ihren weichen Halbschuhen im Schnee, als sie die ersten Schritte nach draußen machte. Matt bemerkte ihr Dilemma als erster und nahm sie einfach auf seine starken Arme.

»Ich kann absolut allein ...« meinte sie.

»Oh, nicht schon wieder!« brummte Matt gespielt entsetzt.

Robert brach in schallendes Gelächter aus, und sogar Daniel mußte lächeln.

»Ich liebe Sie«, flüsterte sie in sein Ohr.

In Matts Augen lag die Antwort, die sie sich erhofft hatte. Zur Bestätigung drückte er sie noch fester gegen seine Brust, während er sie zum Pferd trug.

Sein Bart kitzelte sie am Mund, so eng kuschelte sie sich an ihn. Am liebsten hätte sie ihn geküßt, aber im Hinblick auf eventuelle Zuschauer unterließ sie es dann doch. Obwohl Daniel sich gezwungenermaßen damit abgefunden hatte, daß sie Matt heiraten würde, wollte sie ihn nicht unnötig kränken, indem sie ihre Liebe so offen demonstrierte.

Bevor Matt sie in den Sattel hob, setzte er ihr noch seinen Hut auf, der ihr seiner Größe wegen tief ins Gesicht rutschte.

Mit wenigen Worten verständigten sich die Männer über die Aufteilung des Gepäcks. Sie waren so aufeinander eingespielt, daß es keines langen Geplänkels bedurfte, und jeder schien trotzdem zu wissen, was seine Aufgabe war. Caroline lächelte in den Kragen des weichen Fellmantels und rückte den großen Hut zurecht.

Der Schnee reichte den Pferden bis zum Kniegelenk, deshalb kamen sie nur langsam voran. Der Tag ging zu Ende, und die bitterkalte Nacht brach herein. Sie hatten keine Mühe, den richtigen Weg zu finden, denn sie orientierten sich an der schlanken Sichel des Mondes. Irgendwo heulte ein Wolf mit dem wieder einsetzenden Sturm um die Wette. Daniel ritt auf dem schmalen Waldpfad voraus, Matt bildete die Nachhut.

Caroline fror trotz des warmen Mantels. Sie konnte sich vorstellen, wie kalt es ihrem Liebsten sein mußte, der sich nur die Indianerdecke umgelegt hatte.

Wenn sie gelegentlich anhielten, um sich und den Pferden eine Verschnaufpause zu gönnen und ein paar Bissen hinunterzuwürgen, war der Frost fast unerträglich. Dann saßen sie wieder auf und weiter ging es durch die stille Waldlandschaft.

Endlich, gegen Mittag des folgenden Tages, entdeckte Robert als erster die Rauchsäule, die sich über die Wipfel der Bäume im grauen Himmel verlor.

»Wir haben es geschafft!« rief er. »Wir sind so gut wie da.«

Caroline seufzte erleichtert auf. Sie fühlte die Müdigkeit in allen Knochen, was nicht nur eine Folge des anstrengenden Ritts war. Auch die Liebesnacht mit Matt hatte ihre Spuren hinterlassen. Außerdem fror sie, und ihr Magen knurrte so laut, daß sie es sogar durch den Mantel hören konnte.

»Pa!«

Davey, John und Thomas kamen vor die Tür gerannt, als

sie schließlich vor dem Haus hielten. Leichtsinnig kämpften sie sich mit ihren normalen Kleidern durch den hohen Schnee, der ihnen bis zu den Hüften reichte. Raleigh war außer sich vor Freude.

»Pa!«

Matt sprang vom Pferd, hob seine beiden Söhne in die Höhe und küßte sie liebevoll auf die Wangen, während sie sich aufgeregt an ihn klammerten.

»Und wieso seid ihr nicht in der Schule?« erkundigte er sich streng.

Die Kinder mußten brüllen, um sich verständlich zu machen, weil Raleighs Bellen so laut war.

»Wir haben schulfrei wegen des Fiebers!« rief John.

»Ist das nicht toll?« quietschte Davey begeistert.

Caroline lachte. Davey war offenbar jeder Grund recht, nur nicht zur Schule gehen zu müssen.

»Ja, für euch ist das prima«, meinte Matt. »Und jetzt schnell mit euch ins Haus. Wir versorgen nur die Pferde, dann kommen wir auch. Caroline, gehen Sie mit den Kindern.«

Matt setzte die Kinder in den Sattel und führte sie noch eine Runde herum. Direkt vor der Tür ließ er sie absteigen. Dann hielt er die Arme auf, um Caroline vom Pferd zu helfen. Mit einem leisen dankbaren Murmeln rutschte sie in seine offenen Arme. Es tat ihr richtig gut, daß er so rücksichtsvoll war, sie bis zum Eingang zu tragen, damit sie mit ihren kleinen Schuhchen nicht wieder durch den nassen Schnee waten mußte. Seine blauen Augen funkelten unternehmungslustig, und dann spürte sie auf ihren Lippen einen kurzen Kuß.

Ohne etwas zu sagen ging er zu seinem Pferd zurück, schwang sich in den Sattel und galoppierte zur Scheune.

Die zwei kleinen Jungs und ihr Onkel sahen sie mit weitaufgerissenen Augen an, während sich eine verlegene Röte auf ihren Wangen ausbreitete.

43

Zum Umfallen müde sah Caroline etwas wehmütig ihrem Zukünftigen nach, als dieser zur Scheune ritt. Dann scheuchte sie die Kinder ins Haus, folgte ihnen und machte die Tür hinter sich zu.

Einen Augenblick lehnte sie sich erschöpft dagegen. Die plötzliche Wärme kroch schmerzhaft in ihre eiskalten Finger und Zehen. Essen und Schlaf brauchten sie und ihre Reisebegleiter am dringendsten.

»Pa hat Sie geküßt!«

Daveys Stimme hatte einen fast beschuldigenden Unterton.

»Liebt er Sie, Tante Caroline?« wollte John wissen.

Thomas sagte zwar nichts, aber seine Augen verrieten dieselbe Neugier wie die der Kinder.

»Und Sie haben Pa's Hut auf!« wunderte sich Davey.

»Und seinen Mantel haben Sie auch an!« fügte John hinzu.

»Wißt ihr, wie kalt es draußen ist? Ich hatte keinen eigenen Mantel«, rechtfertigte sich Caroline.

Bewußt antwortete sie nur auf die letzte Frage. Thomas, der sie nicht aus den Augen ließ, begann schon unverschämt zu grinsen. Nein, sie hatte nicht die geringste Lust, die Fragen der beiden Naseweise zu beantworten. Vielleicht konnte sie genügend Zeit gewinnen, und Matt kam zurück. Sollte er doch seine Söhne und seinen Bruder mit der Neuigkeit überraschen.

»Und warum hat er Sie geküßt?« insistierte Davey. »Er küßt nie jemanden. Außer John oder mich. Aber auch nur, wenn wir krank sind oder … oder uns wehgetan haben. Habe ich nicht recht, John?«

»Davey hat recht«, sagte John.

Caroline seufzte. Sie fand einfach nicht den Mut, die beiden von dem neusten Stand der Dinge zu unterrichten.

»Nun hört mir mal gut zu, ihr zwei Quälgeister, ich mache euch einen Vorschlag. Ihr laßt mir einen Augenblick Zeit, um mich etwas zu erholen, und dann reden wir weiter, ja?

Ihr müßt wissen, wir sind die ganze Nacht durchgeritten. Ich habe das Gefühl, meine Glieder sind steif und erfroren. Ich ziehe mich nur rasch um.«

Matts Mantel schleifte am Boden, weil er viel zu lang war für sie, und sie zog ihn aus.

Millicent, die beim Feuer lag, stand auf, streckte sich, gähnte ausgiebig und begrüßte sie dann mit einem lauten Miauen.

»Na, mein schwarzer Liebling? Siehst du, ich bin wieder da.«

In der Küche roch es intensiv nach Maisbrei, und Carolines Magen krampfte sich zusammen. Die Männer, die in der Scheune die Pferde versorgten, mußten ebenfalls fast verhungert sein. Was sollte sie als Mahlzeit auf den Tisch zaubern? Und Mary? Gleich nach dem Essen mußte sie nach der Freundin sehen.

All diese Gedanken schossen ihr durch den Kopf, während sie Matts Mantel aufhängte.

Weder Thomas noch die Kinder hatten sich von der Stelle gerührt. Alle drei beobachteten mit offensichtlichem Interesse ihr Kleid, das nur bis zu den Knien reichte.

Caroline schickte einen verzweifelten Blick zur Decke, dann rannte sie in ihr Zimmer. Davey kam ihr nachgelaufen, aber sie machte ihm die Tür vor der Nase zu.

»Aber, Tante Caroline ...!« protestierte er.

»Ich bin gleich wieder zurück«, rief sie von drinnen. »Ich verspreche es.«

In einer knappen Viertelstunde war sie gewaschen, umgezogen und frisch gekämmt. Die Männer kamen gerade ins Haus, als sie ihr Zimmer verließ.

»Thom, du hast ja gekocht!« rief Robert erstaunt.

Thomas warf seinem Bruder einen seltsamen Blick zu, während er weiter in dem Maisbrei rührte.

»Schließlich mußten die Kinder und ich ja was essen, oder? Ihr habt Glück, daß ich mich in der Menge der Zutaten vertan habe, und es viel mehr geworden ist, als ich eigentlich vorhatte.«

Thomas klang, als müsse er sich verteidigen, obwohl er noch gar nicht geneckt worden war. So notwendige Hausarbeiten wie Kochen fanden die Männer nämlich weit unter ihrer Würde, seitdem Caroline im Haus weilte.

»Pa? Warum hast du Tante Caroline geküßt?« wandte sich Davey an seinen Vater.

Ohne viel drumrumzureden kam er gleich auf den Kern der Sache, die ihn so glühend interessierte.

Matt schälte sich aus der Indianerdecke und setzte sich auf einen Stuhl, um endlich seine Stiefel ausziehen zu können.

»Kannst du mal herkommen und mir helfen, John?«

Es war ganz offensichtlich nicht das erste Mal, daß John als Stiefelknecht fungierte. Bereitwillig stellte er sich mit dem Rücken vor Matt und griff nach dessen Bein. Matts anderes Bein drückte sich gegen den Kinderpo, und John hielt den Stiefel in seinen kleinen Händen. Dann wurde die Übung mit dem anderen Stiefel noch einmal wiederholt, während Daniel und Robert sich ebenfalls gegenseitig halfen.

»Pa, du hörst mir gar nicht zu!« beschwerte sich Davey.

Caroline löste Thomas beim Rühren ab, bevor der Maisbrei Klumpen machte.

»Doch, Davey, ich höre dir schon zu«, sagte Matt und knöpfte seine Strickjacke auf.

»Also, dann sag mir, warum du sie geküßt hast!«

»Weil ich sie heiraten werde, du Knirps.«

John sah seinen Vater mit erstaunt geöffnetem Mund an, und Daveys Unterlippe begann zu zittern, als würde er gleich anfangen zu weinen.

»Heißt das, daß sie unsere Mutter wird?« fragte John entsetzt.

»Ich will keine Mutter«, schluchzte Davey.

Die Reaktion der Kinder war schlimmer, als Caroline erwartet hatte. Keine Spur mehr von der Zuneigung, die sie an jenem Nachmittag unter dem Baum gespürt hatte, als sich die beiden in ihre Arme gekuschelt hatten, nachdem sie Davey vor dem tollwütigen Hund gerettet hatte. Wenn sie ehrlich war, verletzte sie die Zurückweisung der Kinder sehr. Andererseits mußte sie versuchen, sich in sie hineinzudenken. Die Erfahrungen, die sie mit ihrer eigenen Mutter hatten machen müssen, waren furchtbar genug gewesen und ganz sicher noch nicht vergessen. Seit dem Tod Elisabeths war ihr Vater ihre Bezugsperson, nicht nur das, er gehörte ihnen. Ein kostbarer Besitz, den sie nicht teilen wollten. Wahrscheinlich waren sie nie auf den Gedanken gekommen, daß er eines Tages wieder heiraten könnte, und im Grunde hatte Matt sie unbewußt darin bestärkt, denn er hatte nie ein Geheimnis daraus gemacht, einen Widerwillen gegen diese weltliche Institution entwickelt zu haben.

»Ich kann gar nicht eure Mutter sein«, meinte Caroline sanft. »Auch wenn ich die Frau eures Vaters werde, ich bleibe für euch trotzdem eure Tante Caroline.«

»Nein!« schluchzte Davey.

So schnell ihn seine kleinen Beine trugen, rannte er die Treppe hinauf.

John versuchte seine Gefühle wie ein erwachsener Mann zu kontrollieren. Langsam folgte er seinem kleinen Bruder.

»Ich glaube, es ist besser, ich gehe ihm nach«, murmelte er zwischen zusammengebissenen Zähnen.

»Na, das hast du ja mal wieder fabelhaft gemeistert«, sagte Daniel zu Matt.

»Hättest du ihnen das nicht ein bißchen vorsichtiger und freundlicher beibringen können?« meinte Robert.

»Die armen Würmer«, murmelte Thomas.

»Sie werden sich schon daran gewöhnen«, erklärte Matt.

Er stand auf und folgte seinen Söhnen in das obere Stockwerk.

Zehn Minuten später kamen alle drei wieder herunter. Wie zwei verlorene Schafe trieb er die Kinder vor sich her.

»Wir freuen uns, daß Sie Pa heiraten, Tante Caroline«, sagte John.

So erwachsen er sich auch gab, seine Wut konnte er kaum überspielen, wenigstens nicht in seinem Gesichtsausdruck.

»Danke, John. Das ist lieb von dir«, erwiderte Caroline freundlich.

Ein widerspenstiger Kloß schnürte ihr die Kehle zu, sie konnte kaum schlucken. Am liebsten hätte sie die beiden Kinder in ihre Arme genommen, ihnen versichert, daß alles in Ordnung kommen werde und sie keine Angst zu haben bräuchten vor der neuen Situation. Aber ihr Instinkt sagte ihr, es nicht zu tun. Man mußte den beiden Zeit lassen, die Neuigkeit zu verdauen. Gewiß war es der Schock, der ihre Reaktion bewirkte. Caroline glaubte nicht, daß sie sie persönlich nicht mochten. Trotzdem konnte sie sich des Gefühls nicht erwehren, das bereits gewonnene Terrain wieder verloren zu haben.

Matt gab Davey von hinten einen kleinen Schubs.

»Ich freue mich auch«, sagte Davey.

Die väterliche Autorität im Rücken zwang ihn zu der Bemerkung, aber sein Gesichtsausdruck verriet, daß er innerlich rebellierte.

Caroline lächelte ihm zu.

»Das Essen ist fertig«, erklärte sie.

Bewußt gab sie sich fröhlich und gelassen, als sie das leidige Thema wechselte.

Erleichtert begaben sich die Kinder zu Tisch, froh darüber, ihre Pflicht und Schuldigkeit hinter sich gebracht zu haben. Robert, Thomas und Daniel setzten sich dazu, während Matt sich in der Nähe von Caroline zu schaffen machte. Das Lächeln, das er ihr schenkte, war eher grimmig denn fröhlich.

»Keine Angst, sie gewöhnen sich schon an die Idee«, versprach er flüsternd.

Caroline betrachtete ihren Liebsten skeptisch.

»Aus verständlichen Gründen paßt ihnen unsere Hochzeit nicht. Gefühle kann man nicht erzwingen«, warnte sie.

Matt lächelte ihr zu, dann begab er sich ebenfalls zu Tisch.

Nach dem Essen drängte Caroline zum Aufbruch, denn sie wollte so schnell wie möglich zu ihrer Freundin Mary. Matt dagegen bestand darauf, daß sie sich erst ein Weilchen ausruhte.

»Sie sind schon ganz grau im Gesicht vor lauter Müdigkeit«, sagte er. »Ich will nicht, daß Sie auch noch krank werden.«

Gerührt beschloß Caroline, sich seinem Wunsch zu beugen. Allerdings würde er sich nach der Hochzeit damit abfinden müssen, daß sie nicht immer so nachgiebig sein würde.

»Ob wir eine Stunde früher oder später ankommen, kann keinen großen Unterschied ausmachen. Außerdem hoffe ich, James war klug genug, den Arzt zu konsultieren.«

Caroline war kaum mehr in der Lage, die Augen offen zu halten. Sie schlief auf der Stelle ein, kaum hatte sie sich zu Bett begeben.

Die Dunkelheit brach schon herein, als sie sich endlich auf den Weg nach Saybrook machten. Matt hatte den Schlitten angespannt und sie, dick eingemummelt und mit einem heißen Backstein zu ihren Füßen, neben sich plaziert.

Er war inzwischen rasiert. Sein feines Gesicht wirkte blaß und sehr müde. Sie kuschelte sich dicht an ihn, während sie durch die Schneelandschaft fuhren. Eigentlich war es fast romantisch, wäre der Grund für ihren Ausflug nicht so ernst gewesen.

Caroline hoffte, daß Mary bereits auf dem Weg der Besserung sein würde. Die Gemeinde wirkte wie ausgestorben. Außer einem schwarz gekleideten Mann, der die Straße entlanghastete, in der sich das Haus von Mary und James befand, trafen sie niemanden.

Als Matt den Schlitten anhielt, öffnete James die Tür und verharrte dort unbeweglich, als Matt Caroline aus dem Schlitten half.

Als sie die Stufen hinaufgingen, sahen sie sein bleiches von Trauer gezeichnetes Gesicht, tiefe Schatten lagen unter den rotgeweinten Augen. Er wirkte so unglücklich und verloren, daß es Caroline das Herz zusammenkrampfte. Sein starrer Blick suchte Matts Augen, als er sich zwang, das Furchtbare auszusprechen.

»Sie ist tot. Mary ist tot«, sagte er mit gebrochener Stimme.

Matt nahm den Bruder fest in die Arme. Und dann begann James bitterlich zu schluchzen.

44

Zwei Tage später wurde Mary begraben. Auf dem kleinen Friedhof neben der Kirche hatten sich die Menschen eingefunden, die ihr die letzte Ehre erweisen wollten.

Caroline, bis zu den Fußknöcheln in puritanisches Grau gehüllt, stand neben Matt, der so ernst wirkte, wie sie ihn noch nie gesehen hatte. Schwarzgekleidet, den Hut in seinen Händen, fiel er mit gesenktem Kopf in das Gebet ein, das der Pastor anstimmte.

»Vater unser, der du bist im Himmel ...«

James stand auf der anderen Seite von Matt, und seine Stimme versagte des öfteren, als er die bekannten Worte murmelte. Da am gleichen Tag noch zwei Opfer des furchtbaren Fiebers begraben werden mußten, war die Zeremonie kürzer als sonst. Robert, Daniel und Thomas beteten mit bleichen und ernsten Gesichtern für die Verstorbene und für den Witwer.

Die kleine Hope kuschelte sich an die Brust ihres Vaters, ihre kleinen Patschhände griffen manchmal nach seiner Nase, ihre großen blauen Augen strahlten, weil sie so gern unter Menschen war. In ihrem zarten Alter verstand sie noch nicht, daß dort in dem einfachen Holzsarg ihre tote Mutter lag. James hatte darauf bestanden, seine kleine Tochter selbst auf den Armen zu halten, obwohl Caroline sich erboten hatte, das Kind zu nehmen. Beim Anblick der beiden war es um Carolines Selbstbeherrschung geschehen, und die Tränen liefen ihr über die Wangen.

Alle warteten darauf, daß der Witwer als erster eine Handvoll Erde auf den Sarg warf. Aber James starrte mit ausdruckslosem Gesicht in die Grube, in der von nun an seine geliebte Mary ruhen würde.

Als James keinerlei Anstalten machte, etwas zu tun, bückte sich Matt, nahm eine Handvoll Erde und drückte sie seinem Bruder in die Hand. Schmerzerfüllt betrachtete Marys Mann seine Hand und dann Matt, als verstünde er nicht, was von ihm erwartet wurde.

»James«, murmelte Matt. »Bitte.«

James gehorchte widerwillig und hob den Arm in einer verzweifelten Geste.

Der Erdklumpen fiel auf den Holzsarg, und das hohle Geräusch ließ alle Anwesenden erzittern.

»Gottes Wille geschehe bis in alle Ewigkeit. Amen.«

Ein haßerfüllter Blick des Pastors traf Caroline, und sie trat instinktiv einen Schritt zurück.

Matt und Daniel nahmen den armen James in ihre Mitte und führten ihn vom Grab weg. Davey und John folgten ihnen mit traurigen Gesichtern. Es war schwer zu sagen, ob der kleine Davey die volle Tragik des Geschehens begriff. Robert und Thomas schlossen sich ihnen an, Caroline verließ den Friedhof als letzte.

Die Anwesenden waren voller Sympathie für die Hinterbliebenen und murmelten ihr Beileid. Als jedoch Caroline an ihnen vorüberging, wandten die meisten sich ab, wie um ihr zu zeigen, daß ihre Gegenwart unerwünscht sei.

Hannah Forrester, in Begleitung ihrer kleinen Schwester Patience, hielt sich gekonnt ein Taschentüchlein an die Augenwinkel und verfolgte Matt mit sehnsüchtigen Blicken. Als Caroline ihr freundlich zunickte, drehte sie sich absichtlich um, ohne den Gruß zu erwidern. Patience, ganz im Einfluß ihrer Schwester, folgte ihrem Beispiel.

Caroline fröstelte bei so viel Abneigung, die sie sich im Grunde nicht erklären konnte. Hannahs Reaktion verstand sie noch am ehesten, die Witwe war ohne jeden Zweifel eifersüchtig. Aber die anderen? Wußten sie eventuell, was zwischen Matt und ihr vorgefallen war? Verdammten sie sie deswegen, weil es in ihren Augen eine Sünde war?

»Das ist sie! Das ist die Hexe! Paßt bloß auf, daß sie euch nicht anschaut! Habt ihr die Farbe ihrer Augen gesehen? Ein

Blick genügt und ihr bekommt auch das Fieber, an dem die arme Mary gestorben ist, weil sie mit dieser Hexe befreundet war!« flüsterte eine der Frauen.

Steif wie ein Brett ging Caroline weiter. Glaubten diese Menschen denn wirklich, daß sie eine Hexe sei?

Sie beschleunigte ihre Schritte, um die Männer einzuholen. Hinter ihrem Rücken ging das Geflüster weiter.

»Sie ist der Teufel, Ephraim Mathiesons Liebchen! Vielleicht ist sie nicht einmal die Schwester seiner ersten Frau! Vielleicht ist es Elisabeth selbst, die aus dem Grab auferstanden ist, um sich an uns zu rächen, weil wir sie ins Fegefeuer geschickt haben! Sie hat unsere Gemeinde verflucht! Sie ist schuld an dem Fieber und an dem Tod unserer Mitbürger.«

Caroline glaubte die wichtigtuerische Stimme des scheußlichen Pastors zu erkennen, der die Menge gegen sie aufhetzte. Und die Menge ließ sich aufhetzen. Zustimmende Rufe wurden laut, und plötzlich traf sie ein Schneeball an der Schulter. Caroline wirbelte herum, doch sie konnte den Schuldigen nicht ausfindig machen in der Gruppe hämisch Grinsender.

Caroline war fassungslos, daß man es wagte, sie öffentlich zu demütigen. Am liebsten hätte sie die Menge angeschrien, da sie aber wußte, daß dies bei diesen puritanischen Fanatikern keinen Sinn hatte, unterließ sie es. Statt dessen rannte sie hinter den Männern her, die keine Ahnung von dem hatten, was sich gerade abgespielt hatte.

Sie erwähnte den Vorfall mit keinem Wort, weil es kaum der Augenblick war, die Trauernden mit so etwas zu belästigen. Sie bereitete für alle etwas zu essen, während sich die Brüder abwechselten, um James in dem Schlafzimmer, das er noch vor zwei Tagen mit seiner Frau geteilt hatte, Gesellschaft zu leisten.

»Er ist in einem schlimmen Zustand«, meinte Matt später, als sie sich zum Aufbruch fertig machten, nachdem James endlich eingeschlafen war.

Daniel blieb bei seinem Bruder, und Marys Mutter, die gestern aus Wethersfield herübergekommen war, kümmerte sich um die kleine Hope. Sie konnte nur ein paar Tage bleiben, da die Geschwister von Mary noch klein waren und nicht lange ohne ihre Mutter auskommen würden. Nach ihrer Abreise mußte James sich daran gewöhnen, allein für seine kleine Tochter zu sorgen. Caroline verabschiedete sich von Hope und nahm sich fest vor, James anzubieten, das nun mutterlose Wesen zu sich zu nehmen, obwohl er dieses Angebot sicher ablehnen würde.

Davey und John waren auf der Heimfahrt ungewöhnlich still. Irgendwann aber siegte Daveys Neugier, und er sah seinen Vater, neben dem er sitzen durfte, fragend an.

»Wird Onkel James auch eine neue Frau finden, Pa?«

»Eines Tages, vielleicht. Es ist schwierig, eine neue Frau zu finden«, sagte Matt nach einer Weile.

Er fuhr seinem Sohn liebevoll durch die Haare und sah ihn nachdenklich an.

Davey lehnte sich an seinen Vater und schwieg. Caroline hoffte, daß er sich nach und nach mit der Idee, daß Matt sie heiraten würde, anfreundete.

Alle waren schon im Bett, aber Caroline saß immer noch vor dem Feuer in der Küche und weinte. Wie grausam es in dieser Welt zuging, dachte sie. Ausgerechnet Mary, die freundlichste und liebenswürdigste Frau, mußte sterben. Es war einfach ungerecht.

Plötzlich nahm sie hinter sich ein Knarren wahr. Matt stand im Türrahmen und beobachtete sie. Tiefe Schatten lagen unter seinen Augen, weil er, seitdem sie zuhause angekommen waren, noch nicht geschlafen hatte. Er hatte sich um die Vorbereitungen für die Beerdigung gekümmert und war seinem Bruder tröstend zur Seite gestanden.

»Was machen Sie denn hier? Ich dachte, Sie schlafen endlich«, sagte Caroline sanft.

»Ich hatte das Gefühl, daß hier unten jemand herumgeistert und hoffte, daß Sie es sind.«

Bis auf die schwarzen Hosen war er nackt. Seine Schulten wirkten im Halbdunkel der Küche noch breiter als sonst.

»Matt, Sie müssen schlafen«, sagte sie zärtlich.

Sie nahm seine Hand und hauchte einen Kuß darauf.

»Sie auch, Caroline.«

Er zog sie vom Stuhl hoch und umfaßte ihre schlanke Taille. Carolines Arme umschlangen seinen Hals. Plötzlich war sie sehr glücklich darüber, daß er heruntergekommen war, um sein Leid mit ihr zu teilen. Sie stellte sich auf die Zehenspitzen und küßte ihn.

Matt zog sie an sich und erwiderte den Kuß. Seine Hände verfolgten die Linie ihres Rückgrats. Caroline schloß die Augen und genoß seine Berührungen.

»Pa! Pa!«

Caroline und Matt erstarrten. Ihre Lippen lösten sich voneinander. John fiel fast die Treppe herunter, weil es ihm nicht schnell genug ging.

»Pa! Tante Caroline! Davey ist krank!«

45

Die darauffolgenden zwei Tage saß Matt auf der Bettkante seines todkranken Sohnes. Obwohl John ebenfalls gerne bei seinem kleinen Bruder geblieben wäre, verbot Matt ihm ins Zimmer zu kommen, weil er befürchtete, daß sich sein Ältester eventuell anstecken könnte. Nur Caroline war der Zutritt erlaubt, die den Knirps so aufopfernd pflegte, als wäre es ihr eigenes Kind.

Dr. Samuel Smith, der Arzt aus New London, kam zur Farm, um nach dem Jungen zu sehen. Seiner Meinung nach hing das Leben des Kranken weniger von seinen medizinischen Fähigkeiten als von der Güte Gottes ab. Im Gegensatz zu manchen Kollegen machte er kein Geheimnis aus seiner Auffassung, sondern tat sie offen kund. Matt hielt die Hand seines Sohnes, während er Gebete murmelte oder in der Bibel las, um aus den religiösen Texten Kraft zu schöpfen. Caroline wagte sich nicht auszudenken, was Daveys Tod für Matt bedeuten würde.

»Sie lassen doch nicht zu, daß Davey stirbt, nicht wahr, Tante Caroline? Pa haben Sie ja auch gerettet!« meinte der völlig verzweifelte John.

Da die Schule wegen der Fieberseuche geschlossen war, hing John den ganzen Tag im Haus herum. Es gab nicht viele Möglichkeiten, wie er sich hätte nützlich machen können. Er saß meistens mit rotgeweinten Augen still in einer Ecke.

Um ihn abzulenken, spielte Thomas ab und zu mit ihm verschiedene Brettspiele, obwohl dergleichen Freizeitbeschäftigungen bei den Puritanern verpönt waren.

»Ich tue mein Bestes«, versprach Caroline.

Sie strich ihm liebevoll über das glänzende Haar, und zu ihrer Überraschung sprang John auf und umarmte sie.

»Davey und ich ... wir lieben Sie, Tante Caroline«, murmelte er an ihrer Brust. »Und wir finden es auch richtig, wenn Sie Pa heiraten.«

Caroline drückte einen flüchtigen Kuß auf seine Stirn.

»Ich habe euch beide auch furchtbar lieb. Du wirst sehen, Davey wird wieder gesund, und wir vier werden sehr glücklich miteinander sein«, tröstete sie ihn.

In Wirklichkeit glaubte sie selbst nur sehr vage an ihre Worte, denn Davey übergab sich pausenlos, und es bestand nur eine geringe Chance, daß er überleben würde. Aber sie wollte John auf keinen Fall noch mehr beunruhigen und verschwieg deshalb ihre Befürchtung.

»Wenn er nicht stirbt«, sagte John und kehrte zu seinem Stuhl zurück.

»Wir müssen alle für ihn beten«, sagte Caroline.

Sie tauschte einen vielsagenden Blick mit Thomas. Stumm erkundigte er sich so nach Daveys Zustand. Caroline schüttelte den Kopf.

Sie tat alles, um dem kranken Jungen zu helfen. Sie gab ihm von den Medizinen, die sie noch besaß. Sie wickelte den glühenden Körper in eiskalte Tücher, sie zwang ihn, Löffel für Löffel, Flüssigkeit zu sich zu nehmen, wie es nur irgendwie möglich war. Seit zwei Tagen war sein Zustand unverändert. Am dritten Tag waren die meisten Opfer ihrer Krankheit erlegen. Wie würde Gott entscheiden?

Gegen Mitternacht setzte sich Caroline auf die andere Seite des Krankenbettes. Matt hielt die Hand seines Sohnes, und sie wechselten nur wenige Worte miteinander. Zwischen ihnen lag das Kind, still und bewegungslos. Nichts deutete darauf hin, daß er auf dem Weg der Besserung war, und Caroline befürchtete schon das Schlimmste.

Gemeinsam mit Matt murmelte sie die Worte eines alten Gebetes, Worte, die Davey nicht zu hören schien.

Plötzlich schlug das Kind die Augen auf und sah sie beide an.

»Ich habe schrecklichen Hunger, Pa!« flüsterte Davey.

Dann fielen ihm die Augen wieder zu, und seine kleinen Hände fühlten sich schwer und leblos an.

»Davey! Oh nein! Bitte lieber Gott, nicht das, nein!«

Matt beugte sich weinend über seinen jüngsten Sohn, und Caroline fürchtete schon, er würden den glühendheißen Körper schütteln, weil er so verzweifelt war.

Carolines Hand fühlte nach der Stirn des Jungen, und sie riß die Augen auf.

»Matt! Er ist nicht tot!« rief sie überglücklich. »Er muß nicht sterben! Matt, hören Sie mich. Das Fieber ist gesunken, und er hat Hunger. Sobald sie wieder Hunger haben, ist das Schlimmste überstanden! Oh, Matt ... er wird leben!«

Es dauerte eine Weile, bis Matt die Neuigkeit begriff. Erschöpft ließ er sich in seinen Sessel zurücksinken und schloß die Augen. Tränen rannen ihm die Wange hinunter.

»Gelobt sei Gott in seiner Güte«, stammelte er.

Caroline stand auf und umarmte ihn von hinten.

»Oh, Matt. Ich bin so glücklich. Davey wird leben!« flüsterte sie.

Sie streichelte Matts Haar und drückte seinen Kopf an ihre Brust, wie sie es mit John gemacht hatte, als er Trost brauchte. Matts verkrampfter Körper entspannte sich und lehnte schwer und total erschöpft an ihr. Nachdem die Krise nun überwunden war, würde er erleichtert in den nächsten Sekunden einschlafen. Da sie nicht wollte, daß er unbequem auf seinem Stuhl sitzen blieb, hievte sie ihn hoch und zwang ihn aufzustehen.

»Das Schlimmste ist überstanden, und Sie brauchen dringend Ihren Schlaf«, sagte sie.

»Ich möchte Davey nicht allein lassen«, murmelte Matt eigensinnig.

»Ich werde Daniel bitten, bei dem Kind zu bleiben, während ich Sie ins Bett verfrachte«, beruhigte ihn Caroline.

»Ins Bett verfrachten? Ich bin weder krank noch ein Baby.«

»Ich weiß, Matt. Aber Sie sind todmüde, also keine Widerrede!«

Sie schlang seinen Arm um seine Taille, um ihn auf dem Weg in sein Zimmer zu stützen. Beim Vorbeikommen klopfte sie an Daniels Tür und bat ihn, inzwischen auf Davey aufzupassen.

Daniel öffnete sofort. Ein forschender Blick, und er erkannte, daß es Davey besser ging. Seine Augen hefteten sich auf das Paar vor ihm, und endlich schien er zu begreifen, daß die beiden zusammengehörten.

»Selbstverständlich. Keine Angst, ich kümmere mich schon um den Knirps«, sagte er ruhig.

Ohne weitere Fragen begab er sich sofort ins Krankenzimmer.

In Matts Zimmer entzündete Caroline die Kerze und schloß die Tür hinter ihnen. Dann begann sie ihren Liebsten, der sich kaum mehr auf den Beinen halten konnte, zu entkleiden, was er anstandslos mit sich geschehen ließ.

Als er endlich nackt im Bett lag, deckte sie ihn liebevoll zu. Trotz seiner Erschöpfung hielt er sie fest.

»Bleiben Sie noch ein bißchen«, flüsterte er.

Caroline verstand, daß er sie brauchte und spüren wollte, um den Todesengel zu vergessen, der zwei Tage lang über ihrem Haus geschwebt hatte. Und sie war willig, ihm zu geben, wonach er sich sehnte. Ohne ein Wort zu sagen, zog sie sich aus und kroch zu ihm ins Bett.

»Ich brauche Sie so sehr, Caroline«, murmelte er.

Und er küßte sie inbrünstig und setzte seine Worte in die Tat um.

46

Caroline war gerade im Krankenzimmer, als es unten ungehörig laut und fast ungeduldig an die Tür klopfte. Es dämmerte bereits, und sie erwartete jeden Moment die Rückkehr der Männer, die wieder ihrer Arbeit nachgingen, nachdem Davey sichtbar auf dem Weg der Besserung war.

Über dem Feuer schmorte das Lieblingsessen der Familie, und sie hatte sogar einen Kuchen aus Maismehl, Eiern, Milch und wildem Honig fabriziert, um Daveys Gesundheit zu feiern. Zum ersten Mal würde am Tisch wieder etwas Fröhlichkeit aufkommen, wenngleich auch noch keiner Marys Tod überwunden hatte.

Ihre Mannsbilder befanden sich draußen auf dem Feld, um den Baum, der Matts Unfall verursacht hatte, zu Kleinholz zu hacken, weil ihnen ein langer, kalter Winter bevorstand. Da es bereits dunkelte und sie sicher hungrig sein würden, rechnete sie jeden Moment mit ihrem Eintreffen.

Caroline wunderte sich zwar über den unerwarteten Besuch, aber ihr sonst so sicherer Instinkt ließ sie diesmal im Stich, und so ging sie ahnungslos zur Tür, um zu öffnen.

Völlig konsterniert betrachtete sie die Gruppe von Menschen, die mit brennenden Fackeln ausgerüstet, untereinander murmelnd, wie ein Empfangskomitee vor der Tür standen. Es waren etwa zwei Dutzend Männer und einige wenige Frauen, die sie haßerfüllt anstarrten. Eisiges Schweigen breitete sich aus, als sie in der offenen Tür erschien.

Obwohl sie keine Ahnung hatte, was all diese Menschen hier wollten, zwang sie sich zu gelassener Höflichkeit.

»Guten Abend. Was kann ich für Sie tun?« erkundigte sie sich harmlos.

Millicent verließ ihren Stammplatz beim Feuer, näherte sich neugierig, blieb aber für alle Fälle im Schutz von Carolines Beinen und wartete mit hochaufgerichtetem Schwanz auf die weitere Entwicklung der Dinge.

»Das ist sie! Das ist die Hexe!« rief jemand schrill.

Das gespenstische Flackern der Fackeln machte es Caroline unmöglich, die einzelnen Gesichter zu erkennen. Allerdings glaubte sie das schwarze Gewand des Pastors im Hintergrund zu erkennen, und sie erspähte einen Glatzkopf, der in dem seltsame Licht aus der Menge herausleuchtete und eventuell zu Mr. Williams gehören mochte.

»Hexe?« fragte sie verwirrt.

»Nehmt euch vor der schwarzen Katze in acht. Die ist wahrscheinlich auch verhext!«

»Worauf wartet ihr denn noch? Nehmt die Hexe endlich gefangen! Mein Baby stirbt, und sie ist schuld daran!« rief eine Frau hysterisch.

»Nehmt die Hexe gefangen!«

Caroline trat ängstlich einen Schritt zurück, im Begriff die Tür schnellstens wieder zu schließen. Unglücklicherweise stolperte sie über Millicent, die mit einem schmerzerfüllten Schrei in die Dunkelheit flüchtete.

Die Menge schob sich bedrohlich vorwärts, und jemand griff nach Carolines Arm und zog sie nach draußen.

Caroline schrie.

»Tante Caroline!« rief John.

Mit weitaufgerissenen Augen kam er auf sie zugerannt, fest entschlossen ihr beizustehen. Sein Gesicht wurde leichenblaß, und seine kleinen Hände ballten sich mutig zu Fäusten, mit denen er gewillt war, seine Tante gegen die Menge zu verteidigen.

»Nein, John, nicht!« rief Caroline ihm zu. »Schnell, lauf und hol Hilfe!«

Eine derbe Hand legte sich ihr auf den Mund und brachte sie zum Schweigen.

»Fangt den Jungen ein! Fangt den Jungen!«

Plötzlich knallte ein Schuß, und Caroline erstarrte zur bewegungslosen Statue.

»Was, zum Teufel, machst du, Will? So kann ich doch nicht zielen!«

»Du Narr, das war Absicht. Wir wollen dem Jungen doch nichts antun! *Er* hat sich nichts zuschulden kommen lassen!«

»Aber er wird seinen verdammten Vater holen, und die anderen, und dann gibt es ein furchtbares Gemetzel, wie du weißt. Die lassen nicht mit sich spaßen, die Mathiesons!«

»Bis die kommen, haben wir Zeit genug, das zu erledigen, weswegen wir hier sind. Also, schnell, auf geht's! Wir müssen uns beeilen!«

In Windeseile banden sie ihr die Hände hinter dem Rükken zusammen, legten ihr eine Augenbinde um und schubsten sie vor sich her.

Caroline versuchte sich mit Fußtritten zu wehren, was die Männer veranlaßte, sie einfach hochzuheben und sie fortzutragen. An den nächtlichen Tierschreien und dem Rauschen der Blätter erkannte sie, daß man sie in den Wald schaffte. Was hatten diese entsetzlichen Menschen bloß mit ihr vor?

»Bitte, tun Sie mir nichts. Ich bin keine Hexe«, stammelte sie mit heiserer Stimme.

Sie war sich nicht sicher, aber sie glaubte am Tonfall einen der Männer, der sie trug, erkannt zu haben. Ihrer Meinung nach handelte es sich um Mr. Peters, Lissies Vater, der für sein Gerechtigkeitsgefühl bekannt war.

»Mr. Peters, bitte …« flehte sie.

»Hier ist keiner mit einem solchen Namen«, herrschte man sie an. »Los, vorwärts! Am besten stopfen wir ihr den Mund.«

Ein kratziges wollenes Tuch wurde grob in ihren Mund geschoben und hinderte sie am Weitersprechen. Sie hustete verzweifelt, weil sie glaubte ersticken zu müssen.

»Wir müssen uns beeilen!«

»Ja, je schneller, desto besser!«

»Komm mal mit der Fackel her. Ist das der Baum?«

»Das ist er. Da seht ihr? Hier hat sie die Worte des Teufels in die Rinde geritzt. Gebt acht, daß ihr die Zeichen nicht berührt!«

»Ach was! So dämliche Zeichen tun doch nicht weh!«

»Woher willst du das wissen. Mir scheint es besser, es nicht darauf ankommen zu lassen. Wer kennt sich schon aus mit diesem Hexenkram.«

»Stellt sie auf ihre Füße. Nicht da. Dort!«

Caroline fühlte in ihrem Rücken die rauhe Rinde eines Baumstamms. Mit Fußtritten versuchte sie sich zu befreien und davonzulaufen, aber ihre Flucht mißlang. Sekunden später hatte man sie an den Baumstamm gebunden. Zu ihren Füßen wurde etwas aufgeschichtet.

»Schnell!«

»Beeilung, Männer!«

»Geschieht ihr nur recht, daß sie an dem Baum ihr Ende findet, den sie mit ihrem Gekritzel verschandelt hat. Es wird Zeit, daß sie zur Hölle fährt.«

»Sollen wir ihr das Tuch aus dem Mund nehmen, damit sie beten kann?«

»Dummkopf! Hexen beten doch nicht!«

»Vielleicht reinigt das Feuer ihre Seele, bevor der Teufel sie kriegt! Falls das passiert, sollte man ihr doch die Chance zu einem Gebet geben.«

Feuer!?

Caroline gefror das Blut in ihren Adern. Die Meute hatte vor, sie bei lebendigem Leib zu verbrennen! Es war ein Scheiterhaufen, der zu ihren Füßen errichtet worden war!

»Möchten Sie beten, Weib?«

Caroline nickte schwach. Man zog das Wolltuch aus ihrem Mund. Mit der Zunge befeuchtete sie ihre ausgetrockneten Lippen.

»Warum tut ihr mir das an?« stammelte sie.

Der Strick, mit dem sie an den Baum gebunden war, schnitt ihr in das Fleisch ihrer Brüste, ihrer Arme und ihrer Hüften. Sie bäumte sich auf und realisierte gleichzeitig, daß die festen Knoten nicht nachgaben. Ihre Augen füllten sich mit Tränen und hinterließen nasse Spuren auf ihren Wangen.

Bedeutete das wirklich ihr Ende? Ihren Tod?

Was war das für ein Land, wo Unschuldige auf dem Scheiterhaufen verbrannt wurden!

Die Szenerie hatte etwas Irreales, während die Wirklichkeit so nah war. In der Küche der Farm schmorte das Abendessen, und gleich kamen ihre Mannsbilder nach Hause, hungrig wie immer ...

»Ich habe ja gleich gesagt, daß sie nicht beten wird.«

»Ihre Tränen können Sie sich sparen, damit erregen Sie nicht unser Mitleid!«

»Das ist doch nur ein Trick des Teufels, damit wir an ihrer Schuld zweifeln. Aber davon lassen wir uns nicht einlullen. Wir haben genügend Beweise gegen die Hexe.«

»Steckt endlich das Feuer an, Männer. Wir wollen schließlich nicht die ganze Nacht hier draußen verbringen!«

»Aber ich bin keine Hexe! So glauben Sie mir doch! Bitte glauben Sie mir!« schluchzte Caroline.

»Hört bloß nicht auf den Quatsch, den sie daherblubbert. Wir wissen doch, daß sie sich mit Alchemie beschäftigt. Und ihre Verwünschungen sind in den Baum geritzt, an dem sie jetzt festgebunden ist.«

»Und wißt ihr noch, wie sie den tollwütigen Hund dazu gebracht hat, von ihr abzulassen? Mit einem einzigen Blick hat sie das geschafft!«

»Meine kleine Faith hat sie mit ihren Hexenaugen angesehen, und schon einen Tag später war das Kind todkrank!«

»Nachts ist die Katze von ihrem Geist beseelt und rumort im Wald herum.«

»Zündet den Haufen an!«

»Die Katze sieht genauso aus wie sie! Sie ist ihre verwandte Seele!«

»Zündet den Haufen an!«

»Sie ist die Schwester einer Hexe. Sie ist selbst eine Hexe!«

»Zündet den Haufen an!«

»So hören Sie mich doch bitte an!« stammelte Caroline.

»So ist's recht. Es brennt!«

»Bitte ...!«

Caroline befand sich am Rande der Hysterie. Das Knistern der in Brand gesetzten Zweige dröhnte in ihren Ohren, der Geruch von verbranntem Holz stieg ihr in die Nase. Um ihre Füße wurde es wärmer und wärmer.

Wann würden die Flammen ihren Rock erreichen?

Lang konnte es nicht mehr dauern. Und dann würde sie qualvoll sterben.

Aus Carolines Kehle drang ein schriller, lauter Schrei, während sie den Kopf hochwarf.

Die Menge begann freudig erregt zu singen, zuerst leise, dann immer lauter.

»Brenne, Hexe, brenne!«

»Vater unser, der du bist im Himmel ...«

Caroline betete inbrünstig, während sie an ihren Stricken riß. Die Hitze wurde unerträglich. Sie wollte nicht sterben. Nicht so ...

»Brenne, Hexe, brenne!«

»Geheiligt sei dein Name ...«

Carolines Kopf kratzte gegen den Baumstamm, die Augenbinde verrutschte. Sie konnte die Flammen sehen, die züngelnd zu ihren Füßen tanzten.

Der Gesang der Menge wurde immer triumphierender, und die Augen der Menschen leuchteten in der Dunkelheit, erregt und freudig labten sie sich an ihrer Panik.

Plötzlich brannte der Zipfel ihres dunkelblauen Kleides, die Flammen loderten höher, Rauch drang in ihre Lungen, als sie einen letzten grauenvollen Schrei ausstieß.

Schüsse waren in der Dunkelheit zu hören. Männer riefen, Frauen schrien, Menschen liefen aufgeregt auseinander. Ein riesiger dunkler Schatten kämpfte sich durch die Flammen, eine kräftige Hand zerschnitt mit einem Messer die Stricke. Jemand warf sie auf den feuchten Waldboden und rollte sie hin und her, während sich das brennende Kleid in Nichts auflöste.

»Caroline!«

Matts Stimme versuchte sich durch ihr lautes Gebrüll zu kämpfen. Hinter dem roten Horror-Nebel vor ihren Augen erkannte sie langsam sein Gesicht.

»Matt!« schluchzte sie.

»Ganz ruhig, mein Engel. Ganz ruhig. Es ist alles vorbei. Ich bin bei Ihnen. Ganz ruhig.«

Immer wieder sprach er beruhigend auf sie ein, während er den Waldpfad zum Haus zurückschritt. Auf seinen starken Armen trug er sie zurück nach Hause.

Daniel, Robert, Thomas und John bildeten eine Art Leibgarde. Bis auf John hatten alle Gewehre mit, die sie entsichert vor sich her trugen, bereit jeden abzuknallen, der versuchen würde, sich ihnen zu nähern.

Die Menge war auseinandergelaufen und im Schatten der Bäume verschwunden. Ihre Gesichter hatten sich im Nichts aufgelöst, und Caroline würde nie die Identität ihrer Mörder kennen.

Matt hatte sie gerettet! Ihr Liebster hatte sie vor dem Tod bewahrt.

»Das Feuer«, flüsterte sie mit rauchgeschwängerter Stimme. »Sie sind direkt durch das Feuer gekommen, um mich zu retten!«

Er hatte seine größte Angst überwunden. Ihretwegen.

Gab es einen größeren Beweis für seine Liebe?

Einen Monat später wurden Matt und Caroline im Haus von James von einem Wanderprediger getraut. Sie trug das blaue Seidenkleid, in dem Matt sie so gerne mochte und das noch aus England stammte, ein hübscher Schleier, der ihrer Mutter gehört hatte, bedeckte ihr Haar, und in ihren Händen hielt sie Marys Gebetbuch.

Das Buch war ein Geschenk von James, der überzeugt davon war, daß Mary es so gewollt hätte. Caroline war sehr gerührt, nun ein Andenken an die geliebte Freundin zu besitzen, an die sie gerade an diesem speziellen Tag ganz fest dachte.

Matt war in puritanisches ernstes Schwarz gekleidet und sah gut aus wie eh und je. Als er den Ring über ihren Finger streifte, und Caroline ihm ihre weichen Lippen zum Kuß entgegenhielt, applaudierten James und Daniel, Robert und Thomas, John und Davey begeistert.

»Geschafft!« murmelte Matt erleichtert.

Seine Brüder klopften ihm auf die Schulter und beglückwünschten ihn. Daniel bezahlte den Prediger, der sich mit einer Verbeugung verabschiedete.

»Bist du jetzt unsere Mutter, Tante Caroline?« fragte Davey.

»Nur, wenn ihr es wollt«, meinte Caroline.

»Wir wollen es«, sagte John und umarmte sie.

Ohne Rücksicht auf ihr schönes Kleid zu nehmen, kniete sich Caroline auf den Boden, und Davey lief ihr freudestrahlend in die ausgebreiteten Arme.

»Ich habe euch unheimlich lieb, euch beide«, flüsterte Caroline.

Verlegen drückten ihr die Jungs zwei feuchte Kinderküsse auf die Wange, bevor sie davonliefen, um mit Hope zu spielen.

Die Männer umringten Matt und zogen den Frischverheirateten mit allerlei anzüglichen Bemerkungen auf, während Caroline glücklich ihre fünf gutaussehenden Mannsbilder betrachtete.

Sie wurde geliebt, und sie wußte es. In jener Nacht, als ihr Liebster seine entsetzliche Furcht vor den Flammen überwand, um sie zu retten, hatte er es eindeutig beweisen. Gleich nach dem schrecklichen Ereignis war auf seine Anweisung der Arzt geholt worden, der glücklicherweise nur Verbrennungen ersten Grades feststellte. Tatsächlich waren die Wunden schnell verheilt, und ihre Haut war so weich und zart wie zuvor.

Aber die Flammen hatten ein Gefühl des Hasses gegen Saybrook und alles, was damit zusammenhing, in ihr Herz gebrannt.

Matt hatte ihr von den Hexen erzählt, die ihr Unwesen in den Wäldern trieben und versucht hatten, die arme schwachsinnige Elisabeth zu einer der Ihren zu machen. Er war zu dem Baum gegangen, an dem sie festgebunden worden war, und hatte die Schriftzeichen untersucht, die ihr aufgefallen waren, als die Indianer sie entführten. Er hatte herausgefunden, daß es sich dabei um Runen keltischen Ursprungs handelte, die die Hexen als ihr Alphabet benutzten.

In der Tat gab es in Saybrook Hexen, und es war sogar irgendwie verständlich, daß die aufgebrachten Gemeindemitglieder versuchten, diese irregeleiteten Menschen loszuwerden. Allerdings hatten sie sich das falsche Opfer ausgesucht, denn Caroline war keine Hexe und würde nie eine sein, auch wenn Matt manchmal scherzhaft meinte, ihr Charme habe ihn total verhext.

Die Vorstellung, daß Ähnliches noch einmal passieren könnte, behagte keinem in der Familie. Deswegen war beschlossen worden, daß die Mathiesons woanders hinziehen würden, vielleicht nach Maryland, was etwas südlicher lag. An einen Ort jedenfalls, wo sie alle in Frieden leben konnte.

Ausgerechnet Mr. Peters hatte die Farm gekauft, und zwar für eine ziemlich beträchtliche Summe. Die Tiere und die meisten Möbel hatten neue Besitzer, und der Rest der Habe türmte sich auf drei Wagen, die zur Abfahrt in ein neues Leben bereit standen. Die Männer hatten sich kategorisch geweigert, Raleigh zurückzulassen, und ihn an den letzten Wagen gebunden. Millicent wartete bereits in ihrem Korb, der auf dem Sitz stand, den auch Caroline einnehmen würde.

»Ich glaube, der Augenblick des Aufbruchs ist gekommen«, meinte James. »Dann packen wir mal an, was?«

Äußerlich schien er sich vom Tod seiner Frau Mary erholt zu haben. Aber Caroline befürchtete, daß er heimlich, wenn ihn niemand sehen konnte, dem Schmerz über den Verlust nachgab. Es würde lange dauern, bis diese Wunde verheilte, und man konnte nur hoffen, daß eines Tages auch ihm das Glück wieder zulächelte.

Die Kinder hopsten freudig erregt herum, ungeduldig zum Aufbruch drängend, während sie mit glänzenden Augen der ohne Zweifel abenteuerlichen Zukunft entgegensahen. Die Männer gaben sich etwas ernster, aber man merkte ihnen trotzdem an, daß sie ebenfalls aufgeregt waren.

»Ich habe ein Hochzeitsgeschenk für dich«, brummte Matt etwas verlegen.

Er griff in die Tasche seines Mantels und holte eine kleine Schachtel heraus, die er ihr in die Hand drückte.

Caroline lächelte ihn überrascht zu, und ihre Augen leuchteten mit all der Liebe, die sie für ihn empfand.

»Willst du die Schachtel nicht aufmachen, Caroline?«

Caroline tat es, und ihre Augen leuchteten vor Entzücken. In dem Schächtelchen lag eine Kopie der Brosche, die der Glücksbringer ihres Vaters gewesen war.

Sie nahm das Schmuckstück heraus und hielt es gegen das Licht. Die Rubine, Saphire und Smaragde funkelten rot, blau und grün. Sprachlos betrachtete sie die herrliche Pfauenbrosche.

»Die Steine sind echt«, sagte Matt.

»Wo hast du die her? Und wie, um Himmelswillen, hast du sie bezahlt?« stammelte sie.

»Ich habe Tobias den Auftrag gegeben, sie für mich in Boston zu kaufen. Was die Bezahlung angeht – Tobias war sehr glücklich über den Tausch – er brachte mir die Brosche, und ich habe ihm dafür Jakob gegeben.«

»Jakob?« kicherte Caroline.

Die Vorstellung, daß Matt den riesigen Stier gegen dieses winzige Schmuckstück eingetauscht hatte, war mehr als komisch, und sie brach in schallendes Gelächter aus.

»Du bist einzigartig!« lachte sie und flog ihm um den Hals.

»Weiß Gott, du auch!« murmelte Matt und erstickte ihr Lachen mit einem langen Kuß.

HEYNE BÜCHER

Romane für »SIE«

Romane um Liebe, Abenteuer, Leidenschaft und Verrat – vom großen historischen Liebesroman bis zum modernen Roman aus der Glitzerwelt des Jet-Set.

04/45

04/46

04/47

04/48

04/49

04/50

04/51

Wilhelm Heyne Verlag München